中短篇小说集

尹马——著

天坑

云南出版集团
云南人民出版社

图书在版编目（CIP）数据

天坑 / 尹马著. -- 昆明 : 云南人民出版社,
2023.7
ISBN 978-7-222-21984-7

Ⅰ. ①天… Ⅱ. ①尹… Ⅲ. ①中篇小说－小说集－中国－当代②短篇小说－小说集－中国－当代 Ⅳ. ①I247.7

中国国家版本馆CIP数据核字(2023)第148911号

责任编辑：金学丽
责任校对：柳云龙
责任印制：窦雪松

天坑　TIANKENG
尹 马　著

出版　云南出版集团　云南人民出版社
发行　云南人民出版社
社址　昆明市环城西路609号
邮编　650034
网址　www.ynpph.com.cn
E-mail　ynrms@sina.com
开本　889mm × 1194mm　1/32
印张　12.125
字数　290千
版次　2023年7月第1版第1次印刷
印刷　昆明岭峰彩印有限公司
书号　978-7-222-21984-7
定价　68.00元

如需购买图书、反馈意见，请与我社联系
总编室：0871-64109126　发行部：0871-64108507　审校部：0871-64164626　印制部：0871-64191534

云南人民出版社微信公众号

contents **目录**

到双马杆去

1

“以前羊多的时候，我想为每一只羊都起一个名字。每天想啊，想得头皮都抠破了，最后硬是一个字也没想出来。”那个坐在火堆旁边抽烟的男人，四十来岁。他说，“到后来，我只有一只羊，可我却想出了很多名字。”

这是在后河，黄连原始森林的宿营地。后半夜，他把唯一的一只羊杀了，吊在一棵香樟树上。他披一件开叉的蓝色旧西装，坐在火堆旁抽烟。他用一根木棍在火堆里搅动，说火不够旺，烧不开水，做那么多人的饭菜，是很费力的。

我在狭小的睡袋里躺了大半夜，几乎没有合过眼。尽管走了三个多小时的山路，身心疲惫，但还是睡不着。地面太潮，睡袋又太小，身旁是一个胖子，只装了半截身子进去，但他躺下不到三分钟，就打起了呼噜。

后河宿营地的营房，两层，建于三十年前，是一座两层的水泥砖房。一个没有扶手的直直的楼梯，把两层楼房连在一起，像一根大头针穿过一片腐烂的落叶。二楼有两间房，楼梯左边的那一间住着四个女人，右边一间，是五个男子。房屋中间的隔墙没砌到顶，上面有一条巨大的缝隙，彼此能听到指甲在肉皮上挠痒的声音。

胖子的鼾声，先是在男人中招来一阵恶毒的咒骂，接着又引起隔壁女人“嗤嗤嗤”不停的笑声。那天晚上，我甚至在百无聊赖中计算一个人生命的长度，我想，以七十岁作为平均数的话，如果你的身边是一个打呼噜的胖子，你就可以活到一百四十岁。当然，一个把呼噜打得有声有色的人，他即便碌碌无为，也能让你记住他轰隆隆的一生。胖子的呼噜层次清晰，每一个步骤都那么铿锵，过门、间奏和高潮错落有致，节奏明显。在我还在抱怨睡袋太小翻不了身的时候，胖子先是“嘘”的一声，随即喉头里发出沉闷的咆哮。在胖子开始用四二拍的节奏打呼噜的时候，另一个睡袋里的人抛出谐谑的语言，“哇，这是鬼子进村的节奏嘛！”说话的人叫马航，人们都称他为“小蚂蝗”。小蚂蝗刚说完，隔壁女人就“嗤嗤嗤”地笑。胖子的鼾声愈发响亮，节拍从四二拍转为四四拍，又上升到重金属摇滚，原本松动的窗玻璃在木格子里发出“咣当咣当”的叫喊。躺在我左边的乡村诗人兀地从睡袋里弹起，月光下，他满目的狰狞瞬间化为惊慌失措，顿了几秒钟，他问，“你们有没有注意到，他每哼一句，门外的山蛙都会叫一声。”几个男人都说：我们早就发现了。

有人下楼撒尿，一会儿又回来。他说：“那个护林员，把他的那只羊宰了。”

胖子的呼噜一阵紧似一阵，呈排山倒海之势。我自知入梦无望，干脆逃离睡袋，也下楼撒尿。在白天栓羊的那棵野桃树下，磨蹭了半天，勉强表示了一个意思。经过院坝时，护林员正把烫了皮的羊往树上吊，旁边的火堆里发出干柴噼里啪啦燃烧的声响。

我向他递了一支烟，他接过了，拿到眼前瞅了半天，说：“老板，这烟很贵吧！”

“不贵。”我说。

“你们抽一包烟，够我们买一袋肥料了。”他从火堆里抽出一朵火苗，点燃了烟，深深地吸了一口，一大块烟圈从嘴里钻出来。他说，“这烟真好。”说完话，居然还有烟圈从鼻孔里往外冒。他又狠狠地抽了一口，把烟拿到鼻子底下，仔细地看，说，“这烟真稀奇！”

“你为什么不睡觉？”他问我。

“睡不着。”我说。

“这荒郊野外，第一次来，睡不着也是正常的。”他吐了一个烟圈，说，“我以前刚进来的时候，也整晚整晚的睡不着，有一段时间，我头发都掉光了。”

“你后来想了什么办法，才让自己睡着的？”我问他。

“我数羊。”他说。

“你有很多羊吗？”

“之前有，不过后来没了。”声音里透露着一丝伤感。

“以前没进山的时候，我有很多羊，我每天都要把它们撵到黄连森林边上的黑熊坡上去放，那时候，我想为它们起一个名字。”他说。

“它们后来怎么没了？”我问他。

“卖了，给我母亲治病。那几年，我母亲天天吐血，瘦得皮包骨头。”

我不好再接续问下去，只好又递给他一支烟。

“老板，这么好的烟，你自己留着抽吧，别让我糟蹋完了。”他很羞涩地接过烟。“对了，老板，你喝不喝酒，我有酒。”他说。

“能喝一点。”我说。

他站起身，进了一楼左边那间用胶纸糊了窗子的房间。一会儿，他左手拎了一个胶桶，右手拿着两个碗出来。他递给我一个碗，倒了小半碗酒，说，“下半夜天凉，不想睡觉的话，喝点酒抵挡一下。”

我问他，“数羊真的能睡着吗？”

他笑了笑，说，“如果有羊，数一数，心头高兴，自然就睡着了。”他端了酒，对我说，“吃一大口！”

吞下一口酒，浓烈的液体瞬间浸透全身，我差点打了一个喷嚏。

“以前我数羊，是这样数的。”他右手指着火堆，“一只，两只，三只，四只……三十七只，三十八只……”他吞了一口酒，喉头里发出“咕咚”的声音。“我说过，那时候，我有很多只羊。”他仿佛沉浸在他所描绘的富足之中，脸上堆满笑容。

“后来，我只剩一只羊了，一只小羊羔，难产留下的，我不忍心卖它，就把它带进山来了。”他又吞了一口酒。

“只有一只羊的时候，你得这样数。”他换了一只手，指着火堆，开始数羊：“一只，一只，一只，一只……”他说，“后来，我就睡着了。”

2

与其说是采风，还不如说是将几个极不情愿的人凑在一起，像执行某个其实与我无关的任务一样，以一种很不轻松的方式消磨时光。最先遇到困难的是我，出发之前，我打电话给写小说的斯芒，问他愿不愿意去原始森林体验体验生活。“有什么好体验的，不就是看看母熊的屁股吗？网上到处都是。”斯芒毫不客气地挂掉我的电话。我又给写散文的原原打电话，问她愿不愿意和我们出去一趟。她问去哪里，我说去一个远离尘嚣的地方；她问坐火车还是坐飞机，我说先坐几小时的汽车，然后再走几小时的路就到了。她说，“你有病吧！”

乡村诗人王紊之前也不愿意去，说课程太重。其实是托辞。乡村诗人在县城第七中学教语文，他中学时候的语文老师，也就是这所中学的现任校长，早年也是一个文学青年，由于写诗常带“啊”字，被同时代的文友耻笑，于是弃笔走入仕途。去年，乡村诗人刚参加完我组织的一个文学活动，就被校长叫到办公室，厉声批评道：“写诗能写出教学成绩吗？你一天到晚尽与苏阳和周焕等人同流合污，小心我调你到乡下去。”后来，他确实老实了一阵，但因太寂寞，不免偷偷摸摸和我们喝酒谈诗，酒酣时进入状态，也拿老师开涮，说：有一回老师读报，读到周焕的诗，一阵大骂，称这哪里是诗，简直就是垃圾，和自己相比，差远了。“当年我写了一首诗，把生产队长读哭不说，还把妇女主任也读哭了。”

我说，“去不去随你的便，原本也不想让你去，免得你恩师指桑骂槐。”顿了顿，我接着说，“我是这样考虑的：这样的活动，男女搭配要尽量恰当，如果路上多一两个男人，帮助女士们挎个包什么的，也轻松一些。”他说，“我去！”

说到底，其实最不愿意去的人是我。凑齐十个人之前，吴添给我下了死命令。吴添说，“你去也得去，不去也得去。”吴添还说，“你不但要去，还得承担起此次采风活动的人员联系和活动联络工作。”意思是，除了他、我和庄茗茗，其余七个人选由我定。于是，我后来叫了乡村诗人王紊，叫了周焕，又叫了画画的胖子麻军，叫了写古体诗的小蚂蝗，当然，也叫了几个什么都不写的女人，她们叫沈琇琇、王安玫、祝菲。

吴添最先给我打电话时，是这样说的：工作节奏太快，城市空气太糟糕，有必要出去放松一下了。我问去哪里，吴添说去马甸乡的黄连原始森林。我问，“那地方山高路远，野兽出没，冒着生命危险去干什么？”吴添说，“其实，早就想给你们创造一次采风的机会了，听说黄连森林里空气质量高，很干净，你何不带着你的弟兄们，去体验体验生活，说不定，回来就能写出一部惊世骇俗的作品，拿去国外获那个什么奖去。”

吴添和我是在同一个村子里长大的发小，也是凤城杯校时的同班同学。毕业后，我们一起留在这座小县城工作。上学时，我因喜欢写点小诗，参加了学校的“骑手”文学社，经常受社长的委托把那些刚油印出来的刊物内页一篇篇贴在食堂的墙上。吴添见了，总会笑话我，说，“你是做端公的吧，谁家做斋了？你又开始糊纸火！”

二十年后，吴添做了煤炭局的局长，我仍然在文化馆研究民族民间文化，顺便写诗，纠一帮内心寡淡之人弄个协会，有空时约他们走村串户，偶尔，我们也称自己在搞田野调查。

吴添有意助力凤城文学事业的发展，打死我也不相信。吴添说，“双赢嘛，你们去采风，我去搞搞煤炭资源踏勘，顺便也沾沾你们的仙气。”

踏勘倒是有可能。吴添带了他的朋友庄茗茗——一个自小从马甸乡长大的女人，凤城“有凤来仪”大酒店的老板，肯定是有踏勘任务的。我笑，说，“吴局长踏勘一定要找个隐秘之地，那地方好，有蓝蓝的天空，有百兽和鸣，自然会让你踏得舒服，踏得放心。”吴添骂了一句脏话，又说，“难怪咱们老师说你狗嘴里吐不出象牙，弟子中，就只有你冥顽不化。”

煤炭局的中巴车把我们拉到黄连原始森林的山脚，就返回县城了，说四天以后来接我们。吴添没和我们坐中巴车，而是自己驾车而来。车是庄茗茗的宝马，副驾上坐的，自然也是庄茗茗。下了车，各自拿了睡袋、帐篷等进山物品，找了三个熟悉路的村民做向导，也负责搬运食物。正欲出发，吴添接了一个电话，是单位办公室打来的，说市局的兰局长明天要来凤城调研，点名要吴添作工作汇报。挂了电话，吴添说，“早不来迟不来，大热的夏天来打秋风，难道真是刺竹林中的斑鸠？”几个哈哈之后，便交代我等说，“你们先进山去，今天暂时在后河住一晚上，那里有一个护林员在等你们，已准备好一只羊。”上车后，又摇下窗玻璃说，“明天下午我会及时赶到后河，然后，我们到双马杆去。”

“对了，苏阳同学，庄总就交给你了。”离开时，吴添对我说。

3

那个和我坐在柴火边说话的男人，喝了大半碗酒，一脸通红，说话的声音越来越大，看上去情绪有些激动。

“在没做护林员之前，你干什么？”我问。

“养羊。”他看了我一眼，说，“我对你说过，我养了很多只羊，我曾经想给每一只羊起一个名字。”

“你把羊卖了，你母亲的病治好了吗？”其实我知道自己是多此一问，从他的神情中可以看出，他的母亲一定已经死了。

“好了。”他说，“早就好了。”他又给自己倒了半碗酒。

“如果投胎顺利，到现在，她应该有五岁了。”他把酒桶递过来，要我也加一点。

之前他给我倒的小半碗酒，还剩一半。我说，“我酒量小，喝多了会醉，我就不加了，你也少喝点。”

他把酒桶放回地上，说，“你们当老板的，就会作践自己，放着清福不享，跑来这深山大老林中受罪，陪我这种人熬夜。”

我说我不是什么大老板，我只是一个领着微薄工资不死不活的人，我们来这里，主要是做田野调查。

他没接我的话，一个人闭着眼睛，像是打盹，又像不是。

我问他，“你一个人在山上，平时会不会见到人？”

“偶尔会，那些三五成群上山打竹笋的人，他们打了竹笋，来这里借我的柴火去皮。”接着又说，“那些打竹笋的人，是对面清河乡的。”

“能遇到美女吗？”我问。

“有个球！别说美女，偶尔遇到一只野猪，都是公的。”他说。

已到凌晨三点，庄茗茗下楼解手回来，见我和护林员在柴火边对饮，便笑着说，“苏同学就是会享受，受不了鼾声的折磨，跑这里喝酒来了。”

她刚说完，好像发现了什么秘密，盯着护林员看了几秒，旋即扭头过去，正欲迈步上楼，被我喊住了。我说，“咱们一起享受享受？”

她头也不回地说，“你们继续享受吧！”

护林员又吃了一口，舔了舔嘴皮，说，“女人真是奇怪的东西，你别看她穿金戴银的，她哪一天少得下男人？”他看了一眼正在上楼的庄茗茗，但女人留给她的只是一个美丽的背影。

我正想岔开话，但还没开口，他又说话了，“像我家那货，哎……”

我还是想岔开话。说实在的，他卖了羊，死了老娘，甚至跑了女人，都在我的意料之中。

但还是没等我开口，他又说话了，“其实，我曾经是黄连村最大的养殖户，我养了很多只羊，我曾经……”他好像突然记得这句话已经对我说过好几遍，就住了口，向我要一支烟。

“老板，你的烟很好抽，这样的好烟，之前我就没抽过。”他半开玩笑地说，“要是我母亲不生病，要是我的羊还在，没准我也能抽上这样的好烟。”

“这不是什么好烟。”说完，我从口袋里把剩下的半包烟掏出来，递给他。他推也没推，接过去就装进自己旧西装的里层口袋里。

“十年前，我是黄连小学的代课教师。”他说。

我点了点头。

“后来，我们村来了很多公办教师，他们就不要我了。乡教办觉得对不住我，就到乡政府给我申请了一个养殖项目，我得到四十只小羊。”

“四十只！”他用右手在空中比划了一下，“十年前，村长家也只有二十几只羊！”

我没说话。他接着说，“我把四十只羊养得肥肥胖胖的，我把公羊和母羊都养得快要发情了。”他的嘴角有唾沫星子在飞舞。

“后来我母亲病了，每天都在吐血。”他喝了一口酒。

“我开始卖掉一只羊，但我母亲的病还是没治好。”他说完，抬头看了看夜空。

“我又卖掉一只羊，可是，我母亲的病越来越重了；我卖了一只又一只羊，我母亲的病都没有好转。”他说话的时候，使劲地看我。

“唉！我卖了三十八只羊，就剩下两只，这两只羊，一只公的，一只母的。母的那只，怀孕了。”

“那时候，我母亲的身体似乎有了一些好转，虽然还是瘦得皮包骨头，但是已经没有吐血了。”说完，他长长地叹了一口气。

“但是生死有命，有些事，是无法挽回的。”我想了好久，才想出这么一句话来安慰他。

“是啊！我原以为，母亲会从此慢慢好起来的，所以我得留着一公一母两只羊，让它们继续繁殖，好把我卖掉的羊赚回来。可是没想到，过了一个月，母亲又开始吐血了，我只能又把那只公羊卖掉了。”

“我刚拿卖羊的钱去医院买了药，回到家，母亲已经去了。我的母亲，走的时候，只有一只小羊那么大。”他始终在看着我。

我说，“事情都过去五年了，这些事，你原本可以不去想的。”

“怎么能不去想？四十只羊，剩下最后一只，都居然在生崽的时候难产死了。”他抬起头，看了看香樟树上吊着的那只烫了皮的羊，说，“这就是那只羊崽，我养了它整整五年。”

"那你怎么舍得把它杀了？"我问。

"这次杀了它，是因为有个老板出了两只羊的价钱。"他又朝树上看了一眼。

4

其实我还是要说，组织这次采风活动，我真的很不情愿。之前吴添对我说，去黄连原始森林，是去年冬天就打定主意的。吴添说，"黄连才是一个一尘不染的地方，我们的老师五年前也去过。"

老师叫钱春，林校时我们的班主任，也教授我们的园艺课。钱春老师曾是西南林业大学的高材生，因追求纯洁的爱情，毕业后回到凤城工作。那时，我们的师母黄翠云在凤城七中任教。老师曾经说过，小地方同样也是大舞台，一个人只要有足够的野心，到哪里都能实现梦想。我们还没毕业，钱春老师就调到县政府办当秘书去了，几年后提了干，下乡当副乡长、乡长，后来回到县城当局长。现在，我们的老师钱春已官居南广市城建局局长，正处级，在本地官场上有一定的名望。

吴添说，"久居闹市，身心烦躁，得找一个氧气充足的地方，去洗涤洗涤灵魂。"吴添还告诉我，这话也是老师说的。吴添知道，这些年来，我对老师说过的很多名言警句不以为然，所以又说，"你这冥顽不化的家伙，哪里会知道灵魂是需要洗涤的！如果当初我们的老师不去双马杆，恐怕也不会有今天。"

我还是不以为然。我说，"去就去呗，说这么多废话干啥，你去踏勘，我们当观众就是了。"

关于我们的老师钱春五年前去双马杆的事，我是知道一些的。

那时，老师是市政府办的副秘书长，对他来说，这个职位不是太如意，得寻个机会去一个重要的岗位，好施展自己的才华。去双马杆回来一个月后，老师得到提拔，任市林业局局长，三年后，交流到市城建局，一个令仕途中人羡慕不已的地方，炙手可热的岗位。

吴添说，“我们混了那么多年，实际上对老师的谆谆教诲领悟还是不够，比如说，对大自然保持最虔诚的敬畏，这一点，我是没有做到的。”

我说，“在这一点上，我可做得比你好，我从来没有干过一件对不住大自然的事，哪像你，手底下管着那么多开山掘土的家伙，你一直纵容他们，都快把凤城的山挖空了。”

吴添说，“你四体干净，我们都知道，但你真的没对这个社会做过一点贡献。”他打了个哈哈，又说，“你的灵魂也应该得到洗礼，要不，怎么做人类灵魂的工程师？”我也笑，我说，“我过的是干净日子，我的灵魂不需要洗涤。”

“实际上，我没有灵魂。”我又说。

双马杆是黄连原始森林中的幽闭之地，是一个很少有人去过的地方。五年前，坊间有人传说，双马杆有一棵神树，高大繁茂，巨杆虬枝，无论晴雨，皆顶一身洁白，屹立众树间，好不壮观。

也就是传说罢了，谁也没见过。不过吴添说，“老师是从不说假话的，老师的教导要悉心遵从。”

去黄连之前，县林业局的工程师王玲玲曾经对我们一行人作了一个简单的野外生存培训。王玲玲说，黄连原始森林有珍稀植物六十多种，野生动物如野猪、黑熊、野山羊等随处可见，进山后，一是不能破坏奇珍异草，二是要做好安全防范。胖子麻军开玩笑说，“对于它们，我们才是野生动物，所以不必害怕。”

进山之前，我问作为向导的其中一个村民，“从这里到后河，有多远？”

向导说，“几里路吧！”

走了约莫一小时，回过头来，看见出发之地就在离我们不远的地方，于是大家才如梦初醒，深知进山不易。不免有人开始哼哼，说，“要走断脚杆的！”

抬头看见几座山，就在头顶。最近的一座山并不高，但山背后的那些山有多高，谁也不知道。问向导：我们要爬几座山？答：要爬好几座哩！又问：都很高吗？答：有的很高，有的不算高。再问：到宿营地有多远？答：有点远，但也不算远。

似乎也没有问出个究竟，就干脆不问了。我给大家打气，说，也就二里地远，大家不用害怕。向导嘿嘿嘿笑起来，说，要是只有二里，那也不用我们带路了。胖子也说，不用怕，既然我都能爬上去，相信大家也能爬上去。小蚂蝗就对胖子说，问题是，你到底能不能爬上去？

做向导的村民背着我们的食物。背得最沉的，却是一个老者，东西放在肩上，就不想放下来，骨头里仿佛囤积了无穷无尽的能量。

小蚂蝗说，肯定不会有多远。胖子问：从何说起？小蚂蝗答：他们背着这么多东西，还脸不红筋不胀，会有多远？胖子说：嘿嘿！

又开始爬山，呈一字长蛇。有人拿出相机、手机开始拍摄。还没到眼前那座山的山腰，喘气的声音就被放大，大过了相机快门的声音。胖子走几步就停下来歇口气，其余的人就回过头来笑。

胖子是个风趣的人，平常爱弄一些段子，讲故事的时候，眉宇间有看不完的风景。有人开始觉得无聊，想听几个玩笑，就对胖子说：胖哥，讲几句脏话来听听。

人们就笑了，笑的不是胖子，是笑对胖子说话的人。在山里，脏话都是干净的，所以人们觉得，胖子该说几句脏话。胖子说：脏话不可以讲，怕弄脏了上山的路。

写诗的周焕喜欢唱歌，一路上都在哼哼。人们都认为，会唱歌的人，肺活量大，能经受长时间的累。但周焕表现很差，差不多就被甩到最后去了，于是停下来大声叫我的名字，大呼上当，说早知道这么远，来找鬼。小蚂蝗笑他说，才一开始就退缩，你这样的人，真的来找鬼。可是这时，天已经快黑完了，第一座山的山顶来到脚下，对面的一座山，不知道有多高。

对面的山，其实不是高不高的问题，而是到底有没有路。向导说：当然有路，只是稍窄一些。有多窄呢？庄茗茗问。向导说，能放下你的脚。

嘘声一片。

手电筒不是每个人都有。手电筒这样的玩意，在今天一点也不寂寞。手电筒被握在少数人的手里，成了爆冷门的真理。在崎岖的山路上，手电筒的光往往表现得有些虚弱，甚至有些虚幻。光照在离人不远的地方，人得蹒跚着向上爬。光突然停下来，原来是那个握手电筒的女人摔倒了。人们开始害怕掉队，就相互喊对方的名字：苏阳，麻军，王紊，周焕，小蚂蝗，沈琇琇，王安玫，祝菲。没有人喊庄茗茗，因为很多人都不认识她。

胖子扯开牛嗓，唱起了山野民谣：“老远望妹下山来，身对身来怀对怀；看到看到要挨拢，算路不跟算路来……”

好听好听，再来一曲。有人喊。走在人群中间的沈琇琇说，真是个山蛮子，唱得不雅。胖子说，那我就不唱了，唱多了会脏了姐姐们纯洁的心灵。沈琇琇说，要唱你唱你的，我们不听就是了。小蚂蝗问：到底是唱还是不唱呢？沈琇琇说：还是唱吧。有人喘着气笑，有人笑得很难听。

很多路是生长在悬崖上的。两面都是悬崖，中间的山脊上，一条被茅草画得稀里糊涂的路，前面的人走过去了，后面的人不一定走得过去；前面的人走路的时候，路还是路，后面的人走的时候，路变成了坑。每隔一分钟，就有人发出歇斯底里的尖叫，不是手掌被毛竹弄破了，就是脚底打滑，身子悬在一棵树的树杈上。向导说，慢点慢点，还有二里地了。胖子问：你的意思是，我们在原地踏步？

端相机的祝菲把相机放进背包，埋怨天气不好。穿一身冲锋衣的庄茗茗想停下来发一条微信，但没有信号。乡村诗人王紊吟道：行路难，难于上青天……背物品的几个人话很少，但他们一直走在人群的前面。

到达宿营地，最后二里地终于被丢在身后。坐在陈旧的水泥地上，吸烟、喝水。小蚂蝗拿腔拿调，对大伙说：“同志们，请安静，我们开个短会。”沈琇琇说：“开你个头。”胖子更正道：“是开个锤子！”

山上的树隐去满身的绿色欢迎我们，林中的兽们躲了起来。乡村诗人说，“这是一群被城市耻笑的人！”

一个提刀切菜的护林员对大伙说，这里就是后河。

晚饭吃的是从城里拿进山来的干笋、腊肉和豆腐，乱炖一大锅，就着软和的米饭，在饥饿的撕扯下，吃出了各式各样的声响。

填了肚子，大家感觉很累，准备休息。于是铺了垫子，吹气。有人找不到气门在哪里，无从下嘴；有人找到了，却吹不进去。吹气垫是一个简单的活儿，但大部分人都吹不成。有人终于吹进去了，很兴奋，就死心眼儿猛吹，结果给黑夜带来一声破响。胖子真的很胖，钻不进睡袋，找人帮忙，于是，五花大绑塞进去了，却翻不了身，像一只作茧自缚的蜘蛛。

5

天亮了，那个和我在柴火堆旁喝酒的男人，起身抱了几根柴回来，拢了拢火堆，说，该做早饭了。

从一楼的另一间屋子里走出来三个男人，他们是昨夜带我们进山的三个村民。前面的老者对我说，“老板，拿你的手机看看，几点了。”

“才六点半，还早，你们可以多睡一会，等早饭做好了才起床。”我说。

“哪有这个福气！”老者揉了揉眼睛，说，“靠阮四海给我们做早饭，得等到太阳落山。”他看了看护林员，轻蔑地笑了笑。

护林员没说话，起身进屋，拿出一个四方形铁架罩在柴火堆上，又抬了一口大铁锅，支在铁架上，往锅里盛了水。

护林员对我说，“我叫阮四海。”

老者回屋里抱出一捆面条，说，“早餐吃点面条，中午饭才是羊肉。”他看了看香樟树上烫了皮的公羊，对护林员说，“阮四海，人家吴老板可说清楚了，羊一定要弄干净，羊头要留着，得带到双马杆去。”

阮四海说，“是了。”

人们陆续起床。几个女人在二楼的过道上梳头，大声开着玩笑，交流着昨夜倾听胖子鼾声的感受。

从隔壁房间走出来的小蚂蝗问沈琇琇，你老公平时睡觉打呼噜不？沈琇琇说，打。又问，你习惯了吧？沈琇琇说，习惯了。小蚂蝗说，那今天晚上你过来和胖子睡一间，我过你们那边去。祝菲在一旁插嘴说，要得，但我们不敢保证明早上你起不起得来。小蚂蝗说，实在起不来就算了。

庄茗茗睡眼惺忪，嘴巴上拴一个口罩，一边梳头一边下楼，高声问我，“苏阳同学，你一晚上没睡，去补一觉吧！”

还真的感觉到瞌睡虫往眉毛上爬。我说，还没吃早餐，没力气睡。庄茗茗说，你怕是在家抱老婆习惯了，跑到这荒郊野外抱枕头睡不着吧！我说，应该是这个原因。

胖子两手揣在裤兜里，低着头从房间里出来。他的后面跟着乡村诗人王豢和周焕，两人不停地大声说笑，他们在拿胖子的鼾声说事。周焕说，“胖哥昨晚实在是太惊险，有几次，差点一口气拿不上来，见了阎王老儿。”

“没有这么夸张吧！”胖子很不好意思，说完话，仍然低着头。

周焕说，“有胖哥的鼾声，什么野兽都不敢向我们靠近。”

“这倒也是。”王豢说。

大锅里煮了面条，每人端一个大碗，碗里的汤是羊杂熬的，里面有几片西红柿和几朵薄荷。逐一盛了面，端到屋角去吃。

胖子吃面条发出“哗啦哗啦”的巨响，又让人们笑出了眼泪。

吃了面，我去楼上补觉，头一挨枕头，就进入了梦乡。睡了好久，感觉有人扯我的头发，醒来，看见小蚂蝗坐在我身边，一脸坏笑。

“吴老板托付给你的那个贵妇人好像有点不太对劲。”小蚂蝗说。

“什么状况？”我问。

“她吵着嚷着要让我们带她到背后的山上去找电话信号，她好像是不打电话就会死。”

我连忙从睡袋里挪出身子，下楼来，看见庄茗茗拿着手机不停地拨号，看样子很是焦躁。

“在这深山老林，怕是找不到信号的。”我说。

“苏阳同学，你和我去一趟背后的山上吧，向导说，也许那里可以找到信号。”庄茗茗眉头紧锁地看着我，她那张纤巧的脸，堆满愁容的样子很好看。

我动员了几个男人，让胖子在前面开路，上山去。

在一丛一丛的绿蕨草中，好不容易爬到一个高处。树木葱茏，枝影横斜，往下倒伏的树干上缠着青藤，青藤下面的地上，有厚厚的苔藓。

信号若有若无，庄茗茗打了几次，仍打不出去。折腾了好久，有一次好像打通了，但听不到对方说话，庄茗茗“喂”了好几声，最后气急败坏地把手机使劲砸在草丛里。庄茗茗发怒的时候，一头秀发从脸上拂过后颈，仿佛也在发怒，差点就要立起来。说实话，庄茗茗发怒的样子，也很好看。

“打不通就不要打了，又不是有什么大事。”我说。

庄茗茗双手捂脸，小声抽泣起来。庄茗茗抽泣的声音，像一件高贵的乐器在演奏一支忧伤的曲子。

呜咽了一阵，她抬起头来，满眼泪花地对我说，“真的出大事了。”

“你又没打通电话，怎么知道出什么大事了？”我问。

“早上起床的时候，我站到房顶上去，找到了一些信号，我打通了吴添的电话，问他出发了没有。”庄茗茗抹了抹眼泪。

“他怎么说的？”我问。

“他只是说了一句有特殊情况，让我们先在后河待着，随即就没有了信号。”庄茗茗说。

“待着就待着吧，有什么稀奇的，可能是工作还没有汇报完，领导的秋风还没开始打。”我说。

庄茗茗没有说话，起身到草丛里找手机。

小蚂蝗拿着庄茗茗的手机递过来，说，“美女的手机这么好，都没有信号，我们的就更别说了，估计连电池也要造反。”众人笑，庄茗茗也勉强挤出了一个笑容。庄茗茗皮笑肉不笑的样子，也很好看。

我站在一棵树弯曲的树干上去，见手机有了一格信号，立即拨了吴添的号码，没有响动，过了好大一会，拨号结束。我又拨了一遍，大约十秒钟，听筒里传来关机的提示音。

“应该不会出什么大事，估计是在汇报工作吧！”我想。

我大声说，“这样干净的地方，没有手机信号是正常的。”

乡村诗人王紊说，“没有信号才好，免得惊扰了林中那些细小的生命。”见庄茗茗愤怒地看了自己一眼，他就不再说话了。

6

午饭是羊肉汤锅，红烧的，里面放了土豆、山药，加了丁香、山奈、八角、胡椒、花椒，远远就闻到了一股香味。老者拿一个大勺从大锅里舀羊肉汤，盛了满满三个大钵，端到一张方桌上，对大伙说，开饭了。

众人自己拿碗筷，从一个铝锅里舀了饭，就凑往桌子边吃饭。后河宿营地没有几个凳子，人们都站着，只有庄茗茗不时坐下来，吃几口，又站起身。护林员阮四海自己舀了一碗饭，却不下筷子，看着人们吃。我往他碗里夹了几块羊肉，对他说，“你最辛苦，应该多吃一点。”

旁边啃羊骨头的老者说，“要说辛苦，是他养了这只羊五年。”护林员嘿嘿地笑，他刨了一口饭，并没有动碗里的羊肉。

吃完饭，小蚂蝗问，“我们是不是该去双马杆了？”

我没说话，看了看身旁的庄茗茗。

“再等等吧，吴老板没有到，我们哪能走！”我说。

“那就等等。”胖子满脸佛笑，说，“我们可以先玩玩扑克，顺便喝喝茶。”

“你带了茶？”小蚂蝗问。

“没带，茶室里有。”胖子说完，哈哈了好一阵子。

就到二楼，昨晚睡觉的地方。胖子从包里翻出扑克，找来一张胶纸，铺在一块水泥砖上，就召集周焕、王紊和小蚂蝗打牌。

盘腿而坐，发了牌，胖子习惯性地嚷嚷：服务员，泡一壶普洱。哪来的普洱，只有龙井，客官可以凑合一下不？这是小蚂蝗故意嗲出来的声音。可以，来一杯龙井吧。好的，好的。众人知自己不在包厢，而是在另一个人间。

斗地主。第一把，试试，不兑现；第二把，头打二开；第三把，散伙。还真应了那句话：头打二开三不来。老远来这里打牌，实在是太浪费时间了，不如到后面的山上转转去。于是，收了牌，下楼，找护林员带路，我们去林中。

森林看起来很旧，有一种被时光抛弃了的感觉。森林里的每一个角落都散发出动物尸身的味道，连一只野兔也死得无比壮观，一把骨头挂在树杈上，长耳朵模糊的棱角隐藏在青苔中。继续往前走，进入幽深之地，树就不像是树了，感觉到树是天空的活化石，它们一站起来就一股脑儿往天上钻，即便是仰起头来，看到的也只是树叶。我想，天有多大，要在这样的地方才知道。此时，天其实并不大，它只是树叶间一个小小的缝隙。树和树一起站着，树和树一起经历着从没有人看到过的生长和死亡，周而复始地渲染着森林的寂寞。

护林员走在最前面，手里拈一根草，挽着圆圈，一副心不在焉的表情，估计是昨天晚上没有睡觉的缘故。庄茗茗走在人群的最后，手机举过头顶，找信号，几乎是每过一分钟，就要拨一次电话。我说，庄总不要焦虑，先耐心等待，吴老板说不定已经在路上了。

她不说话，还是把手机举过头顶。

越走越远，身后的宿营地只剩下房顶。人们开始兴奋，纷纷掏出手机拍照。

我问庄茗茗，“你在马甸乡长大，你来过黄连林区吗？”

“没有。”她说，“我家在小街子上，这地方我只是听说过。”她说话的时候，还是将手机举过头顶。

渐渐走入旮旯，路变得越来越窄，需攀着左右的树，才能往前穿。人们开始放慢脚步，后来就倚在树上歇息。庄茗茗一个人走到斜坡的高处，把手机举过头顶，继续找信号。

沈琇琇对胖子说，你体格健壮，应该代替苏阳去保护这位大美人才是。胖子说，哪轮得到我，人家是吴老板的菜，苏阳也就是个服务员。小蚂蝗说，胖哥说话如此没有底气，真是空有一身武功。胖子说，你本事大，你来。

停下来的时候，我们才开始认真地欣赏林中的风景。苔藓抢眼的绿，绿得发光；小竹笋仿佛在争相破土，穿着薄薄的嫩嫩的一层，光洁的肉体暴露无余；青苔的皮肤上有小小的菌头，精致的伞盖被光影挑逗得风情万种……林间的光斑此时成全了这些孤独得用自己的身体储藏毒素的尤物，“咔嚓咔嚓”的快门声音按住了这庞大的、惊人心魄的大自然的梦遗。森林的白天在一群人的肆意入侵中，渐渐变得温顺起来。林间开阔地，各种不知名的草聚集起来，连我们经常在城市的路边看到的“过路黄”也无比鲜艳；一棵大树的身上，生出了好几种不同品种的树，还有不同花科的草本植物，周身裹满青苔的藤条，缠绕在树上，树仿佛又是缠绕在另一棵更大的树上。

此时，我们听到庄茗茗小调式的呜咽。

“还没有找到信号？”我爬往斜坡上去。

“找到了。”她说，“可是这个骗子，还是关机。”她用手拂了一下脸上的头发。

庄茗茗的警觉让我不得不思考我们的行程。本来，按照吴添的安排，我们必须在后河等他，他到了以后，我们再去双马杆。但眼下他一直关机，说不定真的出了什么事，我们不可能在这里久等下去，让“采风”活动死于襁褓。

我号召大家原路返回，收拾行李，去双马杆。

回宿营地的路上，庄茗茗还是走在最后，她似乎是有意要远离人群。

7

我想，吴添一定是出了什么事。

这些年来，吴添在煤炭局长的任上，在凤城名气不小。煤炭局是个重要的岗位，管着上百个煤炭老板，这些老板有本地的，也有外地的，个个都身家千万，却都因为近年来凤城煤炭资源大面积开发引发的各种矛盾而焦头烂额，都因为要赢得某种“许可”争得头破血流。吴添作为煤炭局长，手握重权，不免有很多关系像蜘蛛网一样缠着他，以至于难以理清，无论上下班时间，都经常被那些煤炭老板围追堵截，搞得他如履薄冰。吴添是一块当官的好料，深得钱春老师真传，林校毕业后不几年，就去马甸乡当了副乡长。那时，我还在县林业局做科员，吴添提拔后，老师有意栽培我，向林业局长递好话，让我接替吴添，任林业规划股股长。由于无心成长，加之对写作日渐痴迷，我便向老师报告，说自己懒散惯了，难当此任，况且自身过于愚笨和执拗，难免会影响工作进程，老师如是真想帮我，何不如让我去一个清闲之地，多有一点时间读读书，聊以自慰。

“你可要想好了，以后不能说老师不管你。”钱局长抬了抬鼻梁上的眼镜。

“哪敢有这样的想法？我这是自作自受，请老师千万理解。”我站在他那张硕大的办公桌对面。

两个月后，我去了县文化馆，从此信笔涂鸦，哼哼唧唧，一晃过了多年。

吴添顺风顺水，沿着老师当初的足迹，在乡镇上转圈过瘾，很快就调回县城，先进了经贸局，又去了林业局，再后来当了煤炭局长。说实话，作为发小，我见证了吴添一路的成长，也见证了他的转变，有时候，我感觉到这个和我一起长大、一起上学、一起分配到同一个单位的同学是那么陌生。在校时，他一门心思扑在学习上，以图有朝一日修成正果，出人头地。而我，总是醉心于各种报纸上的豆腐块，写着青春岁月里毫不具体的人生感悟。吴添说，有本事你把自己写成一个大作家，离开这个穷山沟。我说，会有这一天的。而事实上，当我回到现实，的确感到手中这支笔太拙劣，不得不承担起“为赋新词强说愁”导致的后果，有时候也曾迷茫，但也常常找各种理由为自己开脱。

吴添的妻子冉小娟，也是我们的同班同学，是当时林校一等一的美女。上学时，我喜欢冉小娟，但没有勇气表白。吴添看穿了我的心思，对我说，“你要是喜欢她，就大声说出来。”我说，“我偏不说出来。”吴添说，“像你这样懦弱的人，根本不配喜欢她。”但我那时不知道，吴添也喜欢她，以至于我后来不明不白地上了他的当。吴添当时对我说，“你不是妙笔生花吗？写一封情书，我帮你转给她。”我就写了，用一个印有“绿草诗报”的拆过的信封装起来，封上，交予吴添。几个星期后，仍没有下文，倒是感觉到冉小娟和吴添渐渐热络起来，直到有一天晚上，我看见他俩站在桂花树下赏月，冉小娟的手挽在吴添的臂弯里。

“其实我知道，只有你才配得过她。”我当时是这样说的，“像我这样一个求爱都要依靠情书的人，本身就不够勇敢。”

“错！”吴添把我递给他的一支烟掐为两截，丢在地上，用一只脚狠狠地碾成粉末，“我也是用情书求的爱，只不过，我亲自把情书当着她的面拆开，大声地读给她听。”

“你写情书？”我当时想笑。

毕业后，他们很快就结了婚，生了一个女孩。当时，冉小娟在农业局经作站工作，全心全意地为吴添服务。

“你为什么在外面有了另外的女人？”有一次我们在一张桌子上吃饭，饭后，我问他。

那时，吴添在马甸乡当乡长，他们的女儿已经上了小学。

“是冉小娟告诉你的？”吴添看也不看我，说，“现在想起来，当初冉小娟要是跟了你，可能会更幸福。”

很多人都知道，吴添当了乡长后，和一个在县城开酒店的女人好上了，而这个女人，在他们看来，就是一个鬼。

吴添还是一个普通职工的时候，有一次局里开大会，安排我俩布置会场。桌椅、音响设备摆放停当后，吴添去试音响。吴添对着话筒喊我，“苏阳，你站在下面听听，看有没有问题。”

他一个人端坐在主席台上，像一个老成持重的领导一样，把话筒放在嘴边，“嘘”了一声，随即开始说话。

“同志们，我们现在开会。”他看了看我。

“你要开什么会？”我心不在焉。

“同志们，咱们请十年后的局长吴添同志作重要讲话。”他又看了看我。

“神经病。”我小声地骂。

“同志们，重要讲话谈不上，我只是和大家分享几点感受。”他抬起头来，还是看了看我。我任由他发疯。

“分享什么呢？十年后我再告诉你们。”他看了看我，说，“散会。”

还没到十年，他就做了林业局局长。那一年，他的妻子冉小娟去南广市出差，晚上在宾馆里突发心梗，去世了。

“同志们，请安静，我们开个短会。”采风出发前，我们一行人在接受王玲玲培训的时候，吴添站在煤炭局小会议室的人群中，这样对我们说。他说话时语气斩钉截铁，不像小蚂蝗，吊儿郎当。

“你和庄总是有钱人终成眷属了。”冉小娟死后，有一次我在一个饭店门口遇见吴添和庄茗茗，当时两人正从一辆越野车上下来。

“你还是改不了那副烂德性。”吴添笑笑，说，“苏同学，可有意与我们共进晚餐？”

8

双马杆离后河有十余里，但在森林中行走，可能会走好几个小时。出发之前，作为向导的老者对我们讲。

背炊具和食物的还是那三位村民，老者同样背得比别人多。一行人走在林中，看不出壮观，却有一种集体离家出走的感觉。

写诗的周焕、王紊始终和女人们走在一起，一边对着深山胡乱“用词”，一边小声地说几句干净的脏话；小蚂蝗和胖子放肆地互相揭底，一来二去地打着哈哈。我和庄茗茗断后，护林员阮四海背着一个竹篓，里面装了羊头，经过我们身边的时候，他盯着庄茗茗看了一眼，女人惊慌地扭过头去。

双马杆的方向我们不知道，几个村民也不知道，但他们认识路，他们知道一路上有几个险滩、几座悬崖，他们能背诵这一路过去会遇见多少棵什么样子的树、多少道清澈的小溪，能听见多少种飞鸟的声音，知晓这条路上什么时候来过什么人、什么人拿走了森林中的什么东西、什么东西几乎没有了……出发之前，我问过护林员：一条路转了好多弯，双马杆到底在什么方向？他说，谁也不知道。真是奇怪，如果换做我，同样不知道。但是，有一种可能是一定存在的，就是双马杆可能就在我们身旁，但我们必须转很多弯才能抵达它。结论就是：我们在森林里的行走，不可能是一条直线。

昨天别人走过的路，今天可能就被落叶覆盖了、被大风吹走了，我们的脚下只有隐隐约约的路的影子。“走吧，来了就一定要走，活着来，肯定要活着回去。”我对身边魂不守舍的庄茗茗说。

一群人摸着路边的石头，攀着树上吊下来的藤蔓，亦步亦趋地行走，也同样忘不了说一些小段子，拿彼此开玩笑，还时不时拿出相机喀嚓喀嚓地拍摄。乡村诗人王紊兴奋得像个孩子，在他的眼里，“每一棵树都是天空的衣袖，每一块青苔都是时光的秘密，每一眼泉水都是前世的亲人捧出的甘露，每一只鸟都是大自然梦中的诗句，甚至每一个人，都是尘世中干净的天使……”他趴在宿营地的砖头上写下的诗句，后来在一个地方杂志上刊登出来。

但双马杆真的很远很远。

庄茗茗似乎有些走不动了，索性挽着我的手臂，任由我拖着她前行。走了一阵，看见溪水。溪水流到一个地方，就拐一个方向。大家停下来休息的时候，胖子说，“你们看，那丛绿竹，腰身多好看！”他其实是指着庄茗茗。

笑。但是表情各一，男人都笑得很放肆，女人则笑得拘束，几个女人和庄茗茗没有太多的交情，一路上似乎没有和她说过话。

狭小的天空中，向晚的太阳同样炽热。我们又继续走，看见红豆杉。红豆杉高傲的身姿迎着太阳，而云朵则缓慢得近乎迟钝，就像脚下的石头，仿佛已沉睡了好几个世纪。脚下的溪水，流着流着，就把整条路包裹起来，人就只能踏着溪水前行。溪水变成浅浅的小河，我们行走在河面上，踩着硬硬的石头，行走就像舞蹈，但有些生硬。

“流水从平地流到陡峭的岩石边，仿佛是爬上去的，多么奇怪。”周焕眉头紧锁。“我们一直看着河面行走，猛一抬头，流水好像已经爬到树上，奔向天空，满树是流水，满眼是流水；我们一直看着前面的流水行走，走着走着，流水就不见了，它去了哪儿？转过身子，流水在你背后，它转了个方向。”周焕的文章，后来也发表在地方杂志上。

庄茗茗不说话，我无话找话，说，“庄总在马甸乡长大，可见过这几个村民？”

“马甸人都差不多长得一样，看见他们，感觉到很面熟。”庄茗茗说。

向导和护林员突然不见。喊话，树木太茂密，没有回声，喊着喊着连自己也听不见了。胖子很焦急，说，“看足印吧！”乡村诗人说，“足迹被流水带走了。”河流到处分岔，不知道要往哪里走。骂，最先是沈琇琇的声音，歹毒、尖刻；后来，几个女人一起骂，骂着骂着，就格格格笑起来。男人中，胖子带头骂，学着用云南各个地方的方言，用扭捏的四川方言、贵州方言骂，先骂这座老谋深算的森林，接着骂这奇怪的流水，最后骂狗日的向导和护林员。刚骂了两句，有人抬头看见护林员和三个村民坐在高处的一棵树下，微笑着看我们，提醒大家别骂了。但是，脏字已经蹦出口来，收不回去。树木太茂密，被骂的人不一定听得清楚，人们又大笑，说，我们讲的都是诗。

所有人的手机几乎都在同一时刻响了起来，是短信提示。

护林员说，双马杆到了。问：在哪里？答，背后这座高山上。双马杆在一座山上，真奇怪。流水呢，突然不见了，周焕说，它回过头到其他地方去了。

“你这家伙，怎么如此沉不住气！”吴添给我发来短信。

庄茗茗的脸上有了一丝笑容，想必她是看了吴添给他发的短信——她看了很久，想必吴添给她说得更详细一些。

庄茗茗说，“吴添短信表示，他已经出发了。”

我问，“他大约什么时候到？”

“没讲。”她说。

打吴添电话，仍然关机。我说，“反正他一路上也没信号，应该是索性关机吧，到时候也好给你一个惊喜。”庄茗茗在我手腕上使劲掐了一下。

“你给他发个短信，就说我们已经到双马杆了，让他直奔这里。”我说。

双马杆没有营房，我们把帐篷搭在一块斜坡上。

斜坡其实就是森林中间的一块空地，仿佛被很多人用身躯碾压过，几乎没有什么植物生长。空地的四周，是被绿色渲染得几乎呈黝黑状的森林。

老者说，“四周的森林里，有很多黑熊，大家要把帐篷搭得密集一些，免得早晨起来，有的人就不见了。”又是一阵“嘘”声。

庄茗茗还是没放开我的手臂，我有意提示她，“你的吴老板就要来了，你现在大可不必借我这弱不禁风的身躯遮风挡雨，我也做不了你的真命天子。”她又掐了我一下，放开手，向另外几个女人走去。

小蚂蝗又开始拿腔拿调，“同志们，请安静，我们开个短会！”

9

柴火燃在斜坡上。柴火上烤着从山外带来的鸡、鸭和五花肉等食物。吴添还没到，那些香喷喷的食物只能在铁架上继续待着。胖子踱着步，像一个落魄的地主，偶尔看看柴火上的铁架，说，要饿死了。

不断地打吴添的电话，始终是关机。

天已经黑了。

护林员一个人坐在一边，端着一个碗在喝酒。见了我，说，“老板，要不要整一点？”

“整一点吧。”胖子也凑过来，要了半碗酒。乡村诗人王紊，周焕，小蚂蝗，继续和几个女人说些天上地下的事情。

“好吧，你让我说说，我就说说。其实，我根本不愿意说那些自己不想说的事。”护林员喝了一口酒，准备告诉我关于他女人的一些事情。

“如果不谦虚地讲，我是一个作家。”在我准备听他讲往事之前，我对他说。他笑了笑，说，“你们这些大记者，以前我也见过几个，在我还是一个养殖户的时候，有人来我家采访过我。那时，我有很多只羊。”

还是从他的羊开始说起，说到母亲的病，再说到他的女人。

“我有两个女人，”他说，“第一个女人为我生了个娃以后，去浙江打工，就再也没回来过。”

他似乎只想用一句话来说完第一个女人的事情，所以他接着说，“第二个女人小我八岁。”然后，又补充了一句，“第一个女人在一家皮革工厂里做工，有一天下班时，过马路不小心，给车撞死了。得了一笔补偿费，五万块，后来给我母亲看病，全花光了。”

“第二个女人，是我成为养殖户的时候跟了我的，她长了一副中看不中用的皮囊。”他把碗放在地上，继续说，“在我快要卖掉所有的羊的时候，我母亲还躺在病床上，她说，她要到城里的一个叫‘尔雅’的夜总会去上班。尔雅，一个很不干净的地方，我一辈子都不会忘记。”

“尔雅？”我问。

“尔雅”就是“有凤来仪”的前身，几年前涉黄，被公安局捣过一次，后来摇身一变，成了凤城规模最大，档次最高的酒店，老板就是庄茗茗。

“有凤来仪”这名字当初还是我给取的。吴添说，既要有“凤城”这一地域元素，也要体现文化内涵，最好是有所出处。吴添还说，在凤城，只有大作家苏阳才有资格为这个酒店起名，这回该是你一显身手的时候了。

“有凤来仪”，真好！况且这家酒店的老板，是一个美女。

“我要饿死了。”胖子的一声大喊，不得不让我的采访停了下来。

“那就先吃吧！”庄茗茗说，“反正他已经在路上了，给他留一点便是。”

留了三个人的饭菜，剩下的，不大一会儿就被人们吃了个精光。

我还想听护林员讲故事，就把他约在我的帐篷旁边，说，“咱们继续吧！”

老者在柴火堆旁向我招手。我走过去，问他有什么事。

“你是公安局的吧！”他在试探我。

“你为什么要这样问？”我说。

“其实，他对你说了谎话，他这个人，说谎话说惯了。”老者说。

“如果可以的话，我倒是想听你说说。”我向老者递了一支烟。

“其实他犯过事。”老者点了烟，接着说，“他原来是一个代课教师，后来因为扒了一个女学生的裤子，被开除了。不过我可以证明，那女娃真的只是被扒了裤子。”

“他的女人去浙江打工，被车撞了，他得了五万块钱的赔偿，不过被他赌钱输掉了。”老者边说，边抬头看了一眼坐在帐篷前抽烟的护林员，又说，“他是一个好吃懒做的家伙。”

“他的小女人后来去了哪里？”我问。

“他哪来的小女人！”老者说完，嘿嘿嘿地笑。

“就是去县城夜总会上班的那个。”我说。

“你说的是徐小芬。”他说，“那不是他的女人，是他兄弟媳妇。他兄弟打工去了，把女人留在家里，这女人后来的确是去县城一个什么地方上班，听说是做了龌龊事。后来，他替他弟弟去县城找过这个女人，还被夜总会的保安揍了一顿，差点丢了命。”

“他为什么说那是他的女人呢？”我问。

“这家伙爱说谎，有时候自己说着说着，就把谎话当真了。”老者招呼我去一棵树下，坐了下来，接着说，“这家伙，他说他有好多羊。而实际上，他只有一只，还是在山上捡来的。”

“他在这深山老林里养了这只羊五年，我们都开玩笑说，如果是只母羊，估计会成为他的婆娘。”老者说完哈哈大笑。

“他母亲呢？”我问。

“早死了。”老者说，“他老娘拖着一身的病，还把他的女儿养大成人，前几年天天吐血，吐得皮包骨头。就在他女儿出门打工的那一年，也就是他扒了那个女学生的裤子的那一年，他被人家追着找麻烦，到处躲，连他老娘死了他也不知道。”

“他为什么要说他有很多只羊？”我问。

“谁晓得！他经常说谎。有一年，县里来了几个记者，他告诉他们，他是养殖户，他带着他们满山转，始终找不到一只羊。”

护林员双手插在裤兜里，慢慢向我们走来。老者不再说话，他从地上爬起来，拍了拍屁股，朝火堆旁走去。

护林员走到我旁边，低声对我说，“这老者，是我老丈人，我小女人的爹。”

我递给他一支烟，说，“他刚才对我说了。”

护林员一惊，差点没把一口烟吞到肚子里去，呛得他直咳嗽。

10

吴添还是没有来，手机一直关着。

柴火已经熄了火苗，只剩下一些红色的炭块。护林员和三个村民围着火堆打盹，他们没有帐篷，因为他们不能休息，要给睡着的人们放哨。帐篷里亮着充电节能灯，隐隐约约的灯光，让夜色更加静谧。庄茗茗没有睡，她和我坐在帐篷前，轮番拨打吴添的电话。

“他就是一个骗子。”每一次拨完号码，她都会说。

“不会的，他一向说一不二，我了解他。”我说。

“你还有我了解？”她语气里有一丝轻蔑。

胖子的鼾声从最左边的帐篷里传来，一阵急似一阵，我听见中间帐篷里女人们格格格的笑声。

“你似乎对那个护林员很有兴趣。”庄茗茗说这话的时候，眼睛始终盯着手机的屏幕。

我一时不知道该怎么讲，就说，“也是因为在这深山老林里，感觉无聊，听他讲讲黄段子，打发时光而已。”

“冷笑话吧？”她说，“其实这个人我认识，他以前是一个代课教师。”

“我知道。”我说。

“他被学校开除后，穷得叮当响。”庄茗茗的眼睛还是盯着手机，“有一年，我回马甸招服务员，他领了他的兄弟媳妇来找我，从我这里预支了一千块钱的工资，可那个女人不听话，到酒店上班不到三天，就和一个男人跑了。这个好吃懒做的家伙，居然来酒店敲诈我，说要是不交出人来，他就要告我。”

“后来呢？”我问。

“后来，我让保安把他撵走了。”她提高了嗓门，接着说，“你以为我怕他！他扒女学生裤子的事，足可让我整死他！”

庄茗茗的电话突然响起来，看她接电话的表情，应该不是吴添打来的。她站起身，拿着电话往火堆的方向去，叽叽咕咕地讲了好久，才一脸沮丧地回来。

我问她怎么了，她说，“一些烦心事，本不想去理会，但不理会不行，很多时候，人总是身不由己。”我问她是否打听打听吴添今天什么时候出来的，什么车送他到黄连山脚，他都找了谁带他进山来。她说，我让人去打听了，煤炭局的人都说吴局长上午汇报完工作，一个人开车送领导离开，再也没进过办公室，后来的事，谁也不清楚。

“他不会真的遇到什么麻烦吧！”我说。

“说不清楚。”她叹了一口气，“早就貌合神离了，人家在到处找大树乘凉，哪顾得上别人的死活！”她还是目不转睛地盯着手机。

胖子的鼾声不停地变换着节奏，在一波接一波的声浪里，间有山蛙和夜鸟一声声凄厉的鸣咽。

“我多么羡慕你们，有空就游山玩水，过自己想要的日子。”庄茗茗把头抬起来，对我说。

“哪有你们好！你和吴老板是有钱人终成圈畜，有钱最实在，无聊时，抓一只鬼推磨玩耍！”我故意把玩笑开得与他俩有关。

胖子的鼾声停下来，四围一片寂静。

“有钱好是好，就是怕保不住。”她好像想起了什么，半晌，她问我，“当初吴添和冉小娟的感情怎么样？”我说，“你不是比我清楚吗？要说感情，你们之间才是最牢固的，不然当初他怎么会抛下冉同学，跪倒在你的石榴裙下。”

“人是会变的。细细想来，到今天我才发现，吴添他根本就不需要感情，他需要的是援助，前些年，我一直给他提供源源不断的援助。”庄茗茗开始抽泣，“你们这些读书人，都有一百个心思，谁能猜得透？”

深夜，我们各自回到帐篷里歇息。大森林的夜晚，幽深得让人不由自主地向命运妥协。不知道庄茗茗是否能顺利地进入梦乡，反正我是无法入睡，即便昨晚熬了一整夜。我突然想起护林员说过的话，睡不着的时候可以数羊。可是，脑子里一只羊也进不去，倒是反复想起很多与吴添有关的往事。

吴添在马甸当乡长的时候，有一次冉小娟找到我，问，“你知道吴添在外面有小女人的事吧？”我说，“只是听说而已，但有可能是谣传。”冉小娟说，“别帮他隐瞒了，这女人是他在我们的老师组织的一次饭局上认识的，说不定你也认识。”我说，“你没必要把这当回事，他们之间如果是朋友，吴添的事业会得到帮衬；如果他们是情侣，你的负担就会轻许多。”冉小娟骂我，说我和吴添是同一个货色。我自然很委屈，但没狡辩，心想，要是当初冉小娟跟了我，肯定不会如此受气。当然，冉小娟自始至终也不知道我喜欢她，话说回来，就算知道，我们也不一定能走到一起。

关于冉小娟的死，曾在凤城引起不小的波澜。有人说，冉小娟真的很会死，死在吴添和庄茗茗打得火热的时候。不过也就是说说，有大医院的死亡鉴定，再蹊跷也只是个没什么用的疑问。

有一年在老家，年初一的餐桌上，我问吴添，“你大哥吴发最近怎样，为啥不回家过年？”吴添说，“公司事多，一个土老板，挣钱自然比回家过年重要。”我说，“吴发大哥这些年也激战商场了，你们家门楣闪光值得祝贺。”吴添听出我话里有话，再次警告我闭紧狗嘴，小心被打破狗头。

其实，几乎整个木桶沟老家的人都知道，吴添的哥哥吴发在南广市，前些年一直靠收保护费混日子，进了不少于三次大监。有一次，我们的老师钱春在饭桌上告诫过吴添，说，“他要是长此以往下去，我是不会替你求人去的，你得管管。”当然，老师说完后，立即哈哈大笑起来，打趣说，“你两兄弟，真是无法无天了。”

整个夜晚，我都被发小兼同窗吴添的这些破事折磨着，眼睛始终盯着那盏越来越暗的节能灯，直到天快亮了，才恍恍惚惚打了个盹，醒来时，人们都撤了帐篷，小蚂蝗拿一根草使劲戳我的耳心。“乖乖，昨晚与美女缠绵，意犹未尽吧！”

“滚。”我没好声气。

“呦呦呦，你这个捡漏王，小心我说出去。”小蚂蝗阴阳怪气地离开。我赶紧爬了起来，走出帐篷，看见庄茗茗衣衫不整、披头散发地坐在火堆旁，忙过去打招呼，问，“昨晚睡得可好，有没有被胖子的鼾声打扰？”

“睡个屁。”她一脸沮丧，又说，“这个骗子，看我不阉了他。”

“眼下最重要的是找到他，到时候你要怎么阉，作为他的发小，我没什么意见。”

太阳出来了，照在斜坡上，暖洋洋的。采风的男人女人们，在空地里发疯。清晨的胖子，自然又成为人们的笑料。

11

乡村诗人王紊说，原始森林是有魔咒的。他此刻像一个道士，一脸的嶙峋写满了出尘之后的满足。他说，“原始森林的咒语会让每一个内心肮脏的人找不到回家的方向，因为他们看到的树不是树，天空不是天空，路也不是路，他们会绝望地死去。”小蚂蝗说，“依我看，你内心最肮脏，此时你看到什么？”王紊说，“我看到了你，你不是你。”小蚂蝗问，“我是谁？”王紊说，“你是你爹。”

两人在胡说，其他人在笑，只有庄茗茗一副痛不欲生的表情。此时，她在给一个人发短信。

胖子说，“来之前，他们说林区有三十多种珍禽异兽，我怎么一只也没见过。”小蚂蝗接过话，“你不是把自己带来了吗？”人们又笑，几个女人笑得弯下腰去。

庄茗茗一脸惨白，她的手机似乎已不能拯救她的灵魂。

说着，在几位村民的带领下，就去了离空地大约三百米远的一个地方。一棵老得看不见年岁的树，底部有粗大的树干，可以让五个男人伸出双臂去合围。树干在离地五米左右分了叉，两根，又继续往天空延伸，又长四五米，再次分叉。一棵不断分叉的树，有多高，我们都无法估量，直到那些分叉的地方看不见，那些抚摸云朵的叶片看不见。

老者说，这是一棵神树。

胖子嘿嘿嘿地笑。胖子说，这是珙桐，应该有一千年了。

小蚂蝗用手机从各个角度拍照。小蚂蝗说，鸽子花很漂亮，只是你们没看见。

其实都看见了。鸽子花其实就是珙桐树的叶片，在清晨的阳光照耀下，颜色泛白，形如飞鸽。小蚂蝗说，鸽子花只开到中午，阳光一硬，它们就蔫了。

神树粗壮的根部，那些斜伸出来的根须，缠着很多红色的布条，红布条旁边，是一些香蜡燃过的灰烬。对，还有腐烂的兽骨，那些从很远的地方来双马杆祈求神树施予美好前途的人，他们带来了各式各样的祭品，这些尘世之中的俗物，一部分腐烂在泥土中，一部分被林中的鸟兽分食了。

原来吴添是想来此一拜。

原来，我们的钱春老师，也曾来此一拜。

庄茗茗从老者的背篓里拿出羊头，双手端着，径直往大树的根部走去。此时的庄茗茗已经往身上搭了一件洁白的外套，头发梳得像下垂的瀑布，她洁白而纤细的五根手指，紧紧抠着羊头。此时的庄茗茗，真像一个美丽的女巫。

这是我看到过的最美的羊头祭。对着一棵树，庄茗茗慢慢躬下身子，左膝下倾，着地，右膝慢慢曲下，跪姿优雅。她双手托着羊头，慢慢举过头顶，整个身子九十度前倾：一拜，二拜，三拜。拜毕，右脚脚掌着地，支起半边身子，左脚也慢慢立起来，直溜得像一个新扎的稻草人。就这样立在大树面前，双眼紧闭，丹唇欲启未启，似是虔诚颂祝。

一群人不说话，周围的树上仿佛没有一只鸟，连一缕风都没有往这寂静之地吹过来。

大约过了十来分钟，庄茗茗突然失去重心，身子软塌塌地落在地上，大放悲声。哭得很内敛，没有一句具体的诉说，只是“啊啊”或者“呜呜”。

我接了一个电话。

回到斜坡上，大家收拾行李，准备返回。老者凑到我身边，说，“这女人，我是见过的，那年，她抬一条板凳坐在马甸街上，手里拿一个牌子，招女服务员。”

“她就是马甸街上的人。”老者说，“阮四海的兄弟媳妇就是被她招去的，听说去了没几天，就不见了。”

“她后来又来过马甸一次，我亲眼看见的。”老者一边把吃剩的东西往背篓里塞，一边说，“他们来找阮四海，我当时还以为要出什么大事，后来好像什么事也没有，几天后，阮四海去了南广，大约呆了两个月，就回来了。”

“到底还是回来了。”他说，“阮四海回到马甸，兴冲冲地告诉每一个人，说他有工作了，他说他要到这片林区当护林员。”

“他去南广，不是去收保护费吧！”我有意无意地问。

“听说是去帮谁搞定一个人！”老者说，“是一个女人。”

“他能搞定女人？”我问。

“很多人都说，南广的某个宾馆里，有一个女人死在里面。很多人都说，那个女人就是被阮四海搞定的。”老者说完，嘿嘿嘿地笑。

我又接了一个电话。

开始出发。路线是先回后河。如果行程顺利，到后河可以歇一会，然后继续赶路，离开森林；要是走得缓慢，可以在后河住一晚，明日再回去。沈琇琇问，“有没有一条可以直接出去的路？我可一分钟都不愿意再受鼾声的折磨了。”小蚂蝗说，“原来你在家一直和老公分房睡。”他肩膀上吃了沈琇琇一拳，闷声地响。

电话信号又开始减弱，在深一脚浅一脚的行走中，我收到几条语音短信提示，但号码始终拨不出去。最后一条短信不是语音提示，而是两个字：速回。

来的时候，路在抬头的地方；回去时，路在低头处。来的时候，流水一直往下，回去时，看见流水在高处。飞流直下的水，在石头上拐弯、驻足、徜徉，一路浅吟低唱，路过树叶、苔藓、珍珍花，路过碎了一地的阳光，汇入地上的河流，转眼又绕到一群人的身后。这时候，乡村诗人王紊又开始慨叹大自然的造化之功。小蚂蝗问：这河流会不会又流到高处的悬崖，成为瀑布再跌落下来？胖子说：应该是吧。小蚂蝗背了他一眼，说，你懂个球，你又不是诗人。

一群人站在瀑布之下，氤氲的潮气夹杂着水珠泻过脸颊，渗入口舌，微甜，像被身后的人突然亲了一口，有种防不胜防的羞涩，随之而来的渴望渐渐升腾。

“其实也就是一次飞身殉葬的过程，因为寂寞。”周焕后来发表在地方杂志上的诗歌中，有这么一句。

12

天气有些闷热，太阳左躲右闪，终于在正午时分拨云见日，蓝幽幽的晴空在树林中碎成了光斑。到了后河，正是太阳西斜之时，林间的温度已不那么炽热。在宿营地的院坝里坐了下来，喝水的喝水，洗脸的洗脸，大家有意休息一下。我对身旁的小蚂蝗说，告诉他们，吃点东西，歇半小时，准备开拔。

“同志们，请安静，我们开个短会。”

没有人笑，人们都在啃着从背包里拿出来的干粮。

庄茗茗说她走不动了。庄茗茗说，可不可以再留一夜，明日清晨再走。我说，庄总不会是还想再等等吴老板吧，如果是这样，我倒是建议我们原路回去，如果他进山，我们可以在路上相遇。庄茗茗说，我是真的走不动了。

“我让老乡背你出去，如何？”

“我没有心思和你开玩笑。”她气愤地说。

“真不是开玩笑，我同样也没有开玩笑的心思，我说的是真话，你要是不愿意让别人背，就只有强打精神走出去。”至少我没有从自己的话语中听出一点开玩笑的意思。

“但我不想回去，我想在林中多待一会儿，我心里太乱。”她说。

我说，“我劝不了你，不过，我们已经决定不再留下来。”事实上，这个决定不是“我们”作的，而是我。我是这次采风活动的联络者，我甚至在这次活动的后半段接受了新的任务，或者说，因为吴添的缺席，我已经成为这个活动的组织者，一个身上背负着各种使命的所谓责任人。

庄茗茗又开始双手捧着脸抽泣，她几度弯下腰去，仿佛真的快要虚脱了。

作为向导的那个老者示意我到墙根下，轻声问我，“当初阮四海扒人家女学生裤子的事，如果现在有人接着告他，他会不会进去？”我说，“应该不会。你也说过，他除了扒裤子，真的没有做过什么。要是这样，就不会有事，况且时间也已经过去好多年了。”其实，我也不懂，连我自己也不明白为什么要这样对他说。

老者好像显得很失望，不再说话。我问他，“阮四海当初真的有很多羊吗？”

老者愤愤地说，“他家祖祖辈辈都没有过这么多羊，他这是想羊想疯了。”

“他为什么要这么想？”我不解。

“谁知道！这个人有时候说话总是天山上一句地下一句的，他说谎说到连自己都相信了，也不是不可能。”

“你和他有仇？”我冷不丁问了一句。

他好像被我的提问击中了要害，向后退了两步，旋即站定，脸上的汗水往外冒。

“老实说吧，那女娃是我孙子。”老者说完，脸上多了一股羞涩，“那一年，他做了这么一个蠢事，我们顾及娃娃的名誉，实在没有勇气告他，只是后来，他好像越来越有本事，居然翻进我家羊圈里偷我的羊。”老者情绪越来越激动，声音越来越大。

“那时候，我有很多只羊。”他说话的语气与护林员几乎一模一样，“后来，我的羊一只一只地死去了，死掉三十九只，最后一只，奄奄一息快死了，我把它丢在山上。”

我像做了一个梦，梦见自己在数羊：一只，两只，三只……

这时，我的手机似乎在裤兜里震动了一下。掏出来，看了看，屏幕上什么也没有。

我让大家拿好行李，打起精神，准备出山。胖子、周焕、小蚂蝗、王紊以及王安玫、沈琇琇、祝菲，都很兴奋，齐声说：“回家喽！”只有庄茗茗，还是一副失魂落魄的样子，她有气无力地说，“可不可以明天再回去？”

“不可以。”我说，“我让胖子他们背你出去。”

我在房角召集了几个村民，给他们安排了任务。又找到对护林员，对他说，天气太热，人们已经精疲力竭了，你得送我们一程，帮忙背一下行李。

与来时不大一样，人们仿佛显得很轻松，几个男人轮流扶着庄茗茗，一边攀着林间的树木行走，一边开玩笑。胖子问其他人，“采风结束后，你们准备写点什么？”乡村诗人王紊说自己一直在写，回去后还要写；周焕说已经构思好了，回去再写；小蚂蝗说好像没什么深刻的感悟，这个采风到底是没有采出什么名堂。胖子说，“小蚂蝗先生，你作为古体诗人，当然应该写几个四句子才是。”王紊插嘴，“可以写个古诗三首，或者古诗十九首。”

“两岸猿声啼不住，一枝红杏出墙来……”王紊继续说。笑得人们喘不过气来，连有气无力的庄茗茗也在笑。她笑过后，发现那三个什么也不写的女人都在看她。

护林员阮四海陪我们走了一小段路，就说自己该回去了。“天一黑，一个人是不敢行走的。”老者和另外两个村民一直走在护林员身边，老者气愤地说，“像你这种人，早该让野兽把你吃了。”护林员做了一个鬼脸，凑到我耳边说，“这老者，是我老丈人。”

几个村民突然丢了身上的背篓，神速地将护林员按倒在地，用早已准备好的绳子把他捆了起来。

“什么情况？”人们不解。

“管他们的！有仇报仇，有冤报冤，反正他们也不属于我们的组织。”我说。

出了山，沿着软软的草地往下，就看见公路像一根棉线一样躺在山腰。晴天的下午，公路冒着烟。

才发现全身骨节都在喊痛，注入体内的水很快就在每一个毛孔里散发出来。下坡，内心的劳累却突然增加一倍，双腿发软。渴，几乎隔三分钟就要喝一次水，每个人都这样。一路上都有井，井水甘冽、清凉。俯身下去先灌一气，再往瓶子里装。如此三五次，公路还像一根棉线。

女人们见到路边的树，就会停下来，把背上的包裹扔在一边，长吁一口气。

转眼看身后，翠叠叠的一大片，深幽幽的一大片，居然生出一些惆怅和伤感来。难怪世人笑我等痴痴傻傻，舞文弄墨者的脾性就是这般禁不住感动，都在一步一回头。仿佛黄连森林就是一个庞大的子宫，是生命的初始，命运的皈依。想起山间潺潺流淌的溪水，枝头叽叽喳喳的鸟鸣，想起时光里很旧很旧的斜坡地——

那个叫双马杆的地方，它的夜晚是多么纯粹和安静。说来也怪，尽管这次采风活动于我来说简直是支离破碎，但此时我居然想起了庄茗茗女巫一样的身体，想起她秀发拂过脸庞的惊艳，难怪我的同学吴添当初会不顾一切地抓住她。也想起穿行林中时那一张张通红的脸，宿营地夜晚一阵阵起伏的鼾声，以及石墙另一边无奈的叹息；想起苔藓上的一个踉跄，一棵枯树旁的快门一按，一朵小蘑菇美丽的伞帽……这人迹罕至的地方，这充斥着庞大的寂寞的绿色海洋，难道真的是神灵居住的地方？

13

黄连，拉丁学名 Coptis chinensis Franch，别名味连、川连、鸡爪连，毛莨科。属多年生草本植物，叶基徨，坚纸质，卵状三角形，三全裂，中央裂片卵状菱形，羽状深裂，边缘有锐锯齿，叶柄长 5-12cm。生长于海拔 1000-1900m 的山谷凉湿荫蔽密林中，有清热燥湿、泻火解毒之功效，其味入口极苦。在南广市凤城县马甸乡，黄连是一个建制村的名字，国土面积 66666 亩，海拔 1888 米，年平均气温 9℃，全村耕地面积 5555 亩，林地 61111 亩，全村农民收入以畜牧业为主。

黄连渐渐远去，我看到的是一块还未画上接头暗号的空地，一座天然的屏障。它用四季分明的枯荣写着岁月晨昏，清凉地、安静地、优雅地矗立，用庞大的身躯储藏足够的水分和空气，用纷繁交错的根系巩固足下的泥土，让山崩不来，狂风远去；它用山中苦涩的植物分娩时流出的体液为每一个不安的人清热燥湿，泻火解毒，让我们平静地进入梦中。

一根比棉线要粗的公路终于近在眼前。太阳悬在山尖。

煤炭局的中巴车已改变了之前的约定，提前到山脚迎接我们。中巴车的后面，一辆警车突然开始呼啸，三个穿着警服的年轻人从车里下来，他们把护林员拖到了车上。

“什么情况？”人们又问。

“莫管他。”我说。我故意让语气显得很平静。

年轻警察中有一位长得很帅，他很有礼貌地向我们走过来，先对我笑笑，然后对已经瘫软成一团棉花的庄茗茗说，“庄总，中巴车太颠簸，想必你早已坐不惯了，还是坐我们的小车吧！”

年轻警察叫王聪，和我打过几次篮球，算得上是朋友，之前我们在双马杆的时候，他给我打过几个电话；从双马杆回后河的路上，他还给我发过一条只有两个字的短信。

就这样，庄茗茗也被请上了那辆警车。

其实我知道，我们去黄连的这几天，世界上发生了那么几件小事：先是市煤炭局的兰局长借来凤城调研工作之机，把凤城煤炭局的局长吴添作为“秋风”打了后，带走了，接着是有人拿走了“有凤来仪”大酒店的账目，有人深夜从高高的楼顶上跳了下来。

跳楼的人我认识，他叫钱春，是我的老师。

“走吧，咱们回家喽！”我对疲惫不堪的一车人说。我故意显得很轻松。

最初的一段路，没铺上水泥，有些颠簸，但我们很快就在被玻璃隔断的另一个空间沉沉睡去。醒来时，车到县城，已是黄昏时分。

什么也没有

1

我一做梦，就会看见我的妻子艾翠儿挽着那个叫胡霏的男人的手臂走进一家酒店的大门。让我感到不爽的是，他们每一次同时在我梦中出现，去的都是不同的酒店，要不是我这些年记忆力急速下降，我会写下至少一百个酒店的名字；最让我感到不爽的，是每一次他们走进酒店之前，我的妻子艾翠儿都会回过头来莞尔一笑，就算她没有看到我，我也能感觉到她的微笑是冲着我来的，因为在我的梦里，除了他们俩，就再也没有其他人了。我甚至很多次差点就把梦里见到的一切告诉我的母亲，我之所以没有这样做，是因为我的母亲很冲动，自从艾翠儿去东莞打工，我的母亲就决定不再认可她这个儿媳妇了，她常常对我说，一条走草的狗，只要离开栅栏，就会变成一只狐狸。我的母亲还说，你等着吧，她抱得金砖回来，你的好日子就到头了。有时候我想，如果我对我的母亲说起梦里所见到的一切，保不齐她会立即转身进屋，从板壁上抽一把菜刀递给我，让我按照她的方式去维护一个男人的尊严和这个家的名声。我不能这样做，我很清楚暴力是永远解决不了问题的，解决问题的方式有很多种，但我绝对不能借助一把菜刀，特别是遵从母亲的授意。

对我的妻子艾翠儿每一次挽着那个男人的手臂走进酒店大门之前回过头来莞尔一笑的这个问题，我在解梦网上查过它的寓意，有很多种解释，一种是她确实没有意识到自己是在我的梦里，她的微笑属于对新生活的开启表示期待甚至沉醉。如果是这样，我是无辜的，作为法律认可的夫妻，我们还没有离婚，她单方面坠入爱河，无疑是给我一个极大的侮辱。另一种，是她故意让我看见，以此抗议这些年来我作为一个丈夫对她的忽视和怠慢，当然，如果是这样的话，说明她心里还有我，事情就有缓和的余地，这个梦在一定程度上就只是一个警醒，断不能当真。还有一种，是我太需要她了，她离家去东莞，转眼就是两年，两年间，我扮演着一个尴尬的留守丈夫的角色，我的女儿正处于青春期，属于生理上旺盛发育的阶段，我不能与她很好地交流，她特别烦躁的时候，总是无端对我怒吼；我的儿子马上要上初中了，有好几次我去给他开家长会，老师总说这孩子缺少母爱，老是往年轻女教师的宿舍里钻，进门后就不想出来。出于给自己一个恰当的交代和生活必须，我偏向于最后一种解释，过日子嘛，必须习惯于将就，我不想因为一个梦而做出什么不该做的事情来，以至于毁了自己的后半生，毁了两个孩子。

最近一段时间，我做梦很频繁，就连中午不小心睡过去的时候也做，梦里几乎都是同样的画面。我必须得承认，我越来越害怕做梦，特别害怕做相同的梦。中午不小心睡过去之前，母亲用一把梳子开始梳她越来越稀疏的头发，我看见梳子从她的头顶往肩膀上划拉下来，梳子划拉三下，我就睡着了，我在短暂的午睡中做了一个长长的梦，这个梦几乎囊括了我和我的妻子艾翠儿从认识到她出去打工的十几年来的点点滴滴，梦里的事，有些是从未发生过的，至少是我不知道的，比如艾翠儿和那个叫胡霏的男人挽着手走进酒店的大门。但当我醒过来，睁开眼睛，母亲的梳子还在头上划拉，也许这个梦只做了五分钟，甚至只是一分钟。有时候，我分明知道自己是在做梦，在梦开始的时候，我提醒自己，来点新鲜的吧，千万别又是那个画面，我的意识引领自己朝着另外的方向去，果然去到了一片大森林，我梦寐以求的森林，那里有最干净的空气，有神不知鬼不觉跑到你身边来的流水，有大大咧咧地活着的树和小心翼翼飞着的鸟，但当我在一块长满青苔的石头上坐下来的时候，抬眼一看，又是一个酒店，又是我的妻子艾翠儿和那个叫胡霏的男人。我懊恼极了，于是就听见自己的鼾声，这个时候，我是多么希望自己的鼾声把自己吵醒，但通常做不到，我数着自己的鼾声，就是醒不过来，直到母亲在一旁大声地说，你个没心没肺的猪，当心睡过头让人给宰了。我醒过来，回风炉上响着一壶烧得撒欢的开水，水壶盖儿在壶颈上叮叮当当地跳动着，母亲在院子里骂一只鸡，绝种你的，发什么骚啊，自家的食还不够你吃，还要飞到别家的院子里偷人。

警察找到我的时候，我正挣扎于中午的梦中。那是一个矮个子警察，他拍了拍我的肩膀说，睡得好沉，你的心真大啊。我问，警察同志，你来找我有什么事。警察问，你是不是叫苏阳？我说是的。警察又问，你老婆是不是叫艾翠儿？我说是的，但我习惯称她为妻子，她怎么了？警察说，出了一点事。我问什么事，警察支支吾吾地说，一点小事，需要你协助调查一下。我不知道艾翠儿出了什么事，但又好像意识到艾翠儿早晚应该出点什么事。此时我正纠结于刚才的梦境，如果不是警察突然拍了拍我的肩膀，我有可能会记住艾翠儿和那个叫胡霏的男人刚才去的那个酒店叫什么名字，这下好了，还是和往常一样，什么也没记下来。

我被矮个子警察推搡着进入一辆白色的警车，他把我放在后排两个长得很胖的警察中间，我的屁股差点无法安放下去。我问，警察同志，我是不是要和你们一起去派出所协助调查？警察说是的，也许不只是派出所，还会去其他地方。我问，艾翠儿到底出了什么事，你们可不可以准确地告诉我。警察说，你明知故问吧！我说我不懂你说的是什么意思。警察说，两个月以前你不在家吗？我说，我一直在家，别说两个月以前，就是两年来，我都在家，从未去过什么地方。警察说，你记性真差，两个月前，有几天你是没有在家的，你去了一趟凤城，箱子街165号，那里有一个小区，叫故意居，你去找一个女人。我说，我要是说你胡说八道，你会不会把我铐起来？坐在副驾上的矮个子警察果然从前面递过来一副手铐，坐我右边的那个胖子警察拿过手铐，在我的面前晃了两下，说，这要看你的态度，手铐这东西，一旦铐上了，就取不下来了。我说你们倒是要真的弄明白，我什么时候去的故意居，我去故意居找一个叫什么名字的女人，我找她干什么。矮个子警察转过身来说，你要是承认你去找过她，我就告诉你你找她干什么。我说，关键是谁能证明我去过故意居，谁能证明我去找过一个女人。矮个子警察在回答我的问题之前，皱了皱鼻子，他的鼻子会动，两个鼻孔像换气扇一样摆动了好一阵，才说，其实这个问题很好回答，不过你得先告诉我，你的老婆艾翠儿现在在什么地方。

我最不愿意听到的就是别人问我我的妻子在什么地方，自从艾翠儿去东莞，我的心里就长了一个结。本来，如果我们两人非得有一个人出去打工挣钱，这个人也应该是我，但艾翠儿不干，艾翠儿说，你出去过三次，每一次都没有挣到钱，还牛哄哄逢人便说你开了个什么酒店，养了好多员工，每一次回家连路费都是我给你的。我说，做生意嘛，有盈就有亏，谁敢保证一上马就挣钱的。艾翠儿说，关键你就没有上马，你连公司都没有，怎么盈亏呢。我说，别听村里那些没长舌头的人乱说，我的酒店大着呢。艾翠儿说，酒店越大，越不容易挣钱，你没看电视里那些大老板吗，很多都是一身债，最后被逼急了跳楼，我看你还是在家照顾孩子吧，我去进个厂，挣点小钱给娃娃交学费。我拗不过艾翠儿，只能勉强答应，但我真的不知道艾翠儿有没有进厂，有没有挣到小钱。艾翠儿去了东莞一年后，有一天，我的表弟李梵给我发来一条信息，问我认不认识一个叫胡霏的男人。我回，我从电视里看到过。他说不是胡斐，是胡霏。我说，你问这个干嘛？他说，我嫂子好像在他的厂里干活，听说工资好高的。我说我怎么没有见到她的工资？他说，许是不想给你吧。

我的表弟李梵虽然从小到大爱说谎，但他也不至于突然把慌说到他表嫂身上，因为说谎总要有个由头。即便李梵是在说谎，胡霏这个人也应该先于谎言之前存在，我的妻子艾翠儿至少应该认识这个男人。说实话，我不相信艾翠儿有好高的工资，因为她走之前对我说过，只要挣到钱，就立马打我卡里。我当时问，要是挣不到钱呢？她说，如果挣不到钱，我连电话也不会打一个回来。我说，你多半是挣不到钱的，看来我想接到你的电话是一件很困难的事情了。她的确没有给我打过电话，但不重要，因为我可以打给她。有一次我问她，你到底有没有挣到钱。她说，你前前后后出来三次，总共十几年，也没有挣到钱，我才出来两个月，哪那么容易就挣到钱了？我说，要不你回来吧！她说，你能给我路费？我说当然能，区区路费算什么！她说，我哪能这么轻易就回来了，就算挣不到钱，也要看看世面。后来我又打过几次电话，最后的一次，她说她终于进了厂了，做的是五金。我问工资多少，她说，老板让先干一个月，如果能顺利干下来，再定工资。后来她就没有接我的电话了，后来，她的电话停机了。当然，这些都不重要，重要的是，我能确定有一个叫胡霏的男人存在，我的妻子艾翠儿多半和这个男人有着暧昧的关系，如果真是这样，我天天做同一个梦就是一件很正常的事情了。

我在做梦的间隙给我的表弟李梵打电话，问他见没见过他表嫂。他说，你问这个干什么？我说，是你先起的头，我只能问你。他说，你这人真有毛病，自己的老婆在哪里都不知道，我又不是为你看老婆的。我给同村人刘天海打电话，问他有没有见过我的妻子艾翠儿，他说，东莞那么大你又不是不知道，你老婆艾翠儿就是大海里的一滴水，这滴水现在在哪一朵浪花上，谁也搞不清楚。刘天海说话老是爱打比喻，有时候他打的比喻不是很恰切，让人听不懂。我又问其他几个人，他们有的说自己现在没有在东莞，有的说有可能艾翠儿压根不在东莞，因为在东莞的老乡们，大多是有联系的。我在做梦的间隙打听不到艾翠儿的去向，倒是梦境越来越清晰，那个叫胡霏的男人，因为多次梦见，他的长相我已经很熟悉了，他个子很高，五官端正，笑起来的时候脸上有两个酒窝，年龄应该比我大一两岁。

矮个子警察问我艾翠儿现在在哪里，我的确不知道，所以也没有办法回答他。他又问我，你到底有没有去过故意居？我说这名字听起来就荒唐，好像是你故意刁难我。他说，你得老实点，去过就是去过，没去过就是没去过，去过和没去过是有很大的区别的。我说那是自然，如果我没有去过，你偏说我去过，最后的结果肯定不同。他说，你知道就好了，所以你得老实交代。坐在我右边的胖子警察又拿手铐在我的眼睛边上晃了晃，说，你要是真愿意体验体验，我可以让你试试，但是你得想清楚了。我说，警察同志，你们问的问题我一个也答不上来，我就是想到脑袋爆炸，也想不出一个所以然。前面的矮个子警察说，时间有限，你要是不老实交代，你就得待在派出所慢慢想，你的两个孩子就没有人照顾，你的母亲会满世界找你。我说，我去过箱子街，但是不是故意居我不清楚，我只是去见一个生意上的朋友。胖子警察问，男的女的？我说是女的，但真的是生意上的一个朋友。矮个子警察问，你做的是什么生意？我说，酒店。他问，酒店在哪里？我说，现在黄了，以前在浙江。他又问，叫什么名字？我说，想不起来了。这时，我想起梦中的那个酒店，但也同样想不起名字。

他们果真把我带到派出所，让我坐在一间放满书架的房间里的一条长凳上说话。这是一个很小的房间，书架上堆满牛皮纸档案盒。长凳摆放在靠窗的位置，窗玻璃上有细密的图案，看得见些许光亮，但看不清楚窗外的事物。矮个子警察问我，你去故意居找你的那个朋友，说些什么呢？我问，这算不算个人隐私？他说，这是办案需求，隐私也得说。我说好吧，她前几年和我一起搞酒店，欠了我一些钱，我去要账。他问，多少？我说，也不多，就几万块吧。有没有给你？他问。我说没有给，酒店黄了，拿什么给？他说，既然酒店都黄了，你为什么还问她要钱？我说这不归你管吧，酒店黄不黄与还不还钱有什么关系？他说，你们不是合伙做生意吗？既然酒店黄了，肯定就没有钱给你了。我说，你说的也对，关键是，她如果要是给我，我还得拿着。矮个子警察似乎失去了耐性。他把门打开！他对先前在警车上坐我右面的那个胖子警察说，看来应该换个方式了。于是，我的右手被一副手铐锁在窗玻璃里面的钢筋上了。

我感觉肚子很饿，胃部突突突地跳动。我说，警察同志，可不可以先弄点吃的？胖子说，你不说我还不觉得，你一说我倒真的饿了。旋即扭头问矮个子警察，王队，今天咱们不是吃黄焖鸡吗？矮个子说，改成干锅牛肉了，里面放土豆，正烧着呢。我感觉更饿了，口水在舌头上打转，便说，一会儿你们吃干锅牛肉，给我一盒饼干行不行？矮个子说，这样也不是咱们警察的为人，干锅牛肉得一起吃，不过在用餐之前，你得把问题全部交代清楚了。

我还是没弄明白他们想问的是什么，也不知道从什么地方开始说起，因为我真的不知道我的妻子艾翠儿现在到底怎么样了。我想问，但我不知道该怎么问。我的确在两个月之前去过凤城的箱子街，但那个地方是不是叫故意居我真的记不起来了，我的确在那个地方见过一个女人，是我的表弟李梵让我去找她的，他说，有一个人认识胡霏，一个女人，她叫曹若兰。我说，你说的还是胡斐。

2

那个男人很奇怪，我都说了，我叫曹若兰，他硬要问我是不是苗若兰。他第一次给我打电话的时候，我正在一个小姐妹的店里洗脸。我说，我腾不出手接你的电话，你晚点打过来吧。大约十分钟，我的电话又响了，还是他。我说，你真行啊，都说晚点晚点，你怎么又打过来了。他说，我有重要的事情要告诉你。我说，我又不认识你，我怎么能相信你呢，况且，对于我来说，就没有什么事情是重要的。我说的是实话，我的父母很久以前就死了，没有打制棺材，没有占用国家的土地，他们的骨灰现在供在老家的堂屋里，逢年过节的时候，我哥哥会替我们几兄妹为他们烧几炷香，因为没有墓地，所以也就没有人去掘墓；我虽然快上四十岁了，结过一次婚，但因为没有生育，我和丈夫商量了两分钟，就去民政局办了离婚，不存在子女打架斗殴的问题；我自己呢，现在好端端地躺在小姐妹美容店里的软榻上，一边洗脸一边听音乐，心情很舒畅。我最近没有去过医院，没做过什么体检，所以不会有人知道我是不是患上什么不治之症。像我这样的人，会有什么重要的事情吗？哦，对了，那个给我打电话的男人，会不会对我说我中大奖了呢，我昨天可是买了五注双色球，机选的，要真是这样，我得马上打回去。于是我拨通了他的电话。这个男人真奇怪，明明刚刚还在打我的电话，现在却问我是谁，我说，我就是你刚才说的那个苗若兰，不过我还是要强调，我实际上是叫曹若兰，你弄错了我的姓。他说，我有重要的事情要告诉你。我说你是彩票公司吗？他说不是。我又挂断了他的电话。过了两分钟，他给我发来一条短信：如果你是苗若兰，我想告诉你一个关于胡斐的事情。

我不认识胡斐。如果他是打错了字的话，我想他要说的那个人叫胡霏，是我的前夫。真是奇怪，胡霏的事和我有半毛钱的关系吗，我俩在两年前就离婚了，他现在就是死在荒郊野外，我也不会为他流一滴泪。我说的是真话，尽管我和胡霏有过十年的夫妻关系，但这十年我是怎么过来的，我自己最清楚。刚结婚那两年，他对我还算好，但我总是怀不上，后来去医院检查，诊断出来是我的问题，他就有了别的心思。虽然一直拖着不离，但他是怎么想的，我最清楚。胡霏嘛，一个臭男人，离婚之前，我就是他的固定口粮，兽性发作的时候，不管是白天还是晚上，都会一把把我拽到床上，变着花样折腾我，还让我按照他的口授大声叫喊，如果我不听从，他就会使劲掐我的大腿和乳房，不停地问我，你是婊子吗？快说，你是不是婊子。有好几次，我真想在枕头下藏一把剪刀，趁他骂我的时候捅破他的喉咙，但我还是没有这样做，因为我知道我俩迟早有一天会离的，我不着急。对于我来说，有没有男人没关系，反正我不会生育，已经失去了作为一个女人最重要的功能，成为一个废品，而他，晚一天离婚，就会少一点机会，我希望越晚越好，最好是让他在我的身上累成一个空壳，落得浑身上下不再有一个可以吸引女人的地方。然而我弄错了，自他去广东开了个五金厂，挣了些钱，就理直气壮地和我离了婚，那些女人看在钱的份上，同样往他胸口上挤。老实说，我的前夫，人长得不错，个子又高，笑起来的时候，脸上有两个迷人的酒窝，如果他在床上玩得高兴的时候不逼着女人大声叫喊，不骂女人婊子，就没有人知道他是个禽兽。

我现在搞不清楚胡霏到底还有什么事情与我扯得上关系。离婚时，涉及财产分配，那套位于凤城箱子街165号故意居的房子，给了我。除了房子，我什么也没要。我当时想，就算以后没了活路，我也不愿意要他的一分钱。现在，这个陌生男人给我打电话，说有一件关于胡霏的重要事情要告诉我，我真的提不起任何兴趣来，但转念一想，他要是真的死在荒郊野外，我以前妻的名义去给他收个尸，见证他在这个世界上消失，也不是不可以，甚至因为这样，我就有了充足的理由顺理成章地忘却那段不齿的婚姻，重新开始新的生活。

我还是给他打了电话。他又问我是谁，我说我是曹若兰。他说，知道你会打过来的。有这么自信吗，就一个关于胡霏的事！我问。他说，胡霏是你丈夫，对吧？我说，准确地说，是前夫。他似乎在电话里沉吟了一阵，说，前夫也是夫，反正不是仇人。我笑，说，你就那么肯定我们不是仇人？我就跟你直说吧，我连宰了他的心都有！他说，哎呀，还真是仇人，但我想告诉你的是，你的仇人在东莞杀了人，跑了，警方在搜捕他，仇家也在追杀他，仇家发出话来，要干掉他的老婆孩子。我说我不怕，他的仇家万一找上门来，我就向他们说清楚，说我也想杀了他，我们算是同盟，这样，他们兴许会放过我。他说，你心真大呀，保不齐哪天你人头落地了还不知道是怎么回事，我说我不用知道。说完挂了电话，把手机调成静音。

晚上睡觉之前，我翻看手机，他打过六个电话过来，还发了一条短信：如果你能告诉我他在哪里，说不定我能救你。我回过去：我为什么要告诉你？不一会儿，他又回过来：因为你不想死。

我觉得短信交流有些费劲，就又给他打过去，还没响完一声，他就接了，他说，你要是害怕的话，就告诉我他在哪里。

我问，他为什么要杀人？他说，因为一个女人。我问，野生的还是家养的？他说，我不懂你什么意思。我说，就你这智商还想帮我，真是好笑。他说，如果你想活着，就得把胡霏找出来，他的仇家现在放出来的话是活要见人死要见尸，你要是有本事把胡霏杀了，他们自然会放过你。我说，你这人真混蛋，你是想救我还是想害我，哪有撺掇一个离婚女人杀害前夫的，你老实告诉我，你是不是他的仇家，他是不是搞了你的女人？

他很激动，声音提高了不止八度。他说，我只是做个假设，我的意思是，你无论如何也要找到胡霏，然后告诉我他在哪里。我说，你还没有告诉我你叫什么名字，我也不知道你是好人还是坏人，我凭什么要听你的话？他说，你如果不听我的，你一定会后悔。我说，我从不会后悔，这个世界上就没有能让我后悔的事情。我挂断了他的电话。

可以肯定的是，胡霏他现在人间蒸发了，与一个女人有关——那是必须的，这辈子他就应该栽在女人手里。依我看，要么是他搞了谁家的女人，被人找麻烦打起来，他失手杀了人，要么是与谁争风吃醋，找一个地方决斗，把人给剁了。以我对胡霏的了解，后者的可能性几乎没有，他除了在床上干那事的时候很狂躁，其他时候都是非常理智的。胡霏就一个毛病，把性爱和事业看得同等重要，你说一个男人没有钱，肯定会饿死、穷死，但没有女人，也不至于干死、渴死，但胡霏仿佛天生就是为了女人而来到这个世界上的，他在女人身上投入的专注和耐性，不仅是作为他前妻的我深有体会，街坊邻居和生意伙伴中有三五人也略知一二，一说起胡霏，有很多人总会说：那头骚牯子。一个男人太骚了，迟早是要出事的。不是说现在我终于看到了他的笑话，才这样幸灾乐祸，从他和我离婚的那一天开始，我就帮他算好日子了。前些年，他在外面乱搞女人，还怕我知道，总是躲躲藏藏，后来到底被我发现了，他干脆明目张胆地搞，还对我说，你就忍忍吧，要是哪天搞出一个传宗接代的，我一定把他当做是你亲生的。我说，你图什么别以为我不知道，你兽性发作的时候，人家愿意陪你上床，是因为你有几个臭钱，愿意给你生孩子的，都和我一样，你就是捅断了命根子，也捅不出来，这辈子你就别想传宗接代的事了。离婚后，有好一阵子，他外面的女人好像都不愿意理他，也有可能是因为某种原因，她们一时都不太方便吧，让他打了单，他就回来找我。那天我正好从外面洗脸回来，刚打开房门，还未进屋，他忽然出现在楼道里，趁我不注意，先我钻进房间，迅速抱紧我，用脚把门带上。他还是原来的那副德行，双手在我身上乱扯，一副火急火燎的样子。我趁他不注意，膝头往他裆下使劲一顶，他就顺势倒了下去，痛得满地打滚，喊爹叫娘。他真是一个畜生，以前我们还是夫妻的时候，他骂我婊子，我也就忍了，现在不是夫妻了，就别想在我身上占便宜，否则，就是骂街报警等有损名声的事情，我也干得出来。

我可以向全世界宣布，就算胡霏死在荒郊野外，也和我没有半毛钱的关系，虽然我是他前妻这个事实可能永远也抹不掉，但今后我和他必须划清界限，他就是他，我就是我，我不愿意因为他的事情遭受连累，所以我必须让他的仇家知道，其实我和他也是仇人，如果有适当的机会，我也可以杀了他。

这其实是一句气话，我说我想杀了他，并不是说最后就是我杀了他。我是这样对那个矮个子警察说的。那天中午，我正靠在沙发上看一个相亲的电视节目，昏昏欲睡，突然门响了。敲门的声音很礼貌，三声连发，不急躁，不莽撞，比以拉山泉的送水工还要温柔。我站起身来，踮着足尖把身子移到门前，从猫眼里看，外面站着三个穿警服的男子。尽管内心突然开始慌乱，我还是决定先把他们请进来。于是我打开门，微笑着问站在最前面的那个矮个子警察，警察同志，请问你们有事吗？矮个子警察说，你叫曹若兰？我说是的，但不是苗若兰。矮个子警察说，又没有谁叫你苗若兰。我说，见笑了。矮个子警察说，我们方便进去坐坐吗？我说，只要警察同志方便，我方便得很。于是他们三人就走进客厅，在一个沙发上坐成一排，矮个子警察坐在中间，旁边两个警察都很胖，他们一坐下去，沙发就凹了下去。矮个子警察说，我们来主要是想找你了解一个事情，你不介意实话实说吧。我说只要是我知道的，警察问话，介不介意都得实话实说。矮个子警察说，这样最好，我们切入正题吧，胡霏是不是你前夫？我说，是前夫，这样问就对了，我们两年前离了婚，但是有些人就不注意这个问题，老是问我胡霏是不是我丈夫，他们问得不准确，让我生气，所以我可以不实话实说。矮个子警察说，先别讨论概念上的事，我们现在想知道的是，胡霏出事了，你知不知道？我说，警察同志都到家了，说明他真的出事了，前些日子有人告诉我，我还不相信，我被这个事情搞得很烦。矮个子警察说，他出什么事你知道吗？我说，前些日子听人说的，他搞了别人的女人，被人拿了现场，他就把人家杀了。矮个子警察表现出一副很吃惊的样子，一左一右坐在他身旁的两个胖子警察似乎也很诧异，他们相互对视了一眼，最后，矮个子警察说，他杀死人是什么时候，我们怎么不知道？我说，他杀人之前如果先通知你们，他好意思吗？杀人之前，他需要整点浪漫的，整点惊心动魄的。唉，他这人，就喜欢折腾这个。矮个子警察似乎没有听懂我在说什么，他说，据我们了解的情况，他并没有杀人，而是有人把他杀了。

杀了？

杀了。

我早想到了。我说。你是怎么想到的？矮个子警察问我。我说，这个臭男人，早晚都得死在女人的腿上。矮个子警察说，这么说的话，你能为我们提供更多关于这个案子的重要线索，我想，你要是方便的话，陪我们去队里走一趟。我说，警察同志就是谦虚，我方不方便都得陪你们去，我方不方便不重要，警察同志必须方便。后来，我和他们去了公安局的一个什么队，他们让我在一个黑黢黢的房间坐下来，开始和我说话。我说，警察同志何必把我带到这种地方来，我又不是罪犯，需要上脚镣手铐，需要单独审查，你们想知道什么，随便问，只要我了解，我都说出来。矮个子警察说，这儿说话方便，没有外人干扰，你说完，一会儿我们送你回去。我说，好。矮个子警察问，你前夫得罪过什么人，你清楚吗？我说，有些清楚，有些不清楚。矮个子警察说，挺多的吗？我说，一个成天在外面乱搞的男人，没有几十个仇人都不正常，你想想嘛，你把人家的女人搞了，人家难道还要对你赔笑脸，买好酒好肉招待你吗？矮个子警察说，大姐你做这种假设的时候别看我们，我们没做过这种事情，想象不出结果，我们只是想知道，他有哪些仇人，你最近有没有听到什么关于他的事情。我说，在我家里的时候我就告诉过你们了，两个月以前，我听说他被人抓了现行，在拉扯中，他把那个男人杀了。矮个子警察说，没有这回事啊，他要是杀了人，公安机关为什么没有抓他，他怎么能够逍遥法外呢？我说，我哪里知道你们为什么不抓他，我只听说，他杀了人后，就带着那个女人跑了，连厂子都不要了。矮个子警察说，那你听到的与我们了解到的不一样，我们掌握的情况是，他并没有杀任何人，而是一直待在自己的厂子里，直到昨天下午，你知道的，昨天是8月28日，农历七月初七，他在他公司的办公室被人用一把铁锤砸破了脑袋。

我觉得很奇怪，那个叫苏阳的男人明明告诉过我，胡霏先杀了人。怎么搞的，难道被杀的人又活过来了，或者压根就不是他杀的。我想不明白，如果矮个子警察说的是真的，就有可能是苏阳骗了我。对，一定是苏阳，看他的面相，我就可以断定他不是一个好人。对，这件事情一定与苏阳有关，我对矮个子警察说。苏阳是谁？矮个子警察问我。我说，苏阳是一个奇怪的男人，两个月之前，他来找过我，向我打听胡霏的去向，他说胡霏杀了人，他的仇家满世界找他。矮个子警察说，这与苏阳有什么关系？我也说，这与苏阳有什么关系？有什么关系呢？我又重复了一遍，也就是在这个时候，我的直觉告诉我，苏阳来找我，并不是像他所说的只是想找胡霏领一笔几年前拖欠的工钱，顺便也帮帮我。于是我对矮个子警察说，这个苏阳，有可能也是他的仇家。

本来我不想向警察透露那个叫苏阳的男人曾经来故意居找过我的这件事情，但我实在不想因为这件事情耽搁我太多时间，特别是关于我的前夫胡霏的事，我希望在我的后半生都没有人在我面前提到他的名字。为了尽早与这件事情脱离关系，我得向警察说清楚。那天下午（实际上已经很晚了），我刚到箱子街，还没有走进小区，就听见后面有人叫我的名字。回过头一看，一个长得像一根蒿芝的男人站在我身后。真是一个奇怪的男人，他穿一件天蓝色的西装，看上去很旧，旧西装里面居然也是一件旧得在这个世界上几乎找不到的天蓝色衬衫，里面是一条菜花色的领带，皱巴巴的，像一条死去的蛇。最让人看不懂的是，他穿着一条红色的灯草绒裤子，膝头上已经破了，还有一双严重变形的白色运动鞋。我要是知道这个曾经给我打过电话的叫苏阳的男人会亲自来找我，打死我也不会见他，要是被别人看见，还认为我和一个神经病在一起。我的直觉告诉我，这个叫苏阳的男人，很可能就是一个神经病，因为他说话的时候，脸上几乎没有任何表情，仿佛那张脸压根就不是他的，而是出于需要，临时向谁借了一张脸而已。而事情的真相并不是这样，他那张借来的脸只是他佯装的一个表情而已，因为在一分钟之后，我就明白他为什么要这样做了。我问，你怎么认识我？他说，你真是曹若兰。我说，不然呢？你都叫我名字了！他说，我也不敢确定你就是曹若兰，我在这里站了两个多小时了，见了很多从这里进出的女人，觉得有可能是你的，我就喊一声。也就是说，他在叫了一声曹若兰之后，故意把脸绷紧，让听到的人以为不是他叫的。面对这么旧的一个男人，我想我是没有什么话要和他说的。倒是他又开口了：你前夫在哪里，你愿不愿意告诉我。我说我不知道，因为我们离婚了。他说，关键是，你现在很不安全，他的仇家一定会通过你来找到他。我说，那么说的话，你也是他的仇家？他说，以前不敢肯定，现在没有悬念。我说，你打算把我怎么样？你也准备要挟我吗？他说，我倒是不会，我是个文明人，也是个有知识的人。他说完这句话，下意识地用右手捋了一下那棵菜花色的领带，让我感到一阵恶心。他接着说，我虽然确定你前夫带走的那个女人是我妻子，按道理我是咽不下这口气的，但我很冷静，我现在要做的，并不是杀了他，而是要找到他。我问，你找到了以后呢，是不是只想夺回你的老婆？他说，是妻子，我习惯称她为妻子，我是个文明的人。我说，你想怎么找就怎么找吧，反正我不知道他在哪里。他说，你一定有线索，如果你能帮我找到他，到时我分给你二十万。我问，你想勒索他。他说，不是勒索，是要回我应该得的。我问，他欠你了？他说，你想想，我妻子出去两年，如果不是被他拐走了，她不至于一分钱都不往家里拿。我问，你妻子正常收入两年会有二十万？他说，正常情况下没有，但你想想，我妻子出门打工，我是不是应该在家里照顾老人和孩子？我说，那又怎么样。他说，如果我的妻子在家照顾老人和孩子，我还继续在外面开我的酒店，是不是不止二十万？我说，你先去对面的小面馆找个地方坐下，我回去放个东西，马上回来，咱们边吃边聊。他说可以，问我什么时候可以回来，我说五分钟吧，他说好。

我打车去了小姐妹的美妆店，把认识的朋友都叫到一起，向她们倾吐我的遭遇，同时就我该怎么办征求她们的意见，她们都劝我报警，我说没必要。最后，她们十几个女人送我回家，到了小区门口，没看到他，又去对面的小面馆找，还是没有踪影。我于是打他的电话，问他去了哪里，他说，我回家了。我问，为什么这么急？他说，搭一个朋友的顺风车，要不就回不了家了。

3

我承认，我有一个小小的毛病，就是喜欢说谎。但我敢肯定，我并不是一个经常说谎的人，我只是在某些时候控制不了自己，不经意间就说谎了。我也从未因为说点小小的谎话而坏了什么大事，有时候为了活跃气氛，说一两句谎话，人们都不会当真，因为他们都知道我有这个小毛病，都会哈哈一笑了事。至于你们所说的胡霏杀了人逃走的事，我可以负责任地告诉你们，我只是对我的表哥苏阳编造了这件事情，他有没有杀人，我根本不知道。

坐在我对面的警察有些不高兴了，两眼睁得滚圆，仿佛眼珠子里随时都会放射出一道凶光，迅速将我融化。我说，警察同志，我讲的都是事实，我只是喜欢开点小玩笑而已。坐在我对面的警察站起身来，用左手扯了扯制服的下摆。他高大的身子立在屋子里，差不多占据了房间的一半，而他旁边坐着的那个瘦瘦的没穿警服的文书，始终在一个笔记本上拼命地写着什么，从未说过一句话。

高个子警察对我说，李梵，不管你对你的表哥苏阳说的是不是谎话，我希望你现在不要说谎话。我说，你借我一百个胆子，我现在也不敢说谎话。高个子警察说，那你就老老实实地回答我，你的表嫂艾翠儿和胡霏是不是有那个关系。我说，我就对警察同志说实话吧，艾翠儿和胡霏有没有那个关系，我不是很清楚，但我非常清楚的是，艾翠儿自从去了胡霏的厂子，就再也没有给我表哥苏阳打过电话，她甚至换了手机号码，连我们也不容易找到她。高个子警察说，这又能说明什么呢？我说，是说明不了什么，但是很多人都知道，我的表嫂艾翠儿长得很漂亮，胡霏本身又是那种人，他们之间要发生点什么关系，不是很容易吗？高个子警察说，那你为什么就想起来对你表哥说，胡霏为了争夺你表嫂艾翠儿，最后把另一个男人杀了？那个人又是谁？我说，也许就没有那个人，我之所以对我表哥说这个事，主要是想让他知道，他的老婆艾翠儿在外面很不老实，让他留心一点。高个子警察说，可不可以理解为吃饱了没事干呢？我说，当然可以这样理解，我是一个做错事的人，警察同志想怎么理解就怎么理解，我只希望你们不要让我去坐牢，因为我说胡霏杀了人，结果就没有一个人被他杀掉，这个事实不成立。高个子警察说，你坐不坐牢还不好说，胡霏虽然没有杀人，但他现在被人杀了，难说不是因为你说谎引起的。我说，你是说，胡霏有可能是被我表哥杀的？高个子警察说，你认为会是谁呢。

我想对警察说，我表哥杀人不会，杀一条蚯蚓倒是有可能。高个子警察似乎从我的表情里看出了什么，就说，你是不是又准备说谎了？我说，如果我对你说实话，你也同样认为我是在说谎，所以我不知道怎么说。高个子警察说，你不妨说说，是不是说谎我能听出来。我说，我表哥是一个非常懦弱的人，但是，他说谎的本事比我强一万倍。你又在说谎了！高个子警察又瞪圆了那双可怕的眼睛。我说，一万倍没有，两倍应该有。这也太悬殊了吧？他的眼睛瞪得更大了。我说，确切地讲，也不止两倍。我的表哥说谎从来不讲场合，他连自己都骗。高个子警察说，什么意思。举个例子吧，他出来打工，由于眼高手低，一年到头没有进过厂，就在老乡们中间混吃混喝，我们劝他找点事情做，他说一直在做，做的都是高大上的事情，比如开酒店。但实际上，他连酒店都没有进去过。高个子警察问，他为什么要骗你们？我说，习惯了，有时候他自己都相信自己开了酒店，经常拿一张纸写写算算，说这个月又亏了多少，下个月加强管理以后，可以赚多少。有时候，他睡到半夜，会突然爬起来，穿上衣服就准备出门，我问他干什么去，他说去酒店。我问他去酒店干什么，他说保安刚刚来过电话，酒店出了安全问题，得赶紧去处理一下。我问他酒店在哪里，他说不出来，又回床上躺下了。

我现在分不清你是不是在说谎，高个子警察说。一直写个不停的文书也抬起头来，勉强地笑了笑。我说，你要是不信，可以问问我的老乡，他们大多知道我表哥是一个什么样的人。高个子警察说，当然会问，不过你的事情可能搞大了，你对你表哥透露的那条消息，和胡霏被人杀害有很重要的关系，现在，必须委屈你和我们走一趟。他这一说，我倒是觉得自己很冤枉，但我此时不得不找一个能够说服自己必须去的理由，那就是：谁让我摊上这么一个表哥呢。

老实说，我一点也瞧不上我表哥，自从他也学会说谎，我就更加瞧不上他了。他虽然爱说谎，但是说得没有一点技术含量，让人一听就知道是谎言，而他居然乐此不疲，仿佛必须坚持做到生命不息，说谎不止。我表哥说谎，更多的时候是在骗自己，不像我，有时只是为了在朋友面前吹吹牛，开开玩笑，他们大多知道我的本意，当着我的面揭穿我，我也不会生气，揭穿了就揭穿了，我承认我自己是在说谎就行。我的表哥苏阳，从小就干不了什么事情，他虽然读过几年高中，最后连毕业证也没有一个。我舅舅死得早，由我舅妈把他拉扯大，让他读完高中，已经很不容易了，然而他在学校里不但不认真读书，反而对同学们说，他是工人子弟，他父亲在一个大城市的钢铁厂当工人，和厂里的女会计好上了，抛弃了他和他的母亲，他发誓有一天一定会找到他，要回这些年他应该得到的一切。最神奇的事情是，有一次，他居然问我的舅妈，他的父亲什么时候退休，他得赶上在他退休之前找到他。我舅妈说，你爹退休好多年了，现在是地下工作者。我当时还问我舅妈，我舅舅真的是地下工作者吗？可不是，埋地下好多年了。舅妈说。我表哥从学校里回来，对我舅妈说，他被破格录取进大学了，而他根本不屑于这样的施舍，所以决定放弃。舅妈很生气，纠结亲戚朋友一干人等，坐在自家的堂屋里，一边给我舅舅烧香，一边弹劾我表哥，非得逼着他去上学，后来，到底是有知情人一语道破，又被我舅妈拿一根扁担撵着绕老屋跑了三圈。但是，我表哥对自己的谎言很执着，自那以后，他被某高校破格录取的事就成为他的一份简历，逢人便说，也不怕别人戳穿。

我始终弄不清楚的一件事情，就是艾翠儿为什么会成为我表嫂。我和艾翠儿是在江门打工认识的，那时，我们在同一个厂里。艾翠儿很漂亮，虽说个头小，按我舅妈的说法，就像三泡牛粪堆起来一般高，但她有一个很好看的脸蛋，鼻子好直，如笔画的一般。我舅妈说，鼻子直的女人，克夫，我不这么认为，我表哥也是。艾翠儿喜欢穿红衣服，从我认识她以来，我就没有看见她穿过除红色以外的其他颜色的衣服。艾翠儿有一根很长的辫子，一直拖到屁股后头，我舅妈说，这么长的辫子，容易在晚上发梦冲的时候把自己绞死。那时，我的老乡们都喜欢艾翠儿，我也喜欢，但艾翠儿总觉得我不踏实，认为我爱说谎，天上一句地下一句，根本不知道我说的哪一句话是真的。如果说我表哥比我爱说谎一万倍，可能有些夸张，但却是事实。艾翠儿没有觉得我表哥会说谎，她说，苏阳这个人，看上去虽然很土，但是让人放心，最主要的是，他有主见，有理想。呸，我笑死自己算了！但又能怎么样，我表哥一本正经地向她表白，这个一辈子只穿一件天蓝色西装的男人，居然去弄了一束玫瑰花，还是在我的宿舍里，几句话就把艾翠儿搞定了。我想说，艾翠儿呀，你真是个残疾，像苏阳这种人你都看得上，你的脑子肯定被三泡牛粪撞坏了！有什么用呢，艾翠儿还不是和我表哥回家结婚去了。这还不算什么，最过分的是，他们刚回家几天，我母亲就打电话让我也回去，说要我给我表哥当陪郎，我心里虽然很不愿意，却不能不去。结婚的时候，艾翠儿浑身上下都是红色，这让我舅妈觉得很不爽，她在给亲戚朋友发喜糖的时候，拍了拍我的肩膀，说，你哥找了个妖精回来，你以后可别学他。

当然，这些都是很久以前的事情了。我后来还不是也结了婚，我的老婆和艾翠儿是同一个村子的，离我们村也就三十里路。婚后，我也就不再想艾翠儿了，尽管我的老婆没有艾翠儿漂亮，但她能容忍我说点小慌，有时候，我和朋友们开玩笑，我说了上句，她马上就会把下句说出来，还会问我是不是这回事。我不像我表哥那样保守，婚后，我的老婆一直和我在一起打工，连我们的孩子也随我们走。我表哥可不同，他用一个谎言就将艾翠儿留在家里了，他说：我和一个朋友在东莞开一个酒店，过不了几年，你就什么都不用干了，只管在家里天天数钱，直到手上起了老茧。艾翠儿相信了，天天和我舅妈一起上山干农活，手上的确起了老茧。我表哥照例在老乡中间混吃混喝，什么也不做，年底回家，还让艾翠儿给他寄路费。

这些算是我们的家事，我自认为与胡霏被杀这件事情没有多大关系，所以不能给那个高个子警察说。但是，这个眼睛里满是凶光的警察似乎不愿意放过我，硬是要从我口中掏出一点对他们破案有用的东西。我说，警察同志，我是觉得艾翠儿一旦落入胡霏手中，我表哥的家庭就会破裂，对于一个以说谎为生的男人来说，老婆没了，也就什么都没了。我舅妈快七十岁的人，还天天扛着锄头上山种地，要是没有艾翠儿，两个孩子的生活就彻底没了着落。高个子警察说，你好像应该向我们交代一个重要的事情。

我说必须吗？他说，必须。高个子警察问我，8 月 28 日，也就是农历七月初七，你都干嘛去了？我说，虽然是昨前天的事，却不一定全部记得！他说，你必须全部记得。我说，虽然我不记得我那天具体做了什么，但我敢肯定的是，我一定是在厂里和家里，我的工友和我的老婆可以为我作证。高个子警察示意文书收起手中的本子，然后对我说，咱们今天就说到这里，暂时委屈你在这里待一会儿。说完，两人就出去了，门“哐”的一声。

我一个人坐在审讯室的长凳上，心里空落落的。虽说他们没有给我上手铐，但我却出不去。当然，我也不会自作主张跑出去，因为我知道我要是这样做，我和这件事情就真的扯上关系了。

我在长凳上坐了好大一会，觉得有些饿了，心想，不会没有人给我送点吃的吧。还真的没有，到了晚上，不但没有人给我送吃的，甚至听不到外面人们说话的声音了。我站起身，跑去拉那道铁门的把手，像拔一颗钉子一样，沉，绝没有一丝可以打开的可能。我又回到长凳上，将双脚移到上面，躺了下去，一个人后悔起来。我想，如果我不给我的表哥苏阳打那个电话，告诉他艾翠儿现在在胡霏的厂里干活，也许我就不会被拖到这里来；如果我不对我的表哥苏阳说胡霏杀死了一个人，带着艾翠儿跑了，也许也不会被拖到这里来；甚至，如果我不建议他去凤城箱子街 165 号故意居去找那个叫曹若兰的女人，我也很有可能不会被拖到这里来。我现在才明白，说谎是会坏大事的，虽然我的表哥也爱说谎，但他的大部分谎言都只是在骗自己，他即便每天用 24 个小时来说谎，也不至于像我今天这样惨。

到晚上大约十点钟的时候，审讯室的门被打开了。那个高个子警察一反常态，居然笑眯眯地走进来，这次和他进来的，不再是那个瘦弱的文书，而是两个彪形大汉，他们穿着制服的样子，让人感到有些寒冷。我问高个子警察，我现在是不是可以走了？他说，我非常理解你的心情，但你现在的确走不了。我问，我不就是说了一个谎吗，还得呆几天？他说，也许吧，说谎的人不容易不说谎，谎言一旦成真，可能就麻烦了。我问，你的意思是说，你们确定我开的这个玩笑真的与胡霏的死有关系？他说，你自己觉得呢？我一时不知道说什么好，也就什么也没有说。随即，其中一个身形魁梧的警察拿出了一副手铐，将我锁住了。

4

从飞狐五金厂出来，我试图平息内心的惶恐，一路跌跌撞撞，经过质检区、保安部，从那一片被收割完毕的甘蔗林中穿过，好不容易走到那条通往集镇的乡村公路上。我的胸口突突突地跳动，双腿发软，似乎觉得，要是不找一根木棍把自己撑起来，整个身体就会坍塌。但我不能停下来，就算是滚也要滚出这个厂区，如果有可能，我愿意离开这个世界，去一个可以让一切记忆消失的地方。我不敢回头看，因为我仿佛听到有脚步声循着我的方向袭来，如果我在这个时候不小心转身，说不定就会看见一团黑影出现在薄薄的月光中，就像十几分钟之前一样，日光灯下的那团黑影，须臾之间就毁灭了一条性命。我用双手捶打膝头，两只脚掌在水泥路上不停地蹦跶，就像用一把气枪为一只破旧的轮胎打气，我要赶在天亮之前去到镇上，找到我的表弟媳王晓静。

但我此时实在是提不上力气，每走一步，太阳穴上就像有一颗钉子被猛烈地敲击一锤，每走一步，我的喉头就有一口浓痰直往上冒。真是活见鬼了！对，就是活见鬼。那团黑影还没有逼近我们之前，我就看见了，它在日光灯下移动，像逐渐漫上沙滩的海水，从梦中人的脚趾间滑过。但我不敢说，我害怕我一说话，黑影就会紧急抢上前来，先迅速将我吞噬，然后再吃掉坐在我对面的那个男人。是的，那个男人就是胡霏，我的老板，两年前，我到他的五金厂工作，一直干到现在。我不知道为什么会发生这样的事情，一直以来，我虽然时时提防着他，但始终没有看出来他对我有什么不轨，直到前些日子。说实话，我很少在厂子里看见他，因为他是老板，不是监工，没必要天天泡在厂子里，他有他的事情要做。只要不容易遇到，就不会徒生是非，所以近两年来，我在飞狐五金厂干得不错，虽然工资还一直押在财务处，没有到手，我也不怕，飞狐五金厂为了留住员工，常常是干足了两年才发工资的，而且薪酬不低。前些日子，我的老板胡霏开始频繁地出现在厂子里，而且特别爱往女工密集的机台上靠，貌似嘘寒问暖，让除了我之外的其他女工感到无限温暖。当然，那些女工有可能不知道，他其实是来找我的，我看得出来，他和其他女工说话的时候，眼睛始终往我的身上瞟，让我很不自在。这段时间，我巴不得时间赶快往前跑，让两年工期快快到来，可是现在，还差十一天，不，过了今晚，就只差十天了，没想到会出现这样的结果，仿佛天空一个炸雷，吓得我魂飞魄散，差点死掉。

我拖着双腿往前挪，边走边竖起耳朵听身后身后有没有脚步声，夜空中偶尔一两声鸟叫，打碎了我的耳膜，脚步声仿佛从心里响起，伴着我的呼吸来回荡漾。不，我要找一个僻静的地方，四下观察周围的动静。我走到地埂下，猫下身子，左右看了看，确定周围没有什么动静，才起身往集镇的方向走，直到走进一个村子，看见一户人家还亮着灯，便使劲迈开双腿跑过去，用力敲了几下房门。一个满头银发的老奶奶从屋里出来，灯光下，我看见她有一张慈祥的脸。我说，大妈，我可以在你家住一宿吗？她说，姑娘，这么晚了，你从哪里来？我说，我要到集镇上去，可我迷路了。她把我让到一排很旧的沙发上，说，我一个人在家，床有空着的，你就歇着吧。说完起身去找到一把暖壶，拿一个碗，为我倒了一碗水，说，姑娘，你累坏了吧，喝了水，就在里屋睡吧。

我其实也没睡着，整晚都睁着眼睛。老奶奶躺在同一间屋子里的另一张床上，鼾声不间断地响起，让我感到很安全。整个夜晚，我都在想这两年来我遇到的一些事情，直到天色微明，我起身下床，把老奶奶叫醒，说，我得走了，以后我会回来感谢你的。

有几辆车从我的身旁飞快地掠过，响着嘹亮的喇叭，我没有拦任何一辆，我害怕那个黑影就在其中的某一辆车上。走了大概一个小时，在路边停住，准备喘口气，这时，一辆中巴车从我身后缓缓驶过来，我向它挥动了手臂。

到了集镇上，找到我表弟媳王晓静的住处，敲开门，一头扎进去，往沙发上一倒，我差点昏了过去。

王晓静正准备去上班，见我披头散发闯进来，问我遇到什么事。我一时答不上来，只伸出手拉住她的手臂，把她拽到沙发里，双手扣住她的脖子，把头埋进了她的胸口。这是我从小到大哭得最放开的一次，我不知道那天我流了多少眼泪，直到哭得心里空荡荡的，仿佛整个身体都不属于自己的时候，我才抬起头来，而这时，我看见她的窗台上晾着一双红面白帮的运动鞋，鞋跟处正往地上滴着水珠。我心头一震，觉得有一股血往头顶上冒，差点昏厥过去。半晌，我终于回过神来，问王晓静，李梵去了哪里？

王晓静说，他一早就去上班了。我问，他是不是刚走？王晓静说，是的，估计还没到厂子里，你为什么想起来要问他，你到底遇到了什么事？

我还是没有告诉王晓静，我强迫自己闭上嘴，想把昨天的事烂在心里。王晓静却没打算饶过我，一再追问。我说，厂里出事了。她问，谁的厂里出事了，李梵的吗？我说不是，是我的厂里，不，是胡霏的厂里。王晓静说，出什么事了，把你吓成这样。我说，胡霏死了。王晓静说，一个坏人，死就死了，有什么大惊小怪的，你就想着你那几文工资吧，这可用不着担心，咱们找劳动局去。我说，不是工资的事情，是我亲自看到胡霏死了，一个黑影，在灯光下，用一把铁锤砸破了他的脑壳，我看见他一下子倒在地上，没来得及哼一声。王晓静说，我现在不关心胡霏被谁砸破了脑壳，我只想知道，他死的时候，你为什么就看见了。我说，偏偏昨晚，我和他在一起，不过，是在他的办公室。王晓静用一种异样的眼神看了我一眼，说，李梵曾经说过，我还不相信，原来你真的和他有关系。我说你可别乱讲，我和他一点关系也没有，只是昨天下午，我正要下班，才发觉周围的机台上一个工友都没有，我还没抬腿，胡霏就进来了。王晓静说，只是昨天吗？我说，只是昨天，我也不知道那些工友为什么走得那么早。王晓静说，他叫你去他的办公室，你就那么听他的话？我说，开始我也不愿意，但他说，如果我不去他的办公室，就是在心里提防着他，就是把他当成坏人。王晓静说，他本身就是坏人，你又何必理他呢。我说，我在他的厂子里做了两年，现在一分钱也没有拿到，我怕他吞了我的工钱。那你就不怕他吞了你？王晓静阴阳怪气地说。我说，我当时也不敢想什么，反正去他的办公室，他也不见得能把我怎么样。

后来呢？王晓静问。后来我们就这样面对面坐着，他紧紧捏住了我的一只手，捏得我喘不过气来，我说。只是捏了你的手？王晓静不相信。我说，就只是捏住我的手，捏了好几个小时，我感觉手臂发麻，全身酸痛。后来呢？王晓静又问。后来，我正准备又一次试着将手抽出来，但我看见窗帘里透出来一个黑影，在灯光下。

我对王晓静讲的句句都是实话。不管怎么说，王晓静是李梵的老婆，李梵又是苏阳的表弟，就算她一直对我有成见，我也始终把她当成亲人。但王晓静还是不打算相信我，从她怪异的眼神里，我看出了她的疑惑。那天晚上，胡霏把我叫到他的办公室，随即就敏捷地关上了门，甚至打了小锁。我虽然一直提防着胡霏，但他是我的老板，我不敢不去。我想，只要我不愿意，他也应该拿我没有办法，况且如果只是捏捏手，也不算什么。但是，越到后来我越感觉到事情不对，我们相对坐着，中间隔着一个茶几，他的手从茶几对面伸过来，一直将我的手攥得紧紧的，时间一长，我就感觉到没有力气了。我想把手从他的手中抽出来，但他的手太有劲了，无论我怎么挣扎，都无济于事。后来，我感觉到我的手背在发烫，仿佛被他捏掉了一层皮，于是，我想大声叫喊，以此激怒他，趁他不留意，抽身逃脱。但就在我刚要喊出来的时候，我看见对面的窗帘拉开了一个缝隙，一团黑影映照在灯光下。我不敢确定当时我是否被吓得脸色发白，但我感觉到浑身痉挛。胡霏始终背对窗帘，没有看到那团黑影，他趁我全身颤抖，就站起身来，想过来抱住我。这时，我看见窗帘里露出两只红面白帮的运动鞋，鞋帮上有一串很旧的英文字母，字母旁边有一朵黑乎乎的印记，像是被黑色的机油染成的色块。

你不就是成全我一次吗？啥都好说，工资和奖金多多给你。我哆嗦着嘴唇说，现在不是钱的事情。胡霏咧开嘴，露出白白的牙齿，对我说，你如果还能生育，肯定更好，以后连这个公司都是你的。我确定对面那个影子背后的人不可能从我的表情里知道我发现了他，趁这个时候，我得以退为进，于是我对胡霏说，我可以答应你，但不应该是在这里。胡霏听了很高兴，说，那我们重新找个地方。我说，当然要重新找个地方，这样的事情可不能儿戏。我使劲挤出一个笑容，而我的双脚，却不停地颤抖。

胡霏松开了我的手，但他又迅速将双手移到我的肩膀上，我使劲挣脱，而他又再一次放上来。我说，你这个死鬼，真不要脸。我的双腿在颤抖。他说，我只是对你不要脸。我说，鬼才晓得你是不是只对我不要脸，你那么大的老板，会真的喜欢我。我的双腿在颤抖。胡霏说，我第一眼看到你的时候，我就喜欢上了。我说，你对所有的女人都这样说，别以为我不知道。我的双腿在颤抖。胡霏说，你确定不跑了？我说，我本来就不打算跑，是你把人家的手都捏脱皮了。我的双腿在颤抖。就这样，我倒退着走，他在我的对面，我已经向他使了好几个眼色，而他可能误读了我的意思，认为我真的投降了。他把嘴唇凑了过来。这时，我摸到了门把手，把小锁打开，迅速开了门，但我分明感觉到，胡霏在此时放松了对我的警惕，他说，宝贝儿，我得把灯关一下，随即他折身走了回去，到窗帘旁边去找电灯开关。我站在门前，不敢往外走，我现在甚至提不起双腿。胡霏的身子移动到窗帘的中间，我看见从窗帘的缝隙里伸出来一把铁锤，狠狠地砸在胡霏的头上，他一句话也没有讲出来，就倒在地上。我撒腿就跑，我不知道此时哪来的力气，我跑得飞快，直到快过质检区，我回过头来，看见胡霏办公室的灯光一下子黑了下来。

不管王晓静对我有没有成见，我还是打算从她那里搞清楚昨天夜里李梵去了哪里。昨天晚上？你说的是昨天晚上吗？王晓静反复问我。我说，就是昨天晚上，你得对我说实话。王晓静说，昨天晚上我们一直在一起，孩子有点发烧，我和他送孩子去了一趟卫生院，回来的时候，已经十二点了。如果王晓静说的是实话，我可以从时间上推断出来，这件事情和李梵没有关系。但是，那双现在还在窗台上滴着水珠的运动鞋呢，仅仅是一个巧合吗？我无法判断王晓静说的是不是真话，自从她知道李梵一直在背地里对我动着心思，就有些迁怒于我，在她心里，我和李梵是不清白的，平日里嘴上不说，心里肯定恨死我了。

李梵是一个很爱说谎的男人，十几年了，他一直这样。我知道李梵喜欢我，就算我和苏阳结了婚，他同样还在心里打着我的主意。前些年，苏阳在外面打工，我一个人在家照顾老人和孩子，我会经常接到李梵的电话，他总是不停地对我说他表哥苏阳的不是。他说，我表哥除了混吃混喝，就没有别的本事。我说，就算他什么本事也没有，也是我的丈夫。他说，和这样的丈夫在一起有意思吗？我说，那和谁在一起有意思呢？他问我当初为什么不选择他，我说，就算是现在我也不会选择你。有时候，他会在夏秋之交回到老家，表面上是帮助父母收割田里的庄稼，暗地里却是来找我。有一次，他趁我婆婆上街赶集，硬是跑到我家里，从背后一把抱住我。这些事，我可以不对王晓静说，但当那个高个子警察把我带到派出所的时候，我就一五一十地说了。警察找到我的时候，是当天下午，天快黑了。那天早上，王晓静给了我钥匙，就去上班了，临走时说她和李梵要下午下班才回来，叮嘱我顺便为他们做晚饭，去学校接孩子。我在她家里呆了一会儿，就去集镇上一家小店里喝了一碗粥，回到王晓静家里，倒在沙发上睡着了。警察敲门的时候，我以为是李梵回来了，但当我把门打开，发现是一个高个子警察和一个没穿制服的瘦子。高个子警察一进门就问我：你是不是艾翠儿？

我向警察交代完事情的经过后，他们就让我去一间摆了几个沙发的房间里，说是暂时休息休息，等待传唤。第二天，他们让我先回去，还叮嘱我不要走远了。我从派出所出来，却不知道该去哪里，王晓静家我是不能去了，因为我知道，李梵肯定是被警察带走了，我现在如果再去她家，肯定会被王晓静赶出来，赶出来还好，以我对王晓静的了解，指不定她会追着我骂完三条街。可我还是和王晓静碰上了，就在我刚刚走出派出所大门的时候。

你现在算是把这个家坑散了！王晓静跑过来，狠狠地揪住了我的辫子。我没有说话，任她发泄。这时，从对面的小卖部里走过来一个人，我一眼就认出他是昨晚带我去暂时休息的那个警察，只不过今天他没有穿制服。他把王晓静的手拿开，说，有什么事不能好好说吗，非要揪人家的辫子？王晓静松了手，边哭边骂：难怪舅妈说你是个丧门星，你把表哥逼疯了不说，还把我们都坑惨了。

闹了一阵，王晓静终于折身往家里走。我跟在她身后，一句话也没说，我们好像走了好大一阵才到家，她把房门打开，走了进去，发现我站在门外一动不动，又走出来，恶声恶气地对我说，你不能自己进来吗，还要我请你？我进了门，往窗子边上去，想把窗玻璃打开透透气，不经意间，从窗子里看见刚才从小卖部里出来的那个没穿制服的警察站在楼底下，他的手里拿着一叠报纸。

第二天中午，李梵回来了。李梵手里拿着一个塑料袋，一进门，就从袋子里拿出那双红面白帮的运动鞋，顺手丢在墙角。他仿佛什么事也没有，笑嘻嘻地对我们说：有惊无险，吉人自有天相！

我往墙角里去，把李梵的那双鞋提起来，认真看了看，才发现与我那天晚上看到那双鞋不太一样，李梵的鞋帮上没有那串英文字母，也没有油渍洗不干净的痕迹。

5

大约在十七年前，在一个叫麦车的村庄，一对新人举行了婚礼。时间是农历八月，暑气还未消尽，大地干燥，人们穿着潦草，在院坝里张罗酒席。眼下正是收割时节，是年庄稼不错，山上的玉米吊着肥硕的个头，像即将分娩的年轻妇女，挺着骄傲的大肚子。参加婚礼的亲戚朋友们，一般要到黄昏时分才到来，他们要尽量在白天把活儿干足。农历八月雨水多，要是下了雨，玉米棒子在雨中泡久了，就会生霉。黄昏时分，唢呐在房前屋后奏响，彩礼到，鞭炮声响，司仪提高嗓门唱：帮忙弟兄，接家私。一时就忙了起来，端菜的端菜，添饭的添饭，堂屋里吃饭的亲戚，吃得满嘴流油，好不酣畅。饭毕，司仪又大声喊：帮忙弟兄，洗碗抹桌。一时杯盘相撞之声不绝于耳，酒嗝混杂着汗臭，在院坝里荡漾。新郎名叫苏阳，是一个刚从高中学堂回家的年轻人，他穿着一身天蓝色的西装，扎一根菜花色的领带，脚上皮鞋锃亮。行了花红仪，吃了夜宵，当晚无事。次日，接亲的队伍浩浩荡荡开往三十里外的罗卓村，把新娘接了，晌午时分回来，行了迎亲礼仪，退完车马，摆酒席。乡村的婚礼开始压缩程序，唢呐只吹几调，乐师就拿了礼钱，续了满瓶烧酒走人。吃完饭，送亲的也走了，帮忙的收拾了桌椅板凳锅瓢碗盏，也走了。那个叫李梵的小伙子，是新郎的表弟，在婚礼中充当陪郎的角色，现在也没事干了。他走到西屋，对他的舅妈说，表哥的事情圆满了，我的任务算是完成，明天我就要去镇上，买车坐到中山去打工，估计年底还会回来。舅妈说，小梵子，你看看你哥娶了个啥子婆娘，一身红，妖啊！李梵说，娶都娶了，还说这些干嘛，管她妖不妖，明年准会为你生一个大胖孙子。舅妈说，反正我看着心头鬼火，以后这屋里，怕是成天有一朵火苗窜来窜去，不慌死我才怪。李梵说，舅妈心慌个啥，你让他们两个在家待几天，一起出门去打工，过些年再回来，你就好过了。舅妈说，去吧去吧，你也快些找一个回来，我让阳子给你押礼去。

大约十年前，苏阳第一次从外地打工回来，两手空空，穿的还是那套天蓝色的西装。母亲问，公司开的好啊？苏阳说，不错。母亲说，我儿有出息，家里媳妇日子过得好，穿一身换一套，两个孩子全身崭新，我都认不出是咱农村娃儿了。苏阳说，妈你到底要说什么？母亲说，你挣了钱，何不给我，我帮你存起来，你把钱放你媳妇儿那里，有多少都花得掉。苏阳不说话，进了房间。苏阳没钱，他回来的路费都是他老婆艾翠儿给寄去的。艾翠儿的钱从哪里来，山上的土地里吗？不会，谁都知道，土地里长的那几个玉米，只够糊口，一家老小的开支，加上人亲往来，一年下来要很多钱。晚上，两口子打架，打得很沉闷，只听见柜子被砸破的声响，只听见孩子隐隐的哭声。第二天一早，艾翠儿背一个背夹上街去赶场，走到对面的公房，上了小寿子的微型车。苏阳和他的母亲站在公房的院坝里，看着车子走远，谁也没说一句话。

大约五年前，苏阳又回来了，还是两手空空，天蓝色的西装只穿了上衣，裤子换了，是一条红色的灯草绒裤子。母亲在院坝里支起一个土台，上面放着钱纸香蜡，有青烟丝丝飘动。苏阳问，妈你这是在干啥？母亲说，家里有红妖，我在打粉火驱魔。苏阳问，妖在哪里？母亲说，满院子都是，整个家都不干净了。第二天，艾翠儿拎一个红色的包出门，小寿子的微型车停在核桃树下。苏阳走过去，小寿子给他递了一支烟。小寿子说，苏阳哥公司开得咋样？苏阳说，还行。小寿子又问，什么公司呢？苏阳说，一个酒店。艾翠儿说，小寿子要走就快点，赶完场早些回来。车子走远了，苏阳和他的母亲站在院坝里，一句话也没说。

两年前，苏阳最后一次从东莞回来，依旧两手空空，天蓝色西装上衣还穿着，灯草绒裤子破旧，到处是猫须。母亲坐在堂屋外面的一条长凳上打盹。院坝里的土台不见了，原地上起了个鸡笼，几只鸡在里面咯咯咯地叫喊。苏阳说，妈你怎么不去屋里睡觉？母亲说，我哪里是在睡觉，你没看见我睁一只眼闭一只眼吗？苏阳问，艾翠儿呢？母亲说，一早坐小寿子的车去街上了，给孩子们送钱去。苏阳也没有再说话，他在母亲身旁坐下来，不一会儿也打起了盹。

小寿子现在开的是一辆黑色的轿车，在阳光下发出刺眼的亮光。小寿子说，苏阳哥，酒店钱不少啊？苏阳说，不少。小寿子给他递了一支烟，掏出打火机给他点上，说，这次打算什么时候走？苏阳说，看情况。小寿子说，我也要走了，在家里挣不到钱，花钱的地方到处都是。苏阳问，你要去哪里？小寿子说，我去东莞，先看看有什么可以干，实在不行的话就去永康，我弟弟小万子他们在那里做门窗。

苏阳没有再去东莞，倒是艾翠儿去了。苏阳想，艾翠儿肯定是和小寿子在一起。可过了不多久，小寿子又回来了，还开着那辆黑得发亮的轿车。小寿子的轿车在村里晃来晃去，有一天，也停在苏阳家院坝里的那棵核桃树下。小寿子问苏阳，苏阳哥就不打算去看看你的酒店，在家待着干什么呢？苏阳说，有你嫂子打理，我何必操那份心呢。

苏阳的母亲逢人便说，阳子被他的女人逼疯了。村子里的人们，能和他搭话的，都说，阳子好端端的，你咒他干什么呢？苏阳的母亲说，你看看他，坐在哪儿都是一滩烂泥，眼睛不像眼睛，鼻子不像鼻子，一大晚上不睡觉，嘴里不知道在念叨个啥。他为什么不睡觉呢？有人问。苏阳的母亲说，他说他一睡觉就做梦，而他到底梦见了什么，也不肯对我说。那人说，可能是艾翠儿去了东莞，把他留在家里，让他丢了公司，受不了了，是吧！苏阳的母亲说，他哪来的公司呀，他的公司就是他婆娘艾翠儿。那人说，你可不能瞎说，这话很伤人的。苏阳的母亲说，其实你们谁都知道她进过什么庙，拜过什么神，只是你们不愿意讲出来罢了。

十天前，苏阳被派出所的警察带走了。村里的人都知道，苏阳上了一辆白色的警车，警车从村子里窄窄的水泥路上缓慢行驶，有人从留着缝隙的车窗里看见苏阳坐在警车的后排，他的两边坐着两个胖子。有人对苏阳的母亲说，阳子的公司是不是出什么问题了。苏阳的母亲说，他没有公司，哪来的问题。有人说，你还是去派出所看看吧！苏阳的母亲是苏阳被带走后的第五天才去派出所看苏阳的，但是当她到了派出所，找到那个矮个子警察，人家说苏阳第三天就放出来了，他与那个叫胡霏的人的死完全没有关系。那他人呢？苏阳的母亲问。不是回家了吗？矮个子警察说。苏阳的母亲从派出所出来，碰见开黑色轿车的小寿子，就问，寿子你有没有看见过阳子？小寿子说，他没在家吗？苏阳的母亲说，在家的话，我还问你？小寿子说，听人说他几天前就从派出所出来了，有人问他为什么被警察叫了进去，他说有人举报他的酒店里有人吸毒，他说他要去一趟东莞，处理这件事情。这兔崽子，疯疯癫癫的，他还能去东莞！老人自言自语。小寿子说，说不定的，听说他要先去凤城收一笔账，把钱拿到手就去东莞。

三天前，艾翠儿回来了。艾翠儿手里拎着一个紫色的塑料包装袋，里面装着几件穿旧的衣服。艾翠儿没有问婆婆苏阳在不在家，倒是她婆婆先问：阳子去东莞找你，你没碰见？

他能去得了东莞？艾翠儿反问。婆婆说，我也认为他去不了，但小寿子说，有人在街上碰见他，听他说他要去东莞。艾翠儿说，你就别相信他了，这些年，他一年比一年病得厉害，你又不是不知道。婆婆说，前几天，警察把他带去派出所，说有谁死了，到底与他有没有关系？艾翠儿说，他要再这样下去，即使没有关系，也会惹祸上身。那个人是怎么死的？婆婆沉默了好久，还是开口问她。艾翠儿也沉默了好大一会儿，才说，被我们一个工友的男人杀死的，在他死的前三天，他糟蹋过那个女人。

那个机台与我挨着的女人，姓张。艾翠儿说完，发现婆婆已经坐在那条长凳上睡着了。

谈笑无期

1

汤子选从信用社的厕所里出来，习惯性地用两手在左右两瓣屁股上拍拍，仿佛厕所里有很多灰尘似的。厕所里哪来的灰尘！大冬天，有的只是刺骨的湿气。汤子选就是习惯了，他习惯做的事，无论在什么场合都不会改变。他从厕所里出来，遇到之前在响水滩镇当过镇长的方世杰慌慌张张地往厕所里跑，一边跑一边用右手扒拉裤子上的拉链，就与他打了一个招呼：“方领导亲自上厕所吗？方领导准备工作做得够好啊。”

老方没理他。老方自己憋急了，一心只想着上厕所。哗哗哗一阵过后，老方从厕所里出来，右手还在慢吞吞地滑着拉链。汤子选正要爬上车，看见老方，又打了个招呼：

“方领导亲自解完手出来了？”

“不亲自还能请你帮忙不成？”老方只是对他斜视了一眼，也许老方只是斜视了一眼他的车子。

汤子选的车子从奥迪换成宝骏，从九成新换成纯粹的二手。汤子选换车子，在小镇上算是一个新闻，就像当初他把自行车换成摩托、把摩托换成轿车、把一般的轿车换成高档轿车一样。响水滩镇在这些年总是有一些新闻，而这些新闻，几乎都与汤子选有关。

眼下，响水滩的新闻是汤子选无法开着他的宝骏七座车回城。因为南广县在年关进行了交通管制，严禁大小车辆有事没事进进出出，究其原因，是因为其他地方发生了疫情。当然，汤子选要是想进城的话，也不是没有办法，只是他压根就不想开着这么一辆车进城，快大年三十了，他不想让人知道他混成了这般模样。汤子选发动车子，只是去镇子上的几条街上逛逛。他每天都这样，车子慢悠悠地在街上行驶着，几分钟就走完了。他打开车窗行走，遇见熟人就停下来打招呼。但这段日子，街的行人也少了起来，人们都窝在家里，似要与人间的事情一刀两断。汤子选把几条背街小巷都走完，又把车开回来，停放在信用社的院坝里。上完厕所的老方还没有回去，他一只手叉在腰上，脖子挺起来，看着东南面的天空，像一个吃饱喝足没事干的员外。

“方领导是想捱一捱，再亲自上一次厕所？”汤子选故意把口罩往鼻子下拉，露出大半张脸。

“是又怎么样？厕所是你家的？”

“哪能这么说话呢？你是老领导，不能这么小气，特别是不能和我这样的人一般见识。”汤子选阴阳怪气。

“我还真是懒得和你嚼舌根。”老方似乎有些生气。

汤子选给老方递了一根烟，老方大声地说：“不抽不抽，弄脏了空气。”

“老爷子就不亲自勉为其难一次？”汤子选把烟凑到老方的鼻子下。

“说不抽就不抽，有什么好抽的，不就是大重九吗，了不起了？”

“你这老爷子真是，不抽就不抽，说人家烟名干啥？”

老方背着手往家里走去，头也不回。汤子选在后面喊：“老爷子不亲自再上一次厕所？”

信用社会计邵科站在营业室外面，他手里拿着一只空空的烟盒。邵科对汤子选喊：“汤总既然有好烟，就应该发给有缘人，追着个老头子跑算是怎么回事？”

“你们的钱为什么不给有缘人呢？”汤子选一边说，一边把手里的烟盒丢给邵科，几根香烟掉落了出来，撒在地上。

“我们的钱是给穷人备着的，像你这样腰缠万贯的主，给了也是白给。”邵科说。

“什么叫白给？难不成我不给你们利息？”

“我们有的是钱，从不求利息。”

“对，你们要的是利润。”

“说了你也不懂。”

“那是你不会说。”

两人斗了几句嘴，都觉得没趣，就沉默了。邵科点燃烟，半个身子斜靠在墙上吐烟雾。汤子选用一只脚去踢车子的后轮，边踢边骂：“他妈的一个二手车，居然也像个车子。”

“还是老规矩，你叫你老婆做饭。”汤子选对邵科说。

“知道了，反正你也没去处。”邵科吐了一口烟雾，“把你后备箱里的好酒拿些下来，美酒解万愁，啥烦恼都得走。”

“这个车的后备箱吗？”汤子选看了一眼邵科，又看了一眼车子，笑笑。

邵科好像才明白过来。对，汤子选的车子换了，从奥迪换成了宝骏，后备箱里应该是什么也没有了。

“那就算了，我家里还有几斤苞谷酒，也能消愁的。”邵科说。

偏偏汤子选从后备箱里拿出两瓶酒，酒瓶很古老，上面圈了一层油纸。

“这我就不明白了，二手车也能私藏好东西。”邵科笑着说。

“别看不起人！”汤子选说，“我说过，我换车不是因为我穷了，我是想换些钱出来，给木桶沟小学做点事。”

木桶沟是汤子选的老家。木桶沟小学是汤子选个人出资盖的，三层教学楼，十二间教室，一个两千余平米的运动场。教学楼是盖好了，可运动场还没硬化，运动设施也没安装，原因是汤子选的资金出了点问题。究其原因，是他的货场今年卖出去的料，被一个叫方大权的房地产老板堵在手上了。方大权是响水滩镇老镇长方世杰的儿子，在镇上开发了一个叫“故意居”的房产项目，因前期预想太过乐观，住房认筹不理想，手头资金链断掉，无钱支付汤子选的货款，到了年关，手机电源掐断，人也寻不着。

汤子选给方大权发短信：“你要是再不还钱，汤大伯可要指使工人围攻方公馆了，让你跑厕所里躲去。”汤子选估计，三五天后，方大权会看在老爹前列腺疾病的面子上回他一句话，但没有。汤子选其实只需要一句话，汤子选想知道方大权是不是还活着。

“这狗日的要是还活着，老子就把他的故意居盘下来。”吃饭的时候，汤子选对邵科说。

“你盘下来的话，得先帮他把银行贷款还掉。”邵科吞了一口酒，满面红光。

“什么情况？”汤子选似乎有些愤怒，“我说你们有偏见你还不承认，给这孙子贷款，为什么不给我贷？”

“瞎说什么呢，基层信用社哪能给你们这些生意人贷款？人家是在县联社弄的。”

“明白了，明天我就去找钱主任。”

“你有脸进城吗？”邵科问。

“无钱过年，无法面对老婆孩子。这个时候，我只能给他发一条消息说，尊敬的钱主任，我想你了。”

“干。”邵科说，“千万别说是我给你的内幕。”

“坚决不说，我就说你是被逼的。”

手机“嗡”的一声，是短消息，拿出一看，封面上居然是方大权的名字。“你看你看，这孙子消息就是灵通，知道我要去找钱主任，马上就响应了。”

打开一看，是这几个字：有什么事冲我来。

什么意思？汤子选看不懂。汤子选说是说要让工人围攻方公馆，但其实他也没这么做。工人们不会听他的话，因为他们的工资都全部结了，没这个必要。汤子选的料场虽然资金堵在方大权的手里，但工人的工资他还是想办法解决掉了，这一点，其他人做不到。汤子选说要让工人围攻方公馆，真的只是一句气话，或者说是一句玩笑。汤子选回：你活着就好，等着我把你的“故意居”盘下来吧。

方大权没回。

2

汤子选开车走完响水滩的几条街，把车停在信用社的院子里，看见几个人从雷家诊所出来，没戴口罩。汤子选摇下车窗，对他们喊："嗨，怎么回事？"

走在前面的是一个红头发的年轻人，看了看玻璃里面的汤子选，没好声气地说："我们好像没向你问路，你到底怎么回事？"

"为什么不戴口罩？"汤子选的声音温和下来。

"你什么时候发的口罩？"红毛眼睛里露出凶光。

"诊所里没给你们吗？"

"诊所是你开的吗？"

"那，您请便吧！"

"神经病！"

几人走远，汤子选下了车，见一老妇人背着一篓核桃过来，经过他身旁，问："买吗，便宜点给你，快过年了，换几个汤圆钱。"

"怎么卖？"汤子选问。

"你给钱，我给核桃，就这么卖。"老妇人穿一件红色小西装，看上去百般不搭，汤子选知道，她穿的肯定是女儿穿旧的衣服。不过，老妇人倒是有些幽默，她肯定不会不知道"怎么卖"三个字问的是价钱，所以当她把竹篓放在地上的时候，又说："买卖倒是容易，价钱嘛，你看着给。"她抬眼看了看汤子选的宝骏车。

"你看看我开的车，就知道我能出价多少，是吗？"汤子选问。

"我这核桃也换不了你这辆车，所以看也白看。"老妇人说。

其实老妇人并不比汤子选大多少，但她看上去就是一个老婆婆。汤子选心想，生活境遇不同罢了，要是他们在同一种现场里生活，他们可以开很出格的玩笑。但是，此时在他面前的，就是一个老婆婆，她走路的样子，把竹篓放在地上的样子，从口袋里取出秤来的样子，就是一个标准的老婆婆。

“要价不能太高啊，大姐。”汤子选故意没笑。

“哪能叫大姐呢？得叫嬢嬢。”老妇人笑着说。

“不能叫嬢嬢，叫嬢嬢价格肯定会贵一些。”汤子选也笑。

“叫嬢嬢，兴许我就不收钱了呢。”这回老妇人没笑，她把一大口袋核桃挂在秤钩上，数着秤杆上的准心。

“三十二斤半，算三十二，看在你叫一声嬢嬢的份上，抹掉零头，三十斤；八块八一斤，看在你叫一声嬢嬢的份上，算八块，三八二百四，看在你叫一声嬢嬢的份上，抹掉零头，收两百。”老妇人口齿很伶俐。

“哎哎哎，我说……”汤子选有些不服，问，“这位大姐，我何时叫你嬢嬢了，你就这么想认亲戚啊，账不能这么算，你这么算，我不认账。”

“那，怎么算？”老太太问。

“三十二斤半，四舍五入，算三十三，再四舍五入，算三十斤；价格八块八，四舍五入，算九块，三九二百七，四舍五入，算三百。”汤子选一边说，一边笑了起来。

“那，你吃亏了，老弟。”老妇人表现出一丝诧异的神色。

“你叫我一声老弟，说明你没有倚老卖老，所以我得让着你，就给你两百块吧。”汤子选说。

连同口袋一起扔进后备箱，掏了二百块钱给老妇人，笑着说：“这样公平了吧！”

“你这人，真好耍，难怪干的都是大事。”收了钱，老妇人说，“所以这镇子上的人都说汤老板是个怪人。”

“你说的是汤老板，我现在快不是老板了。”汤子选说。

“老板就是老板，你们全家都是老板。”老妇人把背篓挂在肩上，一只手拎着秤，转身要走。

“别急。”汤子选叫住她，说，“我后备箱里有几斤糯米面，还有些和好的酥麻馅，你带回去，汤圆的事就不用愁了，过完年，料场开工，叫小寿子过来接着干，工钱不拖。”

“真是个精明的老板，你早就知道我是小寿子妈妈。”老妇人说。

糯米面和酥麻馅是前几天在摊子上买的，原本准备带回城里去。汤子选的老婆坚持要吃乡下的糯米，说只有乡下的糯米才最地道，绝对没掺其他米粉。眼下回不去了，这东西放在车屁股后头，用不了多久就会发霉，所以需得把它送掉。眼下遇到小寿子的妈妈，只能“东西送有需求者”，何况，过完年工厂开工，能不能按时发放工钱还是个未知数，他不能让小寿子带头罢工。

中午饭没着落，抬头看看信用社二楼，邵科家的门是关着的，好像没有等他吃饭的意思。街上的小餐馆，因为过年，店主回家了，没回家的，也没心思开门。怎么办呢，看来只能去镇食堂了，七站八所的职工此时应该拿着消过毒的餐盒在取餐，这个时候过去，一定能填饱肚子。

他正欲迈开双腿，忽听得不远处有锣鼓铙钹之声传来，这声音，像是谁家死了人。

老妇人离去的方向，离他二百米的地方，扯起了亡灵钱树，幡叶上结起了硬币果儿，在寒风中摇着头。

那房子，是方公馆，方大权的家。方大权家死人了？谁？应该不会是他爹吧，他爹方世杰，响水滩镇老镇长，昨天还亲自上厕所呢；他娘，不会吧，五年前就死了的人，不会重新再死一遍吧？对，有可能是方大权的姨娘，那个年龄和方大权差不多的病恹恹的女人，她在方大权的娘死去的第二年，嫁给患有前列腺炎的方大权的爹。据说这女人常年患有眩晕症，医生说她是美尼尔氏综合征。方大权的爹说，我好像续了个外国婆娘。

他慢悠悠地往方公馆走，走了几步又停下来，心想，死的应该也不是方大权的姨娘，这女人，没那么容易死去的，别看她病恹恹的，前些天看见她在菜摊子上和卖菜的小姑娘讲价，简直气定神闲，让人叹为观止。那，方大权家还有什么人可以死呢？他这样想，心里就来了一股凉气，不会是方大权死了吧！

不会，这绝无可能。他不能让方大权死，方大权要是死了，他欠自己的六百多万货款就彻底泡汤了，“故意居”他也盘不下来了。他对自己说，死人的人家，有饭可以吃。现在肚子正饿着，要去混一顿饭吃。天啦，他现在哪里还知道饿，他现在哪里是去混饭吃，他是要去搞清楚，到底是谁死了。

两百米，他足足走了五分钟。锣鼓声越来越刺耳，铙钹声越来越讨厌。这声音闷在屋子里，却没看见老方家的院子里有人。等走到门前，看见一个穿着孝衣的汉子推门出来，是方大权。

汤子选拔步迎上去，一把搂住方大权，大声笑出来，却什么话也没说。方大权甩开他，推了他一下，厉声吼道：“你是不是疯了。”

“暂时还没疯，只要你没死，我就疯不了。”汤子选笑出了眼泪。

“我倒是没死，可是你死定了。”方大权没好声气。

“现在死的是谁，你得先告诉我。”汤子选问，“是你姨娘？”

方大权走过来，结实地给了他一拳，愤怒地说：“你倒是希望我全家死绝，我告诉你，你会比我爹死得更惨。”

“原来是令尊大人。”汤子选挠了一下头发，接着说，“我就不明白了，老镇长昨天还亲自上厕所，本来他是想亲自再上一次的，可是后来，他不想当着我的面上第二次，就回家了。”

“就是你干的好事。”方大权说，“你这是杀人，你知道吗？”

“杀人？”汤子选说，“你这么大一个房地产商，说话怎么就不让嘴先思考呢？谁见我杀人了？是信用社的邵会计吗？昨天他也看见老镇长亲自上厕所的，昨天，我还在他家吃晚饭。”

“你是真的想抵赖？”方大权怒不可遏。

“无功不受禄。”汤子选说完，自己也笑。

大门里又出来两个人，没穿孝衣，在方大权的耳边说了一阵，转身进了门。进门之前，他们对着汤子选笑了笑。

方大权也进门，须臾出来，对还待在门口的汤子选说：“看来现在没工夫搭理你，改天新账老账一起算。”

“那不行，令尊入土了，证据就没有了，你不说我杀了他吗？”汤子选也收起了笑容，接着说，“按理，现在是不该算账，可是你我之间的账，不能拖得太久。”

“你这是独木桥上拿人吗？”方大权问。

“你到年关了还让我成为响水滩镇的新闻人物，奥迪换宝骏，难道我就不该问问？”汤子选说。

方大权右手拳头捏紧，又慢慢松开，过了一阵，才缓和语气，近乎央求地说：“马上大年三十了，我可不想让老爹进火炉子，趁现在动静不大，人们还不知道，我得先让他入土为安，你不懂吗？”

“呃呃呃，原来你是打这个主意，看来汤大伯只能成全了。”

“你先别居功，我会有你好看的。”方大权走进门去。

这回真觉得肚子饿了，而且饿得咕咕咕直叫。汤子选站在方大权家的大门外，却没见到人家有大摆宴席的意思，便高声问了起来：“都说人死饭开花，你这大户人家，为啥连粗茶淡饭也不准备一些？”

方大权又从大门里走出来，指着汤子选，说：“信不信我连你一起埋了！”

汤子选刚想抬脚走人，就来了一群社区干部。他们没有进门，而是在院子里大声叫着方大权的名字。

“几位有什么要事相告，不妨坐下来先吃一杯茶。”方大权笑脸迎了上来。

“方总赶紧准备准备，我们已联系了殡仪车，老爷子要立即火化。”为首的老街社区副主任王道仕说。

“怕不一定了吧，你看我们家这情况，老爹虽死得仓促，但棺材是三年前就打好的，没死之前，他天天端详这木盒子，躺进去试过好几次，感情深了，现在拿去火化，让他离开这心爱的东西，他会伤心的。”方大权给他们递烟。

王道仕接过烟，用手指扒拉了一下口罩，把烟夹在耳朵根里，说：“这事方总要理解，上面的指示很清楚，谁死了都得立即火化，你也应该明白。”

门口又来了一拨人，全都是街坊邻里，他们大多把手插在裤兜里，没说话。

王道仕转向他们，高声说：“各位，眼下是非常时期，大家不要凑热闹。要在往常，街坊邻里的，都应该过来帮忙，煮饭烧菜，抬馆守夜，现在不行了，一切从简，老爷子马上拖去火化，用不了多少人，方家至亲几人就能搞定。”

“是不是从现在起，人死了就必须拿去烧了？”有人轻声问。

“我也弄不清楚，但目前的政策就是这样。”王道仕说。

3

几只老鸹停在院子里的树上，一边哇哇哇地叫，一边探头探脑寻找着什么。汤子选揉着惺忪的睡眼，站在院子里，心头沮丧得很。此时，小四合院里只有汤子选一个人。父母和妻儿均去了南广县城，原本是一家人准备在城里过一个团圆年的，腊月二十五，汤子选把父母从响水滩接到城里后，又驱车回来。他回来，是想找方大权弄点钱，给木桶沟小学的校长也就是他的堂弟汤子军硬化学校的运动场，添置运动设施。

人没找到，也就没脸回去。汤子选想，既然这样，干脆就去木桶沟老家，和堂弟汤子军他们一起过年。可是也不能如愿，路口有人“温暖提示”，如果没有特别重要的事，尽量不要乱窜。

那就这样待着吧。汤子选走进屋里，打开电暖炉，一个人坐在沙发上，肚子又开始饿了，却没有什么吃的。因为要去城里过年，冰箱早就腾空了，年前女儿攒在家里的几盒方便面，这些天成了他的一日三餐，现在全都装进了肚子。最好的办法，也就是到街上去，敲开商店的门，再搬一箱方便面回来。

汤子选走到街上，迎头遇到社区监委干部小蓝。小蓝问：“汤总这是要去哪里？”

“我去搬一箱方便面。”汤子选说。

“那东西吃多了可不怎么好。”小蓝说。

“那能怎么办，你又不请我去你家吃饭。”汤子选笑笑说。

“可以啊，现在跟我走。”小蓝说，“早上上班前，我杀了一只老母鸡，我那女人不吃鸡肉，我一个人也吃不完。”

“孩子呢？”汤子选问。

“孩子暂时只能吃奶。”小蓝说。

两人去了小蓝家里，回风炉上果然炖着母鸡肉，香喷喷的。小蓝的女人抱着孩子坐在沙发上，见他们来，起身让座，说：“有客不早说。”

“汤总又不是外人。”小蓝说。

小蓝全名叫蓝波。南广县这些年流行地下六合彩，每期开出七个数字，但南广县的彩民们只奔最后一个数字去，买中这个数字，庄家需按四十倍赔率给钱，这个数字被称为特码。特码按生肖买，每个生肖里有四个数字，逢本命年的生肖有五个数，从“1”开始，到“49”。庄家又把49个数字分为三个波段，分别是红波、绿波、蓝波。地下六合彩的马经，也就是南广县的彩民们所说的“谜单”，尽是些稀奇古怪的段子，有“天线宝宝”“曾道人透码”“四柱预测”“白小姐”等栏目，其稀奇古怪之处在于让人似懂非懂，认为买什么数字都有道理。很多时候，人们买码靠做梦，靠路上偶遇某人。做梦梦见谁，就买他的生肖，买他的年龄。做梦遇到蓝波，有人买他的年龄，有人买他的属相，有人把整个蓝波里的数字全买了，中与不中，无所谓。蓝波是文银社区的监委干部，年龄不到三十，为人谦和、热情，经常在路上与人偶遇，他的年龄和属相经常被人买，他自己也成为马经中的一部分。蓝波不买六合彩，他是监委干部，是管纪律的，他的工作职责之一，就是不让群众赌博。

在响水滩，人们不叫蓝波的名字，而是叫他小蓝，年龄比他大的人这样叫，比他小的也这样叫，再小的，就是孩子们了，叫他小蓝叔叔、小蓝哥哥。蓝波的女人姓白，叫白柳。也巧了，还是来自马经中的“白小姐透码”。两口子性格相仿，口碑不差，在文银社区，老百姓可以不听支书、主任的话，却要听小蓝的。汤子选和兰波关系不错，他的料场上的生意经常得到小蓝的推荐。

小蓝的女人把孩子抱到隔壁的房间，拿了碗筷，在回风炉上摆好，准备吃饭，这时，他们家的门被敲响了。

五六个风尘仆仆的人站在门外，他们中的有些人拖着拉杆箱，有些人背着双肩包，有些人抱着孩子。在汤子选看来，他们应该是最后一批从异乡赶回老家过春节的打工者。

小蓝的女人白柳去开了门，发现这几人她都不太熟悉，也就没有说话，直接让了进来。

“二老表，你们怎么这时候回来了？”小蓝从回风炉边起身，走到门边。

“我们也是没有办法，前天就到了南广县城，因交通不便，换乘了各种车，一路颠簸，好不容易回到响水滩。

“你们都来自哪里？”汤子选在屋内问了一句。

“都从浙江永康回来，我们在那里，做的是五金。”二老表说。

大小八九口人，刚好把回风炉围了个满。汤子选问小蓝，“有没有烧酒？”

“当然有的，逢年过节，哪有不备烧酒的道理。”

“那就拿出来，咱们欢迎欢迎从远方回来的客人。”汤子选说，“不是说烧酒是消毒的吗，咱们都喝一点。”

几人都哈哈哈笑了起来，都盛了一些酒，包括两个抱孩子的女人。小蓝先介绍汤子选，说：“这是南广著名企业家汤总，这些年为家乡响水滩做了不少贡献。”又向汤子选介绍几位返乡亲戚，到二老表时，汤子选插话说：“我认识他，大名鼎鼎的裴家俊，南广籍能人，我俩是同学。”

“原来是你。”裴家俊大声笑了出来，“一开门，老远看见你，我就感觉很面熟。”

“为了响应政策，我俩就不拥抱了。”汤子选也大声地笑。

“唉，说来惭愧，现在混成这样子，狼狈不堪啊，让老同学见笑了。”裴家俊说。

“人生并不好笑。”汤子选说，“有酒喝的时候，就珍惜每一次碰杯的声响，人永远走不出三十秒之内。”

“汤同学真是有心得，你我分别时，还是少年时代，而今再次相见，已是人到中年，我们都开始走下坡路了。”裴家俊与汤子选碰杯，建议喝去杯中的一半。

酒至酣处，汤子选与裴家俊两人说起读书时的事。两人是初中同学，那时，汤子选是班上的尖子生，门门功课都优秀，而裴家俊则是见到书本就头疼的人，经常被老师用粉笔头“瞄杀”。中考结束，汤子选考取了南广师范学校，后来成为一名教师，而裴家俊则去了广东中山打工。过些年，汤子选从小学教到初中，拿着不多不少的薪水，一直寻找着一个让自己释然的借口，图有一日辞掉工作，闯一个自己的天下。不安分的汤子选，终于在一堂作文课结束之后向教育局打了辞职申请，承包了南广原国有印刷厂，干起了赚钱的营生，而那时，裴家俊已是响水滩人口中的创业能人。

在辞掉工作之前，汤子选回过一次木桶沟。表哥的儿子完婚，汤子选去吃喜酒。花宵之夜，表哥家的房子里坐满了宾朋，人们在谈论庄稼和节令，谈论这些年各人的运气。老者们围着火炉吸旱烟，互相询问身体情况，说说子女，也说说世道。穿呢子大衣的老者，旱烟烟杆衔在嘴里，眼睛半闭，偶尔吐出一口烟雾，飚一口浓痰，也是神仙般的模样。老者坐在炕笼下面，见汤子选进屋，一眼就认出来是他，便问："你是范幺爹的儿子？"

汤子选的母亲姓范，木桶沟后山头黄泥坡人，按照辈分，黄泥坡的亲戚们都叫她范幺爹。叫他母亲范幺爹的人，大约和他们家沾亲带故，自然是故人。汤子选却不认识老者，于是就问："老人家是？"

"你们这些领国家俸禄的人，当然不认识我们这些农二哥。"老者吐了一口烟雾，接着说，"我儿子和你是同学，她叫裴家俊。"

"原来是裴大舅，好些年没见到你了，还这么有风度。"汤子选说。

"风度倒是没有，风湿却是有的。"老者飚了一口浓痰，"听说你工作干得不错，工资应该不少吧！"

"发不了财，也死不了。"汤子选说。

"一年下来有多少？"老者睁开眼睛，两道目光直插过来。

"能有多少！五六万吧。"汤子选躲过了他的直视。

"多好啊，这是铁饭碗。"迟疑了一会，老者说，"我那儿子读白眼书，读完了就还给了老师，关键是，老师说她没收到。"

"裴大舅很幽默。"汤子选说，"家俊这些年都在干什么呢？"

“能干什么！打工呗。也不知道是打他妈什么野老公，这些年尽糟蹋钱了。”

“要有钱才能糟蹋啊，裴大舅说是不是这个道理？”汤子选有些脸红。

“有什么钱！”老者把旱烟杆在火炉上敲敲，接着说，“光景好的话，一年下来，有个百十万；光景不好呢，挣七八十万都费劲。”

旁边有个老者是三角眼，瞟了瞟裴大舅，说：“你这辈子见过这么多钱没有？人家一年挣这么多，你还不满意，我看你是在显摆。”

“有什么好显摆的？打工匠一个，哪比得上人家铁饭碗？再说，这娃儿不争气，辛辛苦苦挣了些钱，不懂得节约，到处乱买房子，在浙江买了一套不说，又在昆明买了一套，去年回来，又去南广县的一个叫什么湾的小区买了一套，两百多平米。我就纳闷了，就几口人，买这么多房子干什么，家里不有板壁房吗？再不济也是四立三间啊，还不够他住？”老者把烟头伸进火炉里，嘴巴吧嗒吧嗒地咂着烟嘴。

“家俊多厉害，我哪能和他相比，我就是一个饿不死的教书先生。”汤子选说，“裴大舅不是显摆，是拿我谈笑。”

“你是老师，你端的是国家的饭碗，两码事。”老者说，“老师做事有水平，四平八稳，不像我那混账，到处买房子也就算了，还年年换车；换车也就算了，还年年涨价，去年开回来的那一辆，听说六十多万。照这样下去，就算有一千万，也禁不住他挥霍，往后儿子儿孙也沾不了他的福。”

当晚汤子选问母亲：“黄泥坡裴家俊的爹，是不是有些遭人恨？”

“遭人恨一辈子了，这毛病可能只有死了才改得掉了。”母亲说，“你为什么突然问起他？”

“也没什么。”汤子选说，“有件事想与您老商量。”

“啥子事呢？先说过，你要是让我们进城去住，就没得商量。”母亲说。

“我想辞职。”汤子选说。

“我保证我不哭，但我不敢保证你爹不会因为你辞职而一命呜呼。”母亲说完，还是呜呜呜哭了起来。

汤子选辞职三年后，国有印刷厂在他手里有了生气，挣了三四百万。回家过年时，汤子选正式向父母摊牌，说自己辞了职，但把下半辈子当老师能领的工资都挣齐了，让二老不要担心。母亲说：“你辞职的第二天我们就晓得了，只是没向你说起，好在你爹痴呆，没来得及寻死。”

汤子选和裴家俊在一起喝酒，喝的是小蓝家的过年酒。喝酒的时候，汤子选问：“令尊身体还好吧？”

“去年死了。”裴家俊说。

“你就没有使劲劝劝他多活两年？你们家这日子，风生水起啊。”汤子选碰了碰裴家俊的酒杯。

“我倒是劝了，可他老人家固执得很，死之前非要我立下毒誓，必须给他风风光光办一场葬礼。”

“这就是他的不对了，现如今讲究的是节俭办事，像裴同学这样的知名人士，更应该无比低调才行。”汤子选说完哈哈大笑。

“什么知名人士？我现在是有家不能回，像个逃荒躲难之人。”裴家俊喝了杯中的酒，又要了一杯。

“家！”汤子选沉吟半晌，说，“我现在就搞不清楚我们到底还有没有家，我们的家还是不是我们所说的港湾。”他也干了杯中酒，也要了一杯。

“你有多强大，就有多怂。”汤子选说，“有的人八面威风，自认为能背山填海，视人间众生为草芥，呼风唤雨，声色犬马，他哪里知道，危情时刻，只能求助于一只单薄的口罩。”

“况且他还要吃饭。吃饭的时候，口罩还得摘下来。”汤子选把杯中烧酒饮尽。

4

这个春节，汤子选在响水滩见到的第二个初中同学叫霍清霜，是一名年轻的算命先生。

汤子选照例把车停在信用社的院子里，正欲往家走，被身后一个人叫住。

“汤老师。”那人穿一件对襟衣服，头发很长，梳得都翻过了头顶，往后脑勺里披着。左眼上眼皮往下耷拉，长成一块肉，把整个眼睛都盖上了。“哎呦果真是你，想不到在这里遇上了，我可是找了你好些年。”那人见汤子选停住脚步，径直往他面前跑过去。

“霍八字。真是你吗，我也在找你，这些年。”汤子选伸出手去，忽又收回来，他对霍清霜说，“我俩都在说瞎话吧，如果真的要相见，可是一件简单的事情，这些年我大部分时间都在响水滩，你好像也时不时回来。”

霍清霜的手就这样停在半空，好像也不怎么尴尬。旋即他笑了笑，但笑得不那么好看。在霍清霜看来，汤子选不应该把手缩回去，不管怎么说，他霍清霜也不是等闲之辈。

“虽然好多年不见，但我一直挂念着你，你辞职的时候，我就说过，你会为你的不冷静付出代价，也许现在你应该意识到了。”霍清霜认真地对汤子选说。

“可我现在已经没有感觉了，我现在远离体制，并不会想里面的那些事，因为我不可能回到过去。”汤子选给霍清霜递一支烟，说，“其实你也一样，你也回不到过去，过去的你，也不是你现在愿意去回顾的。”

“我没有过去，我是个只关注现在的人。大师傅告诉过我，替人算命，不能想着自己，要把自己从人生的轨道上分离出来，这叫专注。”霍清霜没有接汤子选的烟，他把两手放在裤兜里。

汤子选知道霍清霜是一个什么样的人。读初中时，霍清霜学习相当刻苦，但就是时运不济，他在初三年级的课堂里呆过至少五年，每一次考试都只差几分。霍清霜读到第三个初三年级时，去街上找陶八字算了一卦。陶八字看了他的左手，又看了他的右手，还摸了他的颧骨。陶八字给人算命，往往只是看，并不摸人的身体，可他就偏偏摸了霍清霜的颧骨。陶八字说：“今年，要是考试能够正常发挥，考取师范是没有问题的。”陶八字说完后，眉头皱了皱，接着说：“但我还得提醒你，考试那几天你必须专注，不能想其他事，否则，你还会差几分。”

也就差了几分。霍清霜得知自己的分数后，又到街上去找陶八字。陶八字用一个竹篓反扣在地面上，朝天的背篓底座上放了几本油印的小册子。陶八字在打瞌睡，发出细微的鼾声。霍清霜走到陶八字的摊前，找一块水泥砖坐下，说：“陶先生，我找你有事。”

陶八字醒过来，见是霍清霜，看他脸上灰蒙蒙的，没有一点生气，便说：“小哥落榜了？”

“差几分。”霍清霜说。

“我早就知道了。”陶八字打了一个呵欠，接着说，“你还没考完试，我就知道了，你今年还会差几分。”

“你是怎么知道的？”霍清霜有些诧异，“我考试的时候很专注的，从未想过其他事。”

“不可能。”陶八字说，“你骗不了我。”

“我没骗你。”霍清霜说。

“考试的时候，你老想自己的分数，老想自己能不能考取。”陶八字又打了一个呵欠。

“这个也算吗？”

“当然算啦。”

“可是，哪一个考生考试的时候不想分数？我敢肯定，如果连分数都不去想，绝对没有一个人可以做到。”

“别人可以想，但你不可以。”

“我不明白。”

“所以我就是要你明白。”陶八字从上衣口袋里摸出一副眼镜，慢悠悠地架在鼻梁上，说，“这是因为你和他们的命理不同。你的梗就在于因为想与考试无关的东西而无法专注，别人的梗也许是房屋座向、父母属相、邻里关系，甚至是院子里的水井、竹林里的倒刺、门把手上的指痕，或者这样说，别人的梗都是可以通过后天的调配来解决的，你的梗只能通过你自己的专注来实现。”

“你应该明白了吧？”陶八字说完，又问他。

“不是很明白，但我想知道，你能不能帮我调配一下？”霍清霜站起来，对陶八字说，“先生之前给我算命，我没有给几个钱，如果你帮我把这八字调配一下，我愿意买公鸡答谢先生，扯红布挂在你家门楣上。”

“就你这个八字，我还真的没办法，不过有一点倒是可以明说，你这次开个月月红的价钱，每月一块，共十二块，我给你几句话，你时时记住，到时说不定能助你考试专注，金榜题名。”

“我现在没这么多钱。”霍清霜说，“你若先给我，下个赶场天我把钱给你。”

“肯定没问题。”陶八字说，“行内规矩是心诚则灵，你什么时候把钱给我，这口诀就什么时候生效，你若不给，它当是几句废话。”

“我一定给你，你先把这口诀给我吧。”霍清霜很诚恳，这让陶八字一眼就看出来。

“瞎子点灯白费油，脱裤放屁上茅楼；瘸子赛跑瞎胡闹，哑巴唱歌总难求。”陶八字说完，嘿嘿嘿地笑。

“什么意思呢？”霍清霜问。

“你不必去理解这是什么意思，你只需要记住就行，也不要告诉任何人，自己的八字，如果让别人知道，就不灵了。”陶八字说。

下个赶场天，霍清霜把凑足的十二块钱带上街，却不见陶八字，反扣着的竹篓还在地上，油印的算命书躺在地上，风吹着黝黑的字页，像一堆烧过的纸钱。摊子旁边卖凉粉的大汉对霍清霜说：“这个逼老者就是个骗子，他给一个老头算了一卦，说他活不过九月，结果人家直接吃敌敌畏死了。警察刚刚把他带走，你要找他，就去派出所吧。”

霍清霜心里还是有一些遗憾，他想，就算他是一个骗子，但答应过要给的钱，还是给了较好，心诚则灵这四个字，不光八字先生说，老师也经常说起的。不过后来霍清霜到底还是没有去派出所找陶八字，而是将十二块钱买了两本几何练习册，回家复习去了。

转眼就到了第二年，分数出来，所差分数与去年一模一样。霍清霜像一只被掏空的皮球，软踏踏地行走在街上，又听得身后有一个熟悉的声音传来：“小哥，这回还是差了几分？”

回头一看，是陶八字。还是之前的那副家什。老者稳稳地坐着，脸上的笑竟有些嘲讽的味道。

此时，霍清霜和汤子选肩并肩走着，一个戴口罩，一个没戴；一个膀大腰圆、烟熏火燎，一个妖风鬼骨、神神叨叨。汤子选说：“我现在先给你算一卦，应该很准，你信不？”

“我不知道准不准，但我知道你有这个胆量。”霍清霜说。

“我敢肯定，不出三十米远，你会被人拦下来。”汤子选说。

“这哪是算卦？这分明是播报新闻。”霍清霜说，“我今天已经被拦下来好多次了。”

“你真的穷得买不起一只口罩？”汤子选指着霍清霜的脸说，“还是你无法买到口罩了？”

“口罩！”霍清霜几乎是用鼻腔把这两个字说出来的，“人之命运，岂是一只口罩能改变的！人之生死，无关俗物，乃上天左右。口罩能挡尘流，遮唾沫，防烟雾，却不能左右命运。”

果然不出三十米，两个穿着志愿者马甲的人出现在二人面前。

其中一个四十岁左右的妇女伸出右手，挡住霍清霜，说：“还是你！”

“幸会，第三次遇见你了。”霍清霜伸出手，想去握她右手上的白色手套。

女子迅速将手缩回，怒气冲冲地说：“第一次，你说你没有口罩，我给了你；第二次你说你不小心把口罩丢了，我又给了你。这一次呢，难不成又掉了？”

“你说得对，真的又掉了。”霍清霜说。

女子走到他身后，想卸下他肩上的帆布挎包，想看看口罩是不是被他藏在包里了。但她只是比划了一个动作，并没有真正去拿。她又回到霍清霜面前，说：“你脸皮真厚！”

霍清霜笑笑说，“我想给你说道说道，不知道你愿不愿意听。”

汤子选插话：“你就别说道了，乖乖把口罩戴上吧，你算不了自己的命的。”

“真的没有口罩。”霍清霜小声地对汤子选说。

“她不是给过你了吗，你真的丢了？”

“对，丢了。”霍清霜说，“我把它丢进小河里了。”

“这么说，你是故意的？”

“你说呢？”

汤子选掐了一下他的手臂，说：“这事可不能开玩笑。”

“我知道。”霍清霜说完，又转头对那女子说，“你再给我一个吧，我这次戴上，就再也不丢了，如果一会儿你遇到我，发现我没戴口罩，就直接把我送到精神病院去。”

女子很不情愿地从包里翻出一个口罩，递与霍清霜，说：“我不想再遇到你，你把口罩戴上，赶紧回家去，老老实实地待着，别到处瞎窜。”

这一回，是两个戴着口罩的人肩并肩行走在街上了。汤子选说：“霍八字不妨将出师的过程先说与我听，让我权衡权衡到底需不需要你为我测个命运。”

“这有什么好说的！一个人的修行，并非一朝一夕的事，我多年潜心研学，才入此道，非一时半刻能说清楚。”霍清霜说。

“其实我就是想知道，你是怎么成为一个八字先生的。”汤子选自己拿出一支烟，发现自己戴了口罩，又把它放进烟盒里，说，“你就说说最后一个初三考完试后，怎么投到陶八字门下。”

“这个没必要说，拜师学艺，讲的是一个缘字。”霍清霜说，“我和大师傅的缘分，你是无法听懂的。”

当年，霍清霜考完最后一次试，便到街上去找陶八字。陶八字笑眯眯的，说：“小哥，你这一次还是考不上，你相信不？”

“我从未有过如此专注，我想我应该能考上。”霍清霜说。

“我说你考不上你就考不上。”陶八字说。

霍清霜心里吸了一口凉气。他想，这个老者，何以如此肯定我考不上？心下狐疑，他这不是猜吧？但他又非常自信，这自信对于一个八字先生来说，可是非常冒险的，因为这关乎到他行走江湖的声誉。霍清霜说：“陶先生，我认为我能够考上。如果你这一次说准了，我真的没考上的话，我不考了，我给你当徒弟。”

“我不收徒弟。”陶八字说，“就算我要收徒弟，也不用打赌的方式来收，你慧根不行，你给我多少拜师礼我都不要。”

霍清霜说：“你以为我愿意？我本是想干一番大事的，只是年年考，年年差几分，自己也觉得奇怪，如果你真的能够算得准，说明你们这一行也可以干出大道理的，也属于三百六十行中能出状元的一行。”

半个月后，分数出来了，霍清霜还是差了几分。这一次，霍清霜差点没一头撞死在学校门口，眼看比自己低好几届的同学都考取了，自己仍然是陪读，心想，当初陶八字的预言果真灵验，这命运，被一个老者早就看透了。他到街上寻找陶八字，却不见老者踪影。卖凉粉的大汉说：“这个逼老者好久没来了，听说得了痨病，听说要死了。”

霍清霜决定到陶八字的家中寻去。陶八字的家在一个叫文阁的村子里，离响水滩有八九里路。霍清霜敲开陶八字家的大门时，出来的是一个和自己年龄相仿的小伙子。

“我找陶先生。”霍清霜说。

“你找他干什么？”小伙子问。

“我要拜他为师。”霍清霜说。

小伙子捂住嘴巴嗤嗤嗤地笑了起来，好大一会儿，才说：“你学这玩意儿干啥？你就不怕饿死？”

“人各有所命，该死的总会死，不该死的，无论如何也死不了。”霍清霜说。

“你去那里找他吧！”小伙子用手指了指对面山坡，接着说，“刚埋了没几天，也许他还能听得见你说话。”

“他死了？”霍清霜问。

“不然呢？”小伙子说，“对了，你叫什么名字？”

“我叫霍清霜。”

“那就是你了。”

“你认识我？”

“不认识。不过我有东西给你。”

小伙子说完，走进里屋，翻了一阵，拿了一张字条出来，交予霍清霜说：“我爹走之前一直等你，说你一定会来，但没想到你来得这么晚，他实在等不及了，才让我保管这张字条的。”

霍清霜接过字条，没有展开看，而是问小伙子：“他还说什么吗？”

“他说他骗了你，他根本就不知道你能不能考上，他只是和你打个赌，要是他赌赢了，你就可能成为他的徒弟。”小伙子说到这里，又笑起来，“他连自己都骗，你说这样的人，有资格收徒弟吗？”

霍清霜没说话，他轻轻展开字条，小声地读道：“满腹文章不可期，全身武艺不充饥；生人便有冲霄志，时运不到干着急。”

陶八字的儿子还对霍清霜说：“老爹走的时候说了，这几句话是想告诉你，实在考不上就算了，这是命。”

霍清霜反复读了几遍，突然狂喜至极，伸手拍了拍陶八字儿子的肩膀，说：“你父亲留下来的算命书现在在哪里？可不可以卖给我？”

“烧了，当钱纸烧的，那东西没有用，我是不会像他一样当一个骗子的。”

“好可惜。”

“有什么可惜的！你要买，我告诉你一个地方，你想买多少都能买到。”

“什么地方？”

“南广县城，人民会场前面，电影院旁边，一个长酒糟鼻的老者在卖，便宜得很。”

其实，关于霍清霜拜师陶八字的事，还有很多个版本，这些版本都是霍清霜他们同班同学讲出来的，除了真实事件，其余都是杜撰。汤子选听过的最多的版本，是霍清霜去陶八字的坟头与老者对话，一夜之间，霍清霜就成为一个神人。

“你到底有没有去陶八字的坟头与他对话？”快行走到汤子选的院子时，汤子选问霍清霜。

“没必要告诉你这些。”霍清霜说，“我现在要告诉你的，是关于你的命运。”

5

响水滩镇新逝老镇长方世杰在岗位上退下来时，曾口占七绝述响水滩风貌人情，原诗为：

东西胡蒋两家湾，
地上银河响水滩。
一镇三桥飞平夷，
烟火低垂百户喧。

老镇长有桑梓情怀，深谙平仄之道，而此诗却新旧混杂，韵律失当，字句也难求工整。在算命先生霍清霜看来，方老者简直是晚节不保。十年前，霍清霜与汤子选就此诗进行过一番讨论。霍清霜说：“老方在镇长的位子上一坐就是九年，难说不想长此坐下去，眼下被请下来，心情失落自不必说，这诗，表面上是赞美一个小地方的安静祥和，实际上是自我标榜，灭他人威风。”汤子选说：“我向来对这些东西没有研究，也不感兴趣，尤其是那老方，孤傲不逊，凡他写的，再好我也不读。”

霍清霜说：“你是人民教师，少不得要与学生讲些文言诗词，读一读又何妨？”

“再过几天我就不是老师了。”汤子选说。

“依我看来，你不必强硬着去追求富贵，人生起落太大，盈亏差别，有什么好的？”霍清霜说，“我向来认为你是教书的命，辞掉工作去经商，怕是会给你带来太多的祸事，到头来得不偿失。”

汤子选当然不会听他的，辞了职，去到南广县城，接手老印刷厂，大刀阔斧地改革，不两年赚得盆满钵丰，买房购车，家小在城里安顿下来，日子一天比一天惬意。要说失意，就是自觉获得感并非那么强。从一个光荣的人民教师到一个生意人，汤子选的“小人物”身份得到坐实，凡大小事务，都躬下身子亲自打点，“汤老师”的代号逐渐无人提起，“汤老板”成了他的实际身份。这年头，有人称他汤总，有人呼之为汤老板，叫汤总，表示认可他有些来头，叫汤老板就是另一回事了，充其量说明他有几个钱，或者说他有个饿不死的营生。霍清霜说：“钱财无度，今日有，明日丧，是不是你的，说不清楚；就算是你的，又能怎样？”

“我现在几乎成为一个空壳。”现在，汤子选的钱大部分陷进了方大权的手里。他不瞒霍清霜，而是一五一实地告诉他，并说，“我的事你应该早就知道了，现在你找上门来为我算命，不知有何解。”

“能算不代表能解。”霍清霜说，“我要是能解，当初就应该把自己的命运给解了。”

“那有个屁用，我的处境不是明摆着的吗，何必要你来算。”汤子选说。

“肯定不一样。”霍清霜说，“至少可以避免你越陷越深。”

“你不懂的。生意场上，往往是一条路走到黑，否则就是半途而废，绝无生还的可能。”汤子选认为霍清霜只是嘴上谈天，说的都是天底下最简单的道理，岂知世事婉转，需要绝处逢生。

“你是否记得当初我说过的一句话，十年之后你会遇到非常坎坷，现在灵验了吧！”霍清霜说。

“我年年坎坷，年年化险为夷。”汤子选说，“当初，陶八字说你最后一年考试不中，你相信他成竹在胸吗？”

“我相信。”霍清霜说，“因为他说中了。”

“我现在有个假设，如果你最后一年考上了，陶八字不知道用什么理由来为自己圆谎。”汤子选说完，嘿嘿嘿地笑。

“问题是，没有这个假设，所有结局都按他的预言去发展。”霍清霜没笑。

“那是你一直在配合他。”汤子选说，“或者说，他运气不错，恰巧言中了。”

霍清霜低着头不说话，许久才抬起头来，说：“我还是愿意谈谈你的事情。”

“当然可以，但我要申明，我现在没有能力支付你的报酬。”汤子选说，“目前的情况是，我要如何解救自己。”

“我的想法是放下，趁现在你还不至于一败涂地。”霍清霜说。

“绝不可能。”霍清霜说，“除非方大权现在死了——就算他死了，他建的那一大堆房子，也可以变卖偿还。”

“你想得太简单了。”霍清霜说，“如果他方大权只欠你一个人的债，倒还好说，偏偏不是这样，单他拖欠的农民工工资，都是好大一笔，还有银行贷款。”

“你一个八字先生，为何对他的情况这般熟悉？”汤子选问。

“当然熟悉。”霍清霜说，“这响水滩街上，但凡有些头脸的人物，我都了如指掌。”

汤子选哈哈大笑起来，说：“现在的算命先生，都不兴看麻衣相了，功课做得真不一般。”

“做一行喜一行，我这是心中有数，和你们做生意一样，对市场要有充分的了解。”霍清霜说完，也打了一个冷哈哈。

“你让我放弃，我便什么都没有了，你呢？作为一个算命先生，你有何收获？”

“我不必计较收获。”霍清霜说，“十年前我就对你说过，你无需辞职，你知道的，那时我也没有什么企图，只因我俩的同学关系而已。”

汤子选没说话。良久，转了一个话题，“你现在怎么样？”

“我呀！”霍清霜笑笑，接着说，“我现在闲不了，老实说，找我算命的人太多，城里那些当官的、做生意的、搞艺术的，甚至是和我一样算命的，都找我。这样跟你说吧，我不缺吃少穿，也不富贵，但很知足。”

“那你算是做大做强了。”汤子选说，“我之前认识一些，光给那些富贵人家算命，收入就不少。”

“是不少。”霍清霜说，“我给一个副县长算了一卦，就拿了两万。”

“算不准也给？”汤子选问。

“哪有什么准不准的，又不是赌博。”霍清霜说，“算命者不讲准与不准，关键是你能不能给人家指一个方向。”

“后来，这个副县长让你给劝辞职了？”汤子选故意开玩笑。

“哪能让人家下来，这不符合常理。”霍清霜说，“人家后来连连升迁，官越做越大。”

“你功劳不小。”汤子选说，“如今你劝我放弃，是否又合常理呢？”

“你和他不同，你现在需要重新走一条路。你可以去做点别的，比如，搞个培训班什么的。”

“真看不懂你。”汤子选貌似有些生气地说，“你一个不戴口罩的人，光天化日之下为一个生有可恋的人超度，真想问问你有何居心。”

“碰巧做个顺手人情罢了，绝无半点私心。”霍清霜脸上起了几个红色的疙瘩，有些挂不住，“我只是觉得，作为老同学，该提醒的时候提醒一下，你也不必非得听我的。”

此时汤子选手机铃声响了起来，拿出一看，竟然是方大权。

“方总亲自化悲痛为力量，亲自给我打电话，有什么好消息。”汤子选接连用了两个“亲自”。

“不和你掰嘴劲，你要是有时间，过来一趟，咱说上两句。”方大权的嗓音很高，手机听筒根本捂不住，让坐在一旁的霍清霜听了个明明白白。

“难说你家不是是非之地，关键时刻我可不敢串门。”汤子选说完，瞟了霍清霜一眼。

“爱来不来。”方大权挂了电话。

6

胡家湾是响水滩东面的一个村子，居住着七八十户胡姓人家，其余姓徐、姓曾、姓艾，加起来不过十来户。蒋家湾是响水滩西面的一个村子，比胡家湾户数稍少，却没有一户人家姓蒋，大部分村民姓邓、姓李、姓张。胡、蒋两个村子离响水滩街上不过二里路，人们在街上行走，大多互相熟识。响水滩街上有三座桥，均跨在同一条河面上，一座叫鹊飞桥，一座叫沙平桥，一座叫南夷桥。响水滩镇的老镇长方世杰退下来的时候所写的那首诗，凡读过的响水镇人，都知道他在写什么。汤子选和算命先生霍清霜在讨论命运的时候，老镇长的儿子方大权打了电话过来，让汤子选突然想到了这首诗。不对，他和霍清霜讨论命运之前，他就曾想到过，只不过没有把方大权和他们二人确立为一个特殊的三角关系，现在他不得不去想他和方大权之间的另一条隐秘的线索，他敢肯定，这条线索一定是霍清霜。

“要不要和我同去？”汤子选一边给自己加一件外套，一边问霍清霜。

“去哪里？”霍清霜没看汤子选，而是用右手的拇指在茶几上画一个看不见的图案。

“明知故问。”汤子选说。

“真不知道。”霍清霜说。

“方公馆。”汤子选说，“昨日方老爷子化了灰，方老板应该很寂寞，让我过去打一仗。”

“你去打仗关我何事！再说，方家突然死了人，我不请自去算什么道理！”

汤子选脸上现出狡黠的笑容，他往霍清霜这边靠过来，说：“你在街上行走，连口罩都不戴，为何一谈到去他家，你就害怕起来了？”

霍清霜没有回答。

汤子选穿了大衣，戴了口罩，从衣橱里翻了个新买的手包，出门时，问霍清霜，“我是留你在汤府继续讨论命运呢，还是你赖着不走，两者选其一。”

霍清霜想了想，说，“都是一回事，我还是走吧。”

二人上了街，汤子选往胡家湾方向走，霍清霜往蒋家湾方向离开。经过信用社，汤子选看见会计邵科站在二楼阳台上，嘴里叼着一支烟。

“明天大年三十，真的不邀请我参观一下你家的年夜饭？”

“有什么好参观的！”邵科说，“你准备去找方总？”

“你咋知道？”

“猜的。”

“你难道是霍清霜的徒弟，一猜一个准。”

“人家是算命先生，是有书的。”

“你不用书。”汤子选说，“你猜得比他还准。”

“跟你说一句发自内心的话，我劝你这个时候还是不要去？”邵科弯腰弹了一下烟灰。

“啥意思？”汤子选问。

“不怕一万，只怕万一。”邵科说。

“反正你也不打算请我吃年夜饭，怕什么？明天一早，我把车从这个院子里拿走，大不了灰溜溜回到老婆孩子身边。”汤子选一边说，一边和邵科做一个再见的手势。

到方大权家门口，方大权早已站在门外，见了他也不说话，而是径直进屋。汤子选大声地对他喊：“你且站住。”

方大权没听他的，一个人进屋里去了。汤子选在门外站着，却听得堂屋里端公先生们还在做道场，铙钹鼓点很是热闹，只是唱腔里蒙着一层呜呜呜的闷响。

汤子选走进屋去，方大权已经在沙发上坐下了，面前摆一个发光的取暖器。方大权用手指了指沙发，示意汤子选坐下。

“你就用这种方式招待你的供货商吗？”汤子选说。

“你能来就已经够有胆量了，还指望我对你有多客气？”方大权自己端起沙发扶手上的茶杯，喝了一口。

“你倒是节俭，摆鸿门宴也不弄两个菜。”

“没心情。”方大权坐下来，说，“咱们先说说我爹的事情。”

“你爹的事情与我有什么关系？”汤子选问。

“真的没关系吗？”方大权怒目圆睁。

“要说有关系，也是十年前。”汤子选说，“十年前我辞职，被你爹痛批了一顿，我还差点被他感化了，后来到底没听他的，丢了铁饭碗。后来你爹退下来了，见了我总是不愿意和我说话，难不成还因为这件事生气，弄坏了身子？”

“别扯。”方大权说，“我爹死的前一天，你是不是见过他？”

“见过，还热情地和他打招呼。”汤子选说，“老爷子这么大的年龄，还亲自上厕所。”

“除了这个，你就没说点别的？”

“没有。信用社的会计邵科可以作证，你不信可以叫他过来，我知道你俩关系不错，他不会对你说假话。”

“那天晚上你没来过我家？”

“我来干什么？你又没在家。”

“你的意思是，我要是在家，你就来了。”

“那不一定。”

堂屋里端公先生做完了一坛，停下铙钹鼓点，有两个年轻人推门进来找水喝，见茶几和电视柜上连烧水壶也没有一个，失望地走了，临到门口，其中一个转过头来，对汤子选说：“汤老板也过来了？”

“是的。我亲自过来。”汤子选说。

两人笑笑走了。汤子选对方大权说：“你到底因为何事找我麻烦？”

“你到底有没有对我爹说起我欠你多少钱的事？”方大权说，“这个我必须弄明白，因为我爹只知道我在外面做的是合理合法的大工程，很是风光，却不知道我欠了一屁股债。”

“你的意思是，他如果突然知道，就会一口气提不上来？”汤子选问。

“亏你还当过人民教师，说话这么难听。”方大权说。

“那得看和什么人说话。”汤子选说，“你欠我那么多钱，让我如临深渊，这时候还要我对你甜言蜜语，我实在是做不到。”

“你那阴阳怪气的话，难免会让我爹生疑，所以我爹的死还是与你有关。”方大权说。

“这也太牵强了吧。”汤子选说，“我很有礼貌地与令尊打招呼，也会让他察觉到什么吗？我想，你自己应该反省一下，说不定他早就知道你的处境了。”

“屁话！我压根就没对他提过我的事，他向来也不问我，他对我倒是放心。”方大权说。

“就是因为太放心了，冷不丁一瓢冷水从他头上泼下来，这还受得了。”汤子选说，“你其实应该问问你姨娘，看当天晚上谁来过你家。”

“问过了。”方大权说，“他说来过几拨人，但她一个也不认识。”

“你现在叫她过来一趟，我问问。”汤子选说。

方大权走出门去，半晌，她把那个颤巍巍的女人领了进来。

“嬢嬢，我问你一个事。”汤子选对方大权姨娘说。

“呵呵。”女人平常见了谁都是这副口气，她这是在打招呼。

“那天晚上，你有没有见过一个瘦瘦的、头发往后脑勺梳的男人，一只眼睛上蒙着一块肉，年龄和我们差不多。”

女人把头抬起来，两眼使劲地盯着天花板，似乎是看见天花板上的什么地方有个洞或者裂缝。

“你说的是霍八字？”女人低下头来，说，“他我倒是见过，不过他没有进屋，他在院子里和老方嘀咕了好一阵子。”

“那我这几天问你，你为什么不说？”方大权很生气的样子。

“我记不得了。”女人说，“我这身体不好，记性又差，要不是有人提起，就一辈子烂在肚子里了。”

“他们说些什么？”方大权的声音很大。

女人全身发抖了好一阵，像个孩子似的，好一会儿才说：“我没听见，我在屋里烤火，他们离我好远。”

“你去忙吧。”方大权向她摆摆手，小声地说，“真是见了鬼了，本想着能让她照顾照顾我爹，这下反倒成了累赘。”

“你这个思想，大有问题。”汤子选说，“好歹也是你的姨娘，你有责任为她养老送终。”

“我现在自身难保，还能顾得上她。”

“总不能杀了殉葬吧？”

“世道变了，要不我还真的有这种想法。”

“你很可怕。”

“你才知道？”

“早有耳闻，不过没想到比传说中的还要可怕。”

“别说废话，你赶紧告诉我，这件事与霍八字有什么关系。”方大权想立即知道他爹的死因。

“其实我只是想告诉你，你爹大概可能也许八成是因为一不小心就死了。”

“你要是再用这种方式说话，我让堂屋里的端公明天开始给你做七七四十九天道场。”方大权说完，转身去往另外一间屋子，拿了一个纸杯和一壶开水回来，给汤子选倒了一杯白开水，放在他坐的沙发扶手上，说，“人穷得叮当响，家里没茶了，将就着喝吧。”

“嘿嘿。”汤子选说，“茶我倒是有，只是不方便回去取。”

“那，霍清霜……”方大权又提这个人的名字。

“他呀，你又不是不知道，喜欢在人前吹嘘自己先知先觉，他与令尊的对话，想必你也能猜出来，一般都是说方总不该如此这般，大约算出来你一身是债吧！”

“我想不通的是，他为什么会与我爹说这些，你又是如何知道的。”方大权说，“这是不是一个阴谋？”

“是不是阴谋我不清楚，但你没必要怀疑我，就算我急着要你还钱，也没必要伙同别人来害你爹，我不是那种人。”汤子选说。

“你这些天在暗处使的绊脚还少吗？”方大权的语气里居然有些许笑声，只是整个脸始终还是绷着。

“我那点雕虫小技，哪能瞒得过你？”汤子选说，“霍八字这个人其实也没什么坏心，就算令尊大人的死与他有关，多半也不是故意的，况且他俩到底说了些什么，也无证据，想追究责任也难，现在，令尊大人已经无法站出来作证了。”

“霍八字与你关系不错。”方大权说，“今天早上，你俩不是还在一起吗？”

“方老板也太神通广大了吧，如今大年三十，你的眼线到底安插在什么地方？”

“反正我知道，你难辞其咎。”方大权说，“不是拿这事来为拖延货款找一个理由，我真的需要一个真相。”

“真相就是你爹怕挨火烧，吓死了。这下你相信了吧。”

“你俩预谋的？”

“预谋个屁！我是今天早上才见到他的，他还建议我放下。”

“放下什么？”

“放下——”汤子选差点就说了出来。而此时，他竟然感觉到这件事情真的很可怕，这个霍八字，难道是借他——之前在他家里，他曾一度猜想这人是不是方大权派来的说客，现在想来，他太不简单了？汤子选这样想，没说出来的后半句话就卡在喉咙里，一个字也蹦不出来。

“放下什么？”方大权追问。

“跟你这么说吧！”汤子选喝了一口水，烫，差点没把舌头烧断了，“我一直想与我老婆离婚，这念头已经好久了，想离婚的原因是我喜欢上另一个女人。今天遇到霍八字，我把生辰八字说与他，请他算算，看我俩能不能一起活到死。”

“后来呢？”方大权问。

“他算了好长一段时间，然后建议我放下。”汤子选编得还算顺畅，连他自己都在心里给自己点赞，“他说，我俩命理不同，还念了几句顺口溜：做梦吃饭不充饥，哑巴做梦总不提；竹影扫尘尘不取，纸糊马儿不能骑。这个算命先生，我还问他有没有给自己算过一卦。”

方大权沉吟了许久，才说：“也罢，老人已经走了，再追究也不能喊回来，这个霍清霜，待我有时间，狠狠揍他一顿便是。”

“使不得，现在是法治社会，一切都由法律来制裁，比如——”

“比如什么？”方大权问。

“比如你欠我的货款。”汤子选说，“其实，我现在真的很艰难，我老家那所学校现在还等着我解决困难呢，要不方总先给我来一半，让我缓口气！”

“这事以后再说。”方大权埋头往杯子里续水，冷冷地说，“交给法律吧。”

从方公馆出来，汤子选感觉整个人轻飘飘的。“交给法律吧！”这就是方大权的态度。会不会真的只能走霍清霜所说的“放下”一条路呢？绝无可能。他敢断定，这个霍八字，与方大权一定有着无法化解的仇怨。

7

天气暗了下来。这鬼天气，似乎比往常暗得更早。汤子选拖着打颤的双腿，回到家，开门进屋，横躺在沙发上。冷风从敞开的窗户里吹进来，刺骨的冷。汤子选想去把窗子关上，忽想到房间需要通风，也就没有动弹。躺着很冷，需要一床毛毯。他起身去衣橱里找一床毛毯，不想这时候社区监委干部小蓝打来了电话。

“汤哥在忙什么？”

“正准备给你打电话。”

“那就巧了。”

“说的是同一个事吗？”

“不知道汤哥说的是哪一件事。”

“祝你春节愉快，难道你说的不是这个事？”

“哈哈哈哈，”小蓝笑了起来，“这是肯定的嘛，不管怎样，我们都应该愉快才是。不过，汤哥应该知道我要说的是方大权的事。”

“方大权有什么事？”汤子选问。

“还不是小区项目的事，故意居。”小蓝说，“这件事知道的人不多，现在还属于保密阶段，我告诉你了，你千万不要往别处说。”

“你说吧，反正不是什么好事。”汤子选心想，如果方大权出了事，自己的几百万可能真的要黄了。心下顿时无比荒凉，贴在脸上的手机被一手汗浸得湿漉漉的。

“这个项目是和易地搬迁项目捆绑着弄的，本身就不符合规矩，现在银行方面不予贷款，前期认筹情况糟糕，很多搬迁户拿不出钱来，房子兜售无望，大多数房子没有封顶，应该很快就会成为烂尾工程。”小蓝说。

“政府方面作何定夺？”汤子选问。

“束手无策。”小蓝说，“当初方大权拍着胸脯保证，如果搬迁户拿不出钱，他会用社区的产业分红去补漏，但是现在看来几乎不可能，方大老板只顾修造房子，之前成立的合作社还在纸上，农户栽种的核桃板栗被牲口践踏得一棵不剩，我看是要出大事了。”

“也就是说，我的几百万泡汤了？”汤子选问。

“也不能这么说。”小蓝道，“政府正在同其他老板沟通，让他们投资，把漏洞补上，只是很多老板都不愿意，他们不想为这些易地搬迁户买单。”

“当然了，换做我，我也不愿意。”汤子选说完这句话，突然想到，政府会不会来做他的工作。

“他们也准备找你谈谈。”小蓝说。

“呵呵，我就说嘛，我现在是最好谈的，因为我实际上已经投资了。”汤子选这话好像是对自己说的。

“我觉得，你现在不能答应。”小蓝说。

汤子选：“为什么？”

小蓝：“这是个无底洞，你堵不住。”

汤子选：“堵得住堵不住都要堵，我只有一条路可以选择。”

小蓝：“那不一定。”

汤子选：“何以见得？”

小蓝：“我觉得你现在只能放弃。”

又是放弃。和霍清霜所说的一模一样，都让他放弃。汤子选弄不明白，他们两人就像商量过似的，让他放弃塞进去的几百万，到底是何居心。

“你以为我那钱是泥巴，说不要就不要了？”汤子选反问。

“当然不是不要。”小蓝说，“你现在如果接受了投资决定，一旦项目做不下去，所有钱就都不见了；反之，如果你不接受谈话，你的几百万就会成为一笔债务，只要是债务，就有希望。”

说的好像也有道理。小蓝说的放弃，与霍清霜说的好像不是同一个意思。

“怎么说都是灾难。”说完这句话，汤子选的颓丧终于让另外一个人感知到了。不过小蓝为什么要告诉他这些，却没有一个合适的理由。小蓝是社区监委干部，在事情没有一个定论之前，是不能透露消息的，莫非他与方大权有交际！汤子选这样想，却没有问小蓝，而是说，“这样看来，我只能接受现实，等着别人接手项目，然后再当孙子去要钱。”

“必须这样。”小蓝说。

挂了电话，汤子选感觉头痛欲裂，胸口闷得难受。他在这个时候拼命咬了牙关，告诉自己必须挺住。此刻，他拖着轻飘飘的身子到床上去，准备躺下来给妻子打一个电话，不巧信用社会计邵科的电话进来了。

“明天的年夜饭，邀你参加。”邵科说。

“明天，应该——可以。”他费力地说。

“什么叫做应该可以，你还能去其他地方？”邵科说，“别打埋伏，来了有好消息告诉你。”

“好吧。”说完，他挂了电话。

家里有些头痛粉，好像是放在书柜格子里的。他从床上爬起来，去找了一包，从饮水机里接了些开水就着吞下去，然后再躺回床上，闭着眼睛想要不要给妻子打电话。躺了大约十分钟，听见院子里铁门被撞得哐当哐当响，有汽车喇叭声紧骤地叫了起来。于是又起床，推门出去，见一辆警车往这边过来，一辆摩托车的车头顶在铁门上，驾车的小伙子站在摩托旁边，手里拿着一顶红色的帽子。

警车停下，两个警察从车里出来，一把抓住摩托车司机，带上车去，然后一溜烟驶远了。汤子选关上门，重新回到床边，下意识地摆了摆脑袋，居然不那么疼了，之前乏力的双腿突然又有了力气。于是他想，应该只是个感冒而已。他努力挤出一个笑容，然后自言自语地说：“老子丢了几百万，难道还不够意思！”

迷迷糊糊睡了过去，不知过了多久，电话铃声把他吵醒，一看，是妻子打过来的。汤子选努力掐了掐自己的额头，正了正嗓子，大声地说：“老婆，什么事？”

那头很小声，问他有没有准备回城。

“没有办法，明天去一个很有钱的地方过年。”汤子选说。

“你尽是胡说，人家也不欢迎你，别莽莽撞撞的，小心起了冲突。”大约妻子认为他会在大年三十去方大权家要账。

“你想错了，是信用社邵会计同情我，请我吃饭。”汤子选说，“至于方老板，我不敢去打扰他，他答应我过几天先打一笔钱到我账上。”

“那自然很好。”妻子说，“这样的话，你待在下面也没用，不妨回来。”

汤子选的女人叫甘巾巾，人长得瘦，按照信用社会计邵科的话说，瘦得像一股风。瘦得像一股风的甘巾巾，却是个无比精明的女人。早年汤子选还在教书的时候，甘巾巾是县国有印刷厂的一名员工，她的工作是负责出胶片和硫酸纸。后来印刷厂面临倒闭，甘巾巾对自己的男人说，可惜了，这么大的一个厂子，说没就快没了，要是我有钱，定将它盘下来。汤子选说，本来就是因为经营不下去才倒闭的，你哪来的勇气？甘巾巾说，那是体制问题，你想，一个厂里有这么多老弱病残，不但出不了力，还要别人养着他们，怎么能经营下去！汤子选说，那，如今就要倒闭了，等着别人来接手，那些老弱病残怎么办？甘巾巾说，按照企改办的意思，出不了工的，领一笔安置费，以后和厂子再无瓜葛，其余劳动力跟着厂子走，按效益支付报酬。汤子选说，如果我辞职，我就把它盘下来。甘巾巾说，你敢辞职，我就和你离婚。

汤子选辞职一个星期后，甘巾巾才听说。她知道，汤子选这样的男人，只要是他做了的决定，一定会成为现实的，只不过这个现实暂时让她无法接受。周末，甘巾巾从城里回到响水镇，见汤子选一个人躺在沙发上，就问："你辞职就是为了窝在家里舒服？"汤子选说："我不是在等你回来一起商量盘下印刷厂的事吗？"

"我想，我们还是先考虑离婚的事情吧！"甘巾巾说。

"离什么婚啊，你不会是来真的吧？"

"谁有心思和你开玩笑，协议我都拟好了。"

"你先一个人离，我现在没考虑成熟。"

"无赖！"

汤子选一只手伸过去，就搂住了她的腰，说："你这么弱不禁风，离了婚咋办，没有我，你会走丢的。"

"你真的想接手印刷厂？"甘巾巾盯着他的脸。

"不是我，是你。"汤子选说，"我只是帮你实现梦想而已。"

"钱呢？"甘巾巾问，"你从哪里去弄这么多钱？二十多号下岗职工，光安置就要一百多万。"

"我没有钱。"汤子选说。

甘巾巾："没钱你还敢大言不惭去接手厂子？"

汤子选："没钱打没钱的主意。"

甘巾巾："卖肾？"

汤子选："舍不得。"

第二天一早，汤子选拿着一份协议，领着甘巾巾去到印刷厂，找到老厂长，对他说明来意。老厂长说，“思路倒是不错，只是不知道他们干不干，你不明白，这些人多半是大爷，油盐不进。”

汤子选说：“他们没有第二条出路。”

老厂长想了想，说：“我们一起去找找企改办的领导，将想法告诉他们，请他们帮忙给这些职工做做工作。”

企改办的负责人听了汤子选的想法，觉得这主意不错，立即电话请示分管国有企业改制的副县长，副县长说：“你们拟一个详细的工作方案，政府常务会上，我作专题汇报。”

事情进展得很是顺利，政府同意了方案，剩下的事，是如何做这二十多个下岗职工的工作。

汤子选的想法是让这些人以下岗安置费入股，每月按比例从净利润中分成。参加分成的，不单单是下岗的这一拨人，也包括留下来的职工。汤子选的生意经是：下岗的，按企改办核算的安置费赢得相应入股股份；在职的，每人占固定股份，工资按效益另算。一开始，那些下岗职工没有一个同意，他们的顾虑是万一厂子再次搞砸，就全然没了希望。汤子选和企改办的领导耐心地做工作，要他们往好的方面去想，又加上甘巾巾平时在厂子里人缘不错，几番软磨硬泡，硬是让他们在股份协议上签了字。有几个年龄稍大的，对甘巾巾说，我们是看在你的面子上才同意的，我们只相信你，你可别害了大家啊！

厂子盘下来，甘巾巾成为印刷厂里的灵魂人物，凡大小事务，都由她亲自布置，汤子选只管做市场企划。之前，印刷厂没有业务人员，全靠客户自己找上门，且因为干与不干一个样，有些业务没按照时间出货或者质量不保证，把顾客得罪了，干完一单就不再有下一单。汤子选把厂里年轻的职工拿到市场上去，实行订单分成，一年下来就有很大起色，全厂一派兴旺景象，把个甘巾巾也乐得仙风乱吹，称之前冷静得好，要是离了婚，岂不是白白的丢了一棵摇钱树！

汤子选说："你以为我不知道，你不可能舍得我。"

"你倒是很自信。"甘巾巾风一样倒在他的怀里。

印刷厂干到熟门熟路，汤子选两口子均成了甩手掌柜，全让厂里得力且信得过的人帮助操持。几年下来，汤子选赚的钱也能在计算器按键上清楚地显现。后来汤子选开了料场，把印刷厂大半股份卖与他人，自己抽身挣几个闲钱，算是轻松过渡，皆大欢喜。

眼下汤子选的资金几乎全部困在方大权的手里，两口子当然急得整宿睡不下去。如今大年三十，一家人在两个地方，焦急也是难免的。

8

大年三十，却没有过年的气象。一大早，汤子选就站在阳台上往街面上看，一个人影也没有，所有商店关门闭户，只有一条黄狗在汪家饭馆门前的潲食桶里刨着什么。远山上有昨夜留下的积雪，像一层薄纱慵懒地披着。说是肃杀，真不为过。方公馆有端公先生做道场的铙钹声传来，远远听起来像骟匠在敲打手里的小锣，敲一阵，忽又停一阵。汤子选隐约感到寒风在刮着脸，鼻梁有些生冷，便进了屋，在暖炉旁坐下来，肚子饿。

邵科打来电话，说让赶紧过去，有好消息急着要告诉他。"有吃的吗？"汤子选问。

“来了饿不着你。”邵科说。

到了邵科家里，见回风炉上有两个烤熟的红薯，便拿在手，剥皮，放在嘴里咬起来。邵科说：“中午饭正在做，你先对付对付，一会儿我俩去方总家里坐坐。”

“我才不去。”汤子选说，“看他那副卖牛肉的脸，丧气得很，万一他又想起他老爹的死着实与我有关，要我殉葬也说不定。”

“你俩这是多年的冤家了，谁怕过谁！”邵科笑笑，接着说，“想想也够悲催，大年三十，人要出殡，换做谁都不好受。”

原来今天是方老镇长出殡的日子。汤子选想，如果不是死在这个节点上，方老爷子肯定会整个人完好无缺地躺进棺材，被风光大葬。现在，他成为一捧骨灰，虽说也要装进棺材，总感觉不一样。也真奇怪，为什么都烧成灰了，还要装进棺材里？按民政所干部说的，棺材里装骨灰，以后迁坟的时候方便。“反正都要迁坟，还不如把骨灰盒送到公墓去，这样也省事，不行的话，待会儿我们做做他的工作。”汤子选对邵科说。

“你有勇气你说，我可不愿意找骂。”邵科说，“眼下正是他悲伤之时，你去这么一提，难说他真会把你一起装进棺材。”

“为什么非要过去坐坐？”

“人之常情嘛，都是邻居，要在平时，应该去帮帮忙，把棺材抬上山去的。”

“中午发丧吧？”汤子选看看表，现在九点钟，还有三个小时，按照端公先生做道场的惯例，现在正是绕棺辞灵的那一坛。“他们家也就几口人在家，绕棺也肯定绕得无比冷清，不知道有没有人散散花、唱唱孝歌什么的。”

“也不会冷清到这种程度，就算政府不准大操大办，人家不收份子钱、不吆喝七大姑八大爷前来热闹也就是了，散花唱孝歌，本是死人场中必不可少的，再不准也不会太较真。”邵科说。

两人前后走进方家院子，果然听到有人在唱孝歌，唱的是《行兵十二月》，正唱到腊月。唱孝歌的老者门牙已经没有了，中气也不怎么足，只听得前面两句：“腊月行兵草枯寒，曹操领兵下江南。”后面的越来越模糊，恍若在念一段咒语。汤子选认出来唱孝歌的这人，正是八字先生霍清霜的老爹，他端坐在一条长凳上，手里拿着一个纸杯，杯子里装着用生姜煮过的烧酒。老者满脸通红，大约烧酒也吃了不少。

“霍二伯，你这嘴巴关不住风啊，怎么不叫霍清霜给你镶几颗金牙？”汤子选凑过去。

“都快要钻土巴的人了，整那个东西有个屁用，以后死了，还得麻烦人家帮忙取下来。汤老师要不要唱一首？”

“我学的不是这个专业，我擅长散花。”汤子选笑。

方大权让媳妇从里屋搬了两个塑料凳子出来，与汤子选和邵科坐了，说，“这斋做得真是丢人，冷清不说，连孝子都赶不回来。”

“还有谁？”汤子选问。

“多了。”方大权说，“二妹三妹连同两个妹夫还在路上，人家本不打算回家过年的。照这样的速度，掐指一算，头七过了也赶不到。就我那宝贝儿子，平素爷爷是最疼他的，硬是因为补课补得在学校出不来。”

“也不怪他们。”邵科说

此时方大权两眼往汤子选这边看过来，见汤子选也用眼睛看他，就又移开了，说：“人家说这就是命，我这光景，是雪上加霜，难遇的苦命。”

“老爷子应该是在六十五岁上吧？”汤子选问。

“死的前两周才过的生日，刚好六十五。”方大权说。

“正是过好日子的时候。”邵科说。

“大约他是知道好日子过不长了吧，所以——”方大权又看了看汤子选。

“看我干嘛？”汤子选刚好捕捉到他的目光，“今天邵会计也在这里，他可以作证，那天我的确没对老镇长说过什么，我只是很有礼貌地请了个安。”

“没说你什么，别找话说。”方大权说完摇了摇头，叹了口气，接着说，“别说你，就是那到处游手好闲的霍清霜，我也不会怪罪他。”说完，看了看坐在堂屋旁边唱孝歌的没有门牙的老者。

端公先生提醒，主孝应该立即归位，去到那绕着棺材打转的孝家队伍中。方大权对二人说，你俩吃些烧酒，我得行礼仪去了。这时，掌坛的师傅把手里的戒尺往桌上一拍，大声说：“各位师傅，凡要唱孝歌散花的，都把最高级的活计拿出来，捡最好的唱，拿最要紧的念，不要耽搁太多的时间，早点整完了我们就回家吃年饭去。”

一个四十岁左右的年轻人从院子里慢悠悠地进来，他嘴里叼着一支烟。走近几个老者，说：“老瘟收的些，唱完孝歌就不晓得散花，在这里扯闲淡，耽搁时间。”

“老二皮今天不去赶牛马场，偏偏得闲了，你可不是至亲啊。”没门牙的老者和他开玩笑。

叫老二皮的人说：“我过来是想看看你家霍清霜在不在，要在的话，顺便请他算一卦。”

“他早就给你算好了，托我告诉你，现今东南方向有你的死

对头，你最好待在家里别出来。”老者说，

“他怎么不亲自来说？”汤子选插了一句话，“敢情他此时正待在家里，亲自准备年夜饭。”

“谁不是亲自？”霍老者说，“不亲自的话，谁能帮你？吃饭要亲自吃，屙屎也要亲自屙，只有生孩子，可以请人帮忙。”

叫老二皮的人听完，脸上挂了红。叫老二皮的人，真名叫郎爱平，后街上宰猪匠郎必山的儿子，从小长得单薄，无法继承他老爹的手艺，只是逢赶集天到牛马场上去，与买家卖家左右说话，促成牛马交易。按汤子选的话说，老二皮是凭借三寸烂过无数次的舌头，硬是讨了几杯酒钱。身子单薄的老二皮，偏又娶了一个五大三粗的婆娘，甚是强悍，长期和宰猪匠的徒弟陈巴子混在一起，他自己却大气都不敢出，只能凭借三寸烂过无数次的舌头，在听之任之的同时在别人面前为自己开脱。有人说，老二皮的三个儿子，个个都长得像陈巴子。有人说，人家是请人帮忙，可以的。霍老者刚才说的这些话，是奔着老二皮来的。整个堂屋里，包括围着棺材打转的孝家们，都哈哈哈笑了起来。

老二皮脸红了一阵，正了正嗓子说：“你们不散花，我来散一首。”

“对，老二皮散一首，老二皮的花文很经典。”说这话的是方大权的堂兄弟方大举。整个孝家队伍里，除了方大权两口子，其余都是叔伯弟兄家的子弟。

“列位看官听好，夫此花者，不说此花来历，听我说首巧技花文。”老二皮又正了正嗓子。

“有戏。”方大举说。

“有戏。”其他人也说。

老二皮喝了一口酒，正式散道：

散花散到大青杠，此地是个好地方。柿子树上结酸枣，毛鸡窝里出凤凰。凤凰长得人模样，取得名字霍清霜。初三读了四五个，每次考在门槛上。街上去找陶八字，讨得口诀袖中藏。名落孙山无指望，摆个摊子街中央。算寿缘，算财宝，算得村妇上了床。惹得豪强胸中怒，眼睛打个大皮囊。养了三年在床上，家中老婆去远方。有人说在秦皇岛，有人说在石家庄。偏偏有人看到了，就在城里当二房。好个人间霍八字，妻离子散心里慌。替人算命好手段，偏偏自己算不详。算东家，算西家，算得家里空荡荡。老子门牙落掉了，房上只剩一根梁。花文不尽，后花来催，再有好花，请师又散。

老二皮散完，抬腿就走，几步就窜到院坝里，嬉皮笑脸地看着霍老者。此时灵堂里笑声不绝，却难住了端公先生，铙钹使劲敲打，却打不了花结子。平素人们散花，都是常人听说过的，花结子就藏在端公先生的脑壳里，今天老二皮是临场发挥，不知怎样做结。打铙钹的先生名叫肖罗材，脑袋灵光，敲了一阵，唱起来：“散花童子好日脓，为何要散独眼龙；为何要散霍清霜，一只眼睛落框框。”铙钹鼓点一起响，灵堂里人们早笑得眼泪横流，连方大权也笑，但汤子选分明看到，他笑得有些拘谨，甚至有些慌张。

霍清霜的老爹站起身来，示意几个同坐的老者让让，把屁股下的板凳拎起来，蹒跚地往院坝里的老二皮走去，边走边说：“你个不得好死的杂毛，散花就散花，拿老子说事，看我不打死你。”汤子选和邵科并方大权的几个堂兄弟一起拉住霍老者，说：“霍二伯别生气，死人场中，说个笑料也是正常的，况且平日老二皮与霍清霜关系要好，亲如兄弟，他们之间的玩笑，不带上老一辈，莫要计较。”

霍老者也就坐了下来，又端起纸杯喝了一口酒。

端公先生又打了几个花结子，都是平常花文，是同霍老者坐在一条长凳上的几个老者散的。临到十一点钟，掌坛的先生说：“花文就散到此处，我们歇下来吃几口茶，刨一碗饭，就准备发丧了。”众人都说：“早些完事好，大过年的。”

9

如果不是一夜风雪，天上多少有点亮光，这个大年三十就不会那么凄惨。当然，在汤子选看来，这个大年三十，最凄惨的恐怕是方大权，房子烂尾不说，还死了老爹。上午在方大权家抬完棺，他和邵科都没有再去方公馆，而是去了信用社。回风炉上的中午饭热了两遍，有些菜都热糊了。邵科的女人说：“你们两个也真是，过年不好好呆在家里，偏要去抬丧，就不怕晦气！”

“你这婆娘真不会说话。”邵科说。

吃完饭，汤子选就在沙发上斜躺下来，拿出手机翻看微信。朋友圈很热闹，有的在发一年下来的感慨，有的在发祝福，当然还有一些大过年的仍然忙着卖衣服、卖保险和保健品，各种消息、各种预告掺杂在一起，让人眼花缭乱。

朋友圈有人发藏头诗，八句，开头八个字连起来，读成“牛年大家都有好运”，而细读八个句子，却文理不通，不知所言。诗署名“李白”，帖子名称是：1300 年前，李白就是这样赞美春节的。正想骂人，一看转帖者是自己刚从小学教师岗位上退休回家的大舅哥。怎么能这样？这老小子教了一辈子书，也不了解李白为人处世，竟然也相信诗仙在 1300 多年前写出这样的狗屁诗，于是想打一个电话过去，提醒提醒他，莫要跟风转帖，小心遭人谩骂，不巧这时大舅哥电话就过来了。“子选不准备回来过年？”

“老大说得倒是轻巧，兜里一分钱没有，怎么过！”汤子选说。

“那有什么？你一个做工程的人，哪会把钱装在兜里！”大舅哥说，“对了，你看朋友圈了没有。”

“看了。”汤子选说，“李白喝酒醉了。”

“什么喝酒醉了？”

“他不喝酒醉，就不会如此胡言乱语。”

“人家那是先知先觉，哪像我们这些凡人？”

“家里有一本《太白全集》，改天我让巾巾给你送过来，你认真看看，以后就不会相信这些鬼话。”

“我也是看见人家转的，觉得好玩，也转了一个。”大舅哥在电话里笑，笑完了接着说，“也就是图个好玩。”

挂了电话，又给老婆甘巾巾打电话，叮嘱她一定要做好老人和孩子的工作，告诉他们自己工程上的活儿很急，得加班赶进度。

女儿汤铭铭在那头抢过电话，说：“汤老板要挺住。”

“你爹是金刚不坏之身，别担心，你倒是要好好照顾好爷爷奶奶和你妈。”汤子选对女儿说。

“那是自然，后防阵地稳固，你保护好自己就行。”女儿今年十七岁，高三学生，平日和汤子选没大没小说话，“对了，你有没有看我大舅的朋友圈？”

“看了。”汤子选说，“李白这首诗写得不错，你要认真阅读理解，说不定今年高考会考着呢。”

“切！”汤铭铭说，“这个糟老头子，看我怎么收拾他。”

“李白吗？”

“干一桶。”汤铭铭说的是他大舅的名字，他叫甘怡同。

年夜饭准备停当，邵科说：“咱们有没有必要把方大权叫过来？”他此一问，是征求汤子选的意见，不想他女人在一旁开口了：“你俩真是吃饱了撑的！”

“乱球说。”邵科打断，“不叫就不叫，说我俩撑的，饭还没开吃呢。”

女人不再说话，而是折身去储物间拿烧酒。酒是之前汤子选送给邵科的老酒，52度，口感醇正，现在已是绝版。邵科说：“这个年与众不同，酒不宜喝多，我俩整完这瓶就可以了。”

刚吞下第一杯，汤子选的电话就响了起来，一看，是小蓝打来的，问汤老板和谁一起吃年夜饭。汤子选说和有钱人在一起，问小蓝有何吩咐。小蓝说没有吩咐，只是在吃年夜饭时突然想到他，要是他一个人在家里的话，就过去。汤子选说邵会计提前预定了，今天就在信用社蹭饭，明天饿了的话，就成全监委干部。

“汤哥真的不用客气。”小蓝在那头说。

“我何时客气过！”汤子选说，“小蓝兄弟务必新年快乐。”

“汤哥也是。”小蓝说。

挂了电话，邵科对汤子选说：“这个蓝波，屁精屁精的，大有前途。”

“什么前途？不就是一个社区监委干部吗？”汤子选问。

“别小瞧他。”邵科说，“此人有背景，他要是真想混出一条路，是很有条件的，可以说要钱有钱，要人有人。听说，他准备辞掉社区工作，接手方大权的烂摊子。”

“真的？”汤子选口里的酒没吞下去，话说得不太利索。

“也只是听说而已。”邵科说，“这家伙做事善于攻心，他让霍八字到处给人算命，为自己清扫道路。”

“原来是这样。”汤子选把嘴里的酒吞下去，说完这句话，又将自己的杯子续满，说，“那就干一杯。”

“什么理由？”邵科指的是这杯即将被干掉的酒。

汤子选说：“咱们为有前途的人喝。”

吞下杯中的酒，汤子选接着说：“有没有前途，要看他能否挺过这一关。”

“什么情况？”邵科问。

“半个月之前就听说县里纪检部门要拿他了。”汤子选说，“要不是大年三十，估计他早就去了里面。”

“第三杯，咱们一起送瘟神。”两人异口同声。

四人制

1

地理区划上的饶家沟从地势上来看简直就是一只老鹰的翅膀，翅膀下面的村庄就像漂浮在一口井里的青苔。方圆三十里地的人们，习惯把沟底有人烟生息的地方称为饶家沟，因为那里的人们都姓饶，一户外姓也没有。而实际上，饶家沟是一个大地方的名字，它包含了老鹰翅膀覆盖范围内所有土地上生长着的灌木和隆起的石头，还有那些住在翅膀周围的陈姓、张姓、王姓和周姓人家，包含了农业样板中的四季劳作。但是，沟底的饶姓人家，却又不愿意把自己居住的那个地方说成是饶家沟，他们总是在回答别人时说：我家住在河沟头。

河沟头这个名字到底有什么好？很多人都发出这样的疑问，很多人都认为饶家沟这个名字听起来要大样一些，因为它代表了一个家族的荣光。可是，大端公饶德高先生就不这么看。饶德高先生不想把自己的村庄叫成饶家沟，原因是，几年前，一个叫“破饶”的什么公司，在老鹰翅膀下打井开采矿石，一座山都快要被他们挖空了。饶先生有时候抬头凝视鹰翅，总有一种摇摇晃晃的感觉，他甚至害怕有一天那只翅膀突然折了，掉进沟底，一翅羽毛倾洒成一次可怕的灾难。所以，饶先生一心想着让“河沟头”从饶家沟的地方称谓中摆脱出来，不想让河沟头与饶家沟有任何关系，包括人们的命运。

称得上先生，就是高人，就是能看得见前生今世的老夫子，就是通阴阳两界的大师。别人都佩服饶先生，不仅是因为他师出名门，祖祖辈辈都干着端公这个营生，还因为他精于算术，早年在生产队当会计时，一把算盘在手，三盘清、七盘清，留头乘、破头乘，二一添作五、三余三余一，一个村庄的四至界限在算盘珠子上滚动自如。

二十年前，有个从贵州过来的阴阳先生，途经饶家沟，专门来拜访饶德高先生。两人各执一杯苦茶，坐在院子里的一块大石头上，谈两界之事，说人间玄机，自是非常投机。那阴阳先生临走时，说了一个四句子：“好个河沟头，一圈关九牛；何时为棺地，周遭出公侯。”

饶德高先生立即神色凝重起来，心想，哪有把活人居住的地方变为墓地的道理？便说：“多少年来，我们在这里住得还不错，虽出不了公侯，但也人丁兴旺，吃穿不愁，先生这话可当玩笑，断不可记于心间的。”说完抬头，那人已打着哈哈扬长而去。这个四句子，偶尔也会成为饶德高先生的心头之哽，所以多年来，饶先生就像捍卫领土主权一样捍卫着“河沟头”这三个字。

孟秋之夜，十一点多，饶先生刚洗了脚爬上床，就听到院子里有人喊：“饶先生在家吗？”

披衣下床，拉开门，见一位六十岁左右的老者站在门外。那人自我介绍说：“我是来自高桥镇的韩起成，专门来请饶先生去给我侄子做法事的。”

饶先生将韩起成让进屋，说：“我早已不干这个了，你应该听别人说过的。”

“人死得急，天气大，没有先去打听，就直奔你这儿来了。”韩起成说。

饶先生说：“我怕是真的做不成了，徒弟们打工的打工，种烤烟的种烤烟，家伙都锈烂掉了，你还是去请别人吧！”

“哪有工夫去请别人！人已经死在那里了，天气这么热，怕是我还没找到其他先生，就臭烂了。”韩起成说。

饶先生从柜子上取了一只碗，拿一把黑色的茶壶给韩起成倒了满满一碗苦茶，问：“你亲侄子吗？死得真不识时务，是忙着投胎去的吧？”

“过几天就是七月半，估计是忙着去赶扬州大会。”韩起成一口气喝了半碗苦茶，接着说，“反正我都来了，就只等着你想办法了，这死的是年轻人，耽搁不了几天的，也就做个三天道场。”

饶先生说自己做不了这事，倒也不是假话。眼下正是农忙时节，烤烟上炉烘烤，饶先生那些留守老家的弟子们现在是谁也不愿意撂开农活去做法事的。再说，这些年，端公这个营生不好干，摊不了几个钱不说，还得熬更守夜，把自己身体拖垮。所以，徒弟们都这样想：有闲工夫去别人家吹吹打打，还不如在家把农事做好，空闲时约几人打打麻将，买几注六合彩，日子更安逸。

饶先生今年七十一岁，前年他就做了决定，在七十岁之前要把埋人的活儿放下，因为过两年就要“起一”，不能把自己身体累垮，到时候这个“一”起不了，死在门槛上。于是，他把家伙什都封存在堂屋里的神龛下，对弟子们说，你们大都颁执了的，可以自己出去干了，从现在起，我只做个看客。弟子们早对这个活儿没了兴趣，就说，既然大老爷都不干了，我们也不用瞎费工夫去干，现在的人家户欺人得很，仍然把端公先生同唢呐匠一般对待，好烟好酒舍不得拿出来吃，工钱也出不了多少，不如咱们只超度本族人中的亡灵，其他的一概不承应就是。

饶先生也没反对，只说，你们自己看着办吧。

眼下韩起成来求救，饶先生还是想帮帮他，毕竟人家没有去请外人，说明是瞧得起自己，于是就对韩起成说：“你陪我吃几碗茶，我让老伴儿去叫叫他们，看谁愿意随我去。”说完就把老伴儿派出去了。约莫半小时过去，老伴一个人耷拉着脸回来，说：“这些短命娃儿，哪个都不愿意去，没有人给我好脸色看。依我看，就算你这鬼老者今后死了，恐怕也只有自己把自己抬上山去埋了。”

饶先生叫不上徒弟，只得劝韩起成另请高明。韩起成说：“其他地方更没有人了，以勒镇上的胡明江先生去年就死了，徒弟们当的当老板，坐的坐牢；茶木的吴子久先生去浙江他闺女家享福去了，大徒弟去年摔成残废，二徒弟前不久吃酒醉伤了眼睛；木桶沟的范庭友先生，颁执不久就做了有伤风化之事，听说被人打了一顿，现在怕还在床上躺着日气哩。”

饶先生说：“再没有其他人了？”

韩起成说：“真没有了。”

又吃了两碗茶，韩起成说：“我倒有个主意，不知道能不能成。”饶先生说：“你只管讲，我尽量撮合。”韩起成说：“木桶沟的范庭友应该还起得来，把他叫上；你不是有个徒弟叫刘天友吗，他现在也在高桥街上的，再找一个人，加上你，不就可以了吗？”

饶先生说：“使不得，使不得，我那徒弟嗜酒成性，是被我赶出去的，让他参与，肯定会坏了大事。”韩起成说：“饶先生请放心，有我韩起成在，他在我韩家做斋，绝不准他沾一滴酒。”饶先生又说，“就算刘天友能成事，你把范庭友加进来也不对，我们两宗坛门之间还是有区别的。到时候肯定拍不到一起，整不好会闹矛盾。”韩起成说：“球事，我经常看范庭友做斋，从唱腔到响器都和你们一个毛色，说不定他师傅就是你们家哪个爷爷的徒弟，这事我也好像听别人说过。”饶先生说，“这个应该不是问题，我们做端公的，平时也有交流，每逢下祭场合，几帮人遇到一起，难免也会在同一个坛面上敲敲打打，听都听会了。只是，就算把范庭友加进来，也仍然少一个人。”

韩起成说：“有你们三个人在，剩下的那个人好办，不就缺一个打大锣的吗？只要有你掌坛，刘天友搓铙，范庭友打钹，随便喊一个人提起大锣照着鼓点使劲锤下去，也不会差到哪里去，这个你比我清楚。”

饶先生笑了笑说：“眼下恐怕只能这样了，既然你们家出了这档子事，我也不能袖手旁观。”说完，立即到神龛底下拿家伙，打了电话给嫁在木桶沟的女儿饶美丽，让她明日清早过来把她老娘接过去住几天。又叮嘱韩起成打电话去请木桶沟的范庭友先生，顺便也让他交待高桥镇上的刘天友不要乱跑，不能喝酒。当晚两人坐了一辆面包车，拉上家伙什儿，就去了高桥镇。

2

饶先生同韩起成来到高桥镇，进了韩家院子，一眼就看见来自木桶沟小镇上的包爷，正蹲在墙根下打瞌睡。

饶先生认识这个包爷很多年了，他甚至比木桶沟小镇上的大多数人还要了解他。这人不姓包，姓陈，但在方圆三十里地，谁也不知道他叫什么名字。实际上，自他生下来，父母压根就没有为他取名。木桶沟小镇上的住户，多数姓陈，字辈以“百千万”排行往下赶，包爷是“百”字辈，属活着的人当中辈分最高的，到他五十岁左右的时候，“百”字辈的就只剩下他一个人了。包爷形同痴傻，像个幽灵。二十岁时，父母先后死去，留下他一个人在小镇上，靠陈姓小辈们周济度日。没有名字的包爷，在陈姓以外的人们眼中，就是一个傻子，所以人们都叫他“陈包子”，但族间的小辈们出于对长辈的尊重，唤他“包爷”。包爷到了三四十岁，方圆三十里地，只要有谁家死了人，他都会第一时间知道。开始的时候，木桶沟小镇上的人们还以为他只是喜欢跟在别人的屁股后头凑热闹，只要有人到木桶沟小镇上来向死者的亲戚报丧，包爷就会同报丧的人一起来到死者亲戚家里，以一个“赶信人”的姿态坐在檐坎上吃酒，吃完酒，又充当死者的亲戚提前赶到死者家中，上蹿下跳，烧火、点蜡、扛亡灵钱树。办丧事的人家，总会请当地德高望重的老人为自己打点“事头”，俗称“总管”，包爷也就一天到晚跟着总管大喊大叫，但谁也听不懂他说些什么。日子长了，方圆三十里地谁家死了人，都会有两个总管，一个负责打点事务，一个负责大喊大叫。日子久了，方圆三十里地谁家死了人，如果包爷不在场，就觉得不够热闹，往往会差人去找。寻找包爷的人还未走出二里地，就看见包爷一手提着竹棍一手提着裤子屁颠屁颠地走来，口中念念有词：“豺狼逐你么，慢走；恶鬼收你么，慢走；人间驱你么，慢走……”

木桶沟小镇上的人们都会说，这个包爷日怪得很，好像所有人在死去之前都要事先向他禀报，往往死者家属还没有安排人赶信，他就知道谁家死了人。日子久了，包爷就成了一个不祥之兆，人们再也不希望他的光顾。有一回，他提着竹棍去了镇子东头的陈千贤家，在路上，遇到陈万金。陈万金问：“包爷，谁家死人了？”

包爷指了指陈千贤家的房子。陈万金马上扳了他的肩，说：“包爷，你可别瞎说，我刚才还从他家里坐了一会儿，喝了一碗酒，人家家里每一个人都好好的，你去了，怕是要挨打。”包爷挣脱他的手，犟着走了。刚走到陈千贤家门口，就听见陈千贤老婆在屋里声嘶力竭地喊：“快来人啊，奶奶要落气了！”

包爷真的被自己族间的堂侄子陈千贤绑在桑树上揍了一顿，打得皮开肉绽。这一次，包爷没有力气跟在总管后头大喊大叫了，而是一个人坐在牛圈外面，吞着别人吃剩的墩子肉。

饶先生在方圆三十里地的任何一个地方做法事，几乎都能遇到这个包爷。饶先生之前一直认为，这样一个日脓包，肯定嗅觉比别人灵敏得多，他应该是闻到了墩子肉的味道。但饶先生的徒弟们却不这样认为，按照高桥镇上刘天友的说法，他是嗅到了死亡的气息。

事实是，在一个炎热的下午，包爷从新故五保户黄富有破落的院墙下一觉醒来，阳光正好将投在地上的树影挪到他的身上。满头汗水顺着脖子往下淌，淌到胸口上，浸在那一件不知什么时候穿上就再也没有脱下来过的长袖棉布褂子里，褂子上堆满了过多的光阴，也就看不出新近留下的汗渍，只散发出一股刺鼻的馊臭。一身肮脏的包爷，摸了摸放在脚边的竹棍，一轱辘从地上爬起来，用鼻子使劲地吸了两把空气。他确信，周围某个地方，一定有一口大大的蒸笼，里面摆满了一碗碗油淋淋的热气腾腾的墩子肉；他也无比坚信，距那口大蒸笼不远的地方，一定停放着一口漆黑的棺材。

“豺狼逐你么，慢走；恶鬼收你么，慢走；人间驱你么，慢走……”包爷口中念念有词。他闻到了墩子肉的味道，意识到大端公们已经做上法事了，满脑子铙钹叮叮当当响，满眼都是灵堂里一身缟素的孝子孝孙。包爷想，一定要赶紧把这家人找出来，要是慢了一步，死者就会被抬到山上去埋掉，自己就错过了一次扛亡灵钱树的机会，也就吃不上那热气腾腾的墩子肉了。

他加快脚步，大约走了十几米远，又停了下来，折回头往相反的方向走。木桶沟小镇上，有一上一下一左一右四条路，往上走十余里，到以勒，是一个百年老镇，它的任何一条街道上都坐着算命的瞎子；往下走十余里，到高桥，也是一个百年老镇，铺满灰尘的瓦檐下，有九十多岁还在卖茶水的老妪；往左走十余里，到茶木，一条小河穿镇而过，河面有三座石拱桥，桥下浣衣的女子一边拨弄着手上的泡泡，一边大声地开玩笑；往右走，也是十余里，到饶家沟，那是一个神奇的地方，似乎所有人都精通法事，他们中的好多人，一年四季都在外面超度那些刚刚死去的人的魂灵。

包爷给自己选了一条路，通往高桥镇。没想到，他刚到高桥镇，韩家院子就死了人。

3

大端公饶德高先生的徒弟刘天友十年前就颁了执的。因好吃酒，每每给人家做道场，都会和负责香火的老光棍们斗酒，经常喝得烂醉，醉了就不能正常做事。而喝醉了的刘天友，断不会接受别人的劝诫，仍然要操着铙钹上场，搅得一坛法事面目全非。饶德高大怒，从饶氏坛门里把他驱逐出来，发誓不再用他。没有法事可做的刘天友，回到高桥镇，有一日没一日地吃酒，吃得东倒西歪的，就到汪家茶馆去吃茶。汪家茶馆开了七十多年，一个从二十岁就开始卖茶水的叫吴安秀的女人，活到了九十六岁，还卖茶水。吴安秀的用茶，是从高桥镇子背后的老场坳口摘来的毛毛茶，晒干后放到砂锅里煮，水一开，就倒在碗里，一块钱一碗卖给茶客们。吴安秀的茶水，有一股刺鼻的清香，那些喝惯了的茶客，可以从小镇的不同地方闻到这样的香气，他们每天总是凭着这股味道来判断汪家茶馆是否开门营业。刘天友到汪家茶馆去喝茶，手里经常是一块钱也没有，但仍然每天都去，往长板凳上一坐，叫一声，老太太，给一碗茶。老太太也不管他会不会给钱，把盛得比别人还要满的茶水递给他之后，就慢慢移着小脚去忙自己的事去了。一口气喝了半碗茶水的刘天友打了一个饱嗝，大声地对老太太说："你要是哪天死了，我给你做七天道场。"吴安秀老太太抿着嘴笑，说："等我死了再说吧！"周围的茶客中有人补了一句："刘天友，恐怕你死了，老太太还好着哩！"

刘天友吃完茶，酒已醒了大半，就披着衣服回家，刚走到烟草站门外，就看见陈包子提着一根竹棍，傻乎乎地朝这边望过来。

刘天友快步迎了过去："包爷，你来这儿干啥，我们镇上可没有死人的。"包爷没说话，只拿满是汗渍的褂子下摆去擦脸上的汗水。刘天友知道，包爷记不得他是谁了，也就用不着和他多说话，正欲离开，突然听到背后一个妇女的惊叫："有人跳楼了！"

跳楼的中年男子叫韩家贵，人称韩老三，是高桥镇上出了名的暴发户。早年，韩老三伙同镇上的周南驰倒腾钢筋水泥，挣了不少钱，在镇子上修了大房子，娶了镇子南边黄有光的女儿黄翠兰。黄翠兰是高桥镇上的第一等美女，二十年前的街头小光棍们，以"大彩电"之美誉送予她，表示对其美貌的倾慕。大彩电是多么昂贵，平常人家谁买得起？只能是蹲在远处偷偷观看其光影闪烁罢了。不过，韩老三发财后，用一个塑料袋装了三万块钱去了黄有光家，第二天就把大彩电弄到自家的床上。大彩电黄翠兰过着令人羡慕的日子，一口气给韩老三生了四个儿女，大女儿已经快大学毕业了。可是，就在不就前，他们一家人都迷上了地下赌博"六合彩"，须臾间身家输个精光，还欠下一身债。韩老三再无本钱起死回生，终日醉酒后嚷嚷着要跳楼，不想这一幕在此刻真的发生了，又恰好被来自木桶沟小镇的包爷撞上。

刘天友觉得，这个包爷简直就是一棵奔跑着的亡灵钱树，就像一种叫老鸹的鸟一样，浑身上下写满了死亡的魔咒。

韩老三从四楼跌下来，重重地摔在地上，哼也没哼一声，就死了。脑浆溅了一地的韩老三，身上还散发着浓烈的酒味，让他的女人大彩电很是恼火。这个身体发福的女人，在二十年后的今天，已经变成了一台显像管功能缺失的破彩电，她披头散发地走到韩老三的尸体跟前，用一只手使劲地拽他的衣服，一边狠毒地骂着："韩老三你个杂种，要死也不早点死，你现在才死，让老娘怎么活下去！”

木桶沟的范庭友到高桥镇的时候，韩家的灵堂已经布置好了，饶德高先生正在吩咐中学教师刘德稳帮忙写纸火。见了范庭友，忙打招呼说：“范先生守信，还以为你要吃了早饭才过来哩。”范庭友说：“知道要和饶先生一起做斋，哪等得到吃早饭，不吃饭也觉得安逸。”

范庭友今年48岁，是木桶沟小镇上唯一一个会做法事的人。早年，范庭友的确在饶家沟饶德高的幺叔饶青海的门下学艺，只是当时饶青海年事已高，没几年就驾鹤西去了。饶青海的儿子饶子华没能继承老爹的手艺，父亲死后就散了坛门。饶子华对范庭友说，你既然喜欢做埋人的活，何不另寻高师，整几年，自己立一个坛门？范庭友后来去了茶木吴子久先生家，拜了吴子久的父亲吴贵华为师父，学了十几年，颁了执，就立了坛门。在方圆三十里地，人们都知道范庭友有一副铁嗓子，唱腔好，一天七八坛做下来，声音照样清脆悦耳。但是，方圆三十里地，人们也都知道，范庭友有个毛病，就是见到谁家的漂亮媳妇儿，眼睛都会直勾勾的。去年，范庭友带着几个徒弟给木桶沟陈万元的父亲陈千银做道场，一坛过后去上茅厕，见陈千银的孙媳周小翠正在马厩里给马添夜草，遂欲火烧身，将周小翠摁在苞谷草上。周小翠顾及自己的声誉，推了他两把后，就乖乖就范了，任由他托着自己的身子嗷嗷嗷地使劲，快到终点时，周小翠到底还是按耐不住，竟忘我地大声迎合起来，惊动了正在外面坝子上为祖父点灯的丈夫陈亿财。陈亿财提一把锄头闯进来，锄把像冰雹一样砸在范庭友身上，砸得他像一头被烫了毛的肥猪。徒弟们把范庭友抬回家，安顿好，又去茶木请了他们的师叔吴子久把剩下的道场做了，一个个便放了家伙偃旗息鼓，此后再没给别人做过法事。

范庭友接到韩起成的电话，说要请他同饶德高先生一起去高桥镇为韩老三做法事，便非常爽快地答应了下来，承诺明天清早收拾收拾就过去。范庭友的老婆孙云芝在被窝里听见丈夫接电话，知道明天要去谁家埋人，便没好气地说："你一身的皮子又痒了，这次去怕是又要沾染上哪家的骚货吧，小心你祖宗被人割掉。"范庭友嬉皮笑脸地说："怕是别人知道我好久不开荤了，想喂我一顿。"孙云芝翻身骑到他身上，说："老娘先让你开荤吧，不先把你自家的老母猪喂饱就出去卖糠，想得美。"孙云芝一边摇晃着身子，一边破口大骂，身下的木床发出吱吱呀呀的叫声。

范庭友刚在一条长凳上坐下，就看见刘天友从外面进来，手里抱着一大叠草纸。刘天友和范庭友开玩笑，问："范先生身子骨还不错吧，伤好了没有？"范庭友不好意思，但还是红着脸回了一句："筋骨不练不紧实嘛，你要是有闲便的货，尽管拿来，我操练半个小时给你看看。"

但眼下的难题是，饶先生他们始终凑不齐四个人。韩起成叫来街上的老实人罗二毛子，对他说："你跟着先生的节奏敲敲大锣，完事后我给你五块钱。"罗二毛子说："可是可以，但要先把钱给我。"韩起成说："你要先试试。"结果，罗二毛子的大锣老是落不到鼓点上。饶德高先生说："要不得。"韩起成又叫来老场坳口的周三泼屎，又试了试，饶德高先生说："还是要不得。"范庭友说："不妨打电话给我师哥的二徒弟徐春友试试，他虽伤了眼睛，怕也好得差不多了，再说，就算眼睛看不见也没关系，反正能说话就行。"

中午，徐春友也坐了一辆微型车来到高桥镇，做法事的四个人就凑齐了。从中午开始，韩老三的灵堂前就响起了叮叮当当的铙钹之声，一群人围在韩老三的灵前吃酒、说笑，只有韩老三的女人一脸愁容，骂骂咧咧地在院子里走来走去。

四人做了两个正坛，算是配合默契。休坛吃酒的时候，范庭友说："有饶大先生在，就算我们几个都是现学的新徒弟，这三天道场也是小事一桩，只是不知道，如果做耍坛，能不能唱到一块儿去。"一旁的刘天友说："早听说茶木吴家的耍坛是出了名的，只是从未见过，今天有你们师徒在，我和师父给你们打下手，由范先生坐坛，咱们来一坛如何？"饶先生道："不可，不可，耍坛是讲究说、学、打、跳的，我们坛宗不同，凑在一起，弄不好会让孝家和亲戚朋友发怒，我看眼下还是算了，多做几个正坛，等到辞灵的时候，我们再临场发挥吧！"

范庭友吞了一口酒，舔了舔嘴皮，笑着说："饶先生的徒弟就是艺高人胆大，既然都提出来了，我看可以试一试，饶先生要是不愿意坐坛的话，就由天友大哥来坐坛，我几个在一旁打衬。"饶先生听了这话，脸上有些难看，对刘天友说："就你事多，叫你少吃点酒你偏不信，要是惹出事端来，看你不被乱棒打死！"

4

大彩电黄翠兰用半截拖把棒子追打着包爷，她一边打，一边大声咒骂。

这是韩老三死去的第三日，太阳炽热得让人闻到了尸体腐臭的味道。实际上，韩老三的尸体是装在一口冰棺里的，冰棺的插头插在一个白色的插板上，看上去仿佛是在给一个巨大的手机充电。冰棺里结满了冰块，盖子捂得相当严实，那些雪白的冰块凝固了韩老三身上的伤口，冻结了他之前欠下的所有赌债。地下六合彩的卖家们，就像一个个隐身的QQ号，他们都聚在韩老三的灵前，但是谁也没有表明身份，和前来帮忙的乡亲们一样，坐在条凳上吃酒，只是心照不宣罢了，只是谁都不愿意说起这个事罢了，就算亲戚朋友们不认识他们，大彩电是认识的，至少认识他们中的一部分。和其他寿终正寝的老人过世一样，韩老三的灵前充满了笑声。那些吃了酒的人，聚在一起玩扑克、开玩笑，偶尔也有男人把手悄悄伸到某个女人的屁股上，"哎哟"一声，那人腾空而起，瞬间跑出去很远，一脸坏笑地听女人大声地骂娘。但是，所有人都几乎是在同一个时刻闻到了腐尸的味道，而且越来越浓烈。人们不得不一前一后往韩老三的冰棺走去，反反复复地检查，有人甚至把鼻子凑到冰棺盖子上去闻，可是越离得近，那味道越稀疏。终于有人大声地说，是不是锅里的肥肉煮坏了？

那个煮肉的人，去看别人玩扑克，听人说肉糊了，慌忙拿一个大锅铲去翻锅里的肉，边翻边说，就怪罗二毛子这把臭牌。

刚坐下来准备吃酒的人们，还没端上碗，就听见包爷在厕所方向嗷嗷直叫，就都一溜烟跑过去看。大彩电把包爷摁在一块水泥砖上，用手中的拖把棒子使劲地抽打着他，嘴里不停地骂着："你个阎王老儿的私生子，别处不去偏要到我家来；你个老鸹下蛋崩出来的杂种，别处不去偏要到我家来；你个收脚迹不怕脚杆断的花苞谷，别处不去偏要到我家来……"有人在背后小声地说，你倒是希望他去别的人家，可是谁又愿意呢？

包爷被打得蜷缩了身子，干脆一动不动，任由她打。最后，大彩电好像也没了力气，放下手中的拖把棒子大声嚎哭："韩老三你个短命的，欠下一院子债，叫老娘怎么去还？”“韩老三你个收账的东西，你的老爹老娘还没死，你就好意思去死！”“韩老三你个不要逼脸的，你死了，我也要诅咒你不得好死，有本事你再死一次看看，老娘一定让你死不掉，让你生不如死让你死无葬身之地……”韩老三躺在冰棺里没说话，人们只听见包爷坐在水泥砖上哼哼，好像他是在为死去的韩老三向眼前这个披头散发的女人承认错误。

人群中走出来一个穿短裤的黄头发青年，一把抓住包爷的衣领，把他拖到厕所的墙边，使劲地将他的头向墙面撞去，边使劲边怒吼：“打死你这个狗日的，老子让你去给我姐夫陪葬！”有人迅速窜过来，拉开了年轻人的手，说：“不要闹出人命来。”年轻人说：“不就是个憨杂种吗，死就死了，有什么稀奇的？死了大家都清净！”那人说：“话可以这样讲，但万万不能打死他，你别看他包爷平时形单影只像个幽灵，要是真被你打死了，就有人站出来了，这就是人们说的‘死人旁边有活鬼’。你要知道，木桶沟陈家可是不好惹的。”黄毛气呼呼地走了，人们开始回到板凳上吃酒打牌，只有包爷蹲在墙边独自呜呜。

快到下午开饭时间，四个端公先生做完一坛下来，终于因为坛门上的规矩发生了争执。最先挑起事端的，是来自木桶沟的范庭友。范庭友认为，死者是坠楼身亡，为凶死，孝家应跪在香案侧边，或者把香案侧移，以此规避凶兆。但饶先生说：“无论怎么死，他始终有人父之贵，祖辈之尊，要打破常规，不给孝家带来遗憾。”本来，这一坛已经做完了，按照刘天友和徐春友的说法，将错就错也没什么大不了的，但饶先生和范庭友几乎为这个事争得面红耳赤，似乎非说到一条路上不可，最后徐春友怕得罪自己的师叔，也站在范庭友这一边，说：“规矩这东西，不破最好。”

四人有了分歧，休坛的时候就凑不到一块儿去，各人伏在在一张桌子上写纸火。开饭时间到，四个人分成两拨坐在不同的桌子上吃饭，饭后，要准备迎接众亲朋好友的祭奠。祭奠这一坛，得根据孝家亲戚的多少来确定时间。亲戚来下祭，本来他们可以自己请一帮端公先生来，敲锣打鼓进堂屋，挂彩礼，鸣炮仗，读祭文，但如今的情况与旧时大不相同，大多是孝家亲戚来到屋角，差一个人来请坐堂的端公，带着锣鼓家什，去把他们迎进来。当然，端公们也会收到一笔小费。四个人虽然有些不愉快，但看在孝家的面子上，都和来差请的去了。一会儿，炮仗齐鸣，锣鼓过堂，彩礼由帮忙弟兄送到内管处，祭文由四个端公轮流着念，无非也就是些恨苍天不长眼、诉恩情永难忘、愿黄泉多坦途之类的老生常谈，没有一篇切合实际的东西，念得范庭友他们口干舌燥，恨不得借题发挥弄出点什么好玩的东西来。

5

饶先生本来不同意韩起成去请八字先生来韩家院子测字的，一来因为端公先生一向看不起算命先生，认为他们是好吃懒做扯谎骗人；二来是怕那些算命先生搞出些与佛教坛门相悖的东西，让自己不好收场，有辱坛宗。但是，韩起成说：“族中已经商量过了，现在突然撤销决定，怕是说不过去。”

韩起成是高桥镇韩姓一族的副族长，族长是他的堂哥韩起华。韩起华年事高，族中有什么大小事务，他只是口授，具体落实的事情还是由韩起成来完成。因韩起成是韩老三的亲叔叔，所以韩老三的治丧事务基本上是由他一个人说了算，韩起华也就坐在墙根下的条凳上打盹，偶尔吸一两根纸烟。韩起成认为，既然韩老三是凶死，族中门楣也受了玷污，需要请一个先生测个字看看，再根据先生的旨意除凶去恶，于是就把这个想法同韩起华说了。韩起成说的先生，就是那些占卜算命之人。以勒街上的算命先生是方圆三十里地最多也最出名的，比如十字街上的晁八字。晁八字名叫晁开武，是个瞎子，在以勒街上摆摊算命几十年，人们都说他算得相当准，不是靠看“麻衣相”混出来的，因为他从来看不清某个人的长相。晁八字今年已经八十高龄，早已不在十字街上摆摊算命了，而是住进了儿子新修的四层高楼，谁要请他算命，得到他的住所里去排队。早些年晁八字在街上摆摊，没有顾客的时候，他就拨弄手中的一把破旧的二胡，拉的曲子是《孟姜女》《绣荷包》，偶尔也拉一两首《绣金匾》或《梁祝》，但是晁八字的二胡拉得真的很一般，街上赶牛马场的老者苏克青开玩笑说，晁八字整天就会拉“黄鸡婆爬坡”。晁八字说，我这是试弦。

街上没有了晁八字的二胡声，人们也没有觉得缺少点什么，只是某人昨晚做了一个什么稀奇古怪的梦，自己无法解疑的时候，就会想起晁八字，于是早早就去到晁八字家的四层小楼下。小楼下已经排了一溜队伍，是来测问儿子考学的，算父母能否起一的，惹了事能不能化险为夷的……测的内容五花八门，每个人怀揣的问题几乎都不一样。晁八字早晨十点起床，吃完一杆山烟，慢慢移步至门前，站定，吸气，吐痰，大约两分钟，扯开嗓子说：“一三五七九……你们进来，其余的回去吧！”

晁八字的晚年有颇高的收入，所以也就愈发神秘，算命技术就不只是在方圆三十里地有名了，经常有从几百里外开着豪车来请他算命的人，在他家门口排成长队，等待他“一三五七九”或“二四六八十”的召唤。谁都知道，罖八字在规定的时间以外不算命，现在韩起成突然要找他侧个字，恐怕也请不动。韩起成对韩起华说：“我去请自然请不动，但是如果你亲自出马，他肯定会另眼相看的。”一旁的端公刘天友说：“相看个球，罖八字两只眼睛都闭得死死的，要是看得见的话，就不会去算命糊弄人了。”众人都大声笑了起来。

韩起华让人拨通了罖八字儿子的电话，两个老者在电话里叽叽咕咕开了几个玩笑，罖八字就同意来了。凌晨三点，当罖八字的孙子开了一辆黑色的轿车把罖八字送到高桥街上的时候，端公先生们还在准备着辞灵的纸火，大彩电黄翠兰和大女儿韩潸潸在忙着打开冰棺把韩老三的尸体装进一具油漆还没干的棺材里。

在院子里坐定，韩起成忙递烟送茶，像伺候堂屋里的菩萨一般的虔诚。罖八字抽了自己带来的一杆山烟，吐了几口痰，慢慢地听韩起华韩起成两兄弟说事情的原委。两人七嘴八舌地讲，他们的陈述也夹杂了对这个事情的观点。罖八字边听边点头或摇头，把韩家两兄弟的情绪搞得无比紧张。末了，在板凳上敲了敲烟杆，问：“谁来抓字？”

自然是韩老三的老婆黄翠兰抓字。她把一只肥大的手伸进罖八字带来的一个黑色皮包里，捻了捻里面的一堆纸板，从中间抓出一块来，摊开在掌心，念道：“浊”。

“有浊物挡道，白虎作威了。”罖八字说。

人们都听不懂，但他们都知道，罖八字会慢慢解出来。

“横财纳富本为常，浊物幽祸致灾殃。白虎降怒即刀刃，公子呜呼一命亡。”罖八字又用烟杆在板凳上敲了三下，吐了一口痰，解道，“本来，韩生因遭小鬼缠身，有寻死之念，原只是一时的瘴盖，过了当天就会解除，哪知日高三竿时逢浊物出没，惹了白虎星宿，遂怒成其愿，降了死杖，实乃冤死。”围在晁八字身边的韩氏上下几代人如大梦醒来一般，知韩老三命不该亡，一再追问浊物是什么东西。晁八字吐了一口痰，抿了抿嘴，说：“此乃天机，尔等不该问，我也不该说。”

韩起成吩咐大彩电黄翠兰给了晁八字一百三十元的红钱三份，当做测字费用，也是车子油钱，由众人簇拥着老者上了那辆黑色的轿车，目送先生远去，才又回到原地继续分析浊物到底是什么。

此时，刘天友已写完自己的一份纸火，正在院子里找酒瓶子，想趁师父饶德高没看见的时候悄悄吞一口，听见孝家几代人在找浊物，就走过去说：“要找浊物还不简单！”

韩起成问：“天友莫非知道？”刘天友指了指墙根下的包爷说：“那就是活生生的浊物。”

韩氏家族的人们，像一群发疯的野兽，拿锄头的，提火钳的，从地上捡砖头的，一刹那全部来到包爷面前。包爷吃了别人吃剩的酒肉，靠在厕所的石墙上睡得正香，猛被一阵嘶吼吵醒，看见眼前的阵势，忙用双手捂住自己的脑袋。有火钳和锄头把已经落到他的身上，痛得他一阵嗷嗷嗷直叫，这时，人群中有人一声断喝：“干不得，弄出人命更会凶上加凶。”

说话者正是大端公饶德高。他拨开人群，把包爷从墙根拎起来，往院子中间走，一边说服众人。刘天友跟在其后，掰开两手挡住那些提着家伙什跟过来的人，他意识到自己闯了大祸。

包爷被饶先生救了一命，坐在院子门口的煤堆上，伸着舌头舔自己脸上的鲜血，嗷嗷嗷直叫。饶德高把刘天友叫到屋里，说：“我这是教了个什么徒弟，都学会算命测字了，才几年时间，你这本事长进不少啊！”刘天友说：“我也就是开开玩笑，哪知道他们家这些人会动粗，再说，人家晁八字都说了，是浊物作怪，才导致韩老三死去的，这怎么能怪我呢？”饶先生说：“就算他是浊物，人家晁八字都说天机不可泄露，你倒好，一语道破了天机。”

刘天友看了看坐在旁边写纸火的范庭友和徐春友，两人谁也没说话，只顾低头做事，便也不指望他们为自己解围了，于是去堂屋里摆香案，为孝家辞灵做准备。

6

辞灵开始了。众孝家和亲朋好友在韩老三的棺木前围成一圈开始绕棺，韩老三的四个儿女走在前面，大女儿韩潸潸抱着韩老三的遗像，面无表情。几个孩子个头一个比一个矮，像几只停在电线杆子上的麻雀，摇头晃脑地跟在端公们的身后绕着圈子。大端公饶德高先生身穿法衣，头戴法帽，左手拿一面小锣，拇指和食指之间夹一根小棒，手腕左右翻转，小棒落在小锣上，发出“当当当”的声音；他的右手攥着一个海螺壳，在铙钹击打的铿锵节奏中，他鼓起的腮帮把一股股气流送进海螺，发出“嘟嘟嘟”的声响。刘天友、范庭友和徐春友紧跟其后，唱完一段，又敲响手中的铙钹和锣，如此数十遍，几个端公和孝家就累得满身大汗。绕完棺，饶先生在一面大鼓前站定，把手中的小锣放在香案上，左右两手各执一根小棒锤击鼓面，发出浑厚有力的声响。真正告别亡灵的时候开始了，众孝家属于死者小辈的，统统跪在灵前，听饶先生发号施令。这时候，灵前已经哭作一团，韩老三的几个孩子“哇哇哇”的哭声虽没有哭调和倾诉之语，但撕心裂肺，在场的亲朋好友也被深深地感染，不住地抹着眼泪。

高桥镇的散花先生何德顺坐在人群中的一个塑料凳子上，手里攥着一根纸烟。铙钹响完一节，何德顺清了清嗓子，开始散花：“夫此花者，不说此花来历，听我说段巧技花文……”无非是些端公们听了无数遍听得耳朵起了茧的陈词滥调，就是打着瞌睡，几个先生都能打上花结子。一段花文过后，韩起成也象征性地说了一段，同样也是老调，只听得众人呵欠连连。倒是有个长着白胡子的老者，吞了一口酒，咳嗽了两三声，在人群中传起了十字：

“看百花，开满山，千千万万；青红紫，与黑白，朗朗明明。红刺花，白刺花，披挂齐整；泡桐花，叫三声，地动天惊。木通花，前吹号，统兵元帅；芭蕉花，扯旗子，开道前行。茶子花，报军情，忙来通信；芍药花，多智谋，议论军情。栀子花，年岁大，无人伺候；童子花，年纪小，未长成人。山茶花，守营寨，军心安稳；夜合欢，忙检炭，添火加薪。狗尾花，一声声，叫到天亮；鸡冠花，唱到那，天色微明。灯盏花，过江滩，点兵上阵；芝麻花，忙出阵，撒豆成兵。杀得他，映山红，东西逃窜；杀得他，玫瑰花，头落地心。杀得他，月月红，鲜血浸染；杀得他，栀子花，战战兢兢。杀得他，茶子花，翻山越岭；杀得他，椒子花，不死不生。杀得他，脚板台，疼痛难忍；杀得他，金银花，买命逃生。含笑花，忙对着，粉团花论；年少花，又恐怕，海棠分心。百般花，散不尽，千般万样；把花名，来丢下，珠泪如倾。”

每唱十字，铙钹击打三声，唱到中途，孝家中有人哭昏在地，被众人拖到院子中间掐人中、灌开水。这段花文做得相当稀奇，四位先生竟然谁也没听过，你看我我看你交换着眼色，都在询问这花结子怎么打。到底是饶先生经验丰富，拣了个别人没听过的花结子唱了完事，但还是满面通红。因死者不是寿终正寝，没几个人散花，都怕出言不逊惹怒孝家，只是履行一个仪式而已。唱孝歌的几个人，端着高桥酒，你推我我推你相互谦让，也就是唱些"腊月行兵草枯寒，曹操领兵下江南"之类的"比古"段子，还没唱够，就草草收场了。

辞灵完毕，天已大亮，韩起成请几位端公去看墓地。韩老三的墓地在老场坳口的臭水井，是请高桥街上汪老阴阳看的。汪老阴阳说，"此冠地风水现旺，周围群山环抱，属四门斗底，前望大羊嘴，嘴上尖山一星拱斗，是真正的好地。"墓坑早已叫人挖好了，四方四正。饶先生一看，忙称不妥，说向山太凶，得往左面拨一拨，把龙头对向尖山左面的小岗子，这样要缓一些，左青龙、右白虎、前朱雀、后玄武，四象皆正。范庭友却不这么看，他认为，左右两山高低不一，四象失衡，尤其是青龙位，内外风水有煞气，犯冲。徐春友同意范庭友的看法，而刘天友坚持饶先生的说法，于是争执不一，难于定夺。韩起成说："请师师做主，你四人两两一边，见地不同，到底如何是好？"饶先生说："既然我四人观点顺不到一起，还不如就听汪阴阳生的，再说，打好的井再动，也难得费那些香烛刀头。"于是四人就跟在韩起成的身后回去，谁也没说一句话。

吃完早饭，发丧时间到了。帮忙弟兄将棺木抬至院中，按照饶先生的指挥，放在两条横放着的条凳上。饶先生手持斧头，焚香秉烛，口吐莲花。此时鞭炮雷动，锣鼓喧天，韩老三的老婆和四个孩子哭作一团。人群中有人大吼：“把陈包子这个狗日的捆起来！”

原来趁众人不备，陈包子在饶先生开始发丧之际，就老早跑到院子门口去，扛起那棵亡灵钱树，口中念到：“豺狼逐你么，慢走；恶鬼收你么，慢走；人间驱你么，慢走……”此举被大彩电黄翠兰的弟弟黄毛发现，立即叫人从他手中把亡灵钱树抢回来，递给罗二毛子。包爷见人抢去手中宝贝，突然来了力气，一个箭步过来，一拳将罗二毛子打翻在地，捡起亡灵钱树，几步就跨出院子，往老场坳口方向走去。

黄毛纠集了七八个年轻壮汉，追在包爷身后，他们都不知道这几日被打得头破血流的包爷为啥有如此神速，硬是别想追上。黄毛从地上捡起一块巴掌大的石头，照着包爷“嗖”地砸了过去。石头砸在亡灵钱树树上，纸花散落一地。包爷见有无数的石头接连向自己飞过来，也就撒了手，往地埂上爬，找一个不易走近的高处，傻傻地看着抬棺走来的人群。黄毛从地上扶起亡灵钱树，交与罗二毛子，说：“你给老子拿好了，要是再被抢走，老子把你一起埋了。”罗二毛子扛着一树残花，像一只被烫了羽毛的公鸡，离包爷远远的。他一边走，一边像包爷一样念道：“豺狼逐你么，慢走；恶鬼收你么，慢走；人间驱你么，慢走……”

7

韩老三下葬完毕，饶先生撒了土，人们陆续回到韩家院子。四位端公先生剩下最后一坛，就是破地狱。把这一坛做完，三天道场就算顺利完工。天气太热，帮忙弟兄们都坐在条凳上吃酒，没有人去支摆香案，几位先生也就趁这个空隙坐了下来，接了别人递过来的酒碗开始喝酒。已经有人开始收拾从邻居家借来的桌椅板凳和锅瓢碗盏，把它们各自拢在一处，准备归还。忽听一人高声说，那报丧之物陈包子，正被黄毛他们几个人追赶，往后山去了。

众人才发现不见了包爷，想必这人说的是真的，就有人问："他们到底想把他赶到什么地方去？"

"后山就一条路，是通往饶家沟去的。"那人说。

饶先生心口一颤，脑子里恍若响过一个霹雳，端碗的右手一晃，一碗酒就落在地上，那只碗瞬间砸得粉碎。

刘天友、徐春友和范庭友几乎同时向他看过来，只见他脸色发白，嘴唇发青，良久，才慢悠悠地说："怕是要出大事了。"

刘天友说："别人以为陈包子是个不祥之物，那也就是事情生巧了，碰在一起罢了，师父应该有这个判断，这绝不会是真的。"

范庭友也说："包爷在木桶沟小镇呆了几十年，也是最近几年才有人开始胡乱议论，但我始终不相信，其实，他就是闻到人家的墩子肉了。"

徐春友与他们两人的看法不同，他说："这包爷神就神在孝家还没来得及向亲朋好友赶信，他就提着一根竹棍出发了，至少他知道什么地方死了人，我认为，他的脑壳里一定住着阎王殿里的信使。"

范庭友对饶先生说："饶老先生别惊慌，就算他是个报丧的浊物，也不可能受人驱使，硬让某个地方死人，因为这不是阎王老儿的本意。"

饶先生还是神志恍惚，也不知道他到底有没有听到这三个人说话，他的眼睛一直盯着对面老场坳口方向的一个小山岗，好大一会儿才说："我给死者撒土的时候，分明还看见他坐在那里的，如果有人追赶他，他应该往下面的大路上跑，为什么他要往后山的小路上去呢？"

"因为后山是一条绝路，黄毛他们把他往后山方向撵，是不想让他再回来。"刘天友分析说。

"绝路！你是说，往后山方向去，是一条绝路？"饶先生身子往后一倾，重重地摔在地上。

一群人慌忙把饶先生扶起来，见他并没有昏厥，只是全身没了力气，忙叫人去诊所里请来医生，给他看病。医生还没到，饶先生已经将身子从条凳上挪开了，自言自语地说："往后山去饶家沟，竟然是一条绝路！"

太阳西斜，四位先生有气无力地做完最后一坛，收了韩起成递过来的工钱，准备收拾家伙走人。范庭友说："眼下饶先生身子虚弱，不如今晚就在高桥镇上歇息，趁天色尚早，去汪家茶馆喝一碗茶水，晚上就在镇子上的小旅馆住上一宿，明日各回各家吧！"韩起成说："这个建议好，晚上就去我家住，你们熬了几夜，只领了区区几文钱，不必花费些去住旅馆，我儿子儿媳都在外面打工，房子正空着，饶先生要是同意的话，我就叫人回去说，让我老伴儿把房间打扫一下。"

几人都建议留下来，饶先生也不便推辞，就让人把做法事的家伙先弄到一辆微型车上去，几人就去了汪家茶馆，让吴安秀往黑色的茶壶里多添了两把毛毛茶。

脸上满是褶子的吴安秀精神健朗，提着个茶壶到处加茶。饶先生说："人要是活到这个份上，就真的是神仙了，高桥镇有这么一号人物，怕是仰仗了对面笋子山的灵气，在我们饶家沟，我就没有见到过超过八十岁还活着的人。”说到饶家沟，饶先生仿佛又想起什么，嘴唇又开始发青。

吃了几杯茶，几位先生正要和韩起成起身回去，忽听一位茶客说：“太惨了，听说一个村庄全都没了。”

8

饶家沟的老鹰翅膀是一座坡度平缓的大山，山顶往下到沟底不足三分之一处，有一块平地，方圆约五十丈。平地上生长着矮小的灌木，间有刺梨、山葡萄等野生植物。再往下，又是一个斜坡，一直延伸到河沟头，也就是饶德高先生所居住的村庄。斜坡上的土地，就是河沟头所有村民的庄稼地。低处的土地比较肥沃，种的是玉米和烤烟；高处的土壤大多是沙土，比较干涩，种荞，种土豆。一个村庄十六户人家，就靠着这一块坡地的产出维系着生存。饶家沟的村民信奉大地上的所有秘密，他们对头顶诡异的天空充满幻想，对看不见的鬼神心存敬畏，所以在饶先生的提议下，他们在半坡上修建了一个小小的庙宇，用来供奉内心的虔诚。

河沟头的十六户人家，在十年前就全部掀掉屋顶的茅草，把房子修成瓦房或水泥平房，有的还盖起了二层小楼。这些年，这个小小的村庄，大部分青壮年劳动力都陆续去了浙江和广东等地，留下来伺候土地的，多半是老人和孩子，有少部分年轻人在家，也呆不了多长时间，他们只不过是在农忙时节赶回来帮忙收拾土地上的谷物，秋收还没完，就都走了。大部分人只有春节才回家，在陪父母和孩子过年的同时，走走亲戚，吃吃周围邻居家的喜酒。

河沟头的孩子们去老鹰翅膀背后的小学校读书，要经过山腰的那块平地，春夏季节，他们会在山岗上采摘刺梨，秋天会往家里带几串色泽黯淡的山葡萄，往嘴里一塞，会嚼出满眼的泪水。孩子们回家写完作业，会对爷爷奶奶说：“今天我们经过庙子的时候，听到庙中有锣鼓之声，但进去一看，什么都没有。”老人们就说：“那是神灵在赶场，娃娃们最好不要进去看。”

几年前，饶德高先生到老鹰翅膀外面的王家去做斋，听人们说，有人在山脚下挖洞采矿，那些亮晃晃的巨大的铁巴，凿进去几百丈深，而洞口，常年停放着前来拉矿的巨大车厢，怕是再过几年，金山银山都要被挖空了。饶先生说：“挖空了倒不怕，反正地底下的金银财宝也不是我们的，只是他们如果长期这样挖下去，会不会把这座山给挖塌了。”饶先生回到河沟头，越想越感到害怕，于是，他发动村民在山腰上建了一座小庙，取名“永固”。

饶家沟山体滑坡后的第三天，远在广东中山打工的饶德高的大儿子饶大田才从一张报纸上看到这样一条消息：

“2013 年 7 月 11 日清晨 8 时 15 分，乌蒙市南夷县罗卓乡饶家沟村河沟头村民组发生山体滑坡，16 户村民除外出打工、求学者及临时外出 2 人外，无一幸免，遇难者 44 人，伤 2 人。灾难无情，人间有爱，一方有难，八方支援……”

饶大田相信自己的眼睛没有看错。让他感到害怕的是，因为两口子这些天加夜班，手机一直关着，接不了电话，自己的父母怕是凶多吉少。他连忙打开手机，在老家县城读高中的儿子和女儿的来电提醒一个接着一个，整个手机键盘一直在抖动。他顾不上等待短信读完，走到值班室，借了座机打了父亲的电话，电话接通了，但一直没有人说话。饶大田几乎是瘫倒在椅子上，不过，他还是硬撑着，用颤抖的双手拨通了儿子的电话。

“喂！”那头说。

“饶军，我是爸爸！”饶大田说。

“爷爷和奶奶都没事，只是我们家的房子没了。”孩子说。

“唉，房子都没了，爷爷奶奶怎么会没事？”饶大田以为孩子在骗他。

饶军说：“爷爷那几天去高桥镇做斋去了，奶奶也去了姑姑家，所以他们都没事。”

饶大田这才放下心来，他想，与其他人家比起来，真是天大的幸运，要不是两个孩子在县城读书，需要昂贵的学费，两口子才不会来中山打工，这样，恐怕一家人都被埋在地底下了。

饶大田叫上自己的妻子，买了当天从中山到高桥镇的长途大巴车票，踏上了回家之路。两口子一路上哭得眼睛通红，他们害怕见到的那一幕，不断地变换着场景显现在脑子里。饶大田的老婆哭她新修的房子，边哭边咒骂上天无眼。饶大田就说：“那么多亲人连命都没有了，你还好意思哭你的房子。”妻子说：“房子没有了，庄稼没有了，以后还拿什么供孩子读书？”饶大田说：“大不了不读了，让他们打工去，我就不相信，都这么大了，出去还能被饿死。”

到了家，在简易帐篷里找到自己的父亲，饶大田双膝跪地，感谢苍天留父母一条老命。又朝四周环顾，看不出旧日的家园现在到底在哪一个方向，便扯开嗓子嚎啕大哭起来。

9

灾害发生的第二天，大端公饶德高先生同刘天友、范庭友和徐春友一同回到饶家沟。

在一片废墟上，几十辆挖机来回穿梭，使劲地刨着地底下的尸骨。穿迷彩服的、穿白大褂的，手持铁锹的、提着绳子的，拿着半导体喇叭喊话的、把手机捂在耳朵上打电话的，几个人一起抬着担架的、一群人站成一排的……昔日的村庄全然没有了轮廓，仿佛变成了一片新开垦的荒地。饶德高先生站在一堆新翻出来的泥土前，一动不动地看着眼前的一切，他努力地逼回在眼眶里打转的泪水，使劲地吞了几次口水，然后，拖着软绵绵的双腿，踉踉跄跄地向废墟走去。

他找到一个平坦之处，看见一群人像一堵墙一样围在那里，一个个屏息凝神，雕塑般毫无生气。他不知道他们来自哪里，但他感觉出这些人一定是在守护着什么。站了几分钟，他开始不顾一同前来的几位先生的劝阻，冲到人墙跟前，从缝隙里钻进去。他看见呈一字型横躺在地上的一大排尸体，他们的头都朝着老鹰翅膀的方向，像一些被大火烧糊的树根。那些死去的人，他们身上的衣服被撕扯成一绺一绺的破布，只能遮盖住其中的一部分；他们的表情是如此呆滞，就像累得来不及闭上双眼就在瞬间睡过去的一样。是的，他们都死了，毫无仪式感地死在一个阳光普照的清晨，死得一点准备也没有。饶德高先生一辈子埋过很多人，但他从来没有看见过这么多死人被停放在一起。他想，自己曾到处去给人发丧，实际上他只看见一具具棺材被掩入土中，那些装进棺材被抬到山上去的人，是那么安详和平静，从来不曾给自己带来过任何恐惧。可是，躺在他眼前的这些人，都是他无比熟悉的，有些是他的兄弟，有些是他的侄子，有些，是他还未记住学名的孙子辈的孩子们，这些人，都趁他不在家的时候，一起死掉了。他再也没有控制眼睛里的泪水，任由它流下来，滴落在这片陌生的土地上。他弯下腰去，仔细辨认这些躺着的尸体，却怎么也认不出来谁是谁，只是在他近距离挨近这些尸体的时候，才发现他们是如此地残缺，除了头部，有的只有腰部以上的身子，有的只有双腿，有的只有一只脚掌……他们被挖出来之前，身体被分成几个部分，随庞大的泥土去了不同的方向，他们中的很多人，身上的部件被错乱地组装在一起，变成另外的人。

有人抬着担架走过来，把一具刚刚挖出来的尸体放在他的脚边，然后又拖着担架走了，几乎没有留下一句话。他们的表情是如此肃穆，仿佛是在干旱的土地上收割着坏年景里的作物。有人拿着一个笔记本站在他的旁边，用食指指着面前的尸体，一、二、三、四、五、六……三十七、三十八……那人扯着干涩的嗓子向站在高处拿着半导体喇叭的人报告，“现在一共是三十八个，还有六人下落不明。”

天气无比炎热，那些停放在地上的尸体散发着一股股刺鼻的腐臭，尽管那些穿白大褂的人每隔一段时间要往尸体上洒上一些药水，但仍然无济于事。拿半导体喇叭的人站在新搭起来的简易帐篷外，他问一个村干部模样的中年人，在外打工的死者家属通知完了没有？那人说，还差几个，主要是手机打不通了。

到了下午，尸体陆续被挖了出来，但有一些着实找不到了。那块被挖机翻来覆去挖了几遍的废墟，蓬松的泥土越堆越高，像一个披头散发的疯子。同饶德高先生来饶家沟的几位先生，在简易帐篷里吃了方便面，又同他一起前来辨认躺在地上的尸体。在灾害现场指挥救援的干部对饶德高说：“这些尸体恐怕等不到他们的亲人回来就要烂完了，你看是不是帮助料理一下，不行的话，怕只有提前火化掉。”饶德高说：“还是再等两天吧，不烂已经烂了，让他们看最后一眼，心里好受些。”

第二天清晨六点，住在简易帐篷里的官兵、志愿者和附近的村民纷纷被叫起来，在帐篷外面的坝子里排成长队，接受新一天的工作安排。按照上面的意思，天气炎热，尸体长时间停放在空地上，给防疫工作带来不小的压力，疾病传染的可能性较大，在中午之前，应该会有一些死者家属赶回来，中午十二点以后，万一赶不回来的就不等他们了，立即把所有尸体拖到火化场火化，关于尸体辨认的事情，请饶德高老先生和邻村村民协同村干部们一起完成。

四十四具尸体在饶德高先生和附近村民的辨认下，终于有了他们自己的名字。人们用一个个庞大的塑料袋包裹了那些停放在空地上的腐尸，在塑料袋上写了死者的名字，装进一辆四桥车，拖到火化场去了。第二天上午，一辆来自县城殡仪馆的白色车子拖着四十四个小木箱子，驶进饶家沟。人们把那些小木箱子卸下来，按照箱子上的名字，摆放在一个集体灵堂里。死者的骨灰按照一户人一张条桌摆放，条桌下面支一个简单的香案，香烛燃烧，纸钱焚灭，一个村庄里的四十四口人，就这样挤在一个白色的帐篷里，接受亲人的问候和祭奠。

死者的亲属们也陆续到了，他们按照工作人员的安排，分批走进灵堂，哭拜自己的亲人。那些从广东、浙江、福建回来的人，在长途颠簸中就已经哭得没了眼泪，他们一个个被厄运掏空了身子，趴在地上扭动着痉挛的四肢，喉头上下移动，但却没有咯出什么声音来。临时医疗室的工作人员几乎每隔十分钟就要从灵堂里抬出一个哭昏厥的人来，迅速施予急救；几乎每隔十分钟，就会有一个人从医疗室跑出来，跌跌撞撞地进入灵堂。饶德高先生手里拿着一张黄色的有光纸，站在灵堂门口，一直陪伴在他身边的是来自高桥、茶木和木桶沟的刘天友、范庭友、徐春友三位端公先生，他们同样一脸肃穆，面对这些装在箱子里的亡灵，不知道用什么样的方式去超度。

“唉，到底还是要写一篇祭文才是。”饶德高抖了抖手上那张黄色的有光纸。

其余三人你看我我看你，都摇了摇头。范庭友说：“这篇祭文还是应该饶老先生亲自动笔，别人是写不好的。”徐春友也说：“师叔说得对，别人对死者不了解，写不出真情实感。”刘天友说：“师父这些天悲痛过余，心力交瘁，怕是也写不出来了。”四人又相互对望，直至一筹莫展。旁边有人捧供果经过，见四人苦恼，忙打岔解围说：“饶家沟小学的马英老师有学问，考起师范之前，曾跟着饶先生做过几天道场，差点就颁执的了，马老师现在也是经常受人之托写祭文的，我听端公们念过，很是感人，不如由我求他动动笔。”四人同意，饶先生将手中黄纸交与此人，便同几位先生到灵堂里忙事去了。

下午，有人送来了马英老师亲笔撰写的祭文，交给饶先生。于是集体灵堂铙钹声响，海螺呜咽，一坛过半，饶先生展开黄纸，声色凄厉地唱了起来：

“时维壬辰孟秋，饶家沟，河沟头。薄雾里的村庄，只身沦为时光的残骸，十六块门牌，毁于淫泥；四十四口，徒遇猛兽怨敌，妖魔鬼魅。地上废墟，泉下新魂，呜呼，这一刻有人化身雨蝶直上云天，这一刻群山含泪大地哽咽。新故众，谛听，谛听！男女老幼，莫要慌乱，纵有狂风暴雨，巨雷贯耳，都去矣！原本世界如流云般祥和，众生享福。那时彼地，却是门户相望，烟火低垂，凡间自有蓬莱。阡上陌下，里鸡外犬；桃李植于垄上，百鸟嬉于水边；季节织锦在高山，沃土生长于坡下；茅檐日午，板桥泉声。方寸之地，气息融汇，嬉者笑，怒者骂；老朽家，青壮外。高高先祖，悠悠玄孙，老鹰翅下，藏着旖旎故乡。那时彼地，无限光阴随水而逝，无惧冰火，不怠冷暖，百姓人家有黄金，东风自与诗书便。纵摸爬滚打，投彩搓麻，亦是乐事。日子刷洗着袅袅香火，呜呼，七月十一，凌晨八时，横祸飞来，万吨尘土倾巢而出，极地村庄，阴阳颠覆，我四十四同胞死于非命，惨绝之痛，非我能表。

“时维壬辰孟秋，饶家沟，河沟头。我们再一次确认自己还活着，在废墟上，挖你们的呼吸，挖出疼痛的残垣断壁，挖出那些留在淤泥中的手和眼睛，以及你们被牢牢锁住的睡眠。天堂口有雨水漫过生命的腰部，索命之夜，我们迫使自己，划亮命运的火柴，照你们去安息。坡下被泪水斩断的空地里，四十四件拆毁的肉体，一支被时光骗过的溃败之师，秘密的强弩，虚晃一枪，闪进黎明的暗处，夺走了剩余的光明；天地置换中，你们成为流亡在家门口的异乡人，绝望地投靠了死亡。我认识的和不认识的，想起的或想不起的，都有请了，快去认领你们身体的某一部分，带着它回到族谱里去，回到祖先的身边去。众乡亲有一事恳求，如果天堂坍塌，请抱紧尾随而去的村庄，抱紧门前的溪流，记住最后一刻的梦境，它们会让我们相互聆听。

“时维壬辰孟秋，饶家沟，河沟头。我们紧紧揪住一群孩子的名字，你们的小手，小心脏，在天堂口，一定被晒出了汗水，人间多么小，小得连一阵风也能刮走剩余的理想。那些残存在风中的不谙世事的石头，是灵魂附体，替你们守望远在他乡的父母；

近处的小河边，藏着你们羞于拿出来的童年的分数；你们自己烧制的母爱，留在一页作文纸上，从今天起，你们必须一点一点地取走它，像取走父母滴血的心脏，取走家族兴旺的旗帜。如果可以，我愿意给你们时光的魔法，除了活过来，它什么都能见证。那些回来秋收的年轻人，携家带口，终于摸回了故乡，慰藉堂前父母，取悦膝下儿女。日子多具体啊，连路过的菩萨，都不忍心打一个喷嚏，何况你们遭遇的是惊雷、闪电，是输错密码的诅咒，是毁灭性的病毒。

“时维壬辰孟秋，饶家沟，河沟头。无数双眼睛，借着夜晚的篝火，看完死神的最后一个保留节目，无奈地充当着灾难的敌人，把一个个失语的生命摆放于群山的怀里，在错乱的时空中，重新刨一个故乡，让天佑慈悲之众生，地庇善良之万物，让泥土里藏着的乌鸦嘴，成为扑克牌里翻不出的臭点子。我们就着光阴的琐碎，再次诅咒岁月的悲怆。悲哉！且让诸神回避，人心显灵，我为你们指路：一指东方甲乙木，不问年岁，不分男女，统统神恩永佑；二指南方丙丁火，枯木必逢春，满目疮痍皆是河山，且歌且行；三指西方庚辛金，去路宽阔，逢山路遇水桥，早登仙界，化蛹成蝶，择良辰投胎转世；四指北方壬癸水，茫茫宇寰，天地悠悠，恕我农耕忙，抽空把你祭奠，愿你长眠不孤独；五指中央戊己土，安息安息，人间尺幅，百步生死，见与不见，必有他日。呜呼！

“时维壬辰孟秋，饶家沟，河沟头。鹰翅荡荡，流水泱泱，过往行人见证，我受亲人之请，踏歌踊舞，超度亡灵。谁于驾前执事，受神灵差遣，给他们第一缕阳光，愿露水和花瓣快马送达，饶家沟众儿女，护送他们去天国；极地人间，捎给他们第二缕阳光，愿鼓乐俱响，炮仗齐鸣，淳淳子民，送他们赶往明天。饶家沟，流亡之地，请怒放今夜的纸幡，我要为每一个不小心和自己走散的人，散花一地，跳歌一曲。呜呼，壬辰孟秋，饶家沟，河沟头，千年一晃，日月同悲。

“作此祭文，尚飨！”

饶先生念罢，满头大汗。此时，集体灵堂内外，众人大放悲声。一坛做毕，回到帐篷，范庭友对徐春友说：“这马英老师文采也倒是好，就是行文半文半白，词句上有欠考量，此等祭文过于冗长和琐碎，功力不够，当初怕是不够颁执，所以一心考取师范当老师去了。”徐春友说：“这人我也倒是认得，不是做端公的料，毛笔字也写得一般，他不过是做着玩耍罢了。”两人的对话恰好被刘天友听见，说与师父饶德高听。饶老先生虽有些不快，却也没说什么。

10

那么多的亡灵钱树，一字排开插在集体灵堂外面的废墟上，就像漫山遍野开遍的红白杜鹃。被山体滑坡毁灭的小小村庄河沟头，在它的废墟周围，站满了官兵、志愿者和来自饶家沟各个地方的村民。他们被分成一个个方阵，每个方阵里的人表情都那么严肃。饶德高先生提着斧头，在那些分户头摆放在条凳上的小木箱子之间来回走动，口中念着发丧的悼词。这一坛，饶先生做得相当认真，尽管这些天的身心疲惫很明显地写在脸上，人们还是能看出这个在死亡缝隙里成功脱身的老人步履健朗，声如洪钟。发丧完毕，死者的亲人们手捧骨灰盒，缓步从集体灵堂里走出来，在饶先生的引领下，朝着老鹰山上走去。这些怀抱箱子的人，疲惫的身躯仿佛承载着千斤重担，有的左右两手分别托着一个箱子，有的，左右两手的箱子上，还放着一个箱子，周围那么多人，谁也不忍心去帮他们拿下一个，人们都知道，他们抱着的，除了是自己的亲人，还应该是整个村庄轰然结束的前世。

那么多的亡灵钱树，被村民们扛起来，走在人群的前面，按照饶先生的口示，他们都在小声地念着，“豺狼逐你么，慢走；恶鬼收你么，慢走；人间驱你么，慢走……”这是最干净的悼词，也是最无奈的痛诉。之前，这样的悼词只适合木桶沟陈包子或高桥镇罗二毛子这样的本分之人去念，在那种一群人抬着一具棺材摇摇晃晃行走在山路上的送葬队伍中，这样的悼词几乎被喧闹的锣鼓和沸腾的人声淹没，什么也听不见。但是，在老鹰山下，那么多的人，却都不愿意说话。那些蹒跚行走的亡灵钱树，开满了声音的花朵，整齐、凄婉、哀恸。

那么多的亡灵钱树，谁也没有数过有多少棵。人群行至山腰，快到集体墓地的时候，他们抬头看见，有一棵亡灵钱树早早就盛开在墓地上了，在正午的阳光照耀下，是那么鲜艳，那么枝叶繁茂。那个最先把亡灵钱树插在死亡高地上的人，人们并不认识他，就像来自饶家沟附近的各个村庄的村民一样，不是每个人之间都认识的，他们中的很多人，也只是看着眼熟罢了。但是，走在人群前面的饶德高先生和紧跟在饶先生后面的刘天友、范庭友和徐春友，他们都知道这个人是谁。片刻沉默之后，刘天友说：“这些天我们谁也没见到过的这浊物，他到底还是来了。”

“是啊，在这个世界上，怕是谁也不愿意见到他的，这不应着那句话吗，该来的总会来。”徐春友说。

“该来的已经来得差不多了，没有谁有本事阻止将会发生的任何事情。”范庭友也接了他们两人的话。

缓缓向山上移动的人群中，三个端公先生就像三个哲人一样在交谈，可能他们自己也不敢相信，在民间法事被大大地削减了程序的今天，他们从事的这个职业需要来自四个方向的人才能拼凑成一个整体，多少会让人觉得有些心慌。其实，他们到今天才忽然明白，他们实际上是五个人，有一个人一直走在他们的前面，在方圆三十里地，只要有人死去，有人请端公做道场，他从不缺席，这人就是木桶沟小镇上的陈包子，人称包爷。

被高桥镇的黄毛一路往饶家沟方向追赶的包爷，这些天躲哪里去了？他的突然出现，让人群中的四个端公先生有了别样的感悟。对饶先生来说，包爷该不该在这个时候出现，已经无关紧要了。要说厄运，整个村庄都没了，还有什么能给他更大的打击呢？他对后面的几位先生说，来都来了，他要干什么，就由着他吧！

死者陆续下葬，饶先生为他们集体撒土，东南西北中，各个方位都是最要紧的祭告。松软的泥土被饶先生抛入空中，落进人们的衣领子里，痒痒的就像春天里爬上身体的虫子。撒完土，人们陆续下山，留下少数人和死者家属给新故之人砌坟墓。饶先生领三人从墓地往上走，到了山顶下那个坝子，放眼一望，他们都惊呆了。

坝子上生长着的灌木和青草不见了，露在地面上的，是被刀子削掉之后的新土，上面还冒着一丝丝热气。几人不约而同发问，到底要一把什么样的刀子，才能以如此强大的力量来完成对一块平地的砍杀，且没有留下第二刀的痕迹？一块方圆约五十丈的平地，它的肚脐上的灌木和青草断然不会自己飞走，而留下如此平坦的遗址吧！再往山顶上看，老鹰翅膀上茂盛的羽毛还在，没发生过任何一处垮塌。这就奇怪了，几位先生皱着眉头想了半天，始终找不出原因。几人下到山腰，认真查看了泥土飞过的地方，那些挂着红缨的玉米照样在微风中摇摆自如，那个叫“永固”的小庙，还坚实地立在土地上。如其他人所说，河沟头的小村庄，是被一块飞来的泥土掩埋掉的，那块庞大的泥土，中间夹杂着青色的刺梨和山葡萄的藤蔓，像是有谁派它们把这些东西送到河沟头去，但没有一捧泥土愿意折身回到山中。

七月十五夜，月朗星稀。饶家沟河沟头的废墟上，官兵和志愿者一如既往地忙碌着，除了要收拾残局，他们还接受了新的任务，就是必须在今天晚上把易地搬迁的要求动员到每家每户。灾害给一个村庄带来毁灭性的重创，也给老鹰翅膀周围的村落带来巨大的恐慌。有关部门已经开始选址，上面的指示是，一定要在七月底以前完成搬迁。除了搭建简易帐篷，还要同步启动村民住房的修建，这对老鹰翅膀周围的村民来说，这是个启动新生活的月份，将要生出一些什么情绪自不必说。饶德高先生很平静，他刚打发走今天才回到河沟头的儿子儿媳，随即把做道场的家伙收起来，装进几个蛇皮口袋，放进一辆微型车，随范庭友到木桶沟女儿家去了。刘天友和徐春友两人，则分别回到高桥镇和茶木。

11

七月的木桶沟小镇很干净，每隔两三天，都会下一场雨，雨水冲洗掉屋瓦上的灰尘和落叶，清晨的阳光从坳口上照射过来，那些黛青色的瓦片会泛出紫色的光辉，看上去像一幅水墨。一条狭长的街道，路面上铺着方形的石板，石板经过本地石匠的打磨，显得非常光洁和优雅。石板路两旁的人家，在刚刚结束的农村风貌改造中，都把房子扩建成三层，且在第二层的墙面上画上了具有地方特色的农耕工具图案，换上了统一样式的门窗，鹅黄色的窗格子镶在茶色玻璃外面，古典而朴素。饶德高先生的女儿饶美丽家的房子很宽敞，比别人家的要大一倍。饶美丽的丈夫常开柱是个烙画师，在整个乌蒙山地区都小有名气，他利用自己一楼的门面开了一间烙画店，生意做得相当红火。饶美丽是木桶沟小学的美术老师，平时课程不多，大部分时间都在店里帮助丈夫打点生意上的事情。饶先生老两口住进女婿家，日子是可以过得无比清闲和幸福的。每天清晨，饶德高先生早早就起床，穿一双松颈布鞋，从街头往街尾走三遍，回家吃了早点，就约上陈万金和另外几个老头，去附近一个叫庙坎的村庄玩耍。庙坎有一个小庄园叫耕鱼屯，可以钓鱼，品尝小作坊酒。几个老头每天都钓鱼，他们通常是把鱼钓上来后，用手摸摸鱼肚，又将它们放回水中。钓完鱼，每人要一两酒，边喝酒边玩扑克，玩到太阳西斜，哼着小调回家。如此几月，到了第二年春天，日子就像膝头上的布，开始发白，饶先生便烦躁起来。就在这时，范庭友找到他，说茶木的徐春友约他们几个到以勒镇上周家做斋去。

又叫上刘天友，四人就去了以勒镇给人做七天道场。由于做的是大斋，几个人难免会因坛门上的不同闹一些口角。徐春友是范庭友的师侄，两人观点一样，而刘天友是饶先生的徒弟，肯定站在饶先生这一边。于是两两对决，各不相让，分不出一个胜负来，常常闹得面红耳赤，互相接底，竭尽刻薄尖锐。

范庭友对饶先生说：“你怕是记不得去年在高桥镇的事了，

韩老三明明是凶死，你却让孝家正面而跪，结果凶上加凶，让包爷钻了空子，要不是黄毛他们及时追赶，出事的肯定不是饶家沟，而是高桥镇。”

饶家沟的覆灭一直是饶先生的心头之哽，经范庭友这么一说，他的心口便开始剧烈地疼痛起来。饶先生平时在耕鱼屯钓鱼的时候，老是会想，如果当初听范庭友的话，香案侧立，说不定包爷就不会去抢那棵亡灵钱树，黄毛他们就不会去追赶包爷，包爷也就不会往饶家沟的绝路上去，饶家沟就不会……此时鱼儿上钩，陈万金在一旁喊：“老饶，起竿了。”

于是，饶先生就不再和范庭友争执，他对徒弟刘天友说：“按照范先生的意见做吧。”范庭友见饶先生妥协，觉得自己说话太过，揭了老先生的伤疤，心头不好受，就说：“咱们还是听饶先生的。”

周家的七天道场做完，几个人都累得精疲力竭，收了钱，各自回到家中。一天，正吃着晚饭，忽听人说包爷死了，是饿死的，现在还躺在已故五保户黄富有的墙根下，族人们谁都不愿意站出来料理他的后事。饶先生放下手中的碗筷，去了那堵破墙面前，果然看见只剩下皮包骨头的包爷，蜷缩着身子躺在地上，像是谁扔下的一件烂衣服。饶先生心想，这浊物终于可以为自己洗脱罪名了，他这一走，方圆三十里地再也不会上演死亡的预告片，人间的死讯，会等到真的死了人以后，才由赶信的人快马送达。

过了几日，饶先生又和陈万金他们去耕鱼屯钓鱼，吃酒时刻，饶先生竟靠在亭子里的木柱上小睡过去。须臾醒来，他告诉陈万金说，自己做了一个梦，梦见饶家沟的四十四个人在包爷的带领下，每人扛着一棵亡灵钱树，从老鹰翅膀上走下来，径直往废墟上去。

那天回家，饶先生没有吃晚饭，早早就回房间休息去了。到第二天早上吃早餐的时候，不见饶先生，老伴以为他出门散步去了，就让女儿出去叫，却没找到。到中午，饶先生还是没有回家，问了几个钓鱼的老头，都说不曾看到。女儿和女婿开始着急，就请了邻居十几人，找遍了周围几个村庄，仍不见饶先生踪影。后来还是陈万金想起了昨日吃酒时饶先生说起的饶家沟一梦，便与饶美丽说了，于是十几个人便起身奔赴饶家沟。黄昏时分，他们在老鹰山上的永固庙里找到饶先生，他端坐在靠墙的一条板凳上，已经断气。人们在庙子外面的草丛里，发现一只橙黄色的小药瓶。

天坑

1

这个世界上每天都会有很多不同的想法从一些人的脑子里进进出出，这个世界上每天都会发生一些让人无法想到的事，比如，一个名叫苏阳的男人决定从一个城市“出走”。这个叫苏阳的男人，是这个世界上众多名字叫做苏阳的其中一个。他有一个十八年的城市户口，有一份稳稳当当而又清闲的工作，有一套房子，有一个妻子和一个读初中的女儿。这个叫苏阳的中年男人，在某一天的清晨，背了一个大大的旅行包，爬上一辆农村客运车，就走了。他背一个大大的旅行包，不是去某个地方旅行。他要去一个边远之地，他想把一座城市和这里的一切都甩在身后。他要去的地方，从方位上说，是在地底下。

他坐了两个小时的农村小卡，在一个叫“新寨”的地方停下。

他拖着沉重的旅行包下车，准备徒步到一个叫“大锅圈”的地方去。至少现在，苏阳对自己所做的决定没有感到后悔，强烈的出走愿望像一场大火烘烤着全身。此时，他已经走到崖边。往前是一条直插地底的路——实际上这不是路，是天梯，他此刻应该是站在云端，将要乘坐一级级腐烂的石阶到世外去。是的，在这之前，他确定他要去的这个地方是世外。

上午九点，阳光那么嫩，那么新鲜。阳光追赶着身后山地上零零星星的菜畦，带来一股股熟悉的葱花味儿。苏阳想，这应该是人间烟火的味道吧，如此张狂的诱惑当然是一种挽留，一种霸道的提醒和劝告。那么，应不应该回头，应不应该转身往回跑呢？不能。就在十分钟之前，他给妻子发了一条短信，然后关闭了手机。

往前这一条直插地底的路，他只看见前两级石阶，因为出现在他眼前的，是一片大雾。阳光仿佛只打算陪他走到崖边，就站在身后了。真是奇怪，他要去的地方，像一口巨大的铁锅，里面煮满了热气腾腾的什么东西。大雾缓慢地移动着身躯，蒸腾着，压根就不打算消退似的。大雾从苏阳的脚下跑到裤腿边上，再浸润他的全身。如此曼妙的雾的身形，竟让他感觉到巨大的惶恐，他要去的世外，现在连一寸泥土也看不见。于是，他开始紧张起来。

他一度想折回身子，拔腿就跑，他的一只脚甚至已经开始往后挪动了一下。但仅仅只是挪动了一下，他没有折回身子，也没有跑。他对自己说，现在不是有可能没有退路，而是真的没有退路了，不管前面怎么样，也必须去。于是他开始往前走了一步，就一步，他看见大雾以更快的速度挟裹了他的全身，鼻尖有些冰冷，于是又停了下来。

大雾从头顶飘过，越来越稀，速度越来越快，径直往身后去，在远一些的地方形成一层薄薄的云。前面，他看见隐隐约约的山头，看见山头上黑乎乎的树影，心情开始舒缓，没有之前那么紧张了，所以他又向前迈了一小步。

如果再走一步，就真的该往下了，因为出现在他脚下的是第一个石阶。实际上，他现在看见的，是三个石阶，比之前多了一个。不对啊，为什么只能看见三个石阶？之前是大雾遮挡了一切，能见度不够，而现在呢，他已经看得见远处的山头和山头上黑乎乎的树影了，离自己最近的地方却还是那么模糊。他故意将身子往左边倾斜了一下，把脑袋往右边扭了一下，再往前探了探头，隐隐约约他看见第四个石阶。哦，原来石阶在拐弯处，这条路是转着弯往下的。挺直了身子，用手往后扶了扶身上的旅行包，准备往下走，可当他再次睁大眼睛往前看的时候，吓出了自己一身冷汗。

白色的岩石，白得刺眼，一大壁，仿佛从地底钻出来，看不见下半部分。岩石上有无数的斑纹和大大小小的孔，乍一看上去，就像一块被弄脏的银幕上镶嵌着无数泛白的头盖骨，大一点的石洞还在散发着袅袅雾气。一个踉跄，苏阳坐在了地上。他在公路上下车的时候，农村客运司机告诉他，大锅圈是一个没有人愿意去的地方，如果你没有亲戚住在那里，最好不要去。司机又说，你应该不会有亲戚在那里吧，大锅圈是麻风病人居住的地方，他们现在已经没有亲戚了。苏阳当然明白，他去大锅圈不是走亲戚，他是把这个地方当成离自己最近的世外。一个还居住着人的地方，应该不至于这么可怕吧，他闭上了眼睛。三秒钟之后，他睁开眼睛往前看，就没有之前那么可怕了，他看见岩壁上有一些倾斜着身子的茅草，他甚至看见茅草在微风中摇晃着。此时，有一些阳光已经爬到了岩壁上，和着剩下的还没消散的雾气，呈现出迷离的光影。哦，真美！他在内心赞叹了一下他所看到的一切，实际上他是在给自己打气。

往下走一步？他问自己。是啊，应该走一步。他果断地迈开了左脚，随后右脚也挪了上去，双脚停留在同一级石阶上。路很窄，刚好能摆放一个人的身子，仿佛这条路压根就不允许有两个人擦肩而过。再看看两个脚掌，也是刚好铺满了石阶的平面。又往前探探头，在靠右的方向，他又多看见了一级石阶。每走一步，他的前面都只有三级石阶，路总是隐藏在靠右的方向。苏阳就这样往下走，大约走了二十级石阶，才敢扭头往左面看看。左面，是一个巨大的缺口，就像被闪电劈断的一截岩石。椭圆形的缺口，他还是第一次看见，有些好奇，只是这时候他无论如何也不敢多看，因为缺口的另一边，是那面白森森的挂满头盖骨的岩壁。缺口的底部还是缓慢移动着身躯的大雾，袅袅娜娜的，阳光停在雾的表面，好像要凿出一个好看的人间来——他甚至听到铁锤打击铁锨的声音。

又走了几步，他突然看不见石阶了，一级也没有。到底是怎么一回事？莫不是自己走错了？司机明明告诉他，出了公路就一个方向，下大锅圈的路也只有一条，而且是一条由石阶组成的很窄的路。他不得不停下来，等一等雾气再散一些。看看手表，九点四十。这该死的雾，怎么会这么多，无穷无尽的，又散得这样晚，到底还散不散得了？这时候，眼前的雾又散掉了一些，他看见往下靠左的地方有一个石阶，就在他的脚下。天啦，原来下一个石阶隐藏在很深的地方，而且变换了方向。他不得不双手撑在地上，将双脚同时放下去，挺直了身子，他又看见前面出现了三级石阶。

如此反反复复，左拐右转，他来到了一棵树的面前。

一棵苦楝树，高度大概一丈左右，细细的腰肢撑起稀疏的枝干，树叶都快要落光了。是啊，都深秋了，树叶当然要落。可是地上看不见树叶，都去哪儿了？再往前看，左前方又是一面剑一样立着的绝壁，同样是白森森的，岩壁上同样是头盖骨似的图案，往右扭头，右边也是。苏阳终于知道自己现在行走在一面绝壁上，他后脑勺呼的一下，手脚冰凉。

这样的路，是大风安放在岩壁上的一根头发吧！一条只能站得住一个人的路，根本留不住一片落叶。如果风再大一些，人就会像一片落叶一样被刮到谷底，被风干成一堆白骨。苏阳觉得自己是在随风而逝，只不过飘动的速度慢一些而已。好吧，就这样往前走，什么也别想，因为我要去世外。

2

在“人间”，苏阳有一个五脏俱全的家，和大多数奔忙于上下班齿轮之间的工薪族一样，每一天都会有一些对这个世界的指望在消失，最后，感觉到自己一直是在靠巴结芸芸众生而活着。苏阳在这个城市生活了十八年，身边有一个用了十八年的时间把他塑造得无比矮小而让自己变得越来越高大的妻子，有一个把童年典当给上下课铃声的女儿。妻子是初中数学教师，虽然个头矮小，但有一个匀称的体型和一张摆放整齐的脸，还算漂亮。十八年，光阴按揭的是付给生活的利息，一个漂亮的女人在苏阳眼里却逐渐丑陋起来，丑陋得几乎成了一个坏人。他总是在心底暗暗使劲，可十八年了，似乎也想不出一句最有力气的话来作临门一脚的反驳，只能是无数次还没开始发作就苦笑着败下阵来。有时候他想说，王晓静你他妈的就是一个小人，你用无比下作的手段来维系这个家庭，让一家三口真的像别人看到的一家三口一样，你内心的幸福藏着你自己不愿意揭发的真相。有时候他想说，王晓静你真的不配大模大样地行走在人群中，你需要的一切，恰恰是别人不齿的；你假装不在意的，恰恰是你最在意的。王晓静你为什么一点也不觉得累？你每天在一个只有三个人的世界里咆哮，你每天都看见你的理想离你越来越远，你每天都在伸出一双手问这个世界索取你所需要的东西……王晓静啊王晓静，你为什么做不到真正的目空一切？

王晓静看他的时候，总是透着一种无比轻蔑的眼神，似乎在这个世界上，就是一只苍蝇也比苏阳值得世人关注。当然，苏阳比不上一只苍蝇，是十八年之后，之前并不是这样。王晓静再漂亮，也只不过是百里过半，哪能像当初的苏阳，随便往大街上一站，掏一根火柴点一支香烟，就有很多女生从眼睫毛里偷看，那是百里挑一啊！农村孩子能把自己带离罗圈腿、苞谷嘴和少年白，真不容易。二十二岁的苏阳站在文体局灯光球场的大门外，迎面走来二十二岁的王晓静。二十二岁的苏阳命犯桃花，现在回想起来，他觉得当时真的不该得罪跳舞跳得最好的肖若曦，也不该对唱歌唱得最好的陈可可恶语相向，他在人群中摸过王晓静的头，就被王晓静赖上了。文化馆馆员同时又是凤城篮球中锋的苏阳走到哪里，数学教师王晓静就跟到哪里。爷爷说，这姑娘矮啊，你要想清楚。苏阳笑了笑，说，这样好啊，以后她要是不听话，我就用一只手把她提起来，然后扔窗外去。王晓静笑得风摆柳树干，却只见柳树叶子动。爷爷趁王晓静不在眼前的时候，对苏阳说：“象鼻鹰嘴秃麻雕，晒背驼子莫相交；有话别对矮子说，矮子是个送话包。”最后两句被刚好推门进来的王晓静听见了，她看了一眼坐在床沿上的苏阳的爷爷，没有说话。五年后，爷爷死了，王晓静没有陪苏阳回老家奔丧。苏阳问王晓静，你什么意思？王晓静说，我是个矮子，爷爷不喜欢我，如果我去了，说不定爷爷的灵魂见了我，会迷路的，就过不了奈何桥。苏阳第一次想揍她，但还是没有揍，后来的十几年，苏阳无数次想揍她，也还是没有揍。

王晓静进门，对着躺在沙发上看一本文学杂志的苏阳说，看看，看看，我才半天不在家，这家就成了这个样子。苏阳问，这家怎么了？王晓静顺手将沙发上的电视机遥控器拿起来，放在了茶几上。苏阳想，是不是移动一下遥控器，这家就比之前好了许多？那么，她不在家的这半天，除了遥控器被移动了一下位置，也并没有发生什么吧！甚至，他压根就没有动过遥控器。苏阳知道，这个家唯一发生变化的，是姓王名晓静的这个女人。苏阳打了一个下午的篮球回来，坐在沙发上看电视的王晓静说，你倒是活得滋润，你是全凤城的体育明星，文艺骨干，打了这么多年的篮球，排了这么多年的节目，自己却连一个球都不如。苏阳盯着她看了三秒钟，洗澡去了，边洗边想，这女人到底需要我成为什么人物，我又能成为什么人物呢？当初我在球场上飞奔，你王晓静不是屁颠屁颠球场四角转，手掌都鼓出泡来吗？苏阳给上一年级的女儿苏小扣辅导数学，王晓静一把抢过女儿的身体，放在怀中，大声地对她说，你爸是搞体育的，不懂数学。

好吧，我就做一个生活的局外人，有什么不好？苏阳只是在心里和自己开一个玩笑，没想到这个玩笑真冷，他这个局外人就一直做到现在。王晓静说，我要换一套房子。苏阳刚要开口说点什么，王晓静就恶狠狠地说：别说了，咱们这套房子我已经找到买主了。王晓静一个人去看房子，一个人去付首付，按揭贷款的时候，苏阳去签了字。王晓静一个人守着工人装修房屋，一个人给新房的门框贴上了大金字的对联。王晓静说，我们学校吴副校长的父亲过世，多热闹啊，酒席摆了三百多桌，教育局长都亲自赶往吊唁，人家收了五十几万的礼金呢。苏阳刚要说话，被王晓静抢过，说，要是摊上咱们，怕三十桌也摆不上，能收五万块就不错了。苏阳好想问她，咱们家到底是谁死了，你胡说八道些什么？但没问。

苏阳和王晓静、苏小扣三个人走在大街上，迎面遇上穆兴海和成芹两口子带着双胞胎儿女走过来，王晓静对苏阳说，你看看人家。苏阳和王晓静躺在床上，王晓静问：咱们为什么不买一辆车？苏阳说，没钱。王晓静问：为什么没钱？别人家的男人当乡长当局长，你呢，倒好，当个球，一辈子连奖金是什么东西也没见过。如果王晓静非要拉着苏阳和她一起去菜市场买菜，如果他们在路上遇到熟人，王晓静肯定会对苏阳说：你看看人家。有一回，他们在菜市场遇到丈夫刚被双规的许平飞，没等王晓静开口，苏阳就说：你看看人家。说完这句话，苏阳内心一阵狂喜，脸上浮现出无比惬意的笑容。“恭喜你成为一个有娱乐精神的人！”苏阳悄悄地对自己说。

进城十八年的苏阳，始终没有给过自己一次发自内心的肯定。十八年后的今天，苏阳仿佛已经成为另一条好汉，提着一根藏在骨头里的哨棒去深山打一只老虎。其实不是，此时的苏阳要去的是一个他没有见过的世外，此时他正行走在绝壁上，尽管大雾散尽，他也只能看见前面三个石阶。

走着走着就什么也不怕了，走着走着他就敢东张西望了。他看见白森森的岩壁下面，有一个很大很大的石缝，石缝里有几所很旧的房子；他看见初秋的大锅圈，有长着麦苗的田地，居然一垄一垄的；他看见放牧在斜坡地上的牛和马，看见炊烟从茅草屋顶缓缓升起。

一直往下走，抬头往上看，天空突然变成一个蓝色的锅盖，四面的绝壁就像即将合上的手掌，把白色的挂着头盖骨的身躯挤在一起。苏阳觉得，自己真的走进了另一个世界，一个没有怨言和冷眼的世界。这世界就像躲在外套里面的贴身小袄，像缝在内裤里侧的口袋，令人想不到，就算想到了，也不愿意把手伸进去。再往下走，石阶没有了，路渐渐敞亮起来，可以看到更远的路的身形，路的两边也稀稀疏疏地长了些低矮的灌木。就在这时，苏阳看见前面的路上有一座小小的房子。

说具体一点，应该是个窝棚。估计除了在大锅圈，你绝对看不到这样的房子。房子建在路上，房顶就是斜伸出来的岩石；外侧的一壁，是两棵活着的树和一堆死去的树枝架起来的，树往上生长，干枯的树枝就被抬起来，下面留下两个椭圆形的孔，却充当了窗户；在进路的一头，是用石头垒起来的一堵墙，看得见石头与石头之间泥土的颜色。开始，苏阳认为自己应该绕到其他地方寻找往下的路，但他实在是不知道该去哪里寻找，于是推开石墙上那道留着几个窟窿的木门，走了进去。小房子呈长方形，长度不到一丈，宽度只有四五尺。在这狭窄的空间里，居然摆放了三张窄窄的课桌和九个木凳子。岩石上有一块不到一平米大小的黑板，黑色几乎快要褪完了，快要还原成石头的颜色了。不会吧！原来这是一间教室。苏阳弄不明白，三张课桌为什么要配九个凳子，九个凳子连起来的长度远远要比三张课桌长得多，怎么摆放呢？就算教课的老师用上一个，也应该多了两个凳子出来。再一看，他明白了，原来地面被石头挡住的地方，刚好生出一个平整的石头台面，刚好可以作为课桌，只是必须向靠右的方向摆放凳子，也就是说，有两个孩子必须在上课的时候扭过头来才能与其他孩子保持一致。石缝里生长出几株细小的毛竹，叶片嫩嫩的，绿得还很耀眼，估计孩子们坐下来的时候，张开嘴就可以衔住一片竹叶。房子的另一头，同样是一扇留着窟窿的木门，推门出去，苏阳就可以继续行走。

路不再像之前那么陡峭，苏阳感觉到自己与大地的距离已经不是那么遥远了，于是松了口气，回过头来看看路上的小房子，心想，孩子们正在读书的时候，如果有人要打此地经过，得先把孩子们都叫出屋子，一个个贴在岩石上，人走过了以后才又让他们回到屋子里继续上课。可又想，谁又愿意从这条路上经过呢？除了大锅圈里居住着的人们，大概很少有其他人吧。当然，这是之前，或者说，这是要放在遥远的从前才能成立的假设，因为就在前不久，这个地方曾经因为一个小学校而名噪一时。前些日子，常有人三五成群地来大锅圈，他们带着相机和旧衣服来，带着小袋包装的大米来，也带着无限的好奇和疑惑来，他们来的时候，大锅圈绝壁上的石阶上肯定响起了一阵阵惊惧的吼声。

3

终于走到最底下，终于可以将身子停放在一块石板上，把肩上沉重的旅行包卸下来。苏阳从裤兜里掏出手机，其实手机已经关闭了，他只是习惯性地掏出来，然后又放回去。底下真漂亮，连成一片的麦地顶着绿油油的麦苗，散发着秋天的味道。四面的斜坡上，秋草枯黄得惹眼，牛马三三两两站在草地上，打量着一个突然造访的陌生人。底下其实很宽阔，至少可以将十个足球场连在一起。苏阳这时候真的把底下这一片宽阔的土地想像成一个空旷的足球场，把四面围拢过来的白色的岩壁想像成硕大的看台，看台上坐满了人，他们不知道已经坐了好几千年，已经把自己坐成一尊枯骨，白色的头盖骨还保持着俯瞰的姿势。

白色的岩壁底下，石头变换着身姿，成条状、块状、球状、桌椅状、人形状、树根状……白色的岩壁用巨大的手掌捧出一个个幽深的洞穴，在阳光恰好照射到它们的时候，有蓝色的水气向外喷发，一圈一圈状如烟花。真好看，莫非洞穴里住着仙人？在这样一个相对短暂的时段里，苏阳彻底忘却了之前的生活，一个人坐在石板上浮想联翩。

啃着秋草的牛马小心地经过他的面前，不时转过头来瞟他一眼。肥胖的黄牛，身形高大的枣栗马，多么亲切的家伙们，好久不见，此时它们离自己那么近，仿佛一个慢悠悠的童年又回到身边。苏阳看见了鸟，在落了叶子的树上，它们叽叽喳喳地说话；他甚至听到秋虫们在地底下窃窃私语，看见微风害羞地抚摸着地面的落叶，他确定这个地方就是他所寻找的世外。而此时，他突然想起四十公里之外的那座城市。

城市里，苏阳有一个妻子叫王晓静，有一个女儿叫苏小扣。今天是周一，苏小扣在城郊的一所封闭式学校读书，妻子在这个点上应该是站在讲台上很像那么回事地教课。他今天起了个大早，背起昨晚悄悄准备好的旅行包就去城南车站坐乡村客运车到这个叫做“大锅圈”的地方来。他每天都会去晨练，起得很早，王晓静已经习惯了。他出门的时候王晓静还没睡醒，当然醒来后也不会想到他去了别的地方。他坐车到了一个叫“新寨”的村庄，下了车，沿着司机指给他的方向往前走，走了几步，他给妻子发了一条昨天晚上就编辑好的短信：“房子在你的脚下，女儿在你的手中，离婚协议书在梳妆台第一个抽屉里。我走了，请不要打听我在什么地方。”没有落款，他为这几行文绉绉的文字感到羞愧，他第一次以这种方式与一个和他生活了十八年的女人做一个“了断”，他已经不在意王晓静看到这样的文字以后骂他流氓式的酸臭，他迅速关闭了手机。

底下阳光充沛，照得他全身痒痒。好久没沐浴过这样的阳光了，他甚至开始怀疑，这些年来自己有没有见到过阳光，就算见到过，也应该是热辣辣的日头，让皮肤红一阵紫一阵的日头，和王晓静尖酸刻薄的语言一样，叫人疼痛。底下一马平川，沐浴着温暖的阳光一天走上十几个来回，应该也不会累。苏阳重新背上旅行包，朝着前面巨大石缝里的人家走去，他此时想起陶渊明《归园田居》里的诗句：“暧暧远人村，依依墟里烟。狗吠深巷中，鸡鸣桑树巅。”误入尘网十八载，自己终去到一个如此精致而又诗意的世外，实在是荣幸之至。

苏阳穿过田埂，径直走到石缝里的人家。房子一共四座，有两座盖着瓦，像是新的瓦片；另外两座的房顶上，是用麦草堆上去的，仿佛常年在炊烟中浸染，炊烟一过，久而久之就是黑乎乎的一片。第一座房子的院坝里，一个老人坐在板凳上打盹，双手捏着一根竹棍，竹棍的上端撑着下巴。苏阳还没开口说话，老人已经睁开了眼睛，看了苏阳一眼，又闭上了。转角处，一个包头巾的中年妇女正在一个筛子里翻找着什么，见了苏阳，赶紧把头扭向另一个方向。有几扇门开着，其中一扇，有穿红衣服的小女孩站在门框里，见了苏阳，折身进了屋，不一会儿，屋内跑出来三个孩子。

用竹棍撑着下巴打盹的老人穿一件长衫，看样子原本是蓝色的，但可能穿上身以后就没有脱下来洗过，所以现在已经是黑色的了，还泛着油亮的光泽。苏阳上前一步，和他打招呼。

苏阳说："老人家，你好啊。"

老人睁开眼睛，"啊"了一声。

几个孩子格格地笑，穿红衣服的小女孩说："他听不见你说话的。"

包头巾的中年妇女放下手中的筛子，走过来问："你找谁？"

苏阳说："我找成礼福。"

"成礼福家在后面。"女人用手往山洞深处指了指。

苏阳踏上由石板砌成的台阶，往上面走，迎面看见一条狗堵在石梯的尽头，有些心慌，一只脚往后退了一步。

"不用怕，它老了，不会咬人的。"包头巾的中年妇女说。

成礼福正拿着一个手机在自家院坝里找信号，看样子是想给某个人打电话。

中年妇女指着他，对苏阳说："他就是成礼福。"

苏阳走过去，对成礼福说："你好，兄弟。"

"你是谁？你找我干什么？"

这一问，还真问住了他。他找他干什么，自己也不清楚。他是在电视上认识成礼福的。前些日子，省台新闻报道过大锅圈，标题是《天坑里的人间》。电视新闻里的大锅圈是一个被世人遗忘的村落，里面住着七十年前来到这里的一群麻风病人，他们凭借最艰难的意志在这里卑微地繁衍生息，将生活定格在一个与世隔绝的绝壁之下。在这个新闻片段里，记者始终以一个年轻人为采访的中心，所有镜头里都有这个名叫成礼福的三十岁左右的男人。在大锅圈，成礼福是唯一一个出去打工回来的年轻人，他见过一些世面，基本读懂了外面世界的精彩，也知道自己命运的无奈。他带着记者在大锅圈采访，记者朋友们都称他为兄弟，当然，苏阳也称他为兄弟。

成礼福看了苏阳一眼，又把目光返回手机屏幕，有些不高兴地说："你们倒是经常来，可来了又怎么样？我们到底什么时候才能从这个鬼地方搬出去。"

"搬出去？"苏阳很是不解，"搬出去干什么？这好好的地方不住，却要寻思搬出去。"

这回成礼福真的给了苏阳一个正脸，皱着眉头看了苏阳几秒钟，问他："你不是上回那个记者派来的吧，他说过他回去以后会派人来，要对这里做一个全面的采访。"

"我不是记者，我也不做采访，我只是来这个地方住一阵。"

成礼福笑着说："你是好日子过昏了头了吧，来我们这里住一阵？你是说，你打算在这里住下，那我告诉你，你住不惯的，大锅圈就是个穷得让人发疯的地方，你看我都快疯了。"

苏阳不知道该怎么对成礼福说，他把背上的旅行包往石桌上一放，从上衣口袋里掏出香烟，递给成礼福一支，自己也点上一支。成礼福看了看烟嘴上的字，又盯着苏阳看了一会，说："这烟挺贵吧，让我打牙祭了。"又问："你是哪个单位的领导？"

"我不是领导，从今往后，我可能什么也不是了。"苏阳说。

“那你以前是什么？”成礼福问。

“以前是文体局干部，干了十几年，不想干了，想找个地方清静清静。”

成礼福说：“你是打算在这里清净吗？那我告诉你，你就算有很多钱，在这个地方也没什么用，你根本买不到你想要的东西，如果进城去买，很不方便，你今天从这天路上走过来，你应该晓得有多艰难。”

苏阳确实也没带多少钱，他身上只装了一个月的工资，昨天刚好到账，他取了出来，没交给王晓静。钱取出来以后，他把工资卡也放在梳妆台的第一个抽屉里。

苏阳对成礼福说，“我其实也没有钱，我来这里，就是想和你们一起过一过平凡人的生活。”

成礼福听完便笑，他笑的时候，嘴里露出两排洁白而整齐的牙齿。

成礼福说：“我还是第一次遇到跑穷地方来过日子的人，好奇怪，好奇怪。”

成礼福从里屋搬出一条凳子让苏阳坐下，自己也搬了一条出来，在对面坐了，大口地吸着苏阳给他的香烟，都燃到烟嘴了，还舍不得丢，又猛猛地吸了一口。成礼福对苏阳说：“来了好几拨人了，待不了多大一会就要走的。最先来的是记者，他们一个劲地说大锅圈是世外桃源，美得都让他们心跳了，可是屁股都坐不热就抬腿走人，我是不相信他们的。”成礼福把烟蒂扔到地上，用脚踩了踩，接着说：“先前，镇里的领导来的时候，都没有说过大锅圈有多漂亮，每次他们从岩上走下来，嘴里都不干不净地骂这条该死的路。哎，这么高，这么陡，想修也修不了，除非从天上搭一架梯子下来。”

苏阳问成礼福这几天有没有其他人来过，成礼福说：“每个星期都会有人来，有些是来照相的，有些是领导，反正来了就在这里转上大半天，就像喝醉了酒似的说着胡话就走了。”

“他们都说些什么？”苏阳问。

“都说这地方好。前几天来给阮大奶送盒子的那几个台湾人，也说好，说是走遍全世界也看不到有几处比这里好的。我就不明白了，人人都说好的地方，我为什么觉得是泡狗屎。”成礼福说。

“台湾人也来过这里？他们送什么盒子？阮大奶是谁？”苏阳来了兴致，追问着成礼福。

“说了你也不明白的，我一时半会也给你讲不清楚。反正你也打算住在这里了，有的是时间，以后我慢慢给你讲吧！”

4

成礼福和妻子向夏琼在屋里做饭。苏阳看到向夏琼的第一眼，就觉得这女人好像在哪里见过，但想了好一阵子还是想不起来，于是就否定了自己，心说，这地方的人何曾去过外面，又何曾让他见到，充其量她只是见到一个和某人长得相像的人而已。苏阳坐在院坝里抽烟，不时抬起头看外面。从成礼福家的院坝往外看，很大一部分视线都被从山崖上生出来的岩石挡住了，呈现在苏阳眼里的，是一个椭圆形的缺口。像隔着短焦镜头似的，他只看见一片椭圆形的麦田，麦田里的阡陌像几根粗糙的棉线，将一小片绿色简单地缝补在大地上。前面的瓦房斜伸着露出来的房梁，土瓦在房梁上堆出了一个尖尖的屋顶，看上去像一座破庙。在这巨大的石缝里，仿佛藏着说不完的秘密。此时，苏阳在想，人们经常说起的天堂和地狱，在庸常生活中的大多数时候，仅仅就是一个比喻，有谁真正看见或者去过，又有谁知道这天地之间，谁是神仙，谁又是魔鬼。苏阳来大锅圈，算是有预谋的。对他来说，已经远离了那座城市，远离了十八年来那些不具体的生活带给他的烦恼和痛苦，自己此时仿佛已置身于一个天然的大氧吧，就算只是一次很短暂的停留，也给自己带来了莫大的兴奋和快乐。可是，对于成礼福，这里就是一个牢笼，头顶的天空不管有多蓝，也是一个阴险的玻璃罩，它给大锅圈里的人们带来四时晴雨不定的魔咒，它永远也不会从上面递下来一架梯子，把他们与外面世界的距离缩短。当然，这样的一群人，有着和别人不同的身份，他们是麻风病患者，他们就算偶尔攀着绝壁上的石阶到外面的乡场上去，也会用头巾把脑袋包得严严实实，像蒙面行走在险恶的江湖。苏阳也明白，没有任何梯子可以搭建在他们卑微的内心，他们中的大多数人，这辈子恐怕是不可能走出这个地方了。

成礼福和向夏琼弄了好大半天，才把饭做好，招呼苏阳进屋吃饭。苏阳坐定，看见回风炉盘上摆了三个菜，油炒洋芋、豆豉腊肉、凉拌笋尖，一荤两素，火口上煨着一锅酸菜红豆汤。菜都是用大碗装的，都冒出了碗沿。豆豉腊肉颜色黑乎乎的，闻着却很香，苏阳不禁咽了一口唾液。成礼福在苏阳身边坐下，说："饭倒是做好了，就是没什么吃的，不知道大哥你愿不愿意吃。"

苏阳说："礼福兄弟招待我，我还没说声谢谢，你这样说，我就不好意思了。"

成礼福说："我说的不是这个意思。我是说，那些来到大锅圈的人，包括记者，都不愿意在我们这里吃饭。其实我不说你也知道，他们是怕传染上麻风病。”

“不会啊，你从小在这里长大，不是也没有传染上吗？”苏阳说。

“其实，我们一家人自始至终都没有麻风病。”成礼福接过向夏琼手里的酒瓶，边倒酒边说，“我爹和我娘都没有麻风病，阮大奶也没有麻风病。”

成礼福用一只碗给苏阳倒酒，倒了将近半碗，苏阳连忙用手挡住，说：“我一时忘了对你说，我不会喝酒的。不过，第一次打扰兄弟，不喝一点说不过去，就折掉一半吧，我俩分了就行。”

两人互相敬酒，苏阳喝着喝着就流了眼泪，他突然想起自己的父母。

苏阳的父母现在也都七十多岁了，至今还和两个弟弟一起住在老家。老家离县城有六十多公里，是全县最偏远的乡镇。苏阳在家中排行老大，也是全家唯一一个靠读书拿俸禄吃饭的人。两个弟弟自幼顽劣，还没到十八岁就出门打工，后来成了家，总是出去一阵又回来一阵，虽常年奔波劳累，日子倒也勉强糊得住。苏阳还有两个妹妹，都嫁在同村，大部分时间都待在广东和浙江的工厂里。父母有时会到城里，带一些瓜瓜菜菜给他们家，稍作停留就又回去了，有时连饭也没吃上一口。想到父母，就想到王晓静，这个长着一张人脸的鬼，从结婚怀孕到孩子长到十几岁，仿佛就从未脱离过妊娠期，可怕的公主后遗症一直延续到今天，婚前曾经可爱过的王晓静现在变成了一个无比可怕的王晓静。这么多年来，她总是像看笑话一样的看苏阳，总是先在鸡蛋里放一根骨头，然后再伺机挑出来，把太多的罪名扣在自己男人身上。苏阳平日和同事们在一起聊天，女同事都在夸他找了一个清秀可爱又能干的老婆，她们总是像事先打好草稿似的，都会说："你看你那媳妇儿，一张笑脸走天下，见了谁都乐呵呵的。"每每这时候，苏阳都想一头撞死在那人怀里。这些被蒙在鼓里的人，他都把她们当成了王晓静异父异母的亲姐妹，当成王晓静安放在他身边随时都有可能把他炸死的一颗炸弹。苏阳就和她们开玩笑，说："我那女人就是个笑面虎，就是个把着门框当地主的人，哪比得上你，在我眼中，你才真正适合做我的妻子。"女人"切"了一声，扬长而去。

王晓静仿佛迷上了朋友和同事们那些永远也不会结束的大物小事，大部分时间都在事头上帮忙。张家乔迁要收礼，她得送；李家生孩子要收礼，也得送。婚丧嫁娶就更不用说了，那叫红白喜事，是大过王法的，必须送，还必须把大把大把的时间都搭上，要打盘整钵，洗碗抹桌。王晓静每次从事头上回到家，都会莫名其妙地发作，她高高兴兴地送出去的礼金马上就会变成咒语，让苏阳难逃厄运。

王晓静说："送送送，光知道送，不晓得收，家有万贯也会送光。"

苏阳说："那就别送了。"

王晓静说："看你那点出息，你把脑袋放到裤裆里去吧。"

"那，你既然愿意送，就别撒气。"苏阳说。

"我撒谁的气？我撒谁的气？别人都知道收，就只有你一个人只知道送。"

苏阳想，就算要办个事头，想收礼，也总要有个理由吧！十年前住进新家收过一次，五年前搬第二次家，又收过一次。现在孩子还小，离结婚还遥远着；父母健在，估计活个十年八年没有问题，拿什么去收呢？他想给王晓静讲道理，但却不知道从何说起，面对一个无端喋喋不休的女人，他说不出一句话。

王晓静总是在家里埋怨自己为什么当初选择做一个教书匠。王晓静说，屁大点工资，送了礼金就没有了。王晓静问苏阳："你倒是说说，那些王八蛋，把孩子往教室一扔，巴不得你给他都培养成国家主席，自己却一毛不拔，你说说他们还是人吗？"

王晓静说："那个姓姜的狗杂种，每天变着法子暗示学生，要求家长来谈话，每一次谈话都让人家家长送礼。"苏阳轻轻地说了一句："你可别学人家，这样不道德。"

"啧啧啧，你还上升到道德层面上去了，要我看，做一个迂腐穷酸的男人，那才叫不道德。"

苏阳就不敢说话了。

苏阳每次回老家，母亲都会问他，孩子还好吧？你自己有没有受你老婆的气？

苏阳总是对母亲说，一切都很好。苏阳说，王晓静不是你想象中的那种人。母亲摇摇头，叹了叹气说，只要你好就行，我和你爹不会指望你什么的，有你两个弟弟在身边，你就别操心了。

苏阳听出母亲话里的意思。到现在，老太太也仅仅是认他这个儿子，却全然没有要求他尽多少赡养父母的责任了，母亲对他的这个家庭，其实是很失望的。

母亲说，你看你两个兄弟媳妇，做事虽然毛手毛脚的，但是人家吃得饭，挑得担，心眼是好的，前家后家不分彼此，这书读得少的女人啊，就不会变坏。

有一回母亲进城，来苏阳的家里，卸了包就坐在沙发上休息。王晓静拿一个拖把在母亲面前拖地，还边拖边嚷嚷说："苏阳，你怎么不给妈找一双鞋换换，看把地弄脏成啥样了？弄脏了也还不是我一个人打扫。”苏阳正在厨房里做饭，他手里拿着一把菜刀，听见话音不对，连忙跑到客厅里来，这时母亲已经起身摔门而去。

母亲再也没有来过他们家，父亲偶尔来，也只是逢着下班时间站在楼下喊：“苏阳，下楼来拿东西了。”

这样的日子过了十几年，苏阳完全成了一个毫无生活智慧的男人。

5

吃过早饭，苏阳要成礼福陪他出去走走。

成礼福说，“屁大点地方，撒泡尿的功夫就走完了。”

苏阳说:“越是小的地方,天地就越大。”他突然想起一句口号，叫做“方寸之地，大有作为”。什么意思呢，眼下他就身处一个方寸之地，难道自己真的来对了？不对，他来这个地方并不是为了实现什么理想和抱负，他仅仅是为了逃避。

成礼福听不懂他说什么，就对他说：“你们文化人老是喜欢说一些听球不懂的话，前些日子有个记者也是这么说的。”

在路上，成礼福问苏阳：“大哥，你真的不是领导？”

“真的不是。”

“你真的不是记者？”

“真的不是。”

“你不是犯了什么事了吧，跑这里躲来了？”

“我没有犯法，但我的确是跑这里躲来了。”

“你没犯法，躲什么？我还从来没有遇到过像你这样的人，领那么高的工资，放着好好的日子不过，跑这里来受罪。”

苏阳也不打算和成礼福说他内心的想法，他知道成礼福无论如何也弄不明白这是怎么回事。

成礼福问苏阳：“大哥，你有文化，你给我讲讲，这天坑是怎么形成的。”

“应该是地质构造发生变化吧！”

“我没有读过书，不晓得什么是地质。我到外面去打工，我只学会写自己的名字，还是我老婆教我的。”

“你老婆真行，她读过书吗？”

“读过几年。她不是本地人，是牛场镇田坝村的，我们一起在浙江打工认识，后来就结婚了。”

“我听说，大锅圈的人想在外面讨个媳妇很困难，你还真有本事，你看你老婆这么漂亮。”苏阳对成礼福说。

“漂亮个球！这女人心思多得很，成天寻思离开大锅圈，像丢了什么东西似的。”

“她有这种想法也不是不对，人往高处走嘛。”苏阳说。

成礼福抬头看看天空，苦笑着说：“高处，很高啊，怎么走？也不知道哪天才能走得出去。大锅圈是个屙屎不生蛆的地方，这么个大坑，也只有靠屙屎去填平了。”

“对了，大哥，你倒是给我说说，这地质变化是怎么回事。”

“这样说吧，就是天空砸下一块石头，把底下砸了一个大坑。”苏阳对成礼福说。

“天空砸下一块石头，那石头呢？”成礼福问。

“力太大，钻土里去了。”

“我还是不明白。哎，没读过书的人，就是可怜，没有知识，什么都听不懂。我出门打工，认男女厕所都是看牌子上的图画。”

“不过我听老人们讲，和你说的可不一样。”成礼福接着说。

“你说说看吧，到底老人们是怎样讲的。”

“老人们说，这地方原本叫大火地。大火地你听说过吗？”

“听说过。”

“很多年前，我们这里的天漏了，出现了一个大窟窿。有个女人叫女娲，她在这里采了很多石头，想把天补上。可能那个时候还没有水泥，所以要把一些石头烧成石灰，然后和着泥土搅拌成泥浆，像砌墙一样把石头砌到天上去。女娲采石也真不会采，就照着一个地方抠，就把这里抠成了一个大坑。”

苏阳听得直想笑，但还是没笑出来。他对成礼福说：“是不是女娲在这里架起一炉大火烧石头，所以这里就叫大火地？”

成礼福说：“是啊，看来你也听说了。不过我还是不相信这事，女娲补完天上的窟窿，为什么不用泥土把天坑填平，而留下这么大的一个锅圈？”

“你不知道女娲有多忙啊，她补完这里的天，还要去补其他地方的天，那年头，到处都天塌地陷的，你说一个女人，她能忙得过来吗？”

“原来是这么一回事。哦，对了，我们隔壁还有两个天坑，一个比一个小，分别叫做二锅圈和三锅圈。”

“那两个锅圈有人住在里面吗？”苏阳问。

“没有，那里面全是石头，石头下面有一条暗河，和大锅圈是相通的，这条暗河可邪门了，水声要秋天才能听到，晚上你睡觉的时候就能听到了。”

苏阳问：“这条河从这里经过，又流到哪里去了呢？”

“天生桥啊。五德的天生桥，出名得很，里面有一个很大的电站。”

“天生桥我去过，一个很深的岩洞，电站建在绝壁上，河水绿茵茵的，机器没有发出响声的时候，人一开口说话，水上的波纹就会一圈一圈地荡漾开来。那地方的确很神奇，但我有些害怕，阴森森的，电站里的工人说，河水会学人说话。”

“学人说话算什么？我们家房子背后的溶洞里有一口井，那才叫神奇。”成礼福指了指自家房子，说，“明早我带你进去看看，里面的那口井，会和人对话呢。”

“不会吧？”

“我也没遇到过，但老人们说了，你问它问题，它会回答你。我小时候跑到井边，我问，水井水井你告诉我，我们为什么这么穷。水井没有说话。”

他们径直走到一处岩脚下，看见一个小一些的岩峰里，留着几赌残破的石墙。墙壁上还有几道锈蚀的木门，门框里挂满蛛网。地上有老去的磨盘，磨盘上有推磨用的单钩，只是已经从中间断掉了。有绳子，一头还系在从石缝里生长出来的一棵树上。有碓窝，碓杆，有碓杆上脱落下来的铁块。苏阳想起小时候，在老家，父母推磨，他就在后面拉着他们的衣服来来去去地摇摆，不看见这些东西，不会觉得记忆的美好。现在，几乎没有人推磨了，但是日子，仍然前后左右摇摆不定。

成礼福说：“这房子的主人五年前就死了，他们家没有后人，我们就把他埋在屋里。”说着指了指墙角的一个土堆。

苏阳沉默了好一阵，在往回走的路上，他和成礼福都没有说话。

回到家，太阳已经离开了大锅圈。大锅圈的天要比其他地方黑得早一些，只要日头离开天空，一晃就到晚上了。成礼福和苏阳进了屋，向夏琼已经做好晚饭，和中午的菜一模一样，只是锅里的汤变成了煮老南瓜。

向夏琼坐在床沿上打盹。两个孩子已经吃完饭了，吃的是中午的剩菜，他们进屋的时候，其中一个孩子还在舔着碗底。

成礼福又叫向夏琼到里屋取酒，苏阳连忙止住，说中午喝得太多，现在头还晕晕乎乎的，就不喝了。成礼福说："大哥不是说我们家的酒是假的吧？咱们虽是穷人，酒却是真的，去年小琼从孩子外公他们家带来的，孩子外公酿了几十年的酒了。"

苏阳连忙解释说："大哥我不胜酒力，再真的酒放到我肚子里去都难受。"

"我听说那些当官的酒量都好得很，一顿要喝两三斤。我在浙江打工的时候，我们老板也能喝，常常一个人整两瓶，只是每次喝酒回家，他老婆都会一脚把他踹出门去。"

"那，你能喝吗？"苏阳问成礼福。

"我也还行，喝一斤不会出事，可我没有那个命，喝不起。"成礼福说。

两人就这样说些闲话当酒，一会儿就吃完晚饭。苏阳提议，让成礼福带他到隔壁邻居家走走。苏阳说："我可能会在这里住上一段时间，往后的日子里，会打扰乡亲们，你得先让我认识认识。"

"你真打算住下来？"成礼福说，"我以为你是开玩笑的，前些日子那个穿马甲的牛哄哄的记者也说他要来住一段时间，说是要做个什么片子，要在这里写东西，但最终还是没来。还有一次，一个端相机的老者和一个胖胖的中年男人让我带他们在村中走，胖子说他要来整什么生活，他说他是个作家。”

“也没来吧？”苏阳问。

“没来。他们来个球，这荒山野岭的，哪有城里安逸。”成礼福接着说，“那些人说话都不算数的。那个自称是作家的胖子说了，回去一定要组织很多人来这里参观，让我们收门票。他留给我一个手机号码，说有什么事情的话，尽管找他，只要是他能做到的，一定帮忙。”

“你给他打电话了吗？”

“打，每天都在房子周围找信号，可是我打通了，却没人接电话。”成礼福说到这里的时候，有些气愤。

“可能是他手机出问题了吧，要不然他怎么会不接你电话？”苏阳说。

“不可能。那个胖子油得很，他说话的时候挤眉弄眼的，一直和照相的老者打暗号，我猜他给了我一个没有用的手机号，他是怕我打扰他。”

“那你找他，打算让他帮你干什么？”苏阳问。

“也没什么事情。我只是想问他，这地方是不是像他们说的那样，是一个风水宝地。这么多年来，我一直寻思着搬到外面去，要是我在外面能找到一个可以安身的地方，我早就搬出去了。不过，前些日子，大锅圈上了电视，很多人都说这里是人间天堂，有个什么专家还说，要是能从大垭口上修一座铁桥下来，每天会有成千上万的人来这里参观，我们都会变成富人。听他们这么说，我又不想搬出去了。我就是没有把握，到底大锅圈能不能变成天堂，要是能，早一点多好。”成礼福说完，叹了口气。

苏阳没有说话。苏阳觉得，大锅圈的确是天堂，特别是对于他来说，比天堂还漂亮。但他真不愿意这地方有一天突然变得热闹起来，如果那样的话，人间就再也没有别的干净去处了。

6

夜晚的大锅圈安静得能听到天上的星子在交谈。苏阳一个人坐在成礼福家的院坝里，一根接一根地抽烟。有灯光从窗玻璃内映出来，微弱得像指尖烟蒂上的火虫，随时都有可能在晃动中熄灭。这地方是三年前才拉通电的，尽管大锅圈的人们用电不缴电费，人们还是早早地拉下墙上的开关，习惯性地回到他们长期以来所依赖的一片漆黑。

十分钟以前，在成礼福的陪同下，苏阳拜访了这个村庄里所有的人。老人，孩子，戴着毡帽的汉子，裹着头巾的妇女。此地的人间，人口二三十，牛马八九只；鸡鸣犬吠，鸟语虫啾。要说太平，却也听得见世外开山炸石的声响；要说安宁，却也有人不小心在某一个时节死去。苏阳在这个村庄里的头一天，马上就要结束了，他感觉到，他的预谋好像不太站得住脚，一天下来和成礼福的所有对话，让他意识到了某些隐患。如果真要在这个地方待下去，他需要给自己更加充分的理由。

他觉得，他此时应该想一想身后那座城市，那个城市里的家，他的妻子——那个叫王晓静的女人。王晓静应该从今天中午开始感到日子出现了一丁点变化，她一定在放学回家打开房门时感到有些异样，没听见厨房里锅铲和铁锅撕咬的声音，没闻到饭菜的味道。王晓静一定打过他的手机，嘿嘿，不好意思，我关机了。

王晓静肯定到现在才发现那条短信，而出于她长期以来养成的对苏阳一举一动不屑一顾的习惯，顶多是看了一眼就马上删除，并且恶狠狠地说，和我来这套，简直是找死。王晓静肯定会一屁股坐在沙发上，嘴里喋喋不休地骂一个没出息还不守规矩的男人，然后系了围腰跑到厨房去弄她一个人的午餐。王晓静，这个在家里称帝的女人，这个中午，肯定在内心砍倒了一大片森林，等一个始终默认着自己的猥琐的男人回来收拾枝桠。是的，王晓静必须准备好一场葬礼，她一定要把他活埋在这个阳光明媚的中午。

想到这里，苏阳似乎就有新的理由了。王晓静这种世间难遇的女人，完全没有想到，在自己坚固的城池里，苏阳居然能逃脱出去。苏阳决定好好捋一捋这些年来她对他的生活施用的酷刑，以便让自己的理由更加充分。王晓静不孝敬父母，王晓静势力自私，王晓静高高在上，王晓静目空一切，王晓静把婚姻当成帝国，王晓静把丈夫当成奴隶，王晓静把日子搅得稀巴烂，王晓静把一个从农村进入城市的青年塑造成一个命运的瞎子、理想的瘸子、道德的聋子，王晓静把一个活到四十岁的男人教唆成一个弱智、怂恿成一个加速爱情溃烂的帮凶……到这个点上，王晓静应该是这个家的败类，应该是俗世豢养的一条走狗。

苏阳为自己的逃离找了那么多论据，照理应当换来片刻的惬意，然而并没有，他控制不住自己继续往下想。想想到了下午，王晓静开门的那一瞬，断不会料到他仍然没有回家。“妈的，反了你了！”王晓静肯定会破口大骂，肯定会掏出手机再一次拨打他的电话。嘿嘿，对不起，我关机了，我告诉你，我要永远关机。此时，王晓静一定会想起那条短信，王晓静一定会流下愤怒的眼泪。

一个不肯承认丈夫会揭竿而起的王晓静，过了今天、明天，过了一个月、一年，她就会承认这个男人的勇气。苏阳越往深处想，思路就越发开阔。苏阳像是在拟一个小说的提纲，起承转合是那么自然。最初，一个叫苏阳的男人在这座城市的一个球场里遇到王晓静，他们相爱了。最初，王晓静真的很爱苏阳，她像一只小鸟，累了就栖在他的掌心，很优雅地打盹。他们结婚，生孩子，买房子，他们有了来自生活的压力，她变得焦躁不安，变得势力，想在一个三口之家掌握绝对的权力，想无条件做一个贵族。她从小学教师变成中学教师，从科任教师变成班主任，从一线教职员工变成学校管理层干部，她还没有来得及修成正果就开始痛诉革命前后的复杂经历。而苏阳就是一滩死水，养不活泥鳅倒是养活了一丛水草，变得恶臭难当。苏阳永远是一个普通干部，连单位领导有针对性地发奖金的时候也不会想到他。苏阳永远是最初那个喜欢阅读喜欢打篮球喜欢排练点小节目的苏阳，喜欢默默无闻地走在人群中，喜欢迁就妻子迁就领导迁就风云变幻的天下，所以他们的日子烂掉了，他们的日子长满了蛆，隐藏着毒素，甚至堆积着一点即燃的火药。

王晓静从一个姑娘变成妻子，变成妈妈，从一个教师变成学生家长，她重视自己经历过的所有角色，她发誓要扮演好以后的自己。她当教师的时候，想收受学生家长的好处，可是没有人给她；她当学生家长的时候，拼命地想给孩子老师的好处，人家却不敢要。当然，他们之间的日子变得越发溃烂，还是从她做了学校管理层、成了学生家长之后开始的。为了在一个巴掌大的学校完成所谓职务的升迁，她不惜赔上难得的笑脸，在领导面前竭尽阿谀奉承之能事，把校长当成自己的祖宗。想到这里，苏阳的脑海里浮现出一个中学校长可恶的嘴脸，这个瘦得皮包骨头的中年男人，总是背着手在学校大门外走来走去，见到年轻貌美的女教师就会抓住机会做耐心细致的思想工作。他以学校德育工作取得明显成绩为由，把功劳记在王晓静头上。作为一个有情商的校长，他请王晓静吃饭，还反复叮嘱一定要把苏阳带上。

王晓静给苏阳打电话，说，苏阳你给我听好了，校长要慰劳我，请我吃饭，明确指出要你作陪，但我也要明确地告诉你，你不适合参加这样的饭局，所以你不能来，你知道就行了。苏阳不想猜测他们吃了饭以后会干什么，苏阳也不敢猜测，于是他一个人走在大街上，迎面遇到文体局同事也就是当年唱歌唱得最好而且特别喜欢他的陈可可。陈可可问，苏阳，你去哪里？苏阳说，走走。就不再说话，各人往各人的方向去。

王晓静当了学生家长，在女儿念小学的六年里，没有一个老师收过她的礼，这让她很纠结。她认为，教师不收礼，是因为他们不想把她的孩子当回事，这对女儿成为一个品学兼优的学生没有保障。孩子读到初中，王晓静仿佛遇到了贵人，也就是那个叫陈大康的苏小扣的班主任。陈大康是一个个头矮小却长了一个大肚子的男人，前年通过城区教师招考进了县城二中。从乡下进城，陈大康认为自己就不是乡下人了，变着戏法让学生家长送礼，想以此让自己在这个城市安身立命，于是他给苏小扣的母亲王晓静打电话。王晓静像是得到皇上的临幸，提着几条香烟屁颠屁颠地赶往陈大康的宿舍。陈大康经常给王晓静打电话，王晓静经常请陈大康吃饭、唱歌，还陪他打麻将，经常是深更半夜才回到家。苏阳也深更半夜才回家，她怕听见王晓静把钥匙插进锁孔里的声音，怕听到她回到家就开始破口大骂陈大康的那些低俗的语言，他不想知道王晓静的此地无银三百两，所以他一个人在街上溜达，遇到刚从电影院出来的文体局的同事也就是当年跳舞跳得最好而且特别喜欢他的肖若曦。肖若曦问，苏阳，怎么大半夜了还在街上溜达？苏阳说，走走。就不再说话，各人往各人的方向去。

直到有一天，苏阳送孩子去学校，见到了陈大康老师，他突然恶心了起来。回到家，他问王晓静，那个陈大康有你说的那么可恶吗？王晓静当即“哇”的响了一声干呕，差点吐了出来，她说，别提那个杂种，他就是癞蛤蟆想吃天鹅肉。

有时，苏阳会怀疑自己的判断，他对自己说：也许不是这样的，生活有太多的假象。他又对自己说：但愿是假象。

7

清晨，苏阳醒来。他用手抹了抹眼皮，在床上伸了个懒腰，看见窗外透进来柠檬色的阳光。大锅圈清晨的阳光是柠檬色的，很奇怪。他想问成礼福，但睡在里屋的成礼福和向夏琼夫妇还没有起床。昨天晚上，苏阳要求成礼福给他一床被褥，他想睡到院子里去。成礼福说，地方窄是窄了点，也能给你挤出个窝来的，眼下霜重露白，睡在院子里还不把你冻死？苏阳说，阮大奶不也是睡在房子外面吗？成礼福说，阮大奶和你不一样，阮大奶自从打了那具拿不进屋的棺材，她就把床搬到房角棺材旁边，守着它睡，已经睡了二十多年了。苏阳问，她为什么要这样做？成礼福说，怕是担心有人死在她前面吧，怕自己辛辛苦苦打制的棺材临了装进了别人的尸体。

苏阳睡的那张床已经很旧，他一躺下，床就发出“咕嘎咕嘎”响声。他开始担心里屋成礼福夫妇睡的那张床是不是也是这样，要是今晚他失眠，他一定会受不了的。不过苏阳转念一想，他们应该不会，因为孩子们也睡在里屋的另一张床上。苏阳伸手去拉被褥，掌心所触之处，湿漉漉油腻腻的一片，拉到脖颈，一股酸臭的味儿直刺进他的鼻孔。天啦，这怎么睡得着？就算侥幸睡着了，也会被呛醒过来的。苏阳终于明白，一个不需要查验身份证的地方，肯定不会为你准备一间上好的房屋。这时，他才意识到自己的出走是多么仓促。是啊，出走和出差是有区别的，前者需要付出一定的代价。

他庆幸自己很快就睡着了，而且没有在半夜里醒来。借着清晨柠檬色的阳光，苏阳仔细看了看身上的被褥，发现被面上全是纵横交错的尿斑，当即喉咙发痒，一阵干呕随之而来，旋即起身穿鞋，推门出去。

大锅圈的阳光真好。柠檬色的阳光像一层轻纱，笼罩着整个村庄，似一幅水墨。大雾站在天空，扯着衣角，捋着裙摆，优雅而安详。阳光穿过层层雾水，来到麦苗上，来到房顶上，来到院坝里的缸缸桶桶上，来到被烟火熏黑的门楣上，来到苏阳深灰色的夹克上……这一切像是神仙抚摸着大地的头，和一个小小的村庄心平气和地交谈。干净的、安详的神仙，美丽的神仙，到底还是被一个从城市出走的男人碰见了，这难道不是他要寻找的世外？苏阳沉浸在眼前无比曼妙的画卷里，全然忘记被褥上横七竖八的尿斑，也忘记了身后的一切，他迈开脚步，朝着麦苗生长的方向走去。

麦田一小块一小块连在一起，像绿茵场上被哨声隔开的草皮。

浅绿色的麦苗只有巴掌那么高，在天坑底下的土地上直立着身子，在清晨的阳光中晶莹着身上的露珠。阳光穿过大雾泻下来，在头顶氤氲着；阳光把田野上的树的影子刻在地上，把那些破旧的栅栏一分为二，成为柠檬黄的一半和金黄的一半；阳光遮蔽了四面峭立的绝壁狰狞的脸，让整座天坑成为人间一个最温暖的平地。

苏阳沐浴在底下的阳光里，无比激动地向大自然作弊似的非凡创造力投降，他想彻底放弃一直在心口上摇晃的那座城市，从今天起，鄙视它的高楼大厦和车水马龙，鄙视他所有盲目的信徒，同时也鄙视自己进入城市的十八年，鄙视那些看上去无比平坦而实际上隐藏着无数坑洼的街道，鄙视街道上那些道貌岸然的家伙——在这里，生活有种挠痒似的舒服，日子有种小心慌似的惬意，不像之前的十八年，他的人生到处都是大坑。

雾渐渐散去，渐渐往高处的地方搬动着身子，阳光变得有些刺眼，从先前的柠檬黄变成金黄，变成有些泥土颜色掺杂进去的橙黄，变成白，变成紫，变成不同颜色搅在一起的彩虹圈，变成一绺一绺的丝带。阳光唤醒了墙角打盹的黄狗，惊扰着圈里打呵欠的牛马；阳光鼓动着鸟儿张开翅膀，催促着虫子打开喉咙。苏阳顺着田埂一直往前走，直到大雾散尽，天坑变成一个装满蓝色的木桶，太阳像一个快递员一样在高处的石崖上打开引擎。苏阳在阳光肆意的照耀下，走向一排从地底下生出来的石头面前，此时，他看见一座明亮的城堡。

在石头上，泥土被塑造成古老的城墙，回廊乍现，石柱林立。这是一座惊艳于世外的城堡，筒形拱顶，封闭拱廊，椭圆的城门和半圆的窗子，铺着落叶的旧了的街道，盘旋在斜坡上的狭长的道路。一座只有在电影里才能看到的城堡，只有在浪漫的国度才能瞻仰的建筑，却让苏阳在这里看到了。想想吧，你们都说，从前是回不去的，记忆就是一个小偷，它拿走了时间，让你站在现实的风中手足无措，可是，你们居然没有料到，我会是那个无比幸运的人，在一座故意捏造得无比破旧的城堡面前，我看见泥土本身的颜色，看见人性在边缘之地的可爱绽放，看见童年在招手让我回去。在我们紧凑的脚步声中，我们不齿的，就是我们必须马上忘掉的；我们追逐的，其实没有一样可以真正属于我们自己。可是，当我们在俗世的悲欢中渐行渐远，就忘掉了不该忘掉的一切，比如，一座用泥土垒起来的小小的城堡。

只属于我们童年的城堡，只属于我们这代人的城堡。那些年，这只是我们用以凭吊可怕的贫穷的无聊创造，用以和大把大把的光阴对抗的指上游戏。我们离开故乡，离开变着法子让我们长大的泥土，谁也不愿意回头去看看。我们来到躲在钢筋混凝土中的城市，在高楼的屋顶上生儿育女，把心底的祈祷抵押给不测的风云，让岁月慢慢变成一张画皮。我们把理想寄存在一副空虚的皮囊里，为的是给我们刚出生的孩子买一辆玩具坦克和飞机，教会他辨认一条通往游乐场的道路，让他在塑胶跑道上完成成长的蜕变，在充斥着铁和电商呐喊的另一座城堡里承认自己的渺小。再没有人肯让一捧泥土去到它热爱的水中，也没有人愿意用笨拙的手指去和内心的荒芜对话。是的，没有人愿意在一排石头上用泥土垒一个城堡，没有人敢拥有这样的智慧……这一切，除了站在天坑底下的苏阳，谁也没有想到。

苏阳泪流满面，他想起了自己的孩子，他曾经去那个封闭式的中学给女儿开过家长会。他坐在女儿的座位上，听那些学习成绩良好的学生的家长交流教育孩子的经验，看每一个科任教师给孩子们颁奖。他的女儿苏小扣像一根孱弱的稻草，趴在教室外面的窗玻璃上，偷看教室里此刻上演的故事。颁奖的时候，每一位老师都面带微笑，每一位走上讲台的学生都洋溢着一脸的自信。最佳成绩奖，明显进步奖，优秀班干部奖，助人为乐奖，尊老爱幼奖，各科尖子奖……各种奖足足颁了一个多小时，各种授奖评语光芒四射，让苏阳感觉到心慌。一个多小时里，他始终没有听到苏小扣的名字，仿佛这个家长会与他无关。女儿从小学读到初中，他看到的只是那小小的身子背负着沉重的书包，无穷无尽的作业以及一张惶惑的脸。女儿从幼儿园读到初中二年级，也从来没有得到过一张奖状，当然，也没有从学校里带回来过任何老师的指责和不满，她注定是一个和父亲一样平庸的人，从来不想拔尖，不想当优等生。从小到大，女儿也愿意做自己的小冤家，愿意和他发自肺腑地交谈，这让他感到无比欣慰。有时候，他甚至把和女儿在一起打闹作为故意冷落妻子的一种手段。当然他也知道，女儿需要的，就是他这样的爱，女儿不需要的，恰恰是王晓静那种霸道的情感侵略和死缠烂打的满贯注射。

不知什么时候，女儿的玩具就摆在墙角了，像一些孤独的折了翅膀的鸟。女儿不再留念那些刚刚从身边溜走的快乐时光，不再用手去触碰玩具。那些坦克、飞机、弓箭，那些布艺软饰、芭比娃娃、录音小熊，落满了灰尘，苏阳每收拾一次，心底都会划过一丝感伤。

苏阳站在小小的泥土城堡前，看那些用泥土捏成的古老的造型，他对天坑里的孩子们产生了无限的敬意。

8

苏阳在回成礼福家的途中，突然听到一种奇怪的声响。这声音像狼嚎，像旧火车绵长而又苍凉的汽笛声，更像远古战争中夺命的号角。这声音仿佛来自云端，在这小小的山谷里回旋。第一声响起的时候，苏阳下意识地用双手蒙住了耳朵，他刚一放开，第二声又响了起来。他的耳膜在这巨大的震颤里迅速收紧，仿佛要躲到脖子里去。在这连绵不断的声响里，他看到四面狰狞的绝壁暴涨着凸起的筋络，似乎有一万只老鼠从岩缝里奔跑，有一万个猎人面对一只苍鹰拉弓搭箭。那声音仿佛裹挟着泥沙的暗哑，像棉布卷起一千头牛羊，让它们到屠宰场去。苏阳想起一部旧电影，想起一场壮烈的厮杀，想起一个人被马蹄退回水边，想起和一个女人的诀别。他想起一种古老的乐器，叫做埙。是啊，应该是埙，只有埙才配得上在这荒凉之地演奏世间的孤独，只有埙的声音才有可能抵挡这些巨石的反击。可是，在这荒芜之地，何人会拿一只埙来接受泥土的嘲笑？一定没有。那可能就是幻觉吧！苏阳开始感到害怕，他怀疑少年时期的偏头疼会在这个时候卷土重来，他担心可怕的幻听又开始在头颅里长出嫩芽，他使劲地蒙住耳朵，摇摇晃晃地往前走，他看见前面有一朵红色的火焰，他看见曾经在梦中遇到过的那只可怕的妖精，他撑不住自己的身子，倒在了麦地里。

醒来，苏阳发现自己躺在成礼福的家的床上，那床布满尿斑的被褥稳稳当当地盖在他的身上。他使劲地闭上眼睛，左右摇晃着脑袋，让自己最大限度地处于清醒之中。几分钟后，他再次睁开眼睛，朝四周瞧了瞧，发现他睡的这间屋子里根本没人，但他听到里屋有人小声地说话。

“这个姓苏的，肯定是干了坏事，跑到咱们这里避祸来了。”男人说。

“我看他就是患上了绝症，临死了，来讹咱们的。”女人的声音里透着一股子愤怒。

“要是这样就好了。”男人说。

女人“切”了一声，很生气地说：“我看你是吓傻了，他要是死在这里，咱们是要坐牢的。”

“坐你个头，你个憨婆娘，什么都不懂。他要是真有绝症，死了就是正常死亡，与我们有何相干。反而，他带来的东西不就都是咱们的了！”

苏阳再也不敢往下听，他没有想到这对面相和善的小夫妻内心竟如此险恶。他刚从一场战争中逃出来，却又掉进了一口陷阱。他原本以为，他从一阵眩晕中醒过来，算是逃过了一劫，可以继续待在天坑里，完成命运的过度，可现在，他感到无比的害怕，他不知道会在接下来的哪一个瞬间会把自己彻底丢掉，而且是丢在一个远离所有亲人的世界。

他故意从喉咙里发出一个声响，接近于一声咳嗽。这时候，里面的谈话马上就停了下来，整个世界随即悄无声息。他又复制了刚才的动作，而且把声音拖得更长一些，还做了个反复的动作。他用这样的方式提醒里面的两个人快速掐断他们的密谋，为彼此争取时间。果然，成礼福马上就从屋里走出来，奔到他的床边，笑着说：“大哥，你可醒了，吓死你兄弟了。”

“真对不起，我让你们受累了，给你们添了麻烦。”苏阳笑着说。

“你是身体不舒服吧，你这种情况，真不应该来这里的，这让家里人很不放心。”成礼福说。

苏阳摆头笑笑，尽量让情绪变得自然一些。他对成礼福说：“我身体没事，只是昨天喝了酒，晚上又没休息好，今天早上感觉到自己似乎是着凉了，喝水不够，就出现了这种情况。”

“对了，你有没有听说过‘低血糖’反应？”苏阳一边问成礼福，一边从床上爬起来。

“没听说过。”成礼福说。

“低血糖反应就是水没喝够，突然受到惊吓，就昏过去了。我就是低血糖反应。”苏阳故意给自己找一个听上去纯属正常的昏厥的理由，以此影响成礼福对他身体情况的判断。

“你受到什么惊吓了？”成礼福问。

“我从那边回来的时候，本来就很口渴——我是说，我是回来喝水的——可我在回来的路上，突然听见身后有野狼在吼叫，瞬间就受了惊吓，所以昏过去了。”

成礼福哈哈大笑，拍了拍苏阳的肩膀，对他说：“大哥，哪来的野狼啊，你听见的，分明是孩子们吹响山洞的声音。”

“山洞也能吹响？”苏阳不解。

“当然了。我们背后的岩石上，有很多山洞，山洞很深，从这边的岩石连接到那边的岩石，四面都是连通的。”成礼福用手在空中比划着方位。

“可是山洞这么大，怎么吹呢？”

“山洞虽然很深，可它们露在外面的洞口，却是一些像灯芯管那么大的小孔，人只要把嘴放在小孔上面一吹，就会发出很大的声音。我们这里的人，都管这种声音叫做‘山吼’，意思就是你动了它的血管，它就会喊疼。”

“原来是这样，好神奇的山洞，我要亲自去试试。”苏阳说。

“你得学上半个月。”成礼福说，“就算你学上半个月，把嘴吹破了，也不一定能吹响。其实，吹山洞是有技巧的，你不能卯足了劲使劲吹气，你越是使劲，它越是不响。”

两人正说着山洞的事情，成礼福的女人向夏琼从里屋拉门出来，她穿一件红色的衣服。

苏阳心口又是一阵颤栗。他看见了麦地里的那朵火焰，看见了他多年前在梦里遇到过的那只妖精。

多年前，苏阳大学还未毕业，假期，他曾经昏厥在老家的放马场上。他做了一个梦，一个穿着红衣服的女人向他敞开洁白的肉身，正当他准备迎头痛击的时候，女人好看的脸突然变成魔鬼的利爪。在那个梦里，他被那个女人用牙齿咬碎，一小块一小块地挂在树上。他被妖精咬得醒了过来，发现自己躺在一块杉树皮上，家中已有一个木匠在为他打制一口简单的棺材，母亲已经哭哑了嗓子。

多年后，他在另一个地方，突然遭遇了梦里的妖精，可怕的是，这一次，妖精披挂着可怕的山吼而来，让他猝不及防。

妖精此时就站在他跟前。她有一张清秀的脸，脸上还有一个明显的酒窝。妖精红着脸，很不自然地说：“大哥，我给你弄点吃的把。”女人转身的一瞬间，那身形、面容和举止，和梦里所见简直一模一样，苏阳又颤栗了一次。

苏阳才想起来，怪不得昨天见到了向夏琼，有种似曾相识的感觉，原来是在梦里见过。不过他现在更加坚信：这绝对只是一种巧合，梦里的女人只是他多年前看到过的某个印象深刻的女人积攒下来的一个影像，本身就不具体，他现在看到的，是一个活生生的女人，一个生活在天坑里的农村妇女，和那个妖精根本没有关系——况且，那只是一个梦。

吃完饭，苏阳对成礼福说："兄弟，把你老婆叫过来，我跟你们说点事。"

成礼福两口子坐在苏阳的对面，穿红衣服的向夏琼显得有些不太自然，她此时在猜想，苏阳是不是听到了他们先前在里屋的谈话。

苏阳说："我告诉你们我来这里的真正原因吧。其实，我没有干过任何坏事，也没有身患绝症，我只是和我的妻子吵了一架，闹了情绪，跑这里散心来了。"

夫妇二人舒了一口气，脸上挂着红晕。

苏阳接着说："前些日子看了电视上的报道，知道你们这个地方很安静，很美，而且离县城也近，所以就到你们这儿来了。我在电视上看见记者采访你，知道你是好人，就想找你聊聊你们的生活，这不，一来就打扰你和兄弟媳妇。"

苏阳说完，从上衣口袋里掏出一叠钱来，抽了几张出来放回口袋，剩下的递给成礼福，说："我是要打扰你们好一阵子的，要吃在你家，住在你家，所以必须得给生活费。"

成礼福一时手足无措，没敢伸手拿钱，倒是妻子向夏琼起身接过苏阳手里的钞票，还偷偷瞟了苏阳一眼，那桃花飞溅的眼神，把她活脱脱写成一个困在凡间太久的妖精。

9

这一夜苏阳睡得非常踏实，没有做梦，他所担心的白天的一幕没有在梦里重现，多年前在昏厥中遭遇的青面獠牙的红衣女人也没有来打扰他。他一觉睡到九点钟，起来，向夏琼已经准备在锅里下面条。

吃完面条，苏阳提议成礼福和他走走。两人就到周围农户家转转，和他们说一些天坑内的生活琐事。大锅圈大多数人都不爱说话，好像是沉默惯了，但有一个人，打开话匣后，就停不下来，她就是今年已经九十一岁的阮大奶。

阮大奶坐在院坝里的一条板凳上晒太阳，成礼福走到她跟前，对她说："阮大奶，把你的故事给我大哥讲讲，让他带回城里去给那个爱眨眼睛的作家，给你写成书，让瘸子老师念给你听。"

阮大奶笑笑说："有什么好讲的，我一个糟老婆子，哪有什么故事啊！"

"咦，才不是，阮大奶的故事可好了，我在浙江打工的时候，讲给那些有文化的老板听，他们都说很神奇，还有些人说要来看你哩！"

"那我从什么地方讲起呢？"阮大奶捋了捋头上的白发。

"阮大奶，就从前些天台湾人给你送来的盒子讲起吧！"

周围那些坐在门口晒太阳的人都围了过来，其中包括全身油亮、耳朵听不到人说话的陈光友，整天用一块头巾裹住脑袋的中年妇女刘天珍，四十几岁了还没找到老婆的李开江，读了四个一年级也写不了自己名字成天满手是泥的懵懂少年刘启光……阮大奶家的檐坎上，几乎聚集了整个村庄的人们，他们有的趴在桃树的树干上，有的坐在石头上；有的抱着手，有的端着碗，还有的，手里拧着一串马铃铛……

"好吧，就从台湾人送来的盒子讲起。"阮大奶清了清嗓子，说，“那个盒子啊，我等了七十年。”

“那年我二十一岁。”阮大奶刚说了这一句，就说不下去了，用手揩了揩眼睛。阮大奶的眼睛很有神，她看苏阳的时候，眸子里似乎还透着清凉的光泽，完全没有一丝浑浊的影子，真不像一个已经九十一岁高龄的老人。阮大奶很干净，身上的衣服不染一粒尘土，她露在手上的青筋也很干净，几乎可以看得见红色的血液在缓慢地流淌。天坑里，大多数人都是脏兮兮的，包括刘天珍家那个二十岁的闺女。

阮大奶缓了缓，接着讲："那天，是我和夫君结婚的大喜日子。我们行走在接亲的路上，突然有一只穿黄狗皮的队伍出现在我们眼前，为首的那人我认识，叫黄大元，是国军的走狗，他身后的人们都叫他黄团长。”阮大奶说到这里，咳嗽了几声，又停下来揩眼泪。阮大奶全是皱纹的脸上，微微地悸动，她好像控制不了自己的情绪。

“慢慢讲，阮大奶，我们等你。”成礼福说。

“哎呀，都七十年了，我还清楚得很，那个天杀的黄团长，抢走了我的夫君，和两个背箱箱柜柜的男人，没收了我所有的陪嫁。我那时已经知道，他们要被抓去当兵去了。那一年抓丁抓得厉害，说什么三丁抽一五丁抽二，可我夫君家几个哥哥都在打仗的时候死了，留了他一人续香火，到头来还是没留住，被他们抓走了。那一天，我以为我的夫君可能已经死了。”

“你怎么就能肯定他已经死了呢？”成礼福问。

其实这些日子，阮大奶已经把这个故事讲了很多遍，成礼福也知道所有的情节，他为什么还是要问阮大奶这个问题，是因为他决定充当一个讲述者的帮手，想让苏阳知道整个事件发生的过程中的所有悬念，让阮大奶的故事更加精彩。台湾人没来大锅圈之前，阮大奶的讲述是另外的一种格调，苍白、寒冷，因为那时候，她是在痛诉，在悼念，现在不同了，故事有了另外的结局，她的讲述突然就多出了很多枝节和缺口，也生出了额外的感动。

以前，阮大奶讲到这里，不会用上“我以为”“可能”这样的字眼，而是说，“后来，我的夫君死了。”

“后来，接亲和送亲的人都被黄大元的部队捅散了，我在部队后面追了一气，追不上，我想找一面悬崖纵身跳下去，我想，反正我的夫君已经要死了，我也死了算了。”阮大奶说。

“但是他刚被抓走，还没死呢。”成礼福说。

“是啊，因为他刚被抓走，不可能死得这么快，所以我没有跳下去。我在悬崖边坐了两天，又冷又饿，直到遇到光有的父亲和开江的爷爷奶奶他们。”阮大奶说：“我没有想到，光友的爷爷他们为什么被村长撵到这里来，不过我看见他们都带着所有的家当。”讲到这里，阮大奶又“哎”了一声。

“他们为什么会被村长撵到悬崖边上？”苏阳问。

“因为他们头上长了癞。”阮大奶说，“那个鬼世道，不知道为啥子，人穷得吃不上饭，头上还要长癞。周围七里八乡，头上长癞长得成风，到处都是拿头巾包裹着脑袋的人。那时候没有药，人们都怕传染，好多地方的癞子都被旧政府叫人悄悄把他们活埋了。我们村，还有个有人性的苏村长，他趁人们不备，把那些癞子都撵到悬崖边上来，让他们摸着悬崖上的小路来到我们现在这个地方，让他们听天由命。可是，悬崖上的路哪里是人可以走的，有些人还没走到两步，就从石梯子上摔下来，掉进万丈深渊，有些连尸骨也没有找到。”

有关大锅圈麻风病人的故事，苏阳曾经听人讲过，也就是电视新闻报道大锅圈的那几天。人们说，大锅圈是癞子村，里面居住的全是麻风病人。但是苏阳知道，那些在旧社会到大锅圈来的麻风病患者，都在解放后接受了政府的救治，好多都痊愈了，当然，更多的人是刚去大锅圈的头两年就被饿死了，剩下来的，都属于年轻一些的，算是福大命大。

听到这里，苏阳已经知道，阮大奶是和麻风病患者一起来到这里的。成礼福给苏阳讲过，阮大奶来到大锅圈，从没有和谁说过话，也没有跟过任何一个男人，她一闭口就是几十年，直到后来有一个村干部来大锅圈发救济粮，对阮大奶说，“阮大奶，你当年的丈夫有可能还活着。”

“那是二十年前，我还小。”成礼福是这样对苏阳说的，“我听老人们说，那一年，阮大奶得了一场大病，都快要死了。村干部来的时候，阮大奶已经躺在床上奄奄一息，但听说她的丈夫还可能活着的时候，就慢慢好了起来，没过几日就下地干活了。”

阮大奶好像讲累了，她甚至小睡了一阵，过一会儿才睁开眼睛，接着讲。

“他被抓走的那些年，到处都兵荒马乱的，我认为他是死了。你们想想，一个没有打过仗的人突然被拉到战场上去，能活下来吗？”众人摇摇头。苏阳问：“那为什么他又活下来了？”

“我也不清楚。”阮大奶说，“反正后来，他和国民党一起去了台湾，他叔叔也去了台湾，那时他们在一个部队。他叔叔读过老学，听说去台湾以后还当了官，他们在那边，应该过得不错。”

“后来呢？”苏阳问。

“后来什么？基本就没有后来了。”成礼福说。

“后来，他死了。”阮大奶的喉头有些哽噎，她的眼角流下两滴眼泪。这时候苏阳看到，先前看到的阮大奶清亮的眸子，现在截然不同了，她流下的眼泪是那么浑浊。

成礼福说：“就是因为死了，才变成一个盒子回来。”苏阳还是不明白，去了台湾的阮大奶的丈夫，他死了以后，他的骨灰是怎么找到阮大奶的。成礼福说：“他其实二十年前就已经死了，也就是村干部来大锅圈发救济粮的时候。他死之前，通过政府打听到阮大奶的下落。可是已经太迟了，他那时已经病得不轻，临死时，托堂弟的儿子也就是他的侄子把骨灰带回来。”

“就这么简单。”成礼福说。

苏阳说：“这太神奇了。”

“是啊，这样的故事，我在外面打工的时候从电视上看到过，没想到在我们穷山沟里，居然也有这样的事情。”

苏阳低声问成礼福：“阮大奶的丈夫在台湾这些年，没结婚吗？”

“当然没有，要不然他怎么会把骨灰送回来。哦，对了，刚送回来的时候，乡里的领导不让送进大锅圈，说怕引起惶恐，就放在县里殡仪馆里，一放就是好多年，直到前段时间电视里报道大锅圈，县里才派人送过来的。”

苏阳想看看那个盒子。

在阮大奶的屋子里，一张八仙桌上，摆放着一个灵位，苏阳还没看到灵牌后面的盒子，就被灵牌上的一行字吓得昏了过去。

那字是“先夫苏阳之灵位”。

10

昏睡了差不多两天，苏阳到次日清晨才醒了过来。醒过来的苏阳看见穿着红衣服的成礼福的妻子向夏琼坐在一条长凳上，眼睛直勾勾地看着他。见苏阳醒了，连忙从长凳上抬起屁股，走过来说：“大哥，你总算醒过来了。”

成礼福好像没在家里，苏阳感觉到有些不踏实，忙问：“兄弟媳妇，我兄弟呢？”

“他去五德镇上给你找医生去了。”

苏阳觉得有些对不住这两口子，便说：“真是感谢我兄弟，我说过我没有病的，只是受了惊吓而已。”

“你还说你没病，才来了几天，你就昏过去两次，谁会相信你呀？”向夏琼说着，从桌上给苏阳端来一碗米汤。

米汤还冒着一丝热气，但散发着一股糊味，好像已经热过很多次了。苏阳的确感觉到有些饥饿，便慢慢喝了米汤，说：“这几天，我不知道是中了什么邪，给你们添了这么多麻烦，看来我是不适应这个地方，等我兄弟回来，我和他道个别就回去，以后你们有什么用得着我的地方，给我打电话，我一定尽全力帮助你们。”

苏阳说到电话，便伸手从口袋里摸了摸。手机不在口袋里，他又环顾了一下四周，见手机躺在窗台上，连忙拿过来，习惯性地按了一下热键，没反应，才想起来手机已经关机几天了，突然感觉到心口一疼，差点掉了眼泪。原来，在世外的感觉是多么凄凉，他真想迅速启动手机，给谁打个电话。打给谁呢？王晓静？不可能，这一辈子都不给她打，哪有给一个十恶不赦的女人打电话的道理！打给朋友吧，朋友又有谁值得自己给他打电话？苏阳想了想，觉得平时和自己一起上班的同事们都不能算做朋友，他们一般都不和自己说话，不，是自己不愿意和他们说话，因为他们总是拿不一样的眼色看他，也许他们压根就不想和一个被妻子管教着的男人说话。苏阳觉得，在别人的眼里，他根本就不配做一个男人，所以自己一个朋友也没有。想了半天，觉得自己应该给父母打个电话，但是，此时的他再也没有任何勇气，他知道，那个叫王晓静的女人一定已经把他失踪的消息告诉了他们，此时他们是不是满世界找他们的儿子呢？想到这里，他突然害怕起来，终于知道自己闯了大祸。苏阳越想越害怕，以至于手脚颤抖，吓得向夏琼直往身后退，说："大哥，你不是又犯病了吧，你兄弟马上就回来了，你可别又昏过去吧！"

苏阳定了定神，说："没事的，我只是太想家了，所以有些伤心，你别怕。"

向夏琼问他："大哥，你为什么要和嫂子吵架，吵就吵了，为什么又要躲进这穷山沟里来呢？"

"你不会懂的。"苏阳说。

"你为什么不离婚呢？"向夏琼问。

"没有这个勇气，因为我有孩子。"苏阳说。

"哎，我真不明白你们这些读书人，放着好好的日子不过，非要怄气耍性子，要是我能像你们这样，断不会做出这等荒唐事来的。"

苏阳觉得眼前这女人仿佛不再是几天前自己见到的那个不谙世事的穷山区里的女人，她好像什么都懂，说话一套一套的，这样的一个女人，为什么要嫁到天坑里来呢？他决定试一试他，就说：“你其实不应该呆在这里的，你应该和我兄弟继续出门去打工，多赚些钱，到外面的镇上去买个房子，好好把娃娃抚养长大，让他们读书成才，以后过好日子。”

向夏琼摇摇头说：“我也想的，可是我没那种命，我也是迫不得已才和你兄弟来到这里的。”

苏阳来了兴趣，问：“为什么这样说？”

向夏琼说：“我其实是两年前才嫁给他的。”说到这里，女人真正显露了伤感，眼里有泪花在打转。

“四年前，我的男人在浙江的工地上出了事，留下我和两个孩子。”

“出什么事了？”苏阳问。

“也不知道出什么事了，反正突然就不见了。”

“为什么突然不见了？你没有找他吗？”

“这世界那么大，到哪里去找？”女人抽泣了起来。

“到底出了什么事？”

“这个没良心的，在外打工不好好工作，还说我是母夜叉，对老人没孝道，留两个娃娃给我，自己就跑了。”

简直就是在说自己，苏阳觉得这世界真荒诞。他突然不想再问下去，此时他不再怀疑前些日子一个心理咨询专家对他说的话了。那个心理专家，是单位请来专门对职工坐诊的。当时，单位上所有的职工都不愿意接受他的诊断，倒是苏阳很勇敢地站上前去，他说：“给我瞧瞧吧！”

“你患了严重的抑郁症。”专家说。

所有的人都在笑，有人说：“是的，他有精神病。”

苏阳默默地走开了。以后的日子，他总是听王晓静在他身边对他说：“像是谁欠了你钱似的，你就不会笑一笑吗？”

我为什么要笑呢？苏阳反复地问自己。这样的生活，谁能笑得出来！苏阳也认真地反思过，自己的确好几年没有开心地笑过了。苏阳也想认真地笑一笑，可脸上的肉已经不服从自己的指挥，老是笑不出来，那就别笑，反正也没有什么好笑的。心理专家说自己得了抑郁症，着实吓了他一跳，但他还是怀疑，因为他对生活还充满着无尽的向往，他一直在寻找一个能让自己安静下来的世外，说明自己还有理想。

“你们才是精神病。”苏阳走在路上，恶狠狠地对那些人说。身边走过一个他不认识的女人，走过去了才回过头看了看他，那眼神有些奇怪。

他此时又听见向夏琼在旁边说话，说：“我宁愿相信他已经死了。是的，他已经死了，死在荒郊野外，我趁他尸骨未寒，我得先嫁了。”

没有理由不嫁。他想。但是，他立刻想到自己的妻子王晓静，这个不可一世的女人，不会也嫁了吧。当然不会，自己才出来几天，没这么快的。但也说不定，她也许就在知道他出走的那一刻，嫁给了那个戴眼镜的校长或者打官腔的城区教师。他想到这里，又否定了自己，因为那两个在他眼里无比丑陋的男人是有妻子的，说不定他们的妻子也是一个无比可怕的母老虎。对了，要是他们的家里都有一头母老虎，他们的内心肯定也无比痛苦，这样的话，他们应该都想从生活里逃出去，他们极有可能渴望有别的女人，说不定他们之中的一个早就和王晓静谋划了一场变故，就是让他出走，然后理直气壮地在一起。越想越乱，越想越可怕，越想越觉得一切都是圈套，他的脑袋像被注入了很多很多的二氧化碳，眼睛都快要睁不开了，他使劲地摇摇头，感觉面前又出现了梦中的那只女妖。

这一次他强迫自己不要再次昏厥过去，果然他挺了过来。

11

成礼福没有找到医生，他回来的时候，手里拿着一包药。成礼福说："狗日的许平贤，硬是不来。"

苏阳说："真的麻烦兄弟了，过两天我就回去。"此时他听见门外有人嚷嚷着说话，好像有人喊成礼福的名字，其中有人说："他家就在这里。"

成礼福说："又是那些记者，我看见他们在我身后，我甩开了他们，他们一直在后面叫我，我就是不答应他们。这些说话不算话的家伙，一个钱也不给，不像你这么大方。"

苏阳向成礼福使了个颜色，自己躲到里屋去，刚站定，就听见有人推门进来。

有人对成礼福说："兄弟，带我们好好看看后山溶洞，这是天下奇观啊，有大老板要来这里投资。"

"是开酒吧吗？"成礼福问。

"不止是开酒吧，用处多了，你带我们好好看看，要是真的有价值，老板来投资了，你们就发财了。"

成礼福说："你们都来好几回了，还没看够吗？要看你们自己去看，我不想发财。"

那人反复央求，其他人也在不停地帮腔，成礼福还是带他们出去了。苏阳从里屋出来，向夏琼还是一个人坐在长凳上发呆。

见苏阳出来，向夏琼缓过神，良久，对他说：“大哥，你也去看看吧。”

“我不想看，再说也没有他们说的那样神奇。”

“可神奇了，里面有许多你没有看见过的东西。”向夏琼说。

“要看也等他们走了再看，等他们走了，我让我兄弟陪我看。”

那些人看完回来，又在屋外向成礼福许诺，说有事打电话，我们准能帮助你们，把这里变成世外桃源。

苏阳听见成礼福和他们打哈哈，说：“你们也和那个眨眼睛的作家一样的，光打雷不下雨，回去就关手机，像躲债似的，下次来，我一定骂他不地道。”

那些人也打哈哈。有人吹口哨，有人哼着小曲，有人还在回味后山溶洞的神奇，都在说，真是人间天堂。

第二天一早，成礼福带苏阳进了溶洞。成礼福带了一根手电筒，划拉边说：“这帮畜生，昨天把我手电筒的电都耗完了，还不想走。”

“真的很漂亮吗？”苏阳问。

“你看了就知道了。”

他们在溶洞里转了整整一个下午，苏阳看到了他之前没有看到过的东西：倒立着的石头，流淌着岩浆的柱子，画着鬼脸的石壁，长着胡须的植物，披着长袍的蝙蝠，端着灯笼的山鼠……苏阳眼花缭乱，觉得这一切并不是真的，而且也突然就觉得并非自己所向往。走着走着，他循着成礼福的手电看过去，一口井横在不远处，水面上闪耀着五颜六色的光泽。成礼福说：“这口井里的水就是我们天坑人家医治百病的良药，你昏过去的时候，我就是用这里面的水把你弄醒过来的。”

苏阳感觉到井里的寒气逼向自己的全身，不觉打了一个冷噤，全身直哆嗦。成礼福鼓励他，叫他别怕，说："这口井里的水永远也不会漫出来，但常年都能听到咕咚咕咚冒出来的声音，你听听，你听到了吗？"

苏阳侧了侧身，还真听到了，他好像听到井里有敲锣打鼓的声音，甚至听到有人在里面说话。

成礼福说："以前我爹还没死的时候，有一次他在这里取水，听见有人在水底唱歌，仔细一听，是做道场。"他看了苏阳一眼，问："你知不知道什么是做道场？"

"知道，就是人死了，请端公做法事，挺热闹的。"

"城里人也兴这个？"

"兴大了，排场可不一般，很多人的老人过世，都会请端公做大斋，富裕一点的，做正昼夜、三昼夜，一般人家就做个三天道场，年轻人死了一般就做个早起晚散。"

"哦，原来是这样，在我们天坑，人死了，请不来先生，都是只做个棺材埋了就完事的。"成礼福说。

"其实，做不做都一样，人死了，做这些没用。在城里，很多人做大斋，是为了讲排场，收礼金，有些有权势的人，老人离世做大斋，能收几十万呢。"苏阳说。

苏阳又想起妻子王晓静经常在他耳边羡慕地讲谁家谁家丧事多热闹，收了多少钱，恨不得自己家也赶快死个人好收一大笔礼金似的。苏阳想，王晓静会不会认为自己已经死了，会不会现在已经支起炉灶大摆筵席，假惺惺地给他做一个三天道场。别再往更坏的地方去想了！他提醒自己，王晓静不会那么早就认为他已经死掉了的，也不会这么早就忙着收礼金，当然，也不会那么早就嫁给戴眼镜的校长和城区教师其中的谁。苏阳突然想赶快走出这个溶洞，想悄悄问向夏琼，她是丈夫失踪多久才嫁给成礼福的。

出了溶洞，回到成礼福的家，他对成礼福说："兄弟，明天我就走了，我现在想麻烦你给我做件事。"

成礼福说："大哥只管安排，我做就是了。"

苏阳要成礼福折回后山的溶洞里为自己取一块钟乳石，说拿回去做个纪念，其实他是想支开他，他要问向夏琼刚才想问的那个问题。

成礼福走后，他就问："你男人走了多久你才嫁给我兄弟的？"

向夏琼说："一年吧，我实在无路可走了，我娃娃没有了爹，我们也没有钱，生活没有着落。成礼福和我在一个工厂做工，对我很照顾，于是我就和他好上了。"

苏阳再也没有说话，他点燃一支烟，慢慢地吐着烟圈。

良久，向夏琼先开口说话，他问："大哥，你真的决定明天就离开这里？"

"是的，明天一早。"

"可不可以帮我办件事？"

"你说吧。"苏阳灭了烟蒂。

"你认识的人多，帮我打听打听，看还能不能找到他。"向夏琼说这话时，竟然有些羞涩。

"世界那么大，到哪里去找？"他说完，才意识到这句话曾经是向夏琼说过的，她说的时候，也是那么无奈。

"不过，我可以尽量帮忙打听，有了线索就给你打电话。"

"我没有用电话，你要是有了线索，麻烦你亲自来这里一趟。"

苏阳哪里还想着再来这里，他现在巴不得马上就离开这里，且永远不会再来。不过，他还是答应了向夏琼。

“他叫什么名字？”苏阳问。

向夏琼从里屋拿出一张身份证递给苏阳，他接过来一看，差点又昏厥过去，他看见一个再次让他不敢相信的名字：苏阳。

这个叫苏阳的男人，五官端正，却有一张忧郁的脸，真像自己十八岁时的样子。天啦，这世界为什么这么奇怪，在一个小得一眼便可看穿的地方，一个仿佛被铜墙铁壁锁住的牢笼似的地方，居然有两个和自己名字相同的人，而且他们已经不同程度的死去了，难道自己也会遭遇别样的不测？但他此时却已经不再害怕，他不想再昏厥过去，他要做一个和他们不一样的苏阳，他看着向夏琼，嘿嘿嘿地笑了起来，不过，他听到自己的笑声是多么恐怖。

“你看到过阮大奶的那个盒子吗？”苏阳问向夏琼。

“看到过的，盒子前面还有一个灵牌呢，上面写着她丈夫的名字。”

“那你看清楚她丈夫叫什么名字了吗？”苏阳接着问。

“看见了，他叫李凡。”

“不会吧，我那天亲自看到的，阮大奶的亡夫叫苏阳。”

向夏琼一脸的不解，说：“我看过很多次，他们送来的那天我就看到了，就叫李凡，后来那些记者每来一次都会看一次，我也跟着看，是叫李凡，我还知道，我娘家那个地方也有一个人叫李凡，十年前出车祸死了。”

苏阳简直不敢相信，那天他昏厥之前看到的，明明就叫苏阳，蜡黄色的字，深深地刻在一块黑色的木板上，难道自己真的中了邪了？他又看了看手里的身份证，卡片上黑体的名字着实没错，也叫苏阳，难道也不是这个名字？他问向夏琼，你前夫叫什么名字？

向夏琼说：“身份证就在你手里，你不是看过了吗？他叫曾一，一二三的一。”

“那么，我的确病的不轻，我看到的，仍然是苏阳。”他说这话的时候，眼睛始终在盯着身份证。

“大哥，回去吧，好好请医生瞧瞧，必要的时候，请先生给你看一看，你可能中了什么邪了。”

“是的，是应该看一看了。”

此时，成礼福拿着一块钟乳石走进来，说：“实在拿不下来，像粘了胶似的，好不容易弄了一块，形状也不好，你带回去吧，做个纪念。”

他接过成礼福手中的石头，像接过一块灵牌。

12

早上，苏阳整理自己的旅行包，从侧面的口袋里发现他留给妻子王晓静的离婚协议书，很是纳闷，明明自己亲自放在梳妆台的第一个抽屉里的东西，怎么会在旅行包里？莫不是自己根本就没有放进去，而是顺手就丢进口袋里了。他是有这样的毛病，有一次，他去医院里拿自己的抽血化验报告单，看了看上面的各项指标，确信自己无大碍，就准备装进自己的上衣口袋，他明明记得自己是将它装进了自己的口袋，可对面的老奶奶却亲眼看到他把报告单装进他旁边另一个男人的口袋里，并跑过来提醒他说：“小伙子，你怎么像一个做贼的，难道你自己的病可以转让给他人？”他才将手缩回来，迅速地将报告单放进自己的口袋。有很多次，他甚至记不得他刚刚做过的事。他出门的时候，将钥匙放进锁孔里扭三转，确定门已经被自己反锁了，而且提醒自己：反锁了，反锁了，反锁了。对，重要的事情说三遍。他从四楼走到三楼，就开始怀疑自己，门有可能没有反锁，或者，开始是反锁了，后来是不是又朝相反的方向扭了三转？不行，还得回去瞧瞧，又将钥匙插进钥匙，朝相反的方向扭三转，门打开，这次，他要给自己留一个深刻的印象，就是关上门，钥匙扭三转，然后抽出钥匙，对自己说，这次真的反锁了，于是朝楼道的天花板上看一眼，看见一块裸露出来的水泥底子。他说："请你为我作证，我的门已经反锁了。"走下楼，刚到院坝里，他又记不得门到底有没有反锁了，但他记得天花板上的那个疤痕，那个疤痕，是提醒自己把门反锁了呢，还是没反锁？他终于又忍不住再次迅速跑上四楼，把钥匙插进锁孔。

这样，他的妻子王晓静应该是认为他已经失踪了，他想。更可怕的是，他翻遍了整个旅行包，也没有找到手机充电器和身份证，可能自己根本就没有装进去，那么，王晓静更是很容易断定他已经出了事，一个没带身份证和手机充电器出门的人，一定是遭遇了意外。这样一来，王晓静肯定会把这件事告诉他的父母，告诉他的单位领导和同事，人们肯定满世界找他，整个凤城的电线杆子上一定贴满了寻人启事，上面一定写着一个叫"苏阳"的名字；这样一来，肯定整个凤城认识他的人都在议论他，他的家庭和他的抑郁症肯定成为那些人茶余饭后的谈资，他的女儿肯定已经从封闭式学校的教室里走出来，站在街头，站在冷风中叫着"爸爸"……说不定，教育局、老公园、供电公司、烟草家属房、农村信用社旁边的墙上已经贴满了关于他死去的讣告，他所居住的小区院坝里可能已经搭起了帐篷，设置了灵堂，竹竿上撑起了白色的纸幡，大蒸笼里正在蒸着热气腾腾的饭菜，桌子上已经摆好了收礼金的账簿……他不敢想像，他要开启手机，给家里人打电话。

手机开启，一直嗡嗡嗡地响着，来电提醒一个接着一个，他竟不知道要摁下哪一颗按键。终于，他打开手机信息，看见那天自己发送给妻子王晓静的短信后面，有一排绿色的字：信息发送失败！

他扔下旅行包，从成礼福家院坝里开始一路狂奔，一口气跑到对面的山脚。他艰难地挪动着肢体，开始向第一级石阶攀援，一级、两级、三级，他艰难地数着，身后，成礼福气喘吁吁地跟着，不停地喊着："大哥，等等我，我送你回去。"

他走到绝壁中央的小学校，推门进去，孩子们正在一本正经地诵读着美丽的秋天。腿瘸的老师见了他，笑了笑，孩子们也笑了笑，他使劲地从几个孩子中间辨认谁是自己的女儿，但一个也不是。他听到自己的手机在歌唱着"苍茫的天涯是我的爱"，他按下接听键，"喂"了一声。

明天见

1

文天娇问我：你发的那条短信是什么意思？

什么短信？我不清楚。我没有给她发过短信，我甚至可以向所有人保证，近三个月来，我从未给任何人发过短信。短信这玩意儿，不能随便发，整不好容易给人留下话柄，容易惹事，容易让自己烦恼。我已经够烦恼的了，这个时候要是再给一个女人发短信，说不定会“黄袍”加身。可是，文天娇偏要说我给她发过一条短信，偏要我解释那条短信是什么意思。我拗不过她，便问，你收到的那条短信，写的是什么？

“祝你天天有个好心情。”文天娇说。

“那更不是我发的了。”我对她说，我不可能发这样的短信，我又不是吃饱了撑的。

“什么意思？”她提高嗓门，“你是说，你不希望我天天有个好心情？”

这样的对话容易让一个本就满身烦恼的人迅速陷入巨大的沮丧之中。我肯定是无话了，差点把手机摔到地上，牙齿不由磨得咯咯咯响。那头接着说，“你不愿我好，对你也不是什么好事，因为我是你的贫困户。”

“我当然不是这个意思。”我说，“我肯定希望你好，希望你赶紧发家致富，迅速摘掉贫困户的帽子，但是，我真的没有给你发过什么短信。”

文天娇说，“那不一样吗？既然这条短信不是你发的，就说明你不想帮我，说明你压根就不想让我脱贫。”

挂了电话，我立即拦了一辆出租车，去我扶贫的那个村子。四十分钟后，我到了文天娇的家门口。文天娇坐在檐坎上的一条板凳上，一只手撑着下巴，另一只手拿着手机，眼睛定定地看着显示屏。我说，把你的短信给我看看，说不定我能帮你把那个发短信的人揪出来。她看了我一眼，又迅速把目光收回去，嘴里说：有什么用呢？

“既然你不在意，就别管它，兴许是谁发错号码了，原本他是想发给另一个人。”

文天娇的两只眼睛突然炯炯有神起来，看了我半晌，说，“原来真是你发的，是你发错了号码。”

“真不是我发的，你知道我的电话号码不是这个。”

“你都承认是你发错号码了嘛。”文天娇说，“对了，你可能是想发给王必蓝，或者小九妹，但一不小心，就发到我手机里来了。”

“我亲自来你家，不是听你胡扯这些。短信的事，先放到一边去，咱们商量一下正事。”我说。

“你以为短信就是小事？”她的语气很不友好。

“那你先说说你的想法。”我尽量压低声音，让语气显得更加温和。

“我得先弄清楚这条短信是什么意思。”文天娇摆好阵势，“首先，我有没有一个好心情，关谁什么事？你说我天天有一个好心情，我就能天天有一个好心情吗？还有就是，我一个女人家，你给我发这样的短信，还顾不顾我的面子了？还有就是，我的老公虽然丢了，也用不着你来操心我的心情，还有就是……”她好像暂时没有想好下一句该怎么说，所以就停住了，从板凳上站起来，使右脚往后将板凳踢翻在地，走到院坝里，拉开鸡笼的门，恶狠狠地对里面仅剩的两只母鸡说，“叫叫叫，咯咯咯吵死人，有本事你给我生出一捆钞票出来。”

文天娇的丈夫是五年前丢的。说是丢，是她自己的说法。据村民小组长穆兴海说，文天娇的丈夫之前是一个小老板，早年一直带着文天娇在浙江永康的工地上揽工程，挣了不少钱。挣了钱的文天娇丈夫，回家把旧房拆了，修了三个进出的两层水泥房，个人出钱硬化了从村主路到他家的连户路，还在山上的包产地里打了水井，把水管埋到自家的院坝。房子修好了，文天娇的丈夫对文天娇说，眼下正是孩子们读书的关键时期，你在家里好好管管他们，也照顾老人，挣钱的事，就不用你操心了。文天娇也就没有随丈夫出门，而是留在家里。文天娇的丈夫离开的第二天，文天娇就再也没打通过他的电话，开始是通了没人接，后来是直接关机了。文天娇把公公婆婆送到小姑子家，一个人买了去浙江永康的车票，找遍了大大小小上百个工地，硬是没见到丈夫的影子。问之前那些在他们手底下做过工的老乡，他们都说没见过，有几个来自外地的工人听说文天娇找不到自己的男人，便说，“你两口子是演双簧吗？我们还有一些工资没到手哩！”

文天娇没有再继续找下去，因为她发现，向她讨要工资的外地人越来越多。她回到家里，在照顾孩子和老人的同时，顺便把后山上撂荒的三亩土地种了起来，种的是土豆、玉米，当然也在垄沟里套种了一些大豆和南瓜之类的东西。日子越过越不称心，越过越焦虑，孩子读书没了零花钱，老人生病买不上药，三亩地撑起来的，不能叫作日子，而是熬日子。

村民小组长穆兴海说，文天娇一家在四年前一下子成为监测户，在三年前成为贫困户，实在是有些让人难以接受。穆兴海说，你看他们家这么漂亮的房子，这么宽敞的院子……你看文天娇，穿得和城里的贵妇没什么区别，早些年，人家不但擦脂抹粉，还戴了金项链、金耳环和金戒指。

“人家祝你天天有个好心情，其实也没错，这是一个美丽的祝福嘛，说明还是有人惦记着你——们一家的。”我赶紧把差点说错的话讲得更加完整一些，生怕引起她的误会。

文天娇说，要不是我老公联系不上，我才不稀罕什么祝福，我的日子又不是赶不上别人。她说的这些，我都知道。三年前我成为文天娇一家的包保干部，第一次到她家里走访的时候，我问：你的丈夫丢了，你为什么不报案？

报什么案！她没好声气地说，我不想让公安局给我找回来一个死人。后来，我又问穆兴海，你们为什么不报案？穆兴海说，这女人一听我们说要报案，就称自己已经联系上丈夫了，她自己说的话总是不一样，在她嘴里，她的丈夫一会儿是在上海，一会儿是在新疆，谁知道是真还是假呢？前些天，她说，吴建敏这个没良心的东西，在外面找了小老婆，两人私奔了。

那次走访之后，我有一年多没见过文天娇，因为她又去了一趟浙江，不过不是去永康，而是宁波。文天娇的三个孩子都在镇上读初中，只有周末回来，在家里住一个晚上，平素费用靠爷爷奶奶用养老金周济。快过年时，我与村里商量，给每个孩子一千元的临时救助，同时我也把自己的工资拿出三千块来，给了他们。文天娇从浙江打电话给我说，苏同志，感谢你关心我的孩子，欠你的钱，过年回家还给你。

“那倒不必！”我说，“你在外面好好做工，辛苦几年，孩子上完大学，你就轻松了。”

文天娇在腊月末回来，我问她“还行吧”？我的意思是，她这一年挣了多少。她说，光顾着去找孩子他爸了，没工夫进厂做工，回来的路费都是问妹妹借的。

大年二十九，我去我扶贫的村子看望我的包保户，给他们拜年，用了差不多一个月的工资。除了文天娇，我的包保户还有一个人供四个孩子上学的王必蓝、早年在外面打工被机器剜掉左手五个手指头的小九妹，以及特供人员胡勇耀和许平贤，还有几户去年摘掉帽子的脱贫户。我扶贫的村子名叫歹摸梭，是一个用彝语命名的村庄，整个村民小组一共 68 户人家，卡户不足 10 户。村民小组长穆兴海说，苏同志尽管放心，再过两年，这些人要是还不能脱贫，你拿我是问。

我对文天娇说，明天就过年了，你得利用全家团员的机会，和孩子们说说话，教育他们好好读书，将来都成为对社会有用的人才，不能给国家添负担。文天娇说，我也曾经是有出息的人，这点道理我懂，苏同志还是多关心王必蓝和小九妹吧！

“这是什么话？”我不解。

文天娇说，苏同志，咱们明人不说暗话，上午你给王必蓝和小九妹的钱都是两千，为何只给我一千呢？

我一下子被她的话噎住，我没料到曾经有出息的她居然会这样问我。前些日子，我给他们家争取了三千元的临时救助，也给了他们家我自己的三千元工资，现在是拜年，我多给王必蓝和小九妹一千元的过节费，她应当理解才是，况且，这钱还是我的工资。我说，文天娇啊，我对你们家怎么样，你心里就没有个数吗？她看了看我，从嘴角发出一声“嘿嘿”，说，你的工资，想给多少就给多少，在你心里，人家就是比我可怜。

从她家出来，我钻进一辆绿壳农村客运车，行走在回城的路上。车里，那些进城置办年货的回乡者一路讨论着这些年在异乡工地上的见闻，有人说到文天娇的丈夫吴建敏，说这家伙这么多年来在外面揽工程，总是赔多赚少，在他手底下干活的，除了南广老家的工友们，外地人就没拿到过几文工资。有人说，这家伙早就有预谋了，那次回来把家里收拾好，就换掉手机号码去了别的地方，兴许十年八年不会回来。

而我想到的是，我明天如何动员我的妻子和我回老家，陪父母过年去。说实话，我有一肚子烦恼。

2

我逐渐意识到，当我开始不那么喜欢往人多的地方凑的时候，已经没有人愿意扎堆讨论我的烦恼了。正如我的烦恼一样，我越是不把它当回事，它越是不具备烦恼的功能。更多的时候，我对待烦恼的方式是喝酒，一个人喝，使劲喝，最好是在很短的时间内把自己灌醉，醉得只剩下上床睡觉的力气。刚开始，我还会一边喝酒，一边和自己说话。说些什么呢？比如，关于我的包保户文天娇的家庭收入问题；比如，我任第一村民小组长的那个村子68户老百姓的安全饮水问题；比如，脱贫户张疙瘩一不小心又返贫的问题……我和自己的对话导致我的老婆对我无比反感，最后就真的很气愤，给我父母打电话，说，你儿子怕是精神出了问题，这日子没法再过下去了，给二老说清楚，我就搬出去住。

好吧，你既然要出去住，就多住些时日，待我把烦恼的事全部搞定，你再搬回来。在我老婆支小茵拎起箱子准备出门的时候，我这样对她说。她似乎很不情愿和我说话，所以当我这样说的时候，她假装什么也没听见，径直拉开门，走了。过了五分钟，我听见钥匙在锁孔里扭动的声音，她又进来，气喘吁吁地对我说，你拟一个离婚协议吧，越快越好。

“对了，拟协议是为了离婚方便，我什么也不要，反正咱们什么也没有。”临出门时，支小茵又说。

我们不是什么也没有，我们只是没有孩子。

我没工夫搭理她，就点点头表示同意。我现在最要紧的事，是赶紧把自己灌醉，然后美美地睡一觉，把所有烦恼统统忘却。然而，自打支小茵走了以后，我就不那么容易醉了——不是醉不下去，而是醉了也无比清醒，睡不着。睡不着怎么办呢？那就再喝一点，喝多了，全身没有一点力气，睡是睡着了，却是睡在地板上，醒来时骨骼疼痛，手脚冰凉，后来还发了烧。医生说，你再这样下去，你的包保户们恐怕真的很难脱贫了。想想也是，光喝酒也不是办法，还不如勇敢面对，试着去解决所有的事情。

怎么解决呢，还没理出个头绪，文天娇的电话就打了过来。

“你的电话号码是多少？”她问。

“你真是神仙！”我实在想不出用一句什么话来反问她，就说了这几个字。说实话，尽管我此时酒意未除，头昏脑涨，我还是想笑，但我终究没有笑出声来，因为我知道她的脾性，我一旦稍有怠慢，就会招来她无穷无尽的指责，所以我接着说，我的电话就是你现在正在打的这个。

“问你个电话号码怎么了？”她明显已经生气，“说我是神仙，还不如直接骂我傻子。”

我一时说不出话来。好久好久，才对她说，我只是提醒你，你家的明白卡上有我的电话号码，只是你不小心忘记去找了。

“你明显是在欺负人！”她的声音提高了好多，“我承认我是穷人，但我不是傻子。”

“我没这个意思。”我说，“我现在正走在去开会的路上，有什么事，明天再说。明天我要来你们村里，当然，也要去你家。”

“问你一个电话号码，也要等到明天吗？”

“不是——”我说，“我真的要开会，要不，一会儿散会了，我告诉你我的电话。”

我强行挂了。坐在沙发上，全身直哆嗦。的确应该勇敢面对了，我告诉自己。可是，我的烦恼居然越来越多，我能一下子全部面对吗？酒醒的时候，我意识到自己犯了严重的错误，我不应该让我的老婆支小茵搬出去住。我的家庭问题给我带来的烦恼曾一度压得我喘不过气来，在我接受包保任务之前，我连上厕所的时候都会听到别人蹲在不同隔间的便盆上讨论我的家事，他们会说，“苏阳这次够呛了，听说是他的身体出了问题，生不了孩子，老婆又比他年轻，早晚得散。”

“我看是。”另一个隔间的人说，“他也够可怜的。”

他们是我的同事，我们平时和谐相处，工作一起干，压力共同分担，偶尔一起喝酒，会互相把手放在彼此的肩膀上，笑对世间破事，畅想美好未来。基于我们是朋友，我就想，既然他们喜欢说点别人的事，就由着他们吧，如果能给他们带来些许惬意的话。在我未接受包保任务之前，我连报个出差都会受到单位分管财务的领导奚落，“着急个啥，你两口子这么高的工资，不愁吃不愁穿，又不抚养孩子。”我悻悻地离开，我想，我的老婆在单位上有没有受到这样的挖苦呢？后来我终于肯定了，她在她的单位所受到的打击，肯定比我更甚。于是，我更加依赖喝酒来让烦恼暂时隐身了。

这几年，单位所有干部职工都领了包保任务，多则十几户，少则几户。似乎每个人都变了一副嘴脸，不再讨论别人的是非了。对，人一旦真正忙起来，哪有工夫管别人的事，况且，我一看见人多的地方，就主动躲开，他们只要看不见我，就想不起拿我说事。当然，这样一来，我只能一个人消化自己的烦恼，我的老婆渐渐不爱和我说话，我每次在家里喝酒的时候，她都会迅速走进卧室，门“砰”的一声。

3

本是星期天，可以适当休息休息，但我还是约了单位的同事小蒯一起去歹摸梭。小蒯比我小十来岁，是一个在地方上有一点点名气的诗人。小蒯曾经对我说过，他怀疑自己的诗有可能是这个世界上最棒的，因为他的诗从来没有“啊”字。我不懂诗，但我尊重小蒯，我认为，一闲下来手上就拿着一本书的小蒯绝对不会舍得花时间去议论别人的事，尽管很多时候他手里的书压根就没有打开，他只是盯着封面上的图案安静地发呆。小蒯的书很多，经常被他遗忘在厕所的背水箱上，有时候过了好几天了他都没有去将它拿回来，原因有可能是小蒯上厕所喜欢去不同的隔间，因为他说过，诗人喜欢新鲜感。

小蒯把车停在村口，对我说，你去吧，我在车里睡一会儿，你办完事，咱就回去。我说，你不去看看你的贫困户？小蒯嘿嘿嘿笑了一阵，说，有什么好看的，人家又没打电话给我。

实际上，小蒯是和我开玩笑。原本，他是要去一个叫乌路斯的地方的，那里是他扶贫的村民小组。小蒯和我一样，也包了九户，不过，他的包保对象大部分都不在家里，除了一户特供人员外，其余的几乎都举家外出务工了。在路上的时候，小蒯就说，今天得去找小矮人聊聊，动员他搬去敬老院。小蒯所说的小矮人，是一个叫赵高的侏儒症患者，60 多岁，因为从未婚配，所以无儿无女。赵高有三亩土地，全部分给两个侄子耕种，每年从他们手里获取几百斤苞谷，顺便在需要的时候让他们帮忙做些磨玉米面、搬煤块之类的活儿。小蒯说，赵高这老小子不肯去敬老院，不是怕在里面过得不舒心，主要原因还是他老爱尿床，怕别人笑话。我问，成年人也尿床？他说，大约是名字的原因吧，和历史上的某个宦官一样，下头堵不住。

“你不是要去找那位宦官聊聊去敬老院的事吗？怎么这会儿

又睡上了？”我问小蒯。

“算了吧，聊也是瞎耽误工夫，他不会愿意的。”小蒯说完，闭上眼睛打起了盹。

经过小九妹家的院子时，我看见小九妹用一只手吃力地在地上搬起一块砖头，正准备递给站在一堵矮墙上的她的公公。公媳二人在垒猪圈，见我过去，小九妹说，苏同志，你是来给文妹儿送电话号码的吗？

“你怎么知道？”我问。

“她昨天来我家找我要你的电话，我让她看了明白卡，然后她说，她要打你的电话问你的号码。我看，这个人八成是脑子被门挤坏了。”小九妹说完，笑得差点摔倒在地上的一堆砂石上。

我说：“不能这样取笑别人，人家现在的确是遇到了实际困难，人在有很多烦恼的时候，脑子是容易短路的。”

“我没有取笑她的意思，其实文妹儿这个人很不错，只是她犯这样的低级错误让人忍不住想笑。”小九妹接着说，“苏同志，要不要进屋喝点水，顺便检查一下我们这猪圈垒得合不合格。”

“先不说合不合格的事，你们这样磨洋工，一天还垒不了一尺高，什么时候才能养起猪崽呢？”我对她说，“还有，你得找石匠。”

“没钱请石匠的。”小九妹说，“再说，这么一丁点活，哪个石匠愿意接？”

“垒着吧，尽量做好一些。”我说。

文天娇恰好从自家屋里出来，正往小九妹家走，见我们在院子里说话，忽又折回身，被我喊住。

“苏同志，我其实是想知道你有没有用两个电话号码。”文天娇走到我身边，小声地说。

“我用的就是两个号码，不过，经常用的还是明白卡上的那一个。”我说。

“怪不得！”文天娇的声音一下子洪亮了起来，她在说这话的时候，用眼睛看着小九妹，仿佛想从她那里得到一个有力的求证。

“你又不是移动公司的，人家用多少号码，话费也不是你收。”小九妹又笑，手里的砖头不由地从手里滑落，差点砸在自己的脚上。

“别嘻嘻哈哈的了，你让我老者站在这墙上，脚杆酸得很。”小九妹的公公拍了拍胸前的围腰，转而对我说，“苏同志，开春后可不可以给我几十包水泥，我想把房子的墙体处理一下，然后上点白灰。”

“没问题。”我说，“只是你这手脚，怕是活儿干不到一半，水泥就完全失效了。”

“那倒不会，只要你肯给，我就能保证水泥不失效，你不相信的话，你给我千儿八百包，看它会不会失效。”老者一边说，一边拍打着围腰。

“我爹也真是的，人家凭什么给你那么多，你以为苏同志扶贫只扶你一个人！”小九妹又拾起地上的砖头，吃力地递给公公。

文天娇在一旁插不上话，很不耐烦，便转身欲走回家，又被我叫住。我问她，“你想好没有，去学缝纫的事？”

“不去。”文天娇说，“那玩意儿挣不了几个钱，再说，学了也不一定能找到工作。”

“你这不是说瞎话吗？上次我就讲过，你去学一个月，学会了，我让你到城里易迁点的扶贫车间去务工，那里是一个服装厂。”

“不去不去。”文天娇说，“我早就打听过了，那个服装厂的生意惨淡得很，一个月还挣不了五千块钱。”

“四千也行啊。”小九妹在一旁插话，“苏同志，你看看我能不能去，我虽然只有一只手，但我灵活得很，说不定那些双手双脚的人还赶不上我。”

我一时语塞，不知道怎么回答她。小九妹的左手相当于只是一根可以摆动的木棍，抓不住什么东西，她要是去学缝纫，和一个左嗓子去学唱歌没什么两样。我心里突然一阵酸楚，心想，其实我应该帮助小九妹找一份适合她的工作，她太需要一份工作了，因为她的丈夫在三年前酒醉后把另外一个同样酒醉的工友砍成了植物人，这辈子不知道出不出得来。我这样想着的时候，文天娇又说，“要是孩子他爸不丢，咱家也是养工人的。”

我正要反驳她，小九妹又说：“苏同志，我真的能学缝纫的，其实那种活计，用一只手就够了，他们要是准允我去厂里做工，工资我只要一半，两千就行。”

“让她去吧。”文天娇在一旁说，“她吃得了这个苦。”

“那你呢？你到底想干点什么？”我还是想先搞定文天娇，再考虑如何帮小九妹。

“我暂时还不确定，如果孩子他爸回来，我们还是想出门做工程，我们家开支大。”文天娇说，“对了，苏同志，你的另外一个号码是多少？”

我把号码告诉了她。我说：“你可以先拨一个，听听我的手机响不响，然后，你再看看那个给你发短信的电话号码与我的是不是同一个。”

其实，我真的希望文天娇相信那条短信就是我发的，这样的话，至少可以让她不再因为这条短信而和自己纠缠不清。文天娇为什么会在意这条短信的来源，我不知道，不过先前在来的路上，我和小蒯做了很多推测，最有可能的是，文天娇怀疑这条短信来自她的丈夫吴建敏。但是有一个问题我们始终搞不懂，文天娇为什么要从我身上找突破口？小蒯说："这你都不明白吗？眼下最有可能给她发短信的就是你。"

"为什么是我？"

"因为她是你的包保户。"小蒯的脸上露出贼一样的笑容，"她这样做，用的是排除法。"

无所谓，反正我没有给她发过短信。我对自己说。我虽然可以对自己说无所谓，但我还是有些担心，我怕我战胜不了自己。我问小蒯："你在蹲茅坑的时候会不会和别人谈论时事？"

"你为什么想起问这个问题？"小蒯说，"难道你认为世间最美好的事情是找一个同盟把脸憋得通红各做各的事情，然后故意装作很忙的样子，自欺欺人地关注人类命运？"

尽管他把一件其实是很容易发生的事情讲得不那么容易发生，甚至讲得很幽默，我还是没有放松下来。我又问："你有没有觉得一个被别人在私底下议论的人很可怜？"

"有什么可怜的！"小蒯说，"这年头，你就是干一件正确得只有唯一一个答案的事情，同样也会被人当做笑话来讲。"

"比如呢？"

"比如，我写了那么多脍炙人口的诗篇，同样也经常遭到人们的嘲笑。"

"说不过去啊！"我说。

“人家偏要以没文化自居，你能有什么办法！”小蒯说，“有时候人家就是觉得诗人是一个莫名其妙的物种，就应该被挖苦打击，所以在吃饭的时候，有人会让你针对某一道菜写一首诗；有时候，在你不开心的时候，他们会对你说，写首诗吧！”

“最让人无法忍受的是，他们经常会对我说：别写诗了，好好找个女人结婚吧。在他们看来，写诗相当于酗酒、吸毒，或者赌博。”我正要接话，小蒯又接着说，“不过我还真的想把这一口戒掉，找个女朋友，然后结婚。”

如此说来，就算小蒯觉得完全可以因为一条短信的事而把我和丢了丈夫的文天娇扯在一起，这样的事情也只能是别人去干，他和我是同一种容易遭受嘲笑的人，所以他干不出来。

文天娇好像看出了我的窘迫，对我说：“我就是想弄清楚，到底是哪个不要脸的臭男人给我发这样的短信，我有没有一个好心情，与他有什么关系。”

“认真考虑一下去学缝纫的事，不能再等了，你负担那么重。”我说。

4

我戒了酒之后，我的老婆支小茵还是没有搬回来住。这段时间，我每天都要到我扶贫的村民小组来，通常都是小蒯开车把我送到歹摸梭，然后他一个人去乌路斯。这段时间，我在单位的工作相对轻松，或者说基本上没什么活儿。平常，我干的事就是在全县范围内收集那些搞刺绣、捏泥人、做蜡染、刻石头、吹芦笙等民间艺人的基本情况，把他们的作品拿到市里或者省上，申请不同层级的非遗，帮他们弄个“传承人”之类的称号。接受包保任务以后，领导说要全身心下沉到村里，先把贫困户的事情办好，让他们彻底脱贫，才去张罗民间艺术的事。小蒯和我也差不多，他的工作主要是管理全县的应急广播。说是管，其实也没事可管，更多的时候，他只是在需要更换广播内容的时候把事先准备好的数据输到系统里去。村庄里的喇叭每天都会在规定的时段准时响起来，就算是某些地方的广播坏了，也有专门人员去维修。小蒯和我是整个单位下沉时间最长的包扶干部，他单身，没有家庭琐事牵绊；我虽然有家庭，但我的老婆已经搬出去住了。

“怕不是这回事吧！”小蒯对我说，“你老婆那么通情达理，绝不会不理解你的压力，她搬出去，或者是另有原因。”

什么原因呢？两口子分居，最大的原因就是婚姻出了问题。对于我来说，婚姻出现问题是因为我们始终没有孩子。我和支小茵没有孩子，不是那些在厕所隔间里憋得满脸通红气喘吁吁的人所讲的那样，其实我们都不知道是谁的问题，至少我是没去过医院的。结婚三年以后，我们就意识到了问题的存在，我曾对支小茵说，咱们还是去看看吧，如果是我的问题，你就把我甩了，你还年轻。支小茵说，那要是我的问题呢？我说，如果是你的问题，就当问题不存在，咱们就这样过完一生，也是美好的。我不知道支小茵有没有私自去医院里检查过身体，以我对她的了解，她应该不会，因为她不愿意面对任何一种结果。再说，我们都相信，我俩是有爱的，对一对有爱的夫妻来说，婚姻是很重要的。

小蒯说：“你就没有想过，你们结婚之前她就知道自己的身体有问题了？”

“你胡说！”我有些不高兴，用拳头敲了他的肩膀。

“苏哥，话虽难听，但你也要听。”小蒯说，“我虽然还没结婚，但我相信这世上没有一个生理健康的女人会和一个没有生育能力的男人过一辈子，女人这一生，最大的梦想就是生孩子。”

我没有说话。小蒯把我刺得生痛。小蒯最大的毛病就是爱瞎揣摩，尽管我相信他不会与单位上的其他同事议论我的事，但他猜测的这些，有可能其他同事也猜测过，说不定早已在厕所的隔间里讨论得沸沸扬扬了。

我给母亲打电话，问支小茵这段时间有没有和二老联系。我妈说：“一直都联系着的，我怕你难受，就没告诉你。”

“为什么这样？”我问。

“担心你接受不了，所以没有火上浇油。”我妈说，“你还是去医院好好看看吧，科学那么发达，能治好的。”

原来是这样。其实我没有惊讶，因为在几年前我就对我妈说过，我们要不了孩子，其实是我的问题。我撒谎的目的是为了把“我的问题”坐实，不让我妈在我们中间横插一杠，以此挽救我和支小茵的婚姻。这些年来，我妈不但经常让我去医院看身体，还每个月去给观音老祖烧香，乞求我赶紧好起来。我妈做得最多的事，是从各种民间土医生的手里给我弄来很多草药，让我煎了服用。有一次，我妈给我捎了几截被磨得铮亮的木疙瘩，说要先放在枕头底下枕着睡过七七四十九天之后，才用来泡酒喝。我没有这样做，我把它们放在书房的博古架上，和一管洞箫摆放在一起，成为一种无用的摆设。

“那要真是我的问题呢？换作是你，你该怎么办？”我问小蒯。

他好像遭到突然袭击一般，半晌说不出话来，脸羞得通红。

“作为一个男人，这辈子如果没有生育的能力，你是成全你的女人呢，还是残酷地牺牲她来维系一个在别人眼里本身就不完整的婚姻？”我又问。

很久很久，他才说：“其实我也没有想过，这样的事如果被我摊上，应该很可怕。”

小蒯把我送到歹摸梭，一个人开车去他的村子里走访去了。我下车的时候，他呆呆地看了我足足有两分钟。我说：“会不会有为我写一首诗的念头？”他说：“太有了，你几乎就是一首悲惨的诗。”

小九妹家的猪圈终于垒完。猪圈虽然很小，但很规范，食槽、隔栏摆放得很清爽，圈顶上的瓦片也整整齐齐。小九妹的公公坐在猪圈外面吸旱烟，见我走进院子，起身说：“苏同志，圈倒是修好了，只是这猪价贵得很，怕暂时先养几股风耍耍。”

“你这老者，话不说在明处，兜圈子干啥，你不就是想让我给你弄两头猪崽吗？”我说。

“不愧是干部。”老者笑着说，“我这圈太小，最多只能养个三头猪，你可别给多了，多了我收不住。”

小九妹从外面抱了一捆香椿回来，听公公这么一说，便怼道：“我爹的脖子总是伸得好长好长，都快够得着天了，所以尽是谈天话。”她把香椿一分为二，一半夹在胳肢窝下，一半用右手递给我，说：“苏同志带回去，让嫂子给你做个香椿炒蛋，营养高的很。”

我说：“谢谢你，我们家平常都没有生火做饭的，给了我就是浪费。”

小九妹的公公把手上的烟锅子往猪圈墙上敲了敲，说：“你这个干部真是精明，怕拿了东西手软，猪崽的事，你不用上心，那是开玩笑，香椿你拿回去，这东西，男人吃了，女人容易生儿子。”

老者的话又把我戳了一下，我感觉脸上火辣辣的。大约小九妹发现我的情绪有些许不对劲，便绷了个脸说：“我爹七老八十了，开玩笑也不注意个场合，人家苏同志是干部，是讲文明的。”

此时文天娇又从家里出来，到了小九妹家的墙角，停下来听我们说话。我问她准备去哪里，她说她要去河对面找一个叫甘巾巾的女人。她说：“前些天听谁说过，甘巾巾在江苏见过我孩子的爹。”

“你记不记得是谁对你提起这事的呢？这个人说话可不可信？”我问文天娇。

“好像是刘宽儿吧！前些天王必蓝家父亲去世，河对面有很多人过来帮忙，有人在议论这个事情。到底是不是刘宽儿说的，我记不得了。”文天娇说。

“刘宽儿是个日白匠，听他的话，你就见鬼了。”小九妹的公公吐了一口唾沫，又把烟嘴放进嘴里。

“别听他的，文妹儿，我爹话多得很。”小九妹一边瞅了她公公一眼，一边说。

“去打听一下吧，好歹寻一个线索。”我对文天娇说，“河对面也就几步路，我和你一起去。”

到了刘宽儿家，院子里一个人也没有。正要敲门，却看见门上挂了一把锁。从隔壁的房子里走出一个四十岁左右的男子，穿着一件皮夹克，满脸是汗。见了我们，问：“你们找谁？”

我说：“我们来找刘宽儿打听一件事情，顺便了解了解群众外出务工的情况。”

男子盯着文天娇看，目光从她红色的上衣移到下面的紧身牛仔裤，到沾满泥巴的白色运动鞋，看着看着，脸上的汗越来越多。他说："刘宽儿两口子昨天就走了，去安徽。村里用大巴车送去的，不开车费，还提前在大城市的工厂里为他们联系了工作。"

文天娇见不到刘宽儿，就提议回去。我说，不急，说不定这位大哥也听刘宽儿说过什么。

"你们要打听什么事？"男子问。

"你有没有听刘宽儿说过，他在江苏见过歹摸梭的吴建敏？"我问。

文天娇摆手打断我的话，说："不是刘宽儿见到他，是甘巾巾见到的。"

我也懵了。我们来河对面，实际上应该找甘巾巾，而不是刘宽儿。小九妹的公公说刘宽儿是个日白匠，让我忘记了文天娇找人这件事的关键人物是甘巾巾。其实文天娇也忘了，她一路上都在问：刘宽儿家住在哪里？

我怀疑，我的脑袋也被门挤了一下。我想笑，此时。

"甘巾巾也走了，和刘宽儿他们一起走的，今年不去江苏。"男子说，"甘巾巾是我兄弟媳妇，我们都没听她说见过吴老板。"

"你可不可以帮我们打个电话问问？"我说，"你弟媳平常有没有对你兄弟提起过这件事。"

"不用打。"男子说，"刘宽儿的话，鬼都不信，他就是一个日白匠。"

回来的路上，我问文天娇到底要不要考虑去学一学缝纫，文天娇说："缝纫还用学？我早就会了，只是我没有心思。你知道，我老公要是找不到，我就什么也干不了。"

“都好几年了，不容易找到的，你还是接受现实吧。”我说。

“你的意思是，就当他已经死了？”文天娇停下脚步，转过头，“你们这些人，为啥就这么狠心，咋就不希望我们家有个好呢？”

我说，不是这个意思，我想告诉你的是，你一时半刻也找不到，不能白白浪费时间，得冷静下来，先找份工作，把孩子们抚养成人，然后再慢慢找。

“说得轻巧！”文天娇转过身去，迈开脚步，步子突然加快，让我有些跟不上。她边走边恶狠狠地说，就算是死了，我也要把骨灰盒拿回来，他生是我的人，死是我的死人。

我又无话。文天娇的态度如此坚决，让我不得不思考用另外的办法来解决他们家的收入问题。回城之前，我去了一趟村部，和单位的驻村工作队长张青讨论文天娇一家的问题。张青说，我们也思考过好长时间，硬是没有办法，只能给两个低保名额，先解决眼前的困难。

“这真不是办法。”我说，“文天娇长期这样下去，会真正疯掉的，到时候，这个家就毁了。”

“但她不配合我们的工作，能咋办呢？”张青一脸无奈。

5

那天晚上我回到家，看见餐桌上放着两件牛奶、几盒糕点，旁边的一个旧纸箱里，装着满满的一箱鸡蛋。谁送来的呢？当然是她——我的老婆支小茵，只有她有这个家的钥匙。这段时间，我一直打她的电话，她从未接过，偶尔给我发一条短信：很忙。或者是：没事别打电话。

我的老婆在劳动就业局工作，主要负责劳动力转移输出，的确很忙。没搬出去住之前，她经常把单位上的事带到家里来做，表格一大摞一大摞堆得整个书房、客厅到处都是。没搬出去之前，我还没有在家里喝上酒的时候，会经常帮她填写各种表册，也差不多掌握了整个南广县外出务工人员的分布情况。对了，我是在一年前开始在家里喝酒的。刚开始的时候，支小茵没管我，只是说，工作压力大，少喝一点可以理解，可别把身子喝坏了。时间一长，家里的阳台上就堆满了各种酒瓶，我的脸上也长出了各种形状的痘痘，她就有了意见，几次三番提醒我不能成为酒鬼。后来，我就不怎么吃饭了，我的每一个下午都是从酒开始的。后来，她搬出去了。

支小茵回来过，于我来说是一件值得高兴的事。我可以这样认为：支小茵有了搬回来住的意思，最起码，她已经相信我这段时间再也没有喝过酒。支小茵往家里买来牛奶、糕点和鸡蛋，说明她在为自己搬回来住作准备，或者说，她想通过这样的方式告诉我，我俩暂时还不会离婚。我一高兴，就打她的电话，可是她几乎是在电话刚打通的时候就摁掉了。随后，她给我发来一条短信：把自己照顾好。

这同样值得高兴。我几乎从沙发上跳起来，甚至跑到卧室里去，对着梳妆台大声地喊了一句：支小茵，我爱你。我就是在喊完这句话的时候接到文天娇的电话的，她说：我病了。

“去看医生吧！”我的声音很响亮，还保留着之前高昂的情绪。但文天娇不知道是怎么听的，她理解成我很不耐烦，就说，“我只是想告诉你，我病了，我并不想从你那里得到什么帮助，你不用发脾气。”

“我没有发脾气。”我说，“你是我的包保户，你把你生病的事情告诉我，说明你没有把我当外人，我肯定无论如何也要帮你。”

“你别瞎说，你就是外人。”文天娇说，“尽管我现在很穷，很多时候需要得到你的可怜，但我们非亲非故。”

我说:“文天娇，请你别多想，你现在告诉我，你生了什么病？”

“我又不是医生，我哪知道自己生了什么病？”文天娇说，“我现在感觉到心里发慌，头晕得天旋地转，双腿不听使唤，想吐。”

“我让村里的同志开车到你家来，送你到医院里去。”没等文天娇再往下说，我就把电话挂了。

我打电话给村里的挂片干部李显定，让他去接文天娇去医院。李显定吃惊地问我：“大哥，你确定我应该这样做？我们可是正在加班做表册哩。”

“那也得腾出时间来，文天娇要是患了要紧的病，会很危险，我们这个时候必须帮她。”

二十分钟后，李显定给我打电话：“这女人好好的，正端着一个大碗吃饭，啥事也没有，大约她是想和你说说话吧。”李显定在那头打哈哈，让我很不是滋味。

“把电话给她。”我说。

文天娇在电话里说：“苏同志，我就是想知道你们这些干部心里有没有装着我们老百姓。”

“你觉得呢？”我没好声气。

“还真像那么回事。”文天娇嘴里在嚼着饭，“不过，你们永远也解决不了我的问题。”

“既然你没什么病，就别浪费时间了，你今天晚上准备准备，明天来县里培训缝纫。”说完，我挂了电话。

第二天，我去到村里的时候，小九妹告诉我，文天娇一早就走了。我问她知不知道这女人去了哪里，她说：“没说上话，她背一个很大的包，有可能又去浙江了。”

“苏同志，让我去学吧，我能学会的。如果我一个月能在厂里拿两千块钱，我就主动退出卡户。”小九妹说话的时候，眼珠子清凉得像酒杯里的酒。

我没有再犹豫，而是立即答应了她。我说：“赶紧收拾，下午和我一起进城。”

在村子里转了一会，我又去了村部，再次和张青商量文天娇的事情。张青说，如果文天娇真的去了浙江，终点站应该是永康，那里是他们之前的大本营。如果她是去寻找她的丈夫的话，肯定应该从永康开始。

“那又怎么样？”我说，“再去晃荡一阵，恐怕就会穷得叮当响了。”

“如果是去永康的话，应该是明天上午到，我打电话给那边的工作站，让他们在车站把她截住，直接将这女人送到工厂里去。”张青说。

“工厂又不是牢房，难道她不会跑出来？”我对张青的这个主意表示反对。

“先稳住嘛。”张青说，“让工作站的弟兄们慢慢做工作，就算她是一块石头，也有被感动的那一天。”

眼下也没有其他办法，只能照张青说的去做。吃了午饭，我给小九妹打电话，问她收拾好没有，我们可以早些返回城里。小九妹说：“没什么可收拾的，已经和我爹商量好了，叫他自己平时爬坡上坎注意点，再就是，星期六孩子们从学校里回来，给他们弄一口热饭。”

半小时后，我和小蒯去歹摸梭接小九妹，远远地看见她拎着一个编织袋站在路边等候。她上车的时候，要小蒯把车尾箱的门打开，说：“这遭瘟的，满身屎臭，不能把车子弄脏了。”

“你带的是啥？”我问。

“没啥，一只鸡，送给你的。”小九妹说。

“我不能收你的东西。”我说。

“咋不能收？你以为能值几个钱！养在家里不长肉，拿去街上卖又没受主，给你带回去，宰了，下烧酒。”小九妹用一只手拍了拍上衣的下摆，上了车。

“你家里这么困难，我不忍心收你的东西，如果非得给我，我就得给你钱。”我当即把手伸进口袋里，可什么也没有摸到，原来我一分钱也没带。

“给我两百块。”我轻声对小蒯说。

“你说什么？我没听见。”小蒯似是故意的。

我从牙缝里一个字一个字地挤：给——不——给——

“你都没带钱，我为什么要带？”小蒯嬉皮笑脸地说，“这年头把现金揣在身上的都是土货，要不，你微信或支付宝转给她吧。”

我弄得很尴尬，感觉脸上热乎乎的。我对小九妹说：“你看，我们都没带钱，你还是把鸡拿到市场上去卖了吧，多少也能给孩子买几个作业本。”

小九妹呜呜呜地哭了起来，边抹眼泪边说：“你们这些当干部的，就会从心里防着我们穷人，以为收了一点东西，就会被我们逼着办什么事。你要是不收，我就不去城里了，反正缝纫我也不一定学得会。”我转过头来正欲与她说话时，看见她用手去摸了一下车的门把手。我立即大声地说：“别，我收下还不行吗？”

我们直接把小九妹送到花鹿坪易地搬迁点的扶贫车间——中润服饰。成衣经理王天美对我说：“既然错过了集中培训，就边学边干吧，其实这活儿也不难。”看到小九妹把一只手放在背后的时候，她说：“别背着手，干活的人，首先要把手亮出来。”

我示意王天美往旁边说话，告诉她小九妹的实际情况。王天美说：“上午刘经理就给我说过了，你们不是已经沟通好了吗？”

“那你还这样说！”我不解。

“我就是想让她不要自卑。”王天美说，“只要她肯下功夫，也能挣着钱的。”

离开服装厂，我对小蒯说：“这只鸡如何处置？”

小蒯说，“拿回去养着吧，反正你一个人，家里有点响声没什么不好。”

“要养也是你拿去养，你家里可是从没有过响声吧！”

正开着玩笑，我的手机响了起来，从裤兜里掏出来一看，居然是我的老婆支小茵打来的。

“在哪里呢？”她问。

“回来的路上，几分钟就到家。”我说。我居然感觉到自己的声音无比颤抖，像一个在老师面前接受训话的孩子。

“我刚在门口放了一只鸡，一会儿你把它拿去菜市场杀了，放冰箱里冻着。”支小茵的口气还像没搬出去住时一样，她“安排”我做事的时候，几乎没有商量的意思。

“什么？”我不敢相信，她宣告回来的方式居然是把一只不知从什么地方弄来的鸡放在门口。让我更不敢相信的是，我也正走在把一只鸡送回家的路上。

“你大惊小怪干啥？”支小茵说，“人家送的。”

“我的也是人家送的。”我说。

她大约没听懂我说的话，半晌才说，“你又喝了吧？”

“没有，我说的是真的，我刚从村里回来，人家送了我一只鸡，我正要把它拿到菜市场里去。”我尽量让自己说得清楚一点。

支小茵马上换了一种语气和我说话：“你可别乱收人家的东西，我劝你明天一早给人送回去，老百姓原本就困难，你也不想想。”

“不是这样的，你让我慢慢给你解释。”还没说完，那头把电话挂了。

我把两只鸡拿去宰了，装了两个塑料袋，沉甸甸的。回到家，我把冰箱清理干净，用保鲜膜把鸡肉封好，塞进冰箱，足足装了两格。做完这件事，我又折回菜市场，买了些新鲜蔬菜回来，然后给支小茵发短信：“我做好晚饭等你。”

“没空。”她回短信神速。

“你在哪里？”我又发过去。

没有动静。晚上，我照例点了外卖，胡乱填饱肚子，早早就躺倒床上去，正准备打一个文天娇的电话试试她在哪里，不想她先打了过来。

“你去了哪里？”我问。

“你先告诉我，你为什么要祝我天天有一个好心情。”文天娇一句话让我差点从床上摔下来。

“你这人怎么这样？我都说清楚了，我没有给你发过短信。”

我说。

“那你告诉我，这条短信是谁发的？”

“我怎么知道是谁发的？我要知道，我早就告诉你了。”

“我想了好久，这条短信应该不是孩子他爹发的，他和我从来没有这么客气过，我们总是一说话就吵架。”

“你为什么老是纠结这条短信呢？你一定要相信，真的有可能是别人发错了手机号码。”我讲到这里，突然觉得有必要问文天娇一个事，于是我说，“你的手机卡是什么时候买的？”

“五年前吧，当时我们从浙江回来修房子，不想用外省号码，太贵，于是就重新办了这张卡。刚开始的时候，是孩子他爹在用，后来他要出门，就留给我了。”文天娇说完，又问，“你问这个干吗？”

“我就是想知道，会不会是别人给你老公发的短信。”我说，“你从来没有给这个发短信的号码打过电话吗？其实，只要你打个电话，装作找人，顺便就可以问他是谁了。”

“我没这么贱。”文天娇说，“我是一个规矩的女人，我怕人家认为我是送上门去。”

“那，你给我打电话的时候，怎么没有这样的顾虑？你不是一直怀疑这条短信是我发的吗？”我想文天娇肯定是在骗我。

“如果是你发的，我就原谅你。”文天娇说，“你是国家干部，又扶贫我们家，我得忍着。”

我在被文天娇搞得哭笑不得的同时，心里突然蹦出一条线索：如果能找到给文天娇发短信的那个人，说不定就能找到她的丈夫。

我给公安局的朋友打电话，告诉他我的贫困户吴建敏五年前失踪了，我现在发现了一个重要的电话号码，完全有可能通过这个电话号码找到一些线索。我的朋友问我："为什么不报案？"

我说："人失踪的时候，他们家还不是我包保。后来，他的家人不愿意报案，说实话，我也不知道人家是不是故意玩失踪。"

那头说："你这个人啊，这么大的事情居然捂到现在，酒喝多了吧！"

我说："实际情况是这样的，他或许是为了躲债，故意跑到什么地方藏起来了。"

第二天上午，公安局的朋友通过移动公司查到了那个发短信的电话号码，出乎意料，号码的主人居然是河对门的甘巾巾。我感觉事情的真相很快就要浮出水面，却又不知道怎么去揭开谜底。我问公安局的朋友该怎么办，他说："还是先报案吧。"

"我做不了主。"我说。

6

小九妹的公公在村口堵住我。我正要去王必蓝家走访，不想刚下车就遇到这个叫张世仁的老者。

"我说你这个县干部，尽出馊主意，你把小九妹弄到城里去，把一大坡庄稼留给我，我哪收得住？"

"好大一坡庄稼！"我说，"你们家拢共就两亩地，就算是精耕细作也花不了多少时间，再说，村里人谁不知道，你是种懒庄稼出了名的，平常薅草都怕锄头喊痛。"

"乱球说！你扶贫没扶出什么道理，小道消息倒是掌握了不少。"张世仁把他种懒庄稼的事称为"小道消息"，倒是颇具几分幽默感。我说："那我问你，人们为什么要叫你'脏死人'？"

“我都快七十岁了，你一点也不客气地和我开玩笑，怕不怕雷响？”他说的“雷响”，指的是天上的雷公。我说：“您老别介意，我是你家的扶贫干部，咱们算是一家人。再说，你现在独自一人在家，与人开开玩笑，日子就会热闹一些。”

“随你说了。”张世仁笑笑，“不过你好像忘记了一件事情。”

“没忘记。”我说，“猪崽我已帮你买好了，两头，明天就会有人给你送来。”

“真的吗？”他似乎不太相信。

“真的。”我说，“扶贫干部说到做到，两头猪崽活蹦乱跳，担心你养出了感情，长大了舍不得杀。”

“两头倒是舍不得杀，如果是三头的话，就好处理了。”老者开的这个玩笑，不完全是一个玩笑。

“那又是什么道理呢？”我拍了拍他的肩膀，说，“你一生精明，就是忘记好好教育教育孩子，导致老了老了还为生计奔波。”

“唉，现在有人替我去教育了。”老者收了笑容，接着说，“真是脏死人。”

到王必蓝家，见檐坎上趴着一台被拆成两半的微耕机，王必蓝的丈夫徐大榜正用一把钳子在上面拧着螺丝。我上前打招呼：“榜爷何时成为修理工了？”

“这老伙计早就散架，八成修不好了，我也是死马当活马医。”他让他老婆王必蓝给我倒杯水，然后直接坐在一截铁耙上，说：“娃娃些读书费钱，能节约就尽量节约，要不，我也去买一台新的。”

我知道王必蓝家种了很多地，全是从那些外出打工的村民手中租过来的。王必蓝家的地姓张，房子姓张，山包包周围早晚升起来的炊烟，同样也姓张。当初，他们一家成为我的包保户的时候，我问村里的挂片干部，为什么这家人的户主是王必蓝。挂片干部李显定告诉我，王必蓝之前的丈夫叫张世江，在一场车祸中死掉了，现在的丈夫徐大榜是从邻村团山过来的，之前没有婚配，整整小王必蓝十岁。

“也就是说，他和王必蓝承担起了抚养几个大学生的压力？”我对李显定说，“这人真值得佩服。”

李显定说：“要不人都称他为榜爷呢！”

成为这家人的包扶干部以来，我为他们办了很多事，这让我感到无比欣慰。王必蓝有四个孩子，大儿子已经大学毕业，在家复习功课，准备考工作，中间两个女儿在读大学，最小的一个儿子现在已念到高三。王必蓝一家的经济收入，除了靠丈夫徐大榜在周围打一点零工之外，就是王必蓝自己张罗那十来亩从邻居家租过来的土地了。徐大榜干的活计，是给人家的新房做墙体，也算是装修活，但是，他能干好的，也只是墙体工程的第一道工序，就是用水泥砂浆往墙上打底，干了五六年，到现在连上腻子粉都不会。天气太热的时候，徐大榜没什么活儿干，因为水泥砂浆敷到墙上去容易开裂；天气太冷的时候，徐大榜也没什么活儿干，因为水泥砂浆不容易干。徐大榜一年下来，平均每个月挣不到两千块钱。王必蓝种地，种的是玉米、土豆，春天下种，秋天收割，中途照顾庄稼的环节潦草而随意，产量也就很随意。王必蓝请人用拖拉机把玉米和土豆运到街上去卖，拖拉机往家里走三四个来回，粮仓就空了。粮食卖了钱，给读大学和高中的几个孩子汇到银行卡上，截留一点，买些盐巴、洗衣粉，就没有了。王必蓝种一年的庄稼，最多够孩子们撑一两个月，缺口的钱，靠的是徐大榜的零工收入，靠的是找亲戚朋友借。徐大榜的收入上不去，亲戚朋友也都借遍了，就再也没什么办法，王必蓝只能坐在檐坎上发愁。我去走访的时候，王必蓝对我说："苏同志，你要是能帮我再贷点款，你就真的是在扶贫了。"

"去信用社申请了吗？"我问。

"几年前贷的，现在都还没还。"王必蓝说。

我问："助学贷款呢？"

"办了，但不够。"我发现王必蓝六神无主的时候，喜欢用食指和拇指拈自己的额头，此时，她的额头已经被拈得红扑扑的了。

我想了想，对王必蓝说："要不，我来想办法吧。"

想什么办法呢？只不过是暂时让王必蓝放下心来而已。以我的能力，肯定无法支撑起这个家的超负荷运转，眼下最要紧的，是赶紧会同驻村工作队的张青他们进行研判。研判到深夜，解决了一些问题，即为他们家争取了两个低保名额。这当然不是长久之计，张青和我达成了一致：把王必蓝家的土地变个用途。

"种草？"王必蓝一副无比吃惊的样子，"种庄稼都变不了几个钱，草还能卖到大城市的超市里去？"

"种草养牛。"我说，"牛肉贵，农村散养的牛，宰了更贵。"

王必蓝用手指拈了拈额头，说："我哪有钱买小牛！"

我说："只要你肯干，小牛的钱我出，平时买饲料的钱我也出，你把牛养大了卖掉，然后再还我的钱。"

几年下来，王必蓝家渐渐有起色了，每年能卖三头壮牛，可以挣得纯收入近两万块。王必蓝每年都要把我借给她的钱还我，我说，你先用着，反正我也没啥用处。王必蓝问我："你老婆——我兄弟媳妇不知道吧？"

“知道。”我说，“我能搞定。”

“你们也要抚孩子读书，会花很多钱的。”王必蓝说。

“我们没有孩子。”我把话题岔开，“我想给榜爷重新介绍一个工作，不知他肯不肯。”

“什么工作？”王必蓝问。

“去城里给人洗车，我朋友的洗车场。”我说。

我朋友没开洗车场，我甚至对这个世界上的洗车场几乎没有什么了解，我这样对王必蓝说，真的只是想把话题引开。那些日子，我经常在单位厕所的隔间里听到同事们在议论我和我的老婆支小茵无法生孩子的事，我的内心受到了沉重的打击。

“当然，洗车这活儿很累，要不，我再想想，明天再商量。”我想抬腿走人，然而王必蓝叫住了我，说：“洗车可以，只要一年四季每天都有活儿干。”

我说：“我再考虑考虑。”

徐大榜后来当然没有去洗车，而是继续干他的老本行，只不过我把他弄到镇上的施工队里去了，镇上这些年有很多易地搬迁和农村危房改造项目，一年四季都有活干。徐大榜去了施工队，才知道天气再热或者再冷都能干墙体工程，只是干法不同而已。

徐大榜想把那台坏掉的微耕机修好，是要给他的老婆王必蓝“整理”一下草地。徐大榜说，土地都快长老茧了，草种撒下去，有一半生不出来。

我问蹲在徐大榜旁边给他递工具的王必蓝：“前些日子你父亲过世，河对门是不是有一个叫刘宽儿的人过来帮忙？”

王必蓝说：“刘宽儿是我表弟，舅舅家的小儿子，肯定是来了，你找他，是为了打听吴建敏的下落吧？”

“你怎么知道？”

“我表弟当着很多人的面说甘巾巾在江苏见过吴建敏，你一问，我就知道是这个事。”

“你表弟会说瞎话吗？”

“他这辈子说的瞎话不少，不过，甘巾巾见过吴建敏的事，怕是无风不起浪。”

我又觉得这件事不好再问下去了，因为我从王必蓝的语气里听出吴建敏和甘巾巾之间是存在着微妙的关系的，我怕一不小心让这件事情生出别的枝节来，到时候激化矛盾，不好收场。我说：“你表弟这个人，倒是幽默得很。”

刚从王必蓝家出来，我就接到支小茵的电话，她说：“不能让冰箱里的两只鸡臭了，你今天回去，把它们炖掉。”

“你要回来了吗？”我迫不及待地问。

“就算我回来，也吃不完这么多鸡肉。我是说，你把他们炖了，买一个带盖儿的塑料桶装好，明早我带走。”

“带哪里去？”我问。

“别问这么多。”支小茵说，“炖了便是。对了，少搁点盐。”

支小茵第二天一早就给我打电话，要我把煮熟的鸡肉送到楼下去。我拎着塑料桶下楼，看见支小茵从一辆轿车里伸出脑袋，对我说了一句“辛苦了”，便让开车的师傅下车，从我手里接过桶子，放在后尾箱里，然后用几个装满表册的纸箱把桶子固定，关上尾箱门。司机上车之前，过来握了我的手，说：“苏哥辛苦了。”

车开走后，支小茵给我发短信：“我们今天开展大走访，我要好好犒劳我的队员们。”

“什么走访？”我问。

她回："我去单位的扶贫村对塔了，我现在是驻村工作队长。"

一会儿她又发来一句："我是全县唯一的女工作队长，你骄傲吗？"

我没说话。

7

文天娇在三天后回到家。她没去浙江，甚至没有离开过本县，她去了一趟隔壁的花郎镇，因为她听说，甘巾巾其实没有同刘宽儿他们一起去安徽，而是在她的娘家，那天在河对面见到的那个男子其实就是甘巾巾的男人，他和他的弟弟是双胞胎，长得很像。

"他为什么要对我们撒谎？"我问文天娇。

"谁晓得！"文天娇说，"前些年在浙江，他们两口子在我们的工地上做工，工资从来都没有拖欠过，有时候还给他们预支过钱哩。"

"这么说，他们应该感恩才对。"我说。

"八成是甘巾巾这个狐狸精作的怪吧，她男人就是一个尖脑壳，常年戴着绿帽子过日子的。"文天娇越说越气愤。

我还是不明白，甘巾巾的男人为什么要隐瞒甘巾巾的行踪；文天娇的丈夫吴建敏这些年来杳无音讯，与甘巾巾的娘家居住地花郎镇有什么联系；吴建敏失踪四年后，甘巾巾为什么要给文天娇发来一条"祝你天天有个好心情"的短信——我更弄不明白的是，甘巾巾的那条短信，到底是发给之前使用过这个电话号码的吴建敏，还是现在握着这张电话卡的文天娇。

可以肯定的是，文天娇在花郎镇并没有找到甘巾巾。甘巾巾有没有去安徽，其实文天娇也不知道，文天娇只是听说，听谁说呢？这一次，文天娇说的是她做了一个梦，在梦里对她说这些话的，还是刘宽儿。

“你相信一个梦，我就无语了。”我说话很小声，但还是被文天娇听到了。她几乎是气急败坏，指着我的鼻子大声说：“我干什么要你管吗？是你自己非要多管闲事，我家的事和你有什么关系？”

“就凭我是你们家的包保干部。”我的声音也大了起来。

“包保干部有什么了不起的？包保干部就能插手别人的家事吗？”文天娇说完，蹲在院子里哭了起来，哭得撕心裂肺，让周围的村民围过来了好多。

我在这个时候接到了支小茵打来的电话。

“很意外吧？我驻村了。”支小茵说。

“我现在没空，我得先处理一桩非常棘手的事情。”我说。

“是那个丢了丈夫的女人吗？”

“你怎么知道？”

“就你不关心我的事，我可一直掌握着你的一举一动。”

“老婆，我想哭。”我的鼻子发酸，眼泪已经流出来了。

“别矫情，你一个男子汉，学学你的女人，坚强一些。”支小茵在电话里笑。

“我不是为包保户的事，而是因为你。”我说，“原来你说的搬出去住，是下沉了。”

“当然啦，我只是想在考验我自己的同时好好考验你，如果现在还那么一蹶不振，每天靠喝酒来逃避现实，我就不会给你打电话。”

“我……”我强忍着，尽量让自己不哽咽，我不知道支小茵什么时候挂了电话。

文天娇还在院子里哭，她把嗓子都哭哑了。周围的村民对她说：“文妹儿，你还是报案吧！”

“文妹儿，不要担心，吴建敏福大命大，不会出事的，小时候从马背上摔下来，掉进山茅厕里，满坑的粪便和脏水，硬是没把他淹死。”

王必蓝把文天娇从地上扶起来，对她说：“不怕，不怕，不怕……”周围的人们也说：“不怕，不怕，不怕……”

我对文天娇说：“不怕，不管遇到什么问题，有我在。”

“有你在，就什么问题都不是问题了。”晚上开研判会的时候，张青半开玩笑地对我说，“苏哥历来都有逢凶化吉的本领，苏哥解决疑难杂症的能力首屈一指。”

“怎么解决？”我说，“文天娇家的问题，现在不是怎么帮她发展生产摆脱贫困的问题，而是怎么帮助她解除心魔的问题，说白了，就是想办法帮她把丈夫找回来。”

“这个恐怕要依赖公安部门了。”李显定说，“万一查出来的结果文天娇不能接受呢？”

“我看这个结果短时间内出不来。”张青说，“不瞒大家，前些日子公安局在查那个发短信的号码的时候，就同步启动这个案子了。”

对张青所说的话，我也没有感到意外。其实，当时我也对公安局的朋友说，文天娇虽然没报案，但我作为他们家的包保干部，我得严肃地向公安部门反映这个事情，有必要的话，我可以写一份详细的文字材料。

工作队长张青怕我有顾虑，私下把材料写好交到公安局，并三天两头追问进展情况，得到的回答是：暂时没有线索。

“文天娇的事，是目前我们整个工作队必须高度重视的事。文天娇的丈夫吴建敏一天不现身，文天娇的三个孩子在学校里就会一天心神不宁，文天娇的这个家就会随时散架。”张青说，“我建议，明天我们都去一趟花郎镇，当然，去花郎镇之前，得先去会会甘巾巾的老公陈大才。”

陈大才蹲在墙根脚不说话。六月天，他还穿着那件皮夹克，脸上满是汗水。我问他，关于甘巾巾现在在哪里的这件事，你有没有对我们说谎？陈大才说，我没说谎，她的确是和刘宽儿他们一起走的，而且真的是去安徽。我又问，前段时间，甘巾巾还没离开家的时候，她真的没有告诉过你她在江苏见过吴建敏吗？

陈大才犹豫了，半天没有说话。我又问，是不是她说的时候你没当回事？陈大才的嘴唇动了动，但还是没开口。张青在一旁说，我们只是想了解吴建敏现在在哪里，这件事很重要。你要是说真话，对于我们找到他有很大的帮助。你如果知道了也不说，下步只能是公安局的同志来问你，你知道，对警察说谎，是要担责的。

陈大才从墙根下站起来，拍拍两手，用一只手把皮衣里层撩起来，揩了揩脸上的汗水，说，甘巾巾的确说过，她见过吴建敏。

“什么时候？”我问。

“我没有仔细问她。”陈大才说，“我不想知道这些事情。”

“那你现在可不可以给甘巾巾打一个电话，问问她什么时候见到的吴建敏，她见到他的时候，他在干什么？”

一听说电话，陈大才就开始慌张起来，脸上的汗水一颗颗往下掉。我问：“陈大才，你怎么这么紧张？”

陈大才再次用皮衣里子揩了揩汗水，改口说：“其实，她没说过。”

“什么意思？”我问。

“甘巾巾没说过她在江苏见过吴老板，是我说的。”陈大才说。

“你为什么要这样说？”张青情绪有些激动，他说话的语气，让人觉得他像一个警察。

“我乱说的。”陈大才说，“我去年没去打工，一直呆在家里，我弟弟陈大钱打电话告诉我，前几年在浙江的时候，甘巾巾背着我和吴老板去开宾馆。我想，这女人去江苏打工，八成是去找吴老板去了。”

“你又是怎么知道吴建敏在江苏的？”张青问陈大才。

“我弟弟说的。”陈大才看了张青一眼，全身直哆嗦，“我弟弟说，吴老板那年回来修完房子，临出门时问过他，要不要去江苏一起干工程。”

我和张青现在基本统一了思想，就是根本不用再去花郎镇。但是，要怎样才能找到吴建敏呢？我们始终拿不出一套完整的方案来。眼下最要紧的，是回去后立即告诉文天娇，吴建敏并没有丢，他很有可能就是在江苏，至于在江苏干什么，为何不与家里人联系，我们暂时还没想好怎么说。

“那条短信到底是发给谁的？”张青问我有没有线索。

“初步断定，应该是甘巾巾发给吴建敏的。”我说，“你没听到陈大才说吗，甘巾巾和吴建敏关系不一般。”

“那也不一定。”张青说。

随后，我就从公安局的朋友那里得知，他们已经在头天晚上见过陈大才，且已经从他那里掌握了我们今天掌握的信息。难怪这家伙见到我们的时候会如此紧张，我在心里说。但我始终没搞明白，警察已经问过陈大才一次了，为何他刚开始的时候，还要对我们撒谎？对，他肯定还有什么没有告诉我们。晚上，我一个人去了陈大才家。陈大才没有开灯，但屋里的电视机开着。我敲门的时候，陈大才碰翻了他坐的那条板凳，慌慌张张地过来开门。见是我一个人，便问：又有什么事？

我说："再聊聊吧，我感觉白天你没有把话说完。"

陈大才看了我好一阵子，才说："其实，我对刘宽儿说甘巾巾在江苏见过吴老板，目的是让他说给别人听。"

"你是想试试甘巾巾有什么反应，对不对？结果呢？"我为了让气氛缓和一些，我接着说，"你也是一个聪明人，知道怎么收拾女人。"

"结果她什么反应也没有，从来没和我谈论过这件事。"陈大才说。

"那条短信是不是你发的？"我问完，故意把头转到电视机的方向，装作是不经意的一问，或者说，我想告诉他，其实这条短信是不是他发的根本不重要。但出乎我意料的是，他居然马上就回答我说："是我发的，我趁甘巾巾不注意，就用她的手机给吴老板发了这么一条短信，我其实是想知道吴老板会回一条什么短信，但我没想到，吴老板已经没有用这个号码了。"

我真得差点开心得笑出了声来，我为自己睿智的"问话"感到些许得意。但我突我想到，如果每一个让老婆外出打工的男人都像陈大才这样竭尽心思去试探自己的女人，这世界还不乱成一团糟！于是，我又有一丝难过。这世界，到底有多少婚姻是值得信赖和肯定的？我自己呢？我的婚姻现在是一个什么状态？我自己也说不清楚。我的老婆支小茵在我喝酒解压的那段时间搬出去住，会不会真的如她所说的“下沉”到村里去了？或许，她还有什么事情瞒着我。

“我昨晚上已经对警察说过了，警察说，发一条短信没有什么大不了的，构不成犯罪。”陈大才这么一说，又让我无比受挫——原来我一直都是后知后觉，我这人最大的毛病就是反应迟缓，当然，从我对生活的态度上可以断定，我谨小慎微，缺乏自信，我不是一个在遇到困难时可以当机立断的人。

“这事也需要重新去问，你真是笨到家了。”我回到村部的时候，张青对我说，“陈大才用甘巾巾的手机给文天娇发了这么一条短信，对于能不能找到吴建敏根本没什么用。”

我躺在床上，怎么也睡不着，就给支小茵打电话，“你在哪里驻村？”

支小茵说：“你终于想起问我了，我告诉你吧，我在花郎镇的对塔村，其实昨天早上在车上的时候我就告诉过你，只是你那时根本就是一副心神不宁的样子。”

“你知道我摊上了一户非常难搞的贫困户，我这段时间压力真的好大。”我说。

“有什么大不了的，不就是一个女人把自己的丈夫丢了吗？我都驻村快三个月了，你也全然不知道我的去向嘛，要不是我调转马头，你也快把我丢了。”支小茵说。

“但我想知道，这段时间我们之间到底有没有发生别的事？”我说。

“你说的是什么事？”支小茵问，“你是想问我俩之间有没有第三个人？”

我说不出话来。说实话，他这一反问，真把我问住了，我甚至不敢肯定我要表达的是不是这个意思。然而支小茵并没有生气，反倒是用一种开玩笑似的语气对我说："当然有，我可以告诉你，她的名字叫文天娇，三个月以前，你给她发过一条短信。"

"我没有。"我说，"是一个叫陈大才的男人发的，他……"我还没说完，支小茵在那头已经笑得不行，笑够了，才说："我当然知道不是你发的，你有不起这个胆子。"

我也笑。我和我的老婆很久很久没有这么说话了，今天晚上，我们在探讨着别人的事情的同时，也顺便探讨了我们自己。说实话，我真的很开心，这一刻，文天娇丢了男人的事情可以暂时放一放，我和支小茵必须在电话里好好温存一番。

支小茵说，"我还要告诉你一件事，我前些日子去省城的医院看了，是我的问题。"

"你——"我没有准备，她说出这句话的时候，我内心无比复杂。

"其实，我还想告诉你，我这不是第一次去医院看身体了，咱们结婚三年后，我就一直在跑医院。之所以我要告诉你我这一次去医院的事情，是医生终于为我找到了病根，而且还为我开出了处方。"支小茵叹了一口气，接着说，"我都想好了，如果这次还治不好，我俩就离婚，我不能耽误了你。"

仿佛这个家一下子发生了好多事情，我甚至有一种从来没有真正参与过支小茵的生活的感觉。这些年，她一直走在寻医求药的路上，我竟然不知道。最不可思议的是，支小茵的小心思最终爆发成一种预谋，让我不便接受。我甚至激动得快要怒吼，但我还是克制住了自己，温和地诘问她："这么多年来，你为什么不告诉我？你难道没有想过是我的问题吗？”

支小茵说：“我一直以来对你都心存感激，你没有去看身体，说明你对我很在意，你很看重我们的婚姻。”

“但是我后悔了。”我说，“我早就应该去看的，我们现在结婚十年了，你看了七年的病，而我居然不知道，我现在才明白，我对你是那么不负责任。”

“但问题确实是出在我身上，你当初要是去看了，会一直饱受煎熬。”支小茵的语气充满了自责，“你现在终于知道了吧，我就是一个无比自私、无比冷酷的女人，这些年来，你替我背负沉重，而我还一直瞒着你。所以，在你天天借酒浇愁的那些日子，我做出了一个决定——离开你，如果我能够好起来，我就回家；要是好不了，就离婚。当然，现在我终于看到了美好的未来，我希望你重新接纳我。”

直到两个月后，我才真正明白支小茵去驻村的理由：她要做全县唯一一个女工作队长，她要通过与每一户贫困户的接触、交涉来获得内心的坚定和坦荡；她要让我知道，我们除了需要一个孩子，更需要一种极具使命感的生活，以此打扫内心的尘垢。两个月以后，我不再对我的妻子支小茵所作的决定感到局促，相反，我为她的勇敢叫好，也为我们的婚姻再次迈出实质性的一步感到欣慰和激动。我们重新在整理得井井有条的客厅里拥抱，慢慢回到之前的节奏，在相互鼓励的基础上相互欣赏、加油。

“如果我怀上孩子，我就向组织报告，让他们把我撤回来。”支小茵说。

“不用着急。”我说，“不管你怀孕有多快，生孩子的事，都会是在这场战争结束以后。”

8

大雨说下就下起来。文天娇坐在自家的檐坎上，双手捧着头，一句话也不说。我走到她跟前，说："文天娇，我想给你讲讲我的故事。"

"我不想听你的故事，我和你没什么关系。"

"这是自然。"我说，"我只是想让你知道，其实，我比你更贫穷。"

她把头抬起来，双手放到膝头上去，想知道我说的是什么意思。

我说："一个人的贫穷，压根就不在物质上，而是在于精神。"

文天娇好像没听懂我说什么，一副云里雾里的样子。我意识到自己说话的方式不对，便改换了一种说法。我说："你们家现在的确很困难，但是你却没怎么当回事，你一心一意地寻找着你的丈夫，说明你是一个有情有义的女人，说明你心里有一个希望，你看重的是一家人能够和和美美地团聚在一起，你认为我说得对不对？"

文天娇盯着我看了一会，点了点头。看样子，她这次听懂了我说的话。我接着说："而我就不同了，我和我的妻子结婚十年了，一直没有孩子，前些天，她从家里搬出去住，一下子让我觉得活在这个世界上没什么意思。你，文天娇，还有一个让你牵挂着的丈夫，有三个聪明伶俐的孩子，你所做的事，让你感觉到非常有意义。"

她又点了点头。院子里，雨点打在地上，发出很响亮的声音。

我说："文天娇，你听懂我刚才说话的意思了吗，要不要我重新说一遍？"

文天娇从地上站起来，对我说："苏同志，雨很大，下得哗哗哗的，刚才你说的话，我什么也没听到。但是，我可以告诉你，我文天娇也不是那种死无出息的女人，从现在起，我不找了。"

"你确定不找了？"我提高嗓门。雨声很大，我怕她听不见。

"不找了。"文天娇说，"他想怎么快活，就怎么快活去。我现在知道了，那年他回家修房子，是想把我一个人扔在家里。"

"不是这样的。"我说，"或许他是迫不得已，出于保护你们而已。"

文天娇让我给县里的扶贫车间打电话，说明天一早她就去上班。我对她说，你如果愿意去上班，就不必去那里了，你的三个孩子都在镇上读书，你去镇上吧，我早就为你在镇上找了一份工作。

"什么工作？适合我吗？"她问。

"非常适合。"我说，"镇上的中学缺一位宿管，你去当孩子们的嬢嬢吧！"

"工资高吗？"她问。

我说："有四千左右吧，你去那里，还可以顺便照顾照顾孩子。"

雨停后，我走路回村部。水泥路上有很多被大雨从地埂上掀下来的泥层，粘得我满鞋都是。张青给我发了好几条消息，说的都是文天娇丈夫的事情。张青说，吴建敏这些年来一直伙同几个外地人在做传销，前些天被抓进去了。张青还说，吴建敏这几年压根就没在江苏，而是在一个叫陌海的地方，那里有很多传销窝点。

我没有回他，其实这些事情，今天一早我就听公安局的朋友说了，我苏阳也不是一直都后知后觉。

在快要走到村部时候，我听到身后有车喇叭在响，转过头来，看见小蒯把头伸出窗玻璃，对我说："苏哥，上车。"

"不用了吧？"我说。

"上来，我给你讲一个故事。"小蒯向我招手。

我爬上车，小蒯说："今天我去敬老院里看了赵高这老小子，可精神了，和一群老头老太太打得火热。"

"怎么个火热法，他没尿床了吗？"我笑。

"他根本就不尿床，他之前就是耍无赖。"小蒯说，"他现在明白了，敬老院才是一个好地方，天天有人给他打饭，有人给他换衣服。他说，想不到我赵高居然也过上了神仙日子。"

我突然想哈哈大笑，但控制住了。我为这一句"想不到我赵高"发笑，我说："他说话的口气还真的像历史上的那个宦官。"

"最搞笑的是，他居然变得有礼貌了。"小蒯说，"我走的时候，他说了一句'明天见'。"

"明天你还要去看他吗？"我问。

"明天恐怕去不了。"小蒯说，"明天我要去相亲，我妈安排的。"

反正小蒯要明天才去相亲，我就让他送我去一趟花郎镇的对塔。小蒯说，"嫂子驻村的地方，一定很美吧？"

我说："去了你就知道了。"

在路上，我分别接到小九妹和王必蓝给我打来的电话。小九妹说，工厂对她很好，让她当了班组长，工资有四千多。王必蓝说，他的大儿子参加公务员考试，面试第一名，不久他们家就不是贫困户了。在路上，我接了好多个电话，其中有一个是我妈打来的。

“阳儿，你现在在哪里？”

“我去看小茵。”

“听妈的话，那个药你必须放在枕头底下，枕着睡七七四十九天，泡酒喝，你要坚持吃下去，我问过观音老祖了，真的能解决你的问题。”

“我知道了。”我说，“我现在不用吃药，我的问题已经解决了。”

汽车驶入一个很深的弯道，信号不好，我挂了电话。

天籁

1

肖若曦越想越生气，内心升腾起一股蛮不讲理的岔气来，她决定找苏阳死缠烂打一次，说白了，就是耍赖。她想，无论如何这个节目是非上不可的，至少这也是县里的春晚，地方上最高规格的文艺演出，若再不抓住这根救命稻草，自己可能会永远淡出这个舞台，瞬间就会被人们遗忘。但是，此时的肖若曦恐怕连自己也不敢再相信自己了，苏阳是什么人自己还不知道吗？在凤城文艺圈子里，谁都说他是最有水平的，此人不但是全县最拿得出手的声乐人才，就说为人处世也颇为大度，不像上一任分管文艺工作的领导那样吹拉弹唱一窍不通，还整天寻思着要“封杀”某人某人，文艺队伍曾被他弄得极度瘫痪。苏阳不管做什么都有自己的见地，他一直坚持培养真正的艺术苗子，多多少少都会给别人一点机会。就拿肖若曦来说，今年就在新农村文艺汇演和计生颁奖典礼上露过两手。老实说，肖若曦的状态在苏阳看来简直是糟糕透顶，一个舞蹈节目被她编排得如天上瑶池泄了水似的，让底下的观众云里雾里，背景音乐到底是太超前还是太平庸，苏阳早已心知肚明。眼下是春节联欢晚会，他绝对不敢冒险让这个姑奶奶再一次冲击台下观众的眼球。在他看来，也许会因为一个舞蹈节目，让整台晚会黯然失色，最后被领导叫到办公室拐弯抹角研究症候，甚至影响到今后全县文艺工作的发展。

此时肖若曦就站在轻工大厦的楼下，再往前走三百米左右就是县委大院，她的目的地是县委办公楼二楼的宣传部文产办。苏阳是县文产办主任，由于本县没有歌舞团、文工团和艺术剧院这类为文艺工作服务的机构，县文联也没有太多经费，只能为文学创作人员提供一点微不足道的支持和出一本内部交流的文学杂志，而文化体育局似乎只有做做文化市场的整顿和文物搜集整理、组织篮球比赛等常规工作的份。这样，苏阳就被委以重任生搬硬套地做了“文艺部主任”。所谓文艺部主任，其实也就是张罗县里大大小小的文艺演出活动，临时抱佛脚地拼凑一些可以糊弄观众的小节目，这个差事也一直让他啼笑皆非。以前的文艺部主任是个自以为是的家伙，听不得别人的意见，很多活动总是让一些没有一点艺术细胞的人粉墨登场，搞得台上台下收不了场，前排就坐的领导也会愤愤然离去，以至于文艺表演过后的颁奖仪式常常找不到领导上去握手发荣誉证书。苏阳接手这项工作后，文艺节目质量不断上升，得到了领导的器重，也受到观众和演员的好评，就连一向与前任主任僵得不可开交的肖若曦也对他五体投地。苏阳曾经对肖若曦说，你是全县最有思想和最有生活体验的舞蹈人才，也是全县唯一一个可以在舞蹈方面寄托理想走出凤城的人。这让肖若曦一定程度上看清了自己，坚定了信心，她认为苏阳才是真正的伯乐，一个可以成为推心置腹的朋友的人，所以前面两次文艺活动，她都毫不顾忌地大胆创作，大手笔大气魄地捧出自己的作品，却让大多数观众跌了眼镜，前排领导也皱了眉头。这样，苏阳也就不敢太相信肖若曦的能力了，但他还是认为肖若曦是整个凤城最有舞蹈天赋的人才，只是她还不知道舞蹈在凤城的舞台上到底是怎么一回事。

肖若曦站在苏阳办公室门口，心里仍然想着如何对苏阳施以魔法让他乖乖就范的主意，敲门的手就老是停在空中，倒是苏阳听见脚步声开了门。肖若曦扮了鬼脸笑笑，很不自然，想真正从嘴里弄出点笑声，却又张不了口，只拿两手在椅子背上使劲搓。苏阳知道她要说什么，也知道她这一次要说的话肯定让自己难以回答，就半关心半开玩笑地问："怎么，肖大美女容光焕发，听说你找到男朋友了，怎么还有闲工夫往我这里跑？"

"这世上哪有比找你更重要的事。"肖若曦说，"我今天是求你来了，别刷掉我的节目，好吗？"

"我没有说要刷掉你的节目啊，不是还没看排练吗？"苏阳反问。

其实肖若曦早就知道，苏阳一直没看她们的排练，是不想给她太多的时间，也就是说，他是想在走台的前一天随便看看，到时找个借口施以枪决，实际上就是不给她任何修改和再创作的机会。所以肖若曦打了好几个电话，请苏大主任亲自莅临指导，苏阳不是在开会就是下乡，对她冷漠得很。肖若曦这次是未预约就直接找上门来，是做好充分的思想准备的。

“说实话吧，苏主任，我前两次的作品是有些空，有些不切合实际，让你在领导面前下不了台，可我这次是不是就一定和前两次一样呢？再说，你不去看看，提提宝贵意见，你让我怎么拿出你看得上的东西呢？”

苏阳从烟盒里抽了一支烟，没说话，也没点上，看看肖若曦，说：“我知道你的作品一向都很有创意，很有思想，但你就是没想过，这样的作品拿在我们基层的舞台上演出，未免太抽象了吧！”

“所以我就是来请你亲自去看看，给我把把脉，说不定这次恰恰是你满意的。”肖若曦眼睛里满是央求的神色，看上去楚楚可怜。

肖若曦为春晚准备的节目叫做《天籁》，作品名早有通风报信的人给苏阳说了。那人还添油加醋地说：“肖姑娘此次搬了大鼓、铙钹和钓鱼竿，做了个比舞台还大的斗笠，看样子是想血染春晚，来个一鸣惊人。”这让苏阳不寒而栗，以前她就这么做过，排练的时候是在学校宽阔的操场上，表演的时候却遇上了一个狭窄不堪的小舞台，演员们错不开身，在上面你推我拱，反倒成为一处闹剧。苏阳给她提过意见，她却不听，所以这次苏阳干脆看都不看，直接下狠招，让她出局。

“你想怎样表现‘天籁之音’？是不是让人看不懂的东西就是天籁？”苏阳说，“你是不是觉得青歌赛唱外国歌曲就一定得高分，所以你就老是弄一些高出生活的东西来。我还是要告诉你，这是基层老百姓的晚会，最主要的是渲染祥和欢乐的气氛，不是纯粹的艺术，你明白吗？”

肖若曦似乎早就明白了，但她明白又有什么用。她是个追求艺术的人，这一点她和苏阳也探讨过。苏阳曾经鼓励过她做真正的艺术，还说有机会要让她到省艺术学院进修，成为真正的舞蹈人才。可现在不是明摆着的吗，前两次演出几乎是砸了，这次不捞个好印象，县里能批准她出去吗？节骨眼上，她需要苏阳给她机会。

她就坐在椅子上哭，其实她没有流出眼泪，只是发出了不小的抽泣声。苏阳好像还没说完自己想说的话，看她哭的样子，也不想说出来了，只顾一个人在她身边踱来踱去。

2

遇到苏阳之前，或者说遇到离了婚的苏阳之前，肖若曦有过两次难忘的恋爱。准确地说，她有过两次爱上别人的经历。当然，两次都是让她痛彻心扉的，让她真正体味到一个男人和一个女人之间因为爱而走到一起，又因为不爱或者其他原因分了手的滋味。有了爱，她和男人之间不免就有了肉体上的接触和冲突，有了做女人的冲动。而实际上，在肖若曦还说不上是个女人的时候，她的肉体便在一个月黑风高之夜被一个陌生男人掠夺了。那年，她十六岁。

那个男人蒙了面，把她摁在她睡的小木床上，气喘吁吁地强暴了她。她大气不敢出，因为那个膀大腰圆的男人将一把明晃晃的刀子放在小木床边的板凳上。男人放下刀的动作和刀子发出的寒光让肖若曦知道一个女人在无助的时候最怕遇到的两样东西。刀子放在板凳上后，男人熟练地撕扯开她的衣裤，从胯下野蛮地将她切开，小木床发出不安而又痛苦的声响，而肖若曦却一声没吭。

男人提着明晃晃的刀离开后，她感到小腹一阵恶心的酸痛，却只能用单薄的被子将自己严严实实地捂起来，她好想就这样睡下去，睡到下辈子。然而天亮了。

十六岁的肖若曦清晨从小木床上爬起来，看见床单上斑驳的血迹，恶心地呕吐了一阵，坐在屋外的石头上想起了被泥石流掩埋的父母。父母已经死去三年了。肖若曦读初中一年级的时候，村庄里发生了严重的山体滑坡，父母都在疯狂泻下来泥石流中丧生，好在前一天，她离开家去了学校。

以后肖若曦就住在大伯家里，后来大伯带着儿女去昆明打工，留下两间土房和辍了学的肖若曦。

是村里人凑了钱重新让她回到学校，是学校免了费让她上了高中，是好心的退休女教师帮她实现了大学梦，她靠助学贷款艰难地读完了师专，通过招聘考试来到凤城第三小学，成了一名教师。

所有的一切，对她来说简直是个不可思议的梦。当她二十三岁，来到这个她认为可以独立生活和实现梦想的世界时，觉得实在可以将不堪回首的往事一一搁下了，她甚至不想承认那些发生在她身上的事，她认为，自己是干干净净的，她没有想到自己以前为了活下来扮演过的那些角色，会彻底改变她的生活。

她爱过的第一个男人，是她学校的团支部书记李凡。李凡个子高挑，言行举止像影星陆毅，是学校里出了名的花花公子。家庭条件优越，父亲是局长、母亲是实验中学教师的李凡是当兵转业安置回来的，原来是学校的后勤人员，其身份是工人，不占教师编制，后来经过父母与校方“磋商”，负责学校的少先队工作，再后来就成了全校师生认可的团支部书记了。

团支部书记李凡在三小可是个招单身女教师喜欢的角色，每天都有女教师陪他吃早点，一起说说笑笑进进出出，像只钻进花丛中的蜜蜂，很让近不得身前的女孩有了近乎仰望的姿态。当然，肖若曦也是李凡的仰望者之一。

肖若曦设想过的一千种与李凡邂逅的情景还是出现了，这让她欣喜若狂。其实，肖若曦第一次发现李凡与她擦肩而过的时候用余光瞟了她一眼，她就开始心跳加速了，直到李凡的身影消失在走廊的尽头，她还在目不转睛地盯着楼梯拐角发愣，当时，她还没有胆量幻想李凡会在当天下午打她的电话，约她一起吃晚饭。

两个人在饭桌上待了两个小时，说了些话。李凡没有恭维她和其他女孩女孩的不同之处，甚至并没有表露出半点让她激动的表情。肖若曦自己知道，她和那些女孩相比，只是缺少了一些时尚和妖媚而已，再就是歇斯底里的巴结。肖若曦不会巴结别人，何况在她爱上一个人的时候，她认为，爱情不需要巴结。

她在李凡的邀请下喝了点酒，饭后两人又到咖啡馆喝了咖啡，李凡提议送她回家。

她没有拒绝。她想，她需要一个没有蒙面的男人走进她的生活，哪怕只是一次，起码她不会觉得恶心。

她和其他女孩一样成了李凡的俘虏。两人在二十平米的出租屋里做爱，真刀真枪地厮杀，尽管她觉得来得多少有点突然，还是不得不妥协于自己。她相信，要抓住李凡一辈子，并不是一点希望也没有。

然而就在李凡离开她身体的那一瞬间，她看见他倦怠的眼神和慌张收场的动作，就有些泄气了。她甚至扭过头看了看床的侧面，仿佛那里有一条隐隐约约的板凳，上面横着一把寒光闪闪的刀子。

是的，李凡就在不经意间抓住了这一表情，他觉得她是那么奇怪，她的脸瞬间惨白得如一张纸，一张消失了字迹的纸。

实际记忆中那个蒙面的男人并没有在她面前出现过第二次，十六岁受到强暴的她，以后的日子里，只要听说什么地方抓住了强奸犯，心里就咚咚咚跳起来，她真想去看看那些被万人唾弃的强奸犯到底是不是那个蒙面的人，那个提着一把明晃晃的刀子的人。直到有一天，她回到自己的村庄，听人说有个提刀的黑衣人在夜晚作恶时被村民抓住乱棒打死，她才感觉到自己心里的阴影在一点一点地散掉，但是，那阴影是散不完的。

肖若曦在李凡离开自己身体的那一刻想到那个已经死去的黑衣人，她发白的脸让李凡觉得很异常。

“你有过男友，而且你有无法忘却的记忆。”李凡一边穿衣服，一边对她说。

“没有，我想，我是第一次。”

李凡没说话，他的脸上写满轻蔑。

以后，李凡隔三岔五来她的出租屋。在那间二十平米的小小的屋子里，她嗅着李凡身上复杂的味道，抚摸着这个光鲜男孩细腻的肌肤，仿佛握住了生活中不能缺少的温度。然而，有一天，李凡对她说：“曦，我们这是最后一次了。”

她不想问他是什么原因，因为李凡每一次离开她的出租屋，都是一副逃走的样子。和她在一起的这段时间，李凡没有放弃和别的女孩约会，而且和他在一起的女孩也不止一个。

“以后呢？”肖若曦问。

“以后，咱们各走各的吧。”李凡说。

她抱住李凡的后背，把嘴贴到李凡的脖颈，用舌头轻轻的吮吸着他的肌肤，像在告别着一场惊心动魄的逃亡，又像是啃着一根已经没有一点肉的骨头，更像是舔舐自己内心的伤痛。她最后终于忍不住使了劲，李凡发出了一声惨叫。

带着一排牙印回家的李凡，从此再也没有来过她的出租屋。五个月后，她爱上第二个男人，这一次，她惊讶于自己的疯狂。

男人有着浅浅的酒窝，忧郁的眼睛，半长不长的头发。男人喜欢把外衣拿在手上。初秋了，男人在凤翅山下的小路上遇见肖若曦，四只眼睛对了一下。那段时间肖若曦喜欢爬山，没早读课的日子，她把自己从床上撵下来，换上修身的运动服，不洗脸也不刷牙就往山上走。爬山的日子，肖若曦感到空气特别干净，山路特别干净。她喜欢听清晨的鸟一遍一遍地叫，那声音一点也不凄惶，倒是恬静得好。

男人跟在肖若曦身后，脚步声和心跳声一样的轻柔。肖若曦停了一下，男人也停了一下；肖若曦往前走两步，男人也走两步。肖若曦想，这个男人就像自己的影子。她飞快地跑了起来。男人顿了顿，也跑了起来。

待他们停下脚步喘气的时候，已经到了山脚。肖若曦回过头，男人正用忧郁的眼睛在打量她。

“你好，很高兴和你同路。”男人一口标准的普通话，唇齿平翘互不干涉。男人的脸修长，腮边有稀疏的胡子，上下左右摆放均匀，错落有致。男人把手上的衣服抖了抖，问了一句：“没打扰你吧？”

真的很久没有人打扰自己了，倒觉得生出些寂寞来。不过，这段时间肖若曦的确很想清静，很想干干净净地做做自己。

“不会。”肖若曦说。

肖若曦在想，男人看上去已经四十多岁的样子了，一般来说，这个年龄段的人，基本上都开始身材变形、眼神浑浊了，怎么他身材还如此匀称，眼睛如此清亮呢？对一个陌生的男人有这样的好感，并不见得是一件好事。但是那天，他们认识了，彼此知道了对方的名字和工作。男人叫曾一，来自山东一家房地产公司，负责在本县做现房销售企划。

“看得出，你有具备做舞蹈大师的魔鬼身材。”下山的时候，曾一在她的后面说。

“读书时跳过，可那根本算不了什么，那是一群丑小鸭在拼命地扑向天空。”肖若曦说。

“我认为的舞蹈，是肢体在大地上的自由摆放，而不是刻意的掰腿提臀……真正的舞蹈是来自灵魂的表演。”曾一的话深深地触动着肖若曦的神经。在她看来，她已经不可能将自己最喜欢的事情做下去了。有时候她还在想，读大学的时候，曾经被老师和同学鼓动着走向学校的舞台，展开双臂自由翱翔，获取了经久不息的掌声，但是当她把舞蹈作为人生小小的理想的时候，学校里所谓专业的舞蹈指导教师却给了她下了这样一个定论：这么大年龄，充其量只是舞台中间一个花瓶式的摆设而已，连身体上基本的舞蹈修为补救机会都不会再有了。

两年后她认识了苏阳。苏阳说：“真正的舞蹈，是内心的交谈。”

到底是不是这样，她搞不清楚。反正那天从山上下来，她和曾一成为朋友，后来成为恋人。短短两个月，肖若曦无时不刻地体验着在他身下快乐游弋的奔放和渴望。两个月，她有时吮吸着那双天生忧郁的眼睛，把身体安放在那个四十多岁的男人身上，粗狂地开垦着自己野性的土地。两个月，肖若曦灵魂绽放，通透饱满，像一朵开出火焰的山花。

曾一消失的第三天，肖若曦醉醒了，把他留在枕头边的那封信烧掉后，将灰烬涂在自己的脸上，又用清水一遍一遍地擦洗。午后的阳光虽带着冷冷的寒气，但她还是感觉到无比欣慰。长痛不如短痛，她庆幸自己很快就告别这一切。

3

肖若曦的确有一副临风吐蕊的身材。小时候长到五岁，她的外婆就拿根竹棍轻轻敲打她的后背，逗着开心地说："小美人儿，长大了有你娘操心的日子。"长到十来岁，村里提亲的人家就找上门来了。那个村庄叫张家坡，张姓人家都是些家境殷实的主，见了这越长越漂亮的小女孩，那些小伙子的娘都在想着把她作为自己的儿媳妇。可肖若曦的娘对那些找上门来的人没有一个好脸色，说，我家姑娘以后要勤学苦读上大学，顶儿子用的。肖若曦没有弟弟妹妹，父母双方不知是谁的原因，肖若曦出生以后，娘就再也没怀上。每每看见乡里计生工作队来到村里，让那些生了儿子又生姑娘的人家去做绝育手术，曦娘心想，要是我也有那么一天就好了。

也不知是从哪一天开始，肖若曦的娘突然就迷上的巫术。拿一根长长的系着马尾的竹鞭，在山道上走来走去，口中念念有词。有人说曦娘想儿子想疯了，想求观世音菩萨赐她儿子，就信了环山上王道士王三姐的蛊惑，每日清扫山路上的浊障；有人说曦娘是欲火难泄，脑筋失效。那些找上门来提亲的人自然也就少了，就连外婆也张着个空洞的大嘴巴百思不得其解。肖若曦的父亲，却对女人不闻不问。

有人甚至看见十来岁的肖若曦跟在母亲身后，手里攥着一撮马尾，口中念念有词的样子。这个消息惊动了张家坡，大人小孩都聚拢来了，他们围在肖若曦家的后山上，看母女俩亦步亦趋从山道上走下来，像两只明明灭灭的灯笼。

十三岁之前的肖若曦，从学校里回来，总是攥着一撮马尾。张家坡的矮山河谷苞谷抽芽的日子里，肖若曦拿着根马尾在田间地垄里甩来甩去，像一个孤独的稻草人；张家坡矮山河谷苞谷出天花的日子里，肖若曦拿着根马尾在垄间的小路上甩来甩去，像一只轻飘飘的蝴蝶；张家坡矮山河谷的苞谷树变成桩子了，肖若曦拿着马尾在地垄上甩来甩去，像一只俯身的老鹰。肖若曦的马尾甩得呼呼作响，有人说那是秋风吹过的声音，有人说，那声音，像鬼在哭。

十三岁的肖若曦死了爹娘，住在她大伯的土房子里，她的手里没有了马尾。死了爹娘的肖若曦，就再也没有谁愿意把她作为儿媳妇了。张家坡的人们开亲讲究个门当户对，失去双亲的肖若曦自然也就失去了门户，孤独陪伴着她度过了凄苦的岁月。还好肖若曦在学校里历来学习成绩都很好，加之村里人也在帮她，老师在帮她，她才有了今天。

肖若曦当然一直追忆着自己的从前，只是不明白那到底是不是她自己的身世。她在张家坡长大的那些年里，人们是怎样看待她的，自己是一个可怜的人，还是一只可怜的鬼？不过，她现在很清醒地认识到，她是一个正常得一点也不另类的女人，她还有着一个很多人不敢拥有的小小的梦想：做一个后来居上的小小的舞者。

肖若曦认识苏阳，是在一次文艺汇演后的宴席上。县里搞了一次树婚育新风文艺汇演，肖若曦经学校领导推荐，进了县教育局的舞蹈队，参加了此次汇演。她在舞蹈中扮演了一个纯朴的农妇，挎个提篮守在家门口的样子楚楚可怜。十分钟的演出，让台下的苏阳发现了她，说整个舞蹈最出彩的就是她了。苏阳对她说，你是个可以培养的苗子。

那时，苏阳还是文产办副主任，文艺工作还是一个叫何吉平的人管着，也就是苏阳的前任。饭桌上，苏阳敬肖若曦的酒，当着众多演员夸奖她，很让一群年轻貌美的姑娘不服气。饭后，管文艺的何吉平对她说，苏阳既然看好你，以后你就多请他指导指导，相信有一天你会成大器的。

肖若曦知道何吉平话中有话，也没有和他说什么，转身走了。后来的几次演出，肖若曦果然没有参加。

凤城人也习惯把每年县里组织的春节文艺晚会称为春晚，说起来也与前文产办主任何吉平有关。前几年，何吉平把住春节文艺演出中所有节目的生杀大权，每次拿上台去的都是些陈芝麻烂谷子似的旧货，往往演出还没结束，观众就走了一半，最让人无法接受的是，这个主任根本听不进去任何人的意见。比如独唱节目，他习惯叫那些连简谱也不会的小姑娘拿着话筒号丧似地叫唤，还经常在演出中指手画脚，在台下大喊“打开嗓”。有观众付之以乡野流话，说这狗日的真装逼，不如将他赶出去。结果就有好事者走到台前推推搡搡，将他拉到人群中。好在凤城每年的春节文艺演出都在原体育中学留下来的灯光球场内搞，场地还算宽阔，也用不着把场外的大门关严，讨嫌的观众也不会真正将何吉平拉到场外去。这样，十几分钟后，何吉平又回到台下，满脸像打了鸡血似的，两手向台上挥动，惹得坐在前排的领导好不气愤。凤城人把春节文艺演出称为春晚，实际上说的是，看这样的表演要不是真的没事干，谁也不会去的。很多机关干部接到看节目的通知，都是一脸痛苦的表情，说你整个什么春晚，不伦不类，要不是节目不占用中央电视台的春晚时间，鬼才愿意去呢。春晚安排在每年的腊月二十五或者二十六，很多人都回乡下过年去了，考虑到观众稀少怕影响领导和演员情绪，县里都会贴出一些海报，告知全城老百姓，所以每年的春晚，灯光球场内照样也挤得满满当当的，只是场内的秩序有些乱，每每演完一个节目，报幕员上场都要向观众打好几个招呼，台下才慢慢平静下来。

何吉平操持着春晚的那几年，节目基本上是以舞蹈为主。按他说，舞蹈热闹，大气，又看不出什么瑕疵。凤城人看完节目，吹着背景音乐的口哨，戏谑地唱着“解放区的天，是明朗的天；凤城的晚会，是舞蹈的晚会”，嘻嘻哈哈回家去了。

所以凤城春晚文艺节目的根本还是舞蹈。苏阳接过何吉平手中的差事后，考虑到有些领导有看舞蹈的习惯，就不敢大刀阔斧地改革，每年春晚的节目还是以舞蹈为主，不过，节目质量就大有改观了。

肖若曦参加过几次县里的舞蹈表演，得到苏阳的赞赏，迅速成为凤城文艺圈子里的热门人物，几乎也就成为凤城的文化名人。凤城人喜欢热闹，看篮球比赛时台下的打气声和叫骂声此起彼伏，很让安保工作非常难搞；凤城人吃饭时喜欢听黄段子，饭局上若是有人讲不出一个来，常常会被灌得烂醉。小干部小职员吃饭，充其量互相讲讲黄段子逗逗乐罢了，有些乡镇或部门领导吃饭，就喜欢听个民族祝酒歌、看个原生态舞蹈表演什么的。凤城餐馆大多开间宽阔，适宜人口流动，觥筹往来，小节目表演起来也不至于拥挤，大大地促进了餐饮文化的发育渗透。这样，乡镇和部门领导们的进食内容就丰富多彩了。凤城的舞蹈演员几乎个个都会唱彝族敬酒歌，只要机会恰当，领导要求，常常席间莺歌燕舞，不亦乐乎。县上领导知道此事，笑笑说，此举利于和谐。

肖若曦有好几次被拉到饭桌上唱敬酒歌，被股长们要求跳原生态舞蹈。肖若曦说，敬酒歌可以唱，听了几万遍都学会了，但这舞蹈嘛，的确跳不来。股长说，你是凤城的舞蹈皇后，哪有跳不来之理？肖若曦说，我不是什么舞蹈皇后，我真的不会跳。股长就要她喝酒，她也就勉强着自己喝了一杯。

苏阳把肖若曦塑造成凤城的名人，却又不想让她参加本次春晚，这让她非常懊恼。肖若曦坐在文产办主任苏阳的办公室里，呜呜呜地哭，让苏阳感到特别难办。

最后，苏阳答应去看她的舞蹈排练。

4

在县第三小学的一间教室里，苏阳见到了肖若曦的作品《天籁》的班底和所有演职人员。舞蹈创意是肖若曦的，有很大的思考空间，据肖若曦介绍，“天籁”是现实生活的至高理想，是人的最终去处。苏阳似乎没有听懂她说的意思，只看见一个穿羽绒服的大男孩坐在电脑前刻制背景音乐的光盘，就走过去对他说，让我听听。

音乐是几个古典名曲剪辑合成的，忽而是古筝，忽而又是唢呐，让他感觉很不适应。苏阳问站在旁边的肖若曦：“你听过吗？”

肖若曦说：“没听过，但其中有一段是我让他剪辑进去的。”

苏阳就听肖若曦所说的那一段，果然大气空灵，跌宕起伏，好生震撼，却又不乏忧郁的质地，不觉渐入“天籁”之境，嘴角竟浮现出一丝满足的笑意。肖若曦看到苏阳的表情，就像吃了定心丸，心里一阵激动，感到事情有谱。但随即又看到苏阳皱起了眉头，好像忽然想起了什么似的，离开了电脑座位，径直往门外去了。

肖若曦追出去，看见苏阳正在拿手机接电话，随即看到他在电话前气急败坏的样子，心想，他可能是遇到什么事情了。

排练终没看成。苏阳挂了电话，对肖若曦说了声抱歉，转身走了。

一连几天，肖若曦都不见苏阳的踪影。眼看春晚演出时间越来越近，算起来只有二十来天了，肖若曦很着急。她往苏阳的手机打电话，对方不是拒听就是关机。她就发短信，结果惹火上身。

下午，肖若曦在整理学生期末考试名册，正准备从学校回家，刚出校门口，一个穿粉红色衣服的女人拦住了她。

女人三十五六岁的样子，身材高大，眉宇间露着可怕的神色。肖若曦站在她面前，感到自己小了一头。肖若曦差不多是被这位身材高大的女人提着胳膊进了学校对面的咖啡馆的。刚一坐下，女人把挎包往桌上一放，出口就问：“你和苏阳多久了？”

“什么叫多久了？我不明白你在说什么。”肖若曦说。

“不明白是吧，那我就告诉你，我问你，你和苏阳在一起多久了？”

“我没有和她在一起。”肖若曦说。

女人说：“人在做，天在看，你们还要打算瞒我到什么时候？”

肖若曦知道眼前的这个女人是苏阳的妻子，她大抵是认为她和苏阳有什么说不清楚的关系。肖若曦想心平气和地解释，可这个高大的女人根本不给她任何机会，只一股脑地问：“你们在一起多久了？”

女人问了好几遍，没等肖若曦回答，就呜呜呜地哭了，开始摔杯子，拍桌子，捶胸顿足，后来就变成大哭大闹。服务员过来打了招呼，要她们离开，她卡住肖若曦的肩膀就往外走。

很多人跟在她们后面，和她们一起走。女人把肖若曦一直擒到轻工大楼楼下，这里离苏阳的办公室只有三百米左右。

“大姐你到底要干什么？你能听我说说吗？”

“我不想听你说，我就要听他一句话，到底是要你，还是要我。”

苏阳已经站在她们两个人中间，无奈地调停着这突如其来的剧情。肖若曦感到两手发麻，面对这个高大的女人，她真的不知道该怎么办，无助地看着苏阳，希望他能将此事妥善地处理过去。

肖若曦不知道自己那天是怎么回家的。第二天醒来，感觉自己像做了一个噩梦，想想都还很害怕。她甚至连起床的勇气都没有了，不知道如何去见身边的同事，也不知道如何去见苏阳。在她看来，她有可能给他的家庭带来麻烦，要真是因为这样让苏阳两口子反目成仇，自己就成了罪人了。肖若曦想给苏阳打电话，忽又想起这件事有可能就是因为她的那个短信息造成的，便放下手机，望着天花板发起呆来。

迷糊中，肖若曦听到闹铃在响，连忙抓起电话，见是苏阳，忙接通，那头苏阳平静地问："排练得怎么样了？"

"排练？"肖若曦顿了几秒，说，"没有排练，昨天的事情……"

"昨天的事情很快就过去了，我想看看你的排练。"苏阳说。

肖若曦好不容易把演员召集在一起，又找来音乐，开始排练。苏阳坐在一边看她们跳，始终皱着眉头。

尽管神智恍惚，肖若曦还是强打起精神排练着她的舞蹈。肖若曦倾力打造的这个《天籁》阵容很强大，十六个年轻貌美的姑娘和十个男孩，没有着装，看得苏阳一点感觉也没有。他问她演出服和道具如何安排，她说："《天籁》的关键词是：蓝。"

苏阳想起蓝蓝的天空，其余再没有什么意象。肖若曦说："我塑造的是蓝色的底，至于道具，恐怕要更具体一些，比如稻草、布匹、花朵和木鼓。"

"还有一个比天还要大的草帽。"苏阳说。

"你怎么知道？"肖若曦有些惊讶。

"我懂你。"苏阳看着地面。

肖若曦尴尬地笑笑。她知道苏阳不同意她上这些道具，但为了突出演出效果，她坚持自己的观点。

他们最后甚至是不欢而散。苏阳对肖若曦的舞蹈创意最后的定论是太复杂，太花哨，艺术张力不够，脱离群众口味。

肖若曦没有和他理论，她想，这也许是苏阳的托词，他压根就没有打算让她上这个节目，况且眼下他的家庭内部出现了裂痕，有理由抽刀断水。

肖若曦读大学的时候，除了喜欢舞蹈，还喜欢诗歌。同宿舍的女孩称她为李清照，说她整天寻寻觅觅冷冷清清，生活凄凄惨惨戚戚，后来干脆叫她"肖清照"。女同学损起人来打击力度是致命的，几乎让她崩溃。后来肖若曦给自己找了一个理由，所有对她写诗持不屑一顾态度的，多半出于嫉妒。肖若曦很漂亮，尽管穿戴和其他女孩相比起来显得很寒碜，很古板，但那身材和气质却是别人没有的。要说起自己的另类，肖若曦最清楚的是，除了她，班上所有女生都在谈恋爱。学校里不是没有人追求她，而是自己根本不想谈，心里自卑，有阴影，对所有倾慕自己的男生都冷若冰霜，久而久之，男生们也叫她“肖清照”了。

肖若曦认为，舞蹈是自己的另一首诗。如果一个舞蹈只讲究遵循某种节奏和时长做一些动作上的重复铺陈和摆设，是非常苍白的。肖若曦认为的舞蹈，首先是一门艺术。学校里那个德高望重的舞蹈指导教师每次演出粗制滥造的那些“规定动作”，无疑是没有生命的。肖若曦在学校里，既没有做过领舞，也没有表演过独舞。每次演出，她都是整个群体中的一个小小的角色。然而肖若曦总是在演出中加上一些自己的“自选动作”，让整个舞蹈因为她这个亮点而出彩不少。在一次文艺演出中，节目快落下帷幕的时候，肖若曦站立前排“仰望”的姿态让全校师生报以热烈的掌声。演出结束后，团市委的一位领导握住她的手，说，你会成为一个了不起的舞蹈演员。

肖若曦当然知道，自己的条件不可能让她成为一个了不起的舞蹈演员，而要成为一名优秀的诗人，却不是没有可能。肖若曦在大学里写了很多诗歌，也经常在校报和文学社的油印刊物上发表。校报和刊物寄到外边去交流，就有很多人给她写信，有些名气不小的公开刊物的编辑还写信向她约稿。一晃几年过去了，肖若曦自己也弄不明白是从什么时候开始停笔的，工作以后，她没有写过一个字。

也许还是因为舞蹈。临近毕业的时候，市里组织的文艺演出就多了起来，肖若曦作为最出彩的“配角”，经常在不同的演出中获得掌声。肖若曦成为无冕之王的偶然性在一定时间内得以持续，也是有必然性的。肖若曦非凡的气质成就了一个平庸的舞蹈节目的成功，在她自己看来，与诗歌有关。

在一个几乎没有人读诗、只有诗人才是自己的读者的年代，肖若曦想在舞蹈中完成一首美丽的诗作。她一直在谋划着自己的作品，她想，如果有一天，她有机会亲自策划一个舞蹈，她会把它弄得像诗歌一样朴素而又惊艳，别致而又空灵，华丽而又草根。肖若曦想让舞蹈和诗歌完美地缔造出一种意境，一种气势，一种寄托，甚至是一种祭奠。她想，她应该给这个舞蹈起一个诗一样的名字——“天籁”。

“天籁”在苏阳的眼里也许就是天书，这就是他漠然离开的原因。许多年了，肖若曦一直在做着一件事情，这几乎是她整个人生的梦想，而现在这个梦想就快破灭了，肖若曦感到一种无辜的绝望，她甚至想选择妥协。

然而就在三天之后，苏阳的电话来了。

稻草，布匹，花朵和木鼓。肖若曦把排练场搬到自己出租房的顶楼宽阔的空地上，着装排练，所有道具全部齐备。苏阳坐在旁边的一个凳子上看她们在地面上的表演，他的嘴角燃一根烟，一只手放在膝头上，和着音乐节拍轻轻地敲打着。肖若曦从没看见过苏阳抽烟，而现在他却大口大口地将烟雾吞进去又吐出来，然后发出一阵一阵的咳嗽。肖若曦看苏阳的样子有点可怜，想停下来安慰安慰他，却又怕生出别的枝节，就忍着。而实际上，肖若曦此时心里也有一种怪怪的感觉，她一边和演员们舞弄着手里的道具，一边吞着涌进喉咙里的泪水。

苏阳没有提什么意见，而是对肖若曦说："明天我接着看。"

也就是说，苏阳根本没有花心思去看她们的排练，只是一边吸烟，一边在心里想着什么。或者说，苏阳是在看着她们打发无聊的时光。

5

一连几天，苏阳都呆在肖若曦出租屋的顶楼上，看她们手里的稻草、布匹、花朵和木鼓。几天里，苏阳都几乎不说话，只拿根点燃的烟在嘴唇上拼命地吸，发出阵阵干涩的咳嗽声。

肖若曦几乎是忍无可忍了，她把手中的物件往地上狠狠地摔去，喝令其他演员解散，噔噔噔地下了楼，头也不回地往街上走了。

苏阳反应过来的时候，肖若曦已融进滚滚人流。苏阳也随便捡了个方向朝人群中走，一边喊着肖若曦的名字。但找了半晌，仍不见她的踪影，就拨她的电话。那头不接，再打，肖若曦关机了。

苏阳哪里知道，这次轮到他求肖若曦了。肖若曦真的铁了心，手机一关就是一个礼拜，而此时，离春晚只有几天了。

自从那次苏阳的妻子与肖若曦锋线接触后，苏阳就无心关心其他节目了。他一边忙着与妻子交涉，一边放出话来，说此次春晚只保留三个舞蹈节目，其余皆为独唱、器乐合奏、男女对唱和小品。苏阳把这次春晚的演出时间定在腊月二十五，节目长度为九十分钟，这样做的目的，一是尽量减少观众的审美疲劳，二是尽量使节目更精致，不占用观众过多的时间。以前的春晚，常常是一演就是一百五十分钟，加上开场县领导讲话，节目最后领导和演员合影留念，一般整台晚会会耗用三个小时的时间。当然，苏阳这次也颇感力不从心，主要是领导打招呼的节目太多，县文体局那帮舞蹈专业户也虎视眈眈，巴不得让整个春晚成为他们的专场。更为可气的是，宣传部有个退休领导弄了个花灯，长度约半个小时。退休领导天天敲苏阳的门，还把节目录音带到他的办公室，反复地播放给苏阳听，要他给提提意见，好做画龙点睛式的修改，看样子这老头是已经认定这个节目上定了春晚。苏阳简直被春晚节目的事情搞得哭笑不得，眼看一场演出下来，必定会得罪很多得罪不起的人，索性使出杀手锏，大刀阔斧地“枪毙”。从退休领导开始，苏阳枪毙掉的节目差不多有六个小时的长度，特别是在舞蹈方面，保留主流的，精致的，短小的，凡王二娘的裹脚，全捆在院外的电线杆上。

苏阳这样做，其实也是想给肖若曦一个机会，所以他对肖若曦的节目非常重视，如果肖姑娘此次再像前几次一样演砸，苏阳可能会遭遇前任何吉平的下场，因“不懂艺术”而光荣“下野”。

其实苏阳在妻子找了肖若曦“麻烦”之后的这几天，他经历了过多的事情。首先是第N次在妻子拟好的离婚协议书上签了字，其次是第N次被县领导叫到办公室“统一思想”。统一思想苏阳是没有后顾之忧的，反正都会得罪一些人，而离婚的事，却让他无法面对。

妻子许岚是一个典型的争风吃醋的女人，醋意之大简直难以形容，只要寻到一点蛛丝马迹，就开始上纲上线，弄得一个家庭鸡犬不宁。许岚每次向苏阳提出离婚，都会拟出一纸内容丰富的离婚协议书，从离婚的起因到财产的分割，再到孩子的抚养问题，详细到一针一线。苏阳每次签了字，都会耐心地等待硝烟过后许岚当着他的面撕毁协议，每次撕毁协议，许岚都会说：这可是最后一次了，下次可千万别让我发现什么。

苏阳等待的那一幕始终没有到来。就在他还为节目的事情焦头烂额的时候，他收到法院的传票，妻子许岚把他告到法庭，离婚已成必然。

离了婚的苏阳不但两手空空，连儿子的抚养权也没有捞到。苏阳搬出了原来属于他和许岚的房子，索性在办公室的沙发上放一套细软，晚上看完节目排练，上上网，就在沙发上睡觉。

眼下苏阳找不到肖若曦，春晚节目就会出问题，苏阳实在想不出合适的办法，就决定在肖若曦的出租房门口守株待兔。当然，除了张贴寻人启事，这招是最有保障的了。肖若曦在晚上九点半喝得醉醺醺地回家，差点一头撞在苏阳的怀里，吓得半醒。肖若曦把苏阳让进屋里，自己捡个凳子坐下，劈头盖脸就问："你劫财还是劫色？"

他们最终还是谈到节目上，谈到舞蹈的长度和道具的使用，谈到人物塑造的个性和舞台背景的设计，最后，苏阳答应明天一早好好看她们排练一次，争取让节目顺利走上舞台。

苏阳也就第 N 次为肖若曦的表演所折服，第 N 次夸奖了肖若曦非凡的想象力和创意，也提了很多建议。排练结束，肖若曦想请他吃饭，以此谢不杀之恩，苏阳却找个借口推托了。

节目彩排，灯光球场照样热闹，所有对春晚关注的大小领导都在前排坐定，有节目的单位领导和演员同事也现场助阵，还有街巷里没事可做的大爷大妈，平时在街上敲锣打鼓扛广告牌的业余宣传队的老头老太太，差不多整个灯光球场都要坐满了。肖若曦今天很兴奋，她的《天籁》会给风城人带来全新的视觉享受，让那些平时把伸胳膊扭腿当做舞蹈的人看看什么才是舞蹈的精髓。肖若曦甚至联想到古诗词中那些美丽的意象，差点悄悄笑出声来。

苏阳坐在前排领导席的最边上，一边和演员交换意见，一边给领导介绍节目情况。临到肖若曦她们出场，才坐定下来，他要为《天籁》制造一些群众基础。

彩排是成功的，肖若曦获得经久不息的掌声。喜欢听敬酒歌的小股长郑童也跑过来和肖若曦握手，说了几句恭维的话后，就在苏阳身边坐了下来。

肖若曦走下台来，从他们身边经过，恰好听到郑童问苏阳离婚的事，整个人就懵在那里，想不到因为自己上节目的事，让一个家庭一分为二，她真的成了罪人。

晚上，肖若曦给苏阳打电话，说有件事要跟他说说。苏阳说你就说吧。肖若曦说在电话里说不清楚，需要当面谈。苏阳说:“到咖啡馆？”肖若曦说：“来我这里吧！”

苏阳到了肖若曦的出租房，见肖若曦眼睛红肿，好像刚哭过，便问什么缘由。肖若曦说：“对不起，是我害了你。”

苏阳说：“哪里的话，我们迟早得离，只是这次你正巧赶上而已。”

苏阳以前还真没正眼看过肖若曦，只知道她长着一双忧郁的眼睛，这样的眼睛要是真的长在一个专业的舞蹈演员脸上，一定是一笔不小的财富。而对于肖若曦来说，尽管有一副好皮囊，到这个年龄，连做个劈叉都不会好看了，要想在舞蹈方面有所建树，比登天还难。

肖若曦用忧郁的眼睛望着他，嘴唇轻微地颤动着，像一只可怜的小鸟。苏阳感到心里有点慌，面对一个漂亮的姑娘，他不动心是不可能的。但眼下，如果他趁人之危做了什么不该做的事，以后还怎么面对。苏阳站在肖若曦面前，一副怔怔的样子，倒是肖若曦忽然从凳子上站起来，扑到他怀里，两只手死死地扣住他的后背。

一切来得如此突然，苏阳收获的不仅是个美得让人心跳的姑娘，还有新生活来临时带给他的喜悦。他抚摸着肖若曦，从头发到脖颈，再到她细细的腰，到臀……苏阳四体兴奋，在肖若曦不断的娇喘声中，把她抱到床上，像剥开一只鲜活的笋子一样，慢慢从肖若曦的胯下，把她切开……

肖若曦突然推开苏阳，发出一声夸张的尖叫。苏阳正在兴头上，有些无法接受，却见肖若曦从床上一跃而起，赤着脚，披头散发往外面跑去。

6

整个夜晚，肖若曦都在做梦。她梦见自己在张家坡乡间的田野上，手里攥着一撮马尾。她梦见死去的娘，梦见自己十岁时的样子。她和娘一起走到后山上，娘的怀里抱着个黑色的稻草人。稻草人凶神恶煞，被娘用墨汁染了全身，用黑色的布条遮了脸。娘把稻草人吊在一棵树上，用手里的竹鞭和马尾使劲地抽打，用粗实的钢针一针一针地扎。

十岁的时候，肖若曦每天都和娘去后山上，每天都在临刑一个无辜的稻草人。家里的稻草都用干净了，后山的空地里就堆了一大堆被钢针和竹鞭弄碎的稻草屑。十岁的某一天清晨，肖若曦看见娘从床上下来，披头散发，满脸泪水。爹在前几天去大姑家没回来，娘一个人睡在厢房，怎么会大清早就哭上了呢？肖若曦没有问娘，她把洗脸水送到娘的面前，娘还在大把大把地抹眼泪。

中午，肖若曦和娘去了王三姐家里。王三姐是当地有名的女巫，平常时候哪家有什么小灾小难，她都会在人家的堂屋里出现，拿一把笤帚，执一撮马尾，口中念念有词，有时候嘴里会喷出一股子火焰，火焰在人家的神龛面前缭绕数秒后熄灭，惊得主人目瞪口呆。当然，肖若曦也看到过，王三姐有时候在人家面前大肆吹嘘，说自己可以上天入地，大鬼小鬼都惧她，结果给人承诺要办到的事没有办成，被人用绳子吊在房梁上毒打。有一次，村里一户张姓人家的孩子病得不轻，请了乡野郎中何德顺泡了木疙瘩水喝，不见好，便找了王三姐。王三姐用一个鸡蛋在孩子身上滚来滚去，又用右手食指在鸡蛋上画了符，然后把鸡蛋扔火里爆烧，鸡蛋发出噼噼啪啪的声响。王三姐对孩子的父母说，鬼已经被我烧了，孩子很快就会好起来，无需求医治病。王三姐收了人家一块二月月红的吉利钱，后脚还没跨出屋门，孩子一命呜呼。孩子的父母和亲戚要把王三姐推火里烧掉，幸亏张姓族长及时赶到，才免除一死，不过皮肉之苦却未能幸免。有好长一段时间，村里没了王三姐的踪影。

肖若曦看见王三姐和娘在里屋嘀嘀咕咕一阵，最后娘带她回了家。

肖若曦问娘："为什么要扎死那么多的稻草人？"

娘说："黑衣人该死，多死一个，人间就会多一些太平。"

直到肖若曦长到十六岁，直到肖若曦的父母已经死去三年，直到那个月黑风高之夜，肖若曦被那个黑衣蒙面人疯狂地切开，肖若曦才恍然明白，六年前，娘也许就被同一个黑衣蒙面人摁倒在厢房里的床上，那一夜过后，娘变成另外一个人。

肖若曦从十岁开始同母亲一起执马尾，她们不知扎碎了多少个稻草人，而她没有想到的是，那个黑衣蒙面人最后还是没有死在她的钢针下，而是被张家坡村民乱棒打死，自己却未能亲眼目睹这一幕。

当肖若曦被苏阳一层层剥开，当她正准备迎头痛击苏阳的侵略，她突然看到苏阳放在凳子上的黑色的内衣和裤子，她看见苏阳裤子上露出来的黑色的皮带，像一把寒光闪闪的刀子。

肖若曦披头散发偎在出租房的立柱旁，她看见城市明明灭灭的灯火，仿佛在嘲笑一个被噩梦缠绕的孤独的人，她折身回到屋里，一把抱住苏阳，嘴唇死死地黏在他的脖子上，喃喃地说："苏阳，我爱你。"

然而接下来的动作却是呆板的，苏阳小心翼翼地在她身上游弋，像俯身拾拣着破碎的玻璃。尽管肖若曦有时闭着眼睛美妙地喊叫，扭动，他始终把她当做一只易碎的花瓶。

肖若曦在梦中的尖叫把苏阳吵醒，他从后面抱她，把脸贴到她的脸上去，被肖若曦的泪水打湿。两人在半夜试图再做一次，最后又因苏阳的不忍而放弃。于是开灯说话，说苏阳的婚姻，说春晚的舞蹈，但并没有说肖若曦的从前，也没有说两人的未来。

腊月二十五，凤城春晚。灯光球场人头攒动，县乡领导依次入座，观众席上座无虚席。所有节目准备妥当，领导讲了话，节目就开演了。照例，今晚最出彩的节目，会得到领导的表扬，就看到时候谁得到的掌声最多。演毕县领导会和所有演职人员合影留念，但不会同所有演员握手。同领导握手的，必定是领导心仪的演员，今年握了手，表示明年有戏，今后可以在凤城抛头露面，会成为乡镇和部门领导的座上客，会经常接到诸如郑童等小股长的饭局邀请。肖若曦要的不是这个，她始终记得苏阳说过的话，整好了，送她到外面进修去。当然，彩排之前她是这样想的，现在却不想了。她只想发挥自己最好的水平，真正捧给观众一个非常的《天籁》，让人们记住什么才是真正的舞蹈，是高于生活的艺术。

可她最终还是没能捧出《天籁》，就在上一个节目刚刚开始，自己正要离开座位到演员休息间做准备的时候，她被一只有力的大手擒住了胳膊，那个身材高大的女人把她一直拖到球场外面，满目凶光地面对着她。

肖若曦此刻快要崩溃了，她挣脱许岚的手，准备返回球场，却被三个泼皮打扮的年轻人拦住。三个年轻人动手动脚，连摸带揉把她推搡在一根电杆下，用绳子捆了她，用一块肮脏的破布塞了她的嘴。

她听到场内大声的骚动，她听见苏阳用话筒喊她的名字，听到主持人在台上说抱歉，听到下一个节目的音乐响起……完了，一切都完了，丢掉《天籁》，同时还会丢掉苏阳，最主要的，是苏阳这次也彻底完了。

有人发现电杆上捆着的女人，扯了她嘴上的布条，解了她身上的绳子。肖若曦昏迷了近一个小时，等她苏醒过来，灯光球场已一片漆黑。曲终人散后，她没见到苏阳，她打定主意，不把一切真相告诉他。

那晚，她删除了手机上的无数个未接来电记录，正准备上床睡觉，却发现苏阳的短信：

“亲，我们联袂打造的《天籁》最终证明我的担心一点也不多余，我一直没有和你说过这样的感觉，但是，我知道今天晚上一定会发生这一幕的。相信这对于你和我都是一个悲剧。我只想知道，你现在在哪里，你还好吗？”

她把短信删掉，她感到释然。

《天籁》的几个女演员在轮番给她打电话，她挂掉。这时候又挤进来苏阳的又一条短信：

“亲，你还忘记做什么了吗？如果你真的看到这条短信，请你回复一个字吧！”

7

苏阳还是没找到肖若曦。春晚之后的好几天，苏阳都守候在肖若曦的出租房门口，就是没见到肖若曦的影子。除夕那天，苏阳去了肖若曦的老家张家坡，几乎问遍了所有村民，人们都说没看见肖若曦回来过。村民们说，肖若曦自打从学校里出来，就没有回过张家坡。苏阳回到凤城，许岚就给他打电话，要他过去陪孩子一起过年。苏阳没有去，一个人待在办公室吃了一桶方便面，就睡了。

年后刚上班，苏阳在办公室门口见到一个四十岁左右的中年妇人。妇人探头探脑，被苏阳开门时撞见。苏阳问：“你找谁？”

妇人顿了顿，有些腼腆地问：“你是肖若曦的男朋友？”

苏阳问肖若曦到底怎么了，妇人说：“她悄悄走了，欠了我两年的房租。这小姑娘，我看她怪可怜的，每月的工资全部还了贷款，房租不但一个子儿没给，还问我借了两千块钱。”

“那你怎么来找我，你知道我俩的关系？”

妇人拿出一张纸条，上面有肖若曦的字迹。拿近一看，只有两行字：我走了，房租和欠你的钱，请找县文产办苏阳。

妇人接着说：“看到字条，我就来找你了，我猜想你应该是她的男朋友，所以就来找你了，没想到你这年龄……”妇人又顿了半晌，说：“抱歉，可能我弄错了。”

苏阳说：“我是不是她的男朋友不重要，既然她叫你来找我，我就替她把钱还了吧，只是有个事情需要你帮忙，你能告诉我她在哪里吗？”

妇人摇摇头说：“我如果知道她在哪里，我也不会来这里找你了，你替她还钱，我多不好意思收……只是，房租这么多，还有我借她的。”

“对了，要不你就给房租吧，我借她的钱就不用还了。”妇人接着说。

苏阳说：“不用，一并给你还上，只是我现在手里没那么多钱，要不明天我把钱送你家里。”

妇人感谢地离开，苏阳准备向朋友借一些钱，为肖若曦把钱还上。

第二天苏阳来到肖若曦的房东家，妇人早早就在门口守着了。苏阳把肖若曦欠的钱全部还给房东，还进了肖若曦租住的房间看了看。

房间里除了衣服，其他东西都没有搬走。苏阳想，肖若曦可能是匆匆走的，也许她只是一时有了离开的想法，说不定她还会回来。

苏阳在房间的桌子上看见一根落满灰尘的竹鞭，一头系着一撮马尾。

苏阳琢磨着这个东西有可能也是肖若曦舞蹈用的道具，暗自惊叹这女子的确与众不同。

回到办公室，苏阳接到妻子许岚的电话。

许岚说："苏阳，我想给你说个事。"

苏阳问："什么事？"

许岚说："看你整天魂不守舍的，要不，咱们复婚吧。"

苏阳说："我早就知道你会这样，当初是你死活要离，现在又反悔了，这日子到底要折腾到什么时候？"

许岚听了就生气，在电话那头大声地吼起来："你到底想不想复婚？"

如果肖若曦不离开他，苏阳肯定不会答应复婚的。肖若曦一走，苏阳在感情上彻底没了指望，况且还有个孩子和许岚生活在一起，总不能让自己一个人成天在办公室待着足不出户，每天除了上班、开会就是蹲在办公室吃方便面，有事没事就想孩子。苏阳答应和许岚复婚，两人约定明天去民政局办手续。

当晚苏阳就搬回原来的家。见到了儿子，别提有多高兴了。吃了晚饭，陪孩子玩会儿积木，两口子久别重逢，就在床上做了功课。事毕，许岚枕在苏阳臂弯里，娇嗔地问他这段时间想她没有。苏阳说当然想。

许岚说："除了想我，还想别人不？"

苏阳心里一惊，想必是许岚知道他和肖若曦发生过的所有事情，就有些慌张，忙说："这事从开头到结尾本身就是个误会，是你打翻了醋坛子，我和她能有什么关系，想她干嘛。"

许岚轻蔑地笑了起来，说："别装了，你俩上床的事瞒得过别人，还瞒得过我？"

苏阳想这事很蹊跷，肖若曦能和她说吗？断然不会。莫不是自己心虚了吧，且死不承认得了。苏阳说：“你就知道一天乱七八糟瞎猜，我和她真的是普通朋友。”

“是啊，开头是，后来就不是了。”许岚说，“你满世界到处找她，找到了吗？”

“你怎么知道的？”苏阳有些气急败坏。

“春晚她没了节目，她被绑在一根电线杆子上。”许岚说。

“是你指使人干的吧？”苏阳用手戳她的鼻子。

“是我干的又怎么样？她抢走我的老公。”许岚挡开他的手。

“混蛋！”苏阳怒不可遏，差点没从床上跃起来。

苏阳最终还是没有和许岚复婚，他选择了逃避，同时，也选择了堕落。

春晚因为肖若曦的突然失踪演砸了之后，苏阳被剥夺了执导任何文艺演出的权力，只管做他的文产办主任，文艺方面的事由县文联余主席张罗。某种角度来说，这也算理顺了关系，找准了环节。苏阳也如释重负，这下，他无非就是做一些诸如整理上报文化产业资源各类报表，参加宣传部部务会领受一些临时工作任务罢了，用不着花心思对付某些头头脑脑和“资深人员”。但是，苏阳知道肖若曦的出走与妻子许岚有关后，他又跌进了另一个深渊，或者说，苏阳经历了人生中最致命的打击。苏阳是一个颇具艺术天分的人，在宣传部工作的这些年，凭借着自己在声乐方面的造诣和对艺术的独到见解，得到县领导的重视。他创作的本土题材歌曲在省市屡屡获奖，让各级领导和社会各界人士对凤城另眼相看，那些融进了大量凤城风土人情和民间习俗的音乐作品，对当地旅游产业的发展也有着强大的助推力量。除了在艺术方面有修养，苏阳还是一个善良的人，他关注新人，善于站在别人的立场上考虑问题，在凤城艺术圈有很高的名望。有一段时间，苏阳对自己所从事的工作充满激情，对凤城文艺事业的发展充满希望。遇到肖若曦以后，他所有激情和希望几乎燃烧成一种疯狂。肖若曦的出现给了他更多的灵感和理想，使他懂得从更多的角度去诠释艺术，保护艺术，演绎艺术。肖若曦的出走带给他无奈，而许岚的坦白，几乎让他绝望。

苏阳干脆租住了以前肖若曦租住的出租房，每天除了上班，剩下的日子就待在屋里。他甚至没有换房间的钥匙，连肖若曦没有带走的东西他都全部留下，包括那根系着马尾的竹鞭。他希望有一天肖若曦会打开他的房门，乖乖地回到他的身边。他总是睡得很晚，甚至彻夜无眠。有时候，他听见走廊上有脚步声轻轻地响起，会马上从床上跃起来，打开房门看是否是肖若曦回来了，但每次都没看到人影，打开门后，外面什么声音都没有了。苏阳学会了喝酒。他和单位的小李一起喝。小李嗜酒，喝跑了女朋友，喝丢了领导对自己的期望；小李越喝越想喝，经常把自己喝倒在回家的路上，让街道上打扫卫生的大妈抬到垃圾堆旁，用废纸盖在身上给他保温。苏阳和小李成为知音后，不但经常在一起喝酒，还在一起打牌，后来，他们一起爱上凤城翡翠路上的发廊，一起出现在红灯区某一家虚掩着门挂羊头卖狗肉的龌龊之地。但他没有想到的是，他会在一家发廊里遇到县直部门喜欢听敬酒歌的小股长郑童。

郑童说苏大主任原来也喜欢这一口，苏阳说彼此彼此；郑童说苏大主任在体会寂寞的味道，苏阳说这就是生活。苏阳后来和郑童也成为他们所说的生活中的形影不离的伙伴，在一起喝酒、打牌，逛翡翠路上的红灯区，经常魂不守舍地游荡在凤城的每一个角落。

直到有一天，他醉了，回到家，倒在床上酣睡起来。半夜，他感觉有人在身边走动，想睁开眼睛，但酒后的睡意让他失去了睁开眼睛的力气。恍惚中，他看见肖若曦从门缝里钻进来，手里攥着一节马尾。他看到肖若曦无比忧郁的眼睛里写满对他的怨恨，也看到肖若曦脸上楚楚可怜的美丽。他伸出双臂，把她揽在怀里，大声地叫唤着她的名字。但怀里的身体突然像一阵风不见了。他呼喊着，仿佛看见肖若曦轻飘飘地落在房顶上，一只手摇晃着马尾。他箭步飞奔到房顶上，刚伸出双臂，肖若曦又突然不见。转过身，她立在街道的人群中，向他招手。他看见所有人都在看着他，仿佛脸上挂着轻蔑。他从房顶上跳下去，但他在空中飘了好久好久，双脚总也落不到地上，这时他听见肖若曦狂笑的声音，那声音充满哀怨，充满愤怒。就在他即将落地的一瞬间，他听见肖若曦说：我是鬼，我是在人间迷路的鬼。这时候，苏阳醒了，他吃力地睁开了眼睛。

苏阳满身是汗，感觉到全身湿漉漉的，就开了灯，拿毛巾擦拭身上的汗水。他感到胯下尤其湿得厉害，仿佛是一坝决了堤的洪水汹涌而来，伸手一摸，竟是一汪浓浓的精液。

门虚掩着，断是有人来过。难道小偷光顾了满屋的酒意？不是，肯定不是，那就是肖若曦来过了。他突然就兴奋起来，他等这一天已经很久了。这是一个月圆之夜，皎洁的月光从窗外泻进来，干净而温柔。他追到大街上，一个人也没有，他大声地叫着“若曦”，拿扫帚的大妈从拐角处过来，对他说：“你找那个醉酒的年轻人吗，我看见他回家去了。”

苏阳说，我说的不是小李。

回到屋里，他发现放在墙角桌子上的那根系着马尾的竹鞭不见了。

第二天，他在上班的途中遇到郑童。

郑童把他拽到一个角落里，对他说，我前几天去了市里。

“你去市里关我什么事？”

“我遇到你到处找的那个人。”

“若曦？”

“还‘若曦’，你听我说完后，会疯掉的。”

“那你快说啊，我已经疯了。”

郑童说完后，苏阳真的差点就疯了。

郑童说，一个礼拜之前，他去东林市交报表，晚上去了一家叫“天籁”的夜总会，他在那里遇到肖若曦，她和一群浓妆艳抹的小姐被夜总会的大堂经理叫过来给他们服务。当时他也不相信自己的眼睛，就点了她，可姑娘在他身边坐下来的一瞬间眼睛和他对了一下，打了个寒噤，就开始局促不安了。他把嘴凑到姑娘的耳边，对她说：“肖若曦，你把苏阳害得好苦，他满世界找你。”

“你认错人了，先生，我不是你说的什么肖若曦。”姑娘说。

“你就是化成灰，我也认得，况且你的声音……”郑童突然很后悔揭穿她，他看见姑娘起身要走。

姑娘借口拿东西出去一下，再也没有回来，后来陪郑童的是一个膀大腰圆的外地女子。

苏阳第二天去了东林，晚上，他按照郑童给他说的地点，找到了“天籁”。苏阳走进夜总会的大厅，探头探脑地寻人，被大堂经理招呼一伙保安把他撵了出来。苏阳说：“大哥，我找一个人。”

穿灰色制服的保安中，有个唇腭裂补过的汉子走过来，说：“叫谁大哥呢，这老头，你都有我爹的年纪大了。”

“兄弟，我找一个人。”

“叫兄弟也不行，你和谁套近乎？咱们现在是给你一条活路，你赶快走，要不然可把你当小偷抓起来了。”

苏阳说：“兄弟你行行好听我说，我到这里，是找一个叫肖若曦的女子。”

一群保安就哈哈大笑起来，唇腭裂说：“我们这里没有姓肖的，只有姓小的。”

苏阳说：“兄弟请把话说清楚。”

唇腭裂说：“那你就听好了，我们这里有小黄、小张、小李、小邓、小胡、小周、小吴，就没有你说的那个什么曦。”

苏阳说：“大哥……不是，兄弟，你再好好想想，我找的女子就姓肖，我朋友前几天在这里遇到过她。”

“我都给你说清楚了，我们这里没有姓肖的，只有姓小的，她们的名字叫小姐，你懂吗？”

唇腭裂身后的几个保安笑得前仰后合，苏阳心里像燃起了鞭炮，煞是难受。但还是求他们给他找找肖若曦。

唇腭裂有些不耐烦了，便说：“她是你什么人，你老婆吗？你岂不是绿帮中人了？趁现在你大爷我没发火，赶紧滚蛋。”

苏阳在离夜总会不远的一个烧烤摊前坐下来，要了几个小吃和一瓶啤酒。

苏阳边吃边看对面夜总会的大门，只要看见有小姐打扮的女人从大门里出来，便飞快地奔过去，几个保安愤怒地望着他。

他看见房顶上“天籁”二字闪着金色的光，像一个人写满故事的眼睛。苏阳喝着酒，两行热泪就滚了下来。

摊主是一个微胖的中年女人，见苏阳这般模样，就问他："大哥，你望着对面场子流泪，你是找人来了？"

苏阳点头。

女人叹了口气说："我这个小摊上，坐的基本上都是伤心的人。前几天有个农村母亲来这里找她女儿，女儿做了小姐，装作不认识她，你猜那位母亲后来怎么了？"

苏阳摇头，说："我猜不出来。"

"跳楼死了。就在对面夜总会的楼上跳下来。"

"不是不让进门吗？"苏阳问。

"她是趁那些保安不备，悄悄冲上顶楼的。死得很吓人，一大滩血，溅得到处都是。这几天都很少有人来我这里吃东西了，只有对面那些小姐，晚上饿得厉害，才过来吃点烧烤。"

苏阳突然兴奋起来，他想，再等一会，肖若曦肯定会来的。

他就看见一个熟悉的身影。不，是两个。女子身边还有一个肥胖的男人，大约五十来岁。

两人很快就来到摊前，苏阳眼珠子都快跳出来了，真的是肖若曦。

苏阳站起来，拽着刚刚坐定的女子的胳膊，叫道："若曦。"

女子惊慌地望着他，足足十几秒钟。她婀娜的身材微微颤抖，像遇见了失散多年的亲人，嘴里说了一个"苏"字，突然又止住了，半晌，改变了脸色，说："我不认识你。"

"我是苏阳，我找得你好苦。"

"我真的不认识你。"女子甚至有些愤怒。

"和我回去吧，若曦，今后谁也不会欺负你了。"苏阳哀求。

“你又不是我爹，我为什么要和你回去？”女子说。

“你就别骗我了，你就是肖若曦，前几天郑童就在这里遇到你。”

女子的声音开始变成哭泣，她推开苏阳的手，说：“我真的不认识你，你再这样纠缠下去，我会报警的。”

坐在旁边的男人站起身来，对苏阳说：“这位先生，你准是认错人了，她真不是你说的那个人，她是我太太。”

苏阳随手就甩了男人一节耳光，大声地骂道：“去你妈的，你知道她是谁吗？我女朋友。”

肥胖男人一个踉跄，坐在地上，右手从裤袋里掏出手机，准备打电话。

女子拽着苏阳的手，从烧烤摊前一溜烟跑出来，直到一处隐蔽的地方才停下来，生气地对苏阳说："我是看你可怜，才救你的，你真的认错人了。"

苏阳突然跪在女子面前，对她说：“我不会相信的，你就是要我死，我也不肯放弃。”

女子突然转身，说：“我不管你肯不肯放弃，我都不是你要找的人。如果你非要逼我，我就爬到对面的大楼上跳下去。”

苏阳说：“要跳也是我和你一起跳。”

女子说：“你值吗？”

苏阳说：“这也是你逼的。”

女子说：“你真是见鬼了。”

苏阳说：“是的，你就是一只鬼。”

女子哭了起来，但她和苏阳都分明听见周围有很多人在说话的声音，知道是那个肥胖男人领着人来了。女子便又拉着苏阳的手从一个小胡同里绕了出去。苏阳的手被女子紧紧攥着，他突然感觉到自己仿佛是一绺黑色的马尾。苏阳感到很温暖，他找到了那个和自己同时堕落的女人，他甚至欣喜若狂，拽他的那只手就不知是么时候撤开了。眼前一片黑暗，苏阳大声地叫："若曦，你在哪里？"

8

一年后，苏阳被抽调参加市里举办的民族民间文艺展演，他为台下和全市电视机前的观众奉上他的原创歌曲《女巫》。倾情的演唱，让剧场里响起阵阵掌声。

你在天地间孤独地舞蹈
你在睡梦中无助地呼喊
你在遥远的乡村甩响竹鞭
你在我的命中丢下马尾

你是山那边被扎碎的稻草人
你是悬崖上怒放的凤尾兰
你是路过人间的一只鬼
你是游走黑夜的长明灯

你本有一个美丽的名字
那时我看见阳光泻在你心里
你曾经坚强地抓紧大地
可最后却被时光流放在

遥远而又遥远的地方

……

唱罢苏阳回到观众席，低头抹一行热泪。一年来，他去了肖若曦的老家很多次，在肖若曦曾经住过的土墙房外面发呆，流连于村民们为他说起过的肖若曦呆过的地方——矮山河谷的玉米地，弯弯曲曲的山路，坡下簇生着红籽刺的乱石旁……一年来，苏阳了解了肖若曦的身世，他心里无时不刻把这一切想象成自己做过的一个梦，梦里梦外都是那么凄切，感伤。

《女巫》让苏阳重新回到自己，让他找到了情感的皈依。苏阳坐在台下，耳边还回响着演唱这首歌时经久不息的掌声。这让他有些陶醉于以往的生活，感恩于命运带给他的一切。就在这时，报幕员在报着下一个节目："下面，请大家欣赏舞蹈《天籁》。"

苏阳耳朵嗡嗡地响了好一阵，他不相信，那个已经死去的节目又重新复活了。然而，让他更不敢相信的是，他看到了台上的一幕。

稻草、布匹、花朵和木鼓，多么熟悉的道具；藏青色的演出服，执马尾似的半握的手，无助地张望的眼神；空旷肃杀的背景音乐，诡异迷离的蓝色的灯光……苏阳从自己的座位站起来，躬身走到前排领导席的旁边，两只眼睛突然变成一万只眼睛，他在搜索着台上那个熟悉的身影，然而，十分钟的天籁之音过去，演员们回到观众席，他仍然没有找到那个人。

他走到《天籁》演员的座位旁，小声地问其中一个还在气喘吁吁的女子："你可认识肖若曦？"

"认识啊，你认识她吗？"

“认识，我们……”苏阳没说完。

“我们是同学，这个舞蹈就是上大学时她编排的，由于这些年来我们各奔东西，一直没有机会搬到舞台上，好在这次母校把我们召集回来，重新打造，这不，今天晚上就演了。”

“那肖若曦怎么没参加演出呢？”苏阳问。

“她放弃工作走了，我们四处找她，没有人知道她在哪里。”那女子一边说，一边用圆溜溜的大眼睛看他，终于认出他就是刚刚在台上演唱《女巫》的苏阳。

“很幸运认识你，凤城大才子苏阳。”女子说着，朝旁边的几位女演员看，几个姑娘全扭头过来。

“很幸运看到你们的《天籁》，这也许是我一生中最幸运的事。”苏阳说。

他看见后面一排有一位埋着头沉思的女观众突然抬起头来。

他用双手揉了揉自己的眼睛，揉出无数朵金色的花朵在眼前飘荡。他再一次把目光追过去，那人已经起身走了。

一直走到剧场外面，他才大声地对着前面的背影叫了一声：“若曦！”

那人回过头来，奇怪地看他一眼，问：“你叫谁？”

“对不起，我认错人了。”那人满脸雀斑，腮帮微鼓，是一个四十岁左右的中年女人。

燕子

1

他拍了一幅临时客运站的图片，放进朋友圈，写下一句话：秋风如此萧瑟，我要回老家看看。点了“发送”，便关闭了移动数据，爬上一辆绿色的农村客运微型车。

临时客运站的车辆横七竖八地停放着，隔着车窗玻璃往外看，好像一个正在搬家的工厂，那些载人的农村客运车，顶棚上也堆满了沙发、茶几之类的物品。他把头往车舱里扭，过道左边的一排，一个打扮时尚的女人正往头顶的货架上塞东西，弯腰时瞥了他一眼，对他微微一笑。

女人身材修长，穿一件酒红色的连体外套，看上去很年轻，也就三十五六岁的样子。她左边的眉心上，有一粒绿豆大小的黑痣，面相显得倒是优雅，只不过整张脸上都施了浓浓的脂粉，平添了一丝丝风尘味道。

司机检查座位，路过他身旁，打了个招呼：你又回家看老房子了？他说是的，估计这是最后一次看老房子了，以后想看也看不到了。司机说，是啊，再过两年，恐怕是另一个样子了吧！

过道左边的女人捋了捋衣服的下摆，坐了下来，把一个镶嵌着银色宝石状颗粒的黑色挎包放在怀中，从挎包里掏出手机。

“喂，你是不是已经到了？你那边谈得还好吗？”女人使用的是有些蹩脚的普通话，听得出她是凤城本地人，平翘舌分不清楚，鼻边音模糊。

电话那头信号似乎不太好，女人 又“喂”了好几声，沮丧地挂了电话，努了努嘴，又拨了另一个人的号码。

“你好，是成明明吗？我是平安姐。”那头有了回应，女人的眉头舒展开来，眉心的黑痣上下舞动。

“我就是想告诉你，我回凤城来处理一件小事，顺便见一见这边已经联系好的几位患者，你家的那位癌症病人得赶紧从医院里搬出来，趁我有空，帮你们治好算了。”

蹩脚的普通话，语言有些急促，整个谈吐让人倒吸一口凉气。过道另一旁的乘客都侧过脸来，看了看这位穿着酒红色连体外套的女人。

微型车徐徐启动，只几分钟就离开郊区，行驶在通往乡村的柏油路上。路旁的庄稼地埂上，新引进的格桑花一簇簇扎堆盛开，即便秋风萧瑟，也仍然摇头晃脑地肆意绽放。

他一边观察着路域环境的巨大变化，一边听着过道另一侧女人打电话的声音。这样过了几分钟，他的耳朵里，似乎有鸟儿婉转地歌唱，各种鸟声，仿佛抬着一个庞大的春日清晨，迎面而来。他应该是睡着了，他应该是在回家的路上梦见少年时的山坡。

鸟是蓝耳翠、白头翁、小头冠、黄鹂，是用乡间土语来称呼的阳雀、啄木冠、大斑头、鬼灯歌儿、牛屎八儿、油炒鸡胯胯、有钱多买鸡、点水雀儿……众鸟在林间高飞，它们都顶着一身美丽的羽毛。在他的印象中，画眉鸟的身形比其他鸟要大一些，在墨绿色的森林里，像个侠客；黄鹂鸟穿着一身黄色的制服，每天模仿着凤凰叽叽喳喳地说着庙堂之上的官话；小头冠在枝头上窜下跳，像打柴的小厮……有一种鸟，穿着燕尾服，成群结队地在电线杆子上合唱，“叽叽喳喳”的声音，虽不是很动听，但不聒噪，像老祖母拨弄锅瓢碗盏时发出的声响。不错，这是燕子，小学课本里写的是“一身乌黑的羽毛，一对俊俏轻快的翅膀，加上剪刀似的尾巴……”

他在鸟声中睡了好大一阵。车停了下来，有人下车，他也在这个时候醒了。穿酒红色外套的女人从货架上取下两个塑料包装袋，拎着包下了车，她黑色的高跟鞋在公路上响起“咯斥咯斥”的声音。

汽车已经行驶了近两小时，再过几分钟，他也该到家了。

2

他挎着一个卡其色帆布包下了车，往村子里走。一路上，他遇到几个挽着裤脚的外地人，头上戴着安全帽，手里拿着錾子、手锤等工具，在新硬化的连户路旁抽烟，嘴里叽叽咕咕地说着什么。看得出，这些都是建筑工人。从上个月起，这个村子就开始实施易地搬迁工程，那些住在矮山河谷斜坡上的人家，不久后将全部被请到坝上，住进统一风格的房子里。这些在路旁抽烟的建筑工人，是专门从贵州请过来修建房屋的，因为这个地方的易地搬迁工程，要按照黔东南穿青人白墙青瓦的民居风格来打造。他对他们微笑，算是打招呼，其中一人从迷彩服口袋里拿出一盒烟来，抽出一支递给他，他没要，说了一声谢谢。此时，他听到不远处有一个人扯着嗓子说话："哎呀，苏阳同志……不是，苏阳老师……也不是，苏阳作家，你到底还是回来了，我们找你的电话，几乎找遍了整个凤城，硬是没有人认识你。"

"我电话上个月换了，我告诉过我三叔。"苏阳说。

"你三叔老年痴呆，就只记得一个 138。"

说话的人叫刘天武，是庙坎村的副主任，负责做木桶沟村民小组易地搬迁工程的群众工作。苏阳与刘天武是高中同学，当年，苏阳以优异的成绩考取了省属重点师范院校，而刘天武，却随一个磨旧的铺盖圈回到乡下，几年后当了村官。因说话不着调，眼高手低，喜好表态却又只能说空话，刘天武在庙坎的群众基础就不太好，几次竞选村主任都上不去，在副主任的岗位上一干就是十几年。苏阳知道，三叔是不肯把电话告诉他。三叔曾经说过：刘天武这个狗日的，就是一个日白匠。

村子里，墨绿色的挖机有好几台，正摇头晃脑地工作。苏阳和刘天武来到自家的老屋旁边，看见三叔两手叉腰站在一台无人操作的挖机旁边，嘴里骂骂咧咧地说着什么。苏阳家的老房子离三叔家有两百米，因为多年没人居住，院子里长满荒草，看上去像一片上了年岁的坟地，显得异常荒凉。三叔是父亲最小的兄弟，五十岁了，身体健朗，他穿着一条堂弟从广东带回来的牛仔裤，膝头上有几个破洞。三叔见了他，没有好脸色地说：“你来得真是时候！”

苏阳问三叔：“咱们的房子是不是要拆了？”

“拆个球，你爹又不在，安置的事情还没说好哩！”

刘天武说：“他爹没在不要紧，他回来了不也一样？”

“你说得倒轻巧，他是人民教师，户口早已没在木桶沟，这房子的产权是他爹的，他能做主吗？”三叔说话的时候，看也没看刘天武一眼。

苏阳说：“其实也不是多大的事情，别人家怎么安置，我们家就怎么安置，我爹没在，三叔做主就行。”

三叔更气愤，指着他的鼻子说：“你和我那宝贝儿子都是标准的败家子，我们老苏家怎么就没有一个出息的人！”说完，转身走了。

刘天武把苏阳拉到墙根下说话。刘天武问：“老爷子真的没有下落？”

“没有下落！”苏阳说。

“我倒是听说，他生意失败后的这几年，一直待在北海，不知道是不是真的。”刘天武弹了弹手上的烟头。

“听说是在北海，不过那也是五年前的消息了，这几年谁也没有见过他。”苏阳说。

苏阳的父亲十五年前去了广西。十五年前，苏阳的母亲死于乳腺癌，那时，他才二十二岁，参加工作刚满两年，从以勒镇的一所中学调到县城二中去工作。母亲死后半年，父亲就同邻村的几个年轻人到广西去了，说是去开一个家具厂。父亲离开村庄时还不到五十岁，精力相当充沛，所以苏阳也就没有怎么劝他。父亲一去，就再也没有回来过，听那些在广西打工回来的年轻人说，老爷子在广西的生意做得很大，发了，开一辆银灰色的宝马。

到县城工作了两三年，有一天，苏阳接到父亲的电话。

“你要是对自己这份工作不满意，就来广西吧，在这里，我能赏你一口饭吃。”

那时苏阳刚结婚，妻子是凤城二中校长的女儿，叫许晓芹，在县城南大街开了一家小小的美容院。

接到父亲的电话，苏阳知道他在广西混得不错，自然替他高兴。他对父亲说：“我现在很好，我结婚了。”

父亲说了几个“好”，就匆忙挂了电话。从此以后，他再也没有听到过父亲的声音。

两年后，许晓芹丢下自己的美容院，和一个倒腾煤炭的家伙去了贵州。苏阳重新过回单身的生活，工作之余写诗作文，直到现在。

3

门紧锁着。这扇门，去年他回家过年的时候打开过，里面有很多蜘蛛网。蜘蛛网密密麻麻地结在柱子上，像一道道镂空的门帘。屋子里散发着木板被蛀虫咬坏之后的腐臭，墙根下堆满细碎的木屑，像被屎壳郎推了无数遍的干透的牛粪。

苏阳每次回家过年，都只是在大年三十那天打开老屋看一看，旋即又上了锁。苏阳每年都在三叔家过年，每年都是一过大年初三，农村客运一开始营业，就回到县城。年关，他总是会听到那些回家过年的年轻人说起他父亲的消息。有人说老爷子的家具厂倒闭了，欠了一身债，去了深圳，在一家皮革厂看大门；有人说，老爷子后来租了一台废旧的机床磨珠子，底下有三个女工，他和其中的一个女工好上了，生了一个女儿；有人说老爷子后来又去了北海，在一个很大的公司里，做的是高大上的融资工作，村里有人去投资，每一股资金是六万九千八……

那些回家过年的年轻人，聚在村东头老公社的院坝里晒天阳，打扑克。他们一说起苏阳的父亲，都表现出极高的兴致。有人说，老爷子在广西的时候，和本村出去打工的一个年轻女子关系特别好，他经常开着他的宝马，载着年轻女子去大饭店吃饭，去 KTV 唱歌。另一个人说，不对，他身边的那个女子和他是正常的工作关系，是他公司的文员，人家是有老公的，她老公就在老爷子的公司里开一辆大货车。又有另外一个人说，大老板和公司里的秘书哪一个是清白的？就拿我们厂来说，老板已经七十多岁了，一张皱巴巴的脸，一见到女人，还不是色眯眯的，年轻女人被他废掉的何止一个！

每一年都有人说起老爷子，但其实没有一个人真正和他见过面。苏阳和他们坐在老公社院坝里的大石头上晒太阳，和他们玩扑克，偶尔会问："你们所说的本村的年轻女人，叫什么名字？谁家的姑娘？"

他们总是笑笑，有意避开话题，转而咒骂手中的臭牌。

三叔站在旁边，没好声气地说："这几个狗日的，一天到晚尽说瞎话，你们要是知道他在哪里，还有不说出来的！"

有人说："老三爷，我们都说得很清楚了，你大哥在北海，做的是每一股六万九千八的融资工作，高大上。"人们都哈哈大笑，三叔吐了一口唾沫，走了。

门紧锁着。挖机开到房檐下，刘天武拍了拍苏阳的肩膀，问：“可以动手了吗？”

“动手吧！”苏阳说。

挖机伸出长长的脖子，巨大的嘴巴向破旧的屋瓦上咬去。

就在这时，苏阳喊了一声：“慢！”

挖机的脖子僵直在空中，像电影里被点了穴道的武士。

“你反悔了？”刘天武不解。

“没有反悔。”苏阳说。

他看到檐砍上的夹层天花板上，有一个新垒起的燕子屋。他用两条板凳垫起来，爬上去，轻轻取下那块破旧的竹篾。

燕子很多年都不在他家的房子上垒屋了。小时候，母亲说，燕子垒屋的人家，都是人丁兴旺的，都是日子殷实的。小时候，他看见燕子成双成对地在房前屋后打转，每年都会有一对燕子衔着泥巴来他家檐砍上的夹层天花板上垒屋。燕子屋垒在对角处斜伸出来的一块小木板上，看上去摇摇欲坠。苏阳大约在十二三岁的时候，在三叔的指导下，用篾条编了一块竹板，插在天花板的缝隙里，从那以后，燕子就将窝垒在竹板上。“叽叽叽，叽叽叽！”燕子每天都会从屋里飞出去，又飞回来。苏阳看见那些把头伸出洞口的小燕子，张着小小的嘴巴，等待它们的父母喂食，心里感到很温暖。

那时候，苏阳有一匹马。

马有时拴在院子里的一棵柿子树上，安静的夏天的正午，苏阳背着书包去上学，出门时，总要去院坝里摸一摸马脖子上的鬃毛，总要在拍拍马背之后，把脸贴在马眼睛上暖好一阵，直到他看见一只燕子“嘟”的一声飞过头顶，钻到屋檐下。

苏阳的马枣红色，有光洁的皮毛，轻盈的四蹄，清脆的响鼻。

枣红马驮着驮兜去山梁上，驮回来一袋一袋的洋芋、苞谷；枣红马拉着一架花轮车，去十里地以外的陇东煤场，拖回来一堆黑黑的煤块；枣红马没事可做的日子，由苏阳骑着它到山上去，偷食别人栽种在斜坡上用于盖房子的茅草。

苏阳骑着他的枣红马，去到山梁上，看见本村蒯大舅的女儿蒯晓燕牵着一头小牛，在水沟边饮水。

“燕子，你的小牛好瘦，你得弄些茅草给它吃。”苏阳看见燕子的脸在清晨阳光的照耀下，红扑扑的。

燕子说：“苏阳哥哥，偷茅草是要挨揍的。”

苏阳把马绳拴在一颗树上，一个人去斜坡上扯茅草，不一会儿，他抱着一捆茅草回来，分给燕子的小牛一堆，剩下的，给他的枣红马。

燕子说：“苏阳哥哥，你的手被茅草划破了，正流血哩！”

苏阳把被茅草划破的手指头放进嘴里，咂了几口，对燕子说：“一会儿就好了。”

燕子从牛绳里抽出一根细细的麻线，从衣服口袋的里层撕下一小块布，对苏阳说：“妈妈教过我，我来为你包扎！”

燕子的两个小辫子在苏阳的眼皮下晃来晃去，让他鼻头痒痒。燕子包扎好苏阳的手指，抬头看着他笑了笑，她左边的眉心里有一粒小小的黑痣。

4

紧锁着的门在挖机掀开瓦檐的那一刻，裂开了。结满蛛网的老房子，随着几声“咔嚓”，坍塌了下来。

屋子里废旧的碗柜、木床、洗脸架，都在几声“咔嚓”之后变得稀碎。瓦片从空中掉下来，砸在檐坎上，发出叮叮当当的脆响。老房子是两层木楼，二楼的楼担是用碗口粗的杉木做成的，上面铺了一层木板。木板上，有一口很大的粮仓，苏阳很小的时候，曾和弟弟妹妹爬进粮仓里去玩耍过。此时，房子的二层楼一下子崩到地下，那口粮仓依然没有破碎。当挖机巨大的嘴靠近粮仓时，苏阳又差点喊了出来，不过他还是憋住了，他想，粮仓里其实什么也没有。

粮仓是父亲请蒯大舅打制的。蒯大舅是一个聪明的木匠，在整个以勒镇都很有名。蒯大舅手巧，他做的亮顶碗柜上，有很好看的花鸟图案；他做的靠背椅子，有很精致的扶手，扶手上的小孔可以装进一支钢笔。蒯大舅的一双手除了会使钻、锯、斧、錾，还会写字，蒯大舅的女儿燕子没进学堂之前就会默写很多首古诗。三叔说，蒯大舅因为太聪明，又读过“鲁班书”，所以没有儿子。苏阳不懂得三叔说的是什么，他只是想，要是自己以后也能像蒯大舅一样聪明，能用杉木打制出更多美妙的家具，那是何等快乐的事情。

挖机巨大的嘴，一两口就将粮仓咬得稀烂，散落的木板又被系数折断，冒着白烟。一只老鼠从粮仓里跑出来，径直跑到苏阳脚边，睁着惊惶的两眼，停了停，飞快地逃了。那是一只很瘦的老鼠，和苏阳小时候见到的完全不一样。

刘天武扯了扯苏阳的衣服，开玩笑说：“你家的老鼠为你看家十几年，都瘦成精了。”

苏阳没理他，只顾看那口破碎的粮仓。

蒯大舅当年打制这口粮仓，足足用了五天时间。就在最后一个楔子夯进榫头之前，蒯大舅抡起来的斧柄脱落了，斧头夺门而出，钉在院子里的那棵柿子树上，“砰”的一声，蒯大舅身子前倾，脑袋重重地撞向仓板，昏死过去。一年后，身负重创的蒯大舅在自己的家中死去，他的妻子带着十岁的女儿燕子，哭啼着来到苏阳家，要苏阳的父亲赔她的男人。

这都是过去的事了，燕子的母亲在男人死后不到三年，就改嫁到邻村，燕子还没到十三岁，就被远在广东打工的叔叔带走了。

三叔说，蒯大舅太聪明，又读过鲁班书，所以短命。三叔还说，人什么事都可以干，但千万别读鲁班书。苏阳没有见过鲁班书，有一次，他牵着枣红马在山梁上，遇到燕子，他问：“你见过鲁班书吗？”

“我没见过。”燕子说，“苏阳哥哥，他们都说我爹是因为读了鲁班书才死的，你信不信？”

“我不信。”苏阳说。

燕子离开后那几年，苏阳从城里读书回来，总要去她家的老屋看一看，院墙斑驳，一棵石榴树弯曲着身子站在角落里，抖动着满身的落叶。那时候，苏阳的枣红马已经被父亲卖到其他地方去了，燕子家的小牛长大后，也不知道身在何处。苏阳的伤感，渐渐培育出自己写作的冲动，后来上了大学，他在校刊上发表的第一首诗，就叫《燕子》。

挖机离开老屋，开到了别的人家，苏阳还是木木地站在院子里。三叔说：“你爹辛辛苦苦修的房子，没经过他的允许就挖掉了，他要是哪天回来，看见房子没有了，不伤心死才怪！”

“他要是回得来，哪怕房子没有了，也是好事一桩。”一旁的三婶说。

“我听说，你爹在北海融资，可把咱们这一带出去打工的老乡们坑坏了，很多人都给了他六万九千八，全成了水漂。”三叔把他拽到一旁，小声说。

“你是说，你知道我爹在哪里。”苏阳看着三叔的脸。

“我也不知道，但我相信，你爹不肯回来，估计是怕人们找他算账。”三叔接着说，“河对门的小桉子刚回来，他说，你父亲从黄泥坡叫了很多人去北海，全是你母亲的后家亲戚，那些人交了钱，就进了一座大厦去工作，后来全都与家人失去联系。”

“但是，我每次问那些打工回来的人，想从他们口中知道父亲的下落，他们总是避而不答，这又为何呢？”苏阳说。

“你傻呀，你父亲干的是什么事，他们难道不知道吗？他们哪敢得罪人！出门见了世面，人是会变狡猾的。”三叔吐了一口唾沫，接着说，“眼下说这些也没多大用处，你想找他也绝不可能，你弟弟妹妹不是每年都要找好几个地方吗，好不容易挣了点钱，全部用在路费上了，多可惜！要我说，别管他，就当他已经死了！”

苏阳有一个弟弟，叫苏木，在父亲离开老家之前，高中没有毕业的他就去了浙江，在永康的一家工厂做皮鞋，挣了些钱，在当地娶了老婆，买了房子，隔两三年会回老家来看一趟。妹妹叫苏荭，在他大学毕业之前就嫁了，也去了浙江、广东等地，过着在外打工的日子。妹妹偶尔会给他打个电话，无非是劝他早点找个老婆，结束单身生活。关于父亲，他们几兄妹之间都没有说得太多，好像老爷子人间蒸发的这些年，做了很多见不得人的事。

在三叔家的临时帐篷里住了一夜，第二天，苏阳决定去河对门找小桉子。

小桉子是回来为父亲奔丧的。十天前的一个早晨，小桉子的父亲去山梁子上的鬼过岩放牛，晚上不见回来。小桉子的女儿打来电话，说爷爷不见了。小桉子赶紧托付在家的亲戚邻里帮着找，找了几日，在岩脚下发现老人已经烂臭的尸体，那头瘦得叫不出声音的老黄牛，卡在两棵青杠树之间，鼓着双眼，舌头已经快要掉下来了。

见到苏阳，小桉子先是皱了皱眉，旋即满脸堆笑地迎了过来，说，“苏老师过来，想必是询问你父亲的下落吧！”

苏阳从帆布包里掏出三百元钱，递与小桉子，说：“给老爷子烧柱香吧，桉子兄弟节哀。”

小桉子接过钱，塞进裤兜里，说：“苏老师想得周到，我爹一世贫困，死也死得不风光，让你见笑了。”

两人沉默片刻，似乎没有话说。小桉子递了一根烟过来，苏阳接了，在小桉子的烟蒂上点燃，猛吸了一口，差点呛出眼泪。

“其实，我也是因为父亲死了，才决定把一切告诉你的，我理解你作为一个儿子的心情。”小桉子说。

从十年前说起，几乎是每说完一年的事，小桉子就抽一根烟。苏阳陪他抽，有时，烟蒂燃尽，长长的烟灰柱落到裤子上，留下一滩白灰的印迹。

整个下午，十年间发生在父亲身上的事在小桉子的口中讲述出来，像一个电影。末了，小桉子说：“苏老师这些年也没想到问问我，但老实说，之前你要是问我，我也不会讲。”

5

清晨的木桶沟响彻着挖机“咔嚓咔嚓”作业的声音，村庄里的每一户人家，所有土地先前的四至界限，全被那些戴着安全帽的外地人改写成美丽乡村的天头地角，连鸟儿栖息的地方，都被一幅幅大粗黑的标语所占据。处理好房屋安置的事情，苏阳告别三叔三婶，拎着帆布包准备回城里去。

沿着出村的水泥路一直走，走了好久也没赶上车，苏阳索性往小路上去。这条小路可以直溜地通往以勒镇，途中要经过一个叫发贡的村庄。苏阳知道，燕子的母亲就改嫁到这个地方，燕子的继父早年是一个以赶马车为营生的姓张的高个子，后背微驼，远远看去，像一个被雨水淋坏的草垛。少年时，苏阳去以勒赶集，会在路上遇见他的马车。他站在车板上，用皮鞭抽打他的马，“驾驾驾”的声音不绝于耳。那匹钉了马掌的栗色马在公路上狂奔，扬起一阵阵灰色的烟尘。

发贡是提前一批实施易地搬迁的村庄，山脚下一垄一垄的白墙青瓦，在清晨阳光的照耀下，显得格外清澈和静谧。他走在进村的小路上，偶尔有鸟鸣声沁入耳鼓，但却不是年少时他听过的那些欢快、悦耳的音符，秋天的鸟鸣，单薄、凄婉，充斥着满目的凋敝，和孤独。他顺着新近更换过的电线杆的方向走，进入村中。人们仿佛还没有醒来，连一只鸡和一条狗也没有见到，这时他才明白，那些人还没有搬进来，这一溜新房子的主体施工才接近尾声，内装修才刚刚开始。

小桉子告诉他，他的父亲毁在一个女人的手里。

他边走边咀嚼昨天的谈话。谈话刚开始时，小桉子说，老爷子在外面的这些年，实际上是被这个女人牵着鼻子走。“这女人是谁？”苏阳几乎在小桉子每讲完一年的事情时，都要问上一句。小桉子只是笑，小桉子说，这女人，实际上你认识。

苏阳走进一座新房的门前。按照记忆中的方位，这所房子的位置应该是那个驼背车夫之前居住的地方，只是现在，这座房子还属不属于他，就不一定了。隔着窗玻璃往里面看，房子里躺着一些白色的腻子粉口袋和几个铁桶，还有一圈沾满灰尘的电线。苏阳退回路上，往前走去，前方是一大排青瓦白墙，公共院坝里堆满施工留下的垃圾。

小桉子说："你爹刚出门的那些年，的确靠经营家具发了财，开了一个公司。"吐了一个烟圈，顿了顿，又接着说："公司其实很大，有各种工序的车间七八个，单打制家具的工人就有七八十人，运送木材和家具的大车就有三辆，我那时就在公司里开大车。"

苏阳也吐了一个烟圈。其实不是烟圈，没有形状，缕缕青烟在眼前转来转去，眼睛里有泪珠想往下掉。

"家具厂经营了四五年，你父亲挣了不少钱，家业越来越大。但在这时，他已经开始不太相信那些外地人了，于是就把我老婆从车间里调到财务部去，为他管账。一年后，他俩，就在一起了。"说到这里，小桉子还是流露出些许愤怒，他把燃尽的烟头使劲在地上戳。

但其实苏阳真的不知道小桉子的女人是谁，因为在城里工作，他和村庄里的年轻人是很少走动的，就算是某个发小结婚，他也只是委托三叔替他随随礼，偶尔回来，在路上遇见，也顶多就是寒暄几句。

"后来呢？"苏阳问。

"第二年，那贱货被财务部的一个广西男子泡了，两人卷了你父亲的钱，去了深圳。"

出村时，苏阳不由自主地回头看了看。在一个形似专门堆放垃圾的斜坡上，他看见一辆废弃的马车。他折回身来，往斜坡上去，看见一位头上包着蓝色格子头巾的老妪，正拿一根竹棍在垃圾里刨着什么。

苏阳走过去，问："老人家，请问张世能的房子在哪里？"

老人看了看他，没有说话，继续用竹棍在地上刨。

苏阳把刚才的话又重复了一遍，问话的声调较之前要高一些。

"脏死人！你说谁脏死人？我在自己的地盘上找自己的东西，有啥脏的？"老人直起腰，用空洞的两只眼睛瞪着他。

"老奶奶，我不是说你脏，我是问，你认不认识一个人，他叫张世能。"

"不认识。"老奶奶低下头，继续摆弄着手中的竹棍，慢悠悠地说，"人都走光了，要等到过年才会回来，到时你再来看看吧！"

小桉子告诉苏阳，他的女人是发贡村的，姓张。

"第三年，你爹在深圳找到那个贱货，但那个时候，她已经被广西佬甩了，和一个同乡女人在一家水晶厂里磨珠子。"

"第四年，你爹租了一个机床，靠磨珠子赚钱，老实说，生意还不错，挣了好几万。"

"第五年，那贱货拿了你父亲的钱去了福建安溪，开了一个茶店。说是茶店，其实根本没有店，只是成天在网上与人聊天，聊成一桩，就在当地的茶铺里给人发货。"小桉子使劲咳嗽了几声，说，"我用另一个 QQ 号和她聊天，她还让我买她的茶。她说她有个茶店，叫'小玉茶店'。你知道，我女人叫张小玉。"

苏阳笑了笑，他说："我其实不知道你女人是谁。"

小桉子说："其实你知道。"

那个头上包着蓝色格子头巾的老奶奶在地上刨了好大一会，终于刨出了一个脏兮兮的汤勺。她捡起来，用嘴吹了吹，用衣服的下摆擦了擦，便迈着蹒跚的步子走了。

苏阳离开村庄，上了公路，一辆绿色的农村客运正驶过来，他招了招手，拎着帆布包爬了上去。

“第六年，你爹和那贱货回到广西，你爹去了北海，那贱货进了一个什么养生会馆……”

“第七年，你爹融资，那贱货做理疗……”

“第八年，你爹终于没了消息，那贱货还做理疗，医治人间疑难杂症，化名平安。”……

“前些天，那贱货还回来过。”小桉子说，“你说她脸皮厚不厚？她居然要为我爹披麻戴孝，还好意思说我们好歹夫妻一场！”

6

微型车里几乎坐满了人，只有后排还有一个空座位。苏阳坐了上去，把帆布包往脚下一扔，从裤兜里掏出手机。

前天，他在朋友圈发了一句话，有几个人点了赞，还有几个人发了评论。有几条评论很好玩，冷幽默，肆意拿他开涮，他逐一回了，又在评论里写了一条：秋风太萧瑟，燕子飞走了。

小桉子对他说过这么一句话：“我女人，其实你认识。”

他用目光往车厢里扫了一圈。他确信自己此刻的做法很愚蠢，他不该指望能在这张车上找到那个曾经见过的人，或者说，那张于片刻之间留给他一点点印象的脸，那眉心间豌豆大小的一颗黑痣。

小桉子说：“你爹和那个贱货有一个女儿，他们磨珠子的那一年生的。”

他想起老屋里的燕子屋，想起“一身乌黑的羽毛，光滑漂亮……”他想起山梁子上，那个牵着小牛在沟边饮水的小姑娘。他甚至想到一首歌的歌词：“眉毛弯弯眼睛亮，脖子匀匀头发长……”

车到县城，他感觉肚子饿得慌，找了车站旁边的一个米线馆，点了一碗米线。米线馆老板娘是一个四川人，她刚把米线端上桌，就开始与苏阳搭讪。她说：“这人啦，真是人牵着不走，鬼撵着，跑得飞快！”

苏阳点点头。

老板娘又说：“北海，北海，北海真的遍地是黄金吗？人们都走了，却不见有一个人回来，我看，八成是被钱砸死了！”

苏阳点点头。

“就说我家那口子，都三个月了，电话停机了，给他充了话费，仍然关机，我现在只盼着有一天，他能剩一点骨头渣子回来，好向他老父老母交账。”

苏阳点点头。

他一边吃米线，一边看手机。有人问：燕子是你的乡愁吗？

“不是。”他回。

过了几分钟，他又回了一条：我没有故乡，因为我从未离开过。

想飞的人

赵泉森是一个读书人，但他读书的习惯与其他人不一样。其他人读书，大多是把整本书捧着读，读到哪里想停下来，要么在那一页上折一个角，要么用书签或线装书的丝带卡在书脊处。赵泉森读书，是撕下来读。比如，今天读二十页，就从书里把这二十页撕下来，放在挎包里，或者装在衣服的口袋中，方便的时候，拿出来一页一页地读。读完一本书，也就撕完了一本书。赵泉森一般不会把读完的书归结在一起，而是读完就扔掉，以至于家中并没有几本像样的书，用吴政万的话说：赵泉森根本就不像一个真正的读书人。

我是在三个月之前认识赵泉森的，那时候，他正卷入一宗命案。周六的上午，我约他喝咖啡，他很爽快地答应了。我们刚在万斯咖啡馆坐下来，不到十五分钟，他就接到一个来自公安局的电话，说有个情况需要他过去核实一下。“真不巧，我得出去一趟，你慢慢喝着，应该不会耽搁太多的时间。”然而，我差不多一个人在咖啡馆里待了三小时。见他迟迟未归，便打他的电话，关机了。

我问吴政万：“听说赵泉森的事了吗？”吴反问我：“他有什么事？”我想了想，觉得不便于把赵泉森被公安局传讯的事告诉他，免得到最后到处传谣，便支吾着说没事，称我只是打不通他的电话而已。吴政万在电话里笑，说我大惊小怪，一个人的电话打不通，有几种可能，要么开会，要么在信号不好的地方，当然，也有可能因为什么别的原因把电话关了，比如手机没电。我对吴政万说：“虽然是这样，但你们之间是老朋友，你还是应该多关心关心他才是。”吴政万还是在电话那头笑。

我刚结了账，离开咖啡馆，拐进南台路，吴政万的电话来了，“我感觉，赵泉森真的出了什么事。”

“你是怎么感觉到的？”我问他。

“很奇怪，我刚打他的电话时，听见关机提示音后，我的手在不住地颤抖。”吴政万说，“最奇怪的是，我全身出了汗。”

半小时后，我到了家，刚掏出钥匙准备开门，我的电话响了。是一个陌生号码，接通后，一个男子很有礼貌地对我说：“你好，是蒋申寒先生吗？”

我说我是。那头说：“我是县公安局刑侦科的小陈，有个事情想问问你，如果你方便的话，我们来找你。”

说实话，我还真的紧张起来。我紧张的原因不是因为担心赵泉森犯了什么事，而是生怕自己被卷了进去。我和赵泉森才有过一次短暂的见面，就在今天上午，我们甚至连朋友都说不上。虽说我什么也没干，但我一旦接受了刑侦人员的问话，就会生出些没完没了的枝节。最主要的是，认识我的人们一旦知道这件事，保不齐会怀疑我犯了什么滔天大罪，我的家人、朋友定会为我担心。我之所以害怕这件事情会传出去，是因为我始终觉得我们身边到处都是自媒体的耳目。南广县有好多自媒体，他们对这个世界上发生的针尖一样大小的事情都无比感兴趣。从事自媒体行业的人们，大多嗅觉灵敏，他们要么把一件本身毫无嘘头的事无限夸大，想方设法吸引人们去关注，以此获得更多的流量；要么刻意歪曲事实，用带有问号的标题去占领别人的求知欲，在不表达任何观点的同时强行在人们心中根植某种观点。南广县是人口大县，每天都会发生一些或大或小的事情，当这些事情作为“第一手材料”被自媒体们拿到手的时候，如果“当事人”不具备足够丰富的斗争经验，不事先制定应对方案，往往会被他们发酵成一件非常棘手的事情。很多时候，人们会把南广县的自媒体称为新闻暴力机器，认为他们既没有新闻记者的素养，也不具备新闻采访的条件，完全是一些从事非法活动的人。但是，谁也没有办法阻止他们在自己的“自留地”上胡言乱语，这么多年来，他们的“野蛮生长”不仅没有付出过任何代价，相反，这个营生还让他们混得风生水起。

我没有对警察说我在家里，而是说我此时还行走在街上。我问我们能不能找个咖啡馆或者茶室谈话，对方先是“啊”了一声表示发愣，然后说：“就问几句话，没必要到外面去破费。”

没办法，我只好让他们到家里来。开门后，我先是烧了一壶水，洗了几个茶杯，用毛巾把茶几反复擦了几遍。干完这些事，我在客厅里来回踱步，思考着警察会问我什么样的问题，我该怎样回答。虽然他们说只是几句简单的问话，但我的心里还是咚咚咚跳个不停。

门铃响了。开门后，一男一女出现在我面前。两人都没穿制服，男警察一身运动装，看上去很阳光；女警察穿一条牛仔裤，上身是一件蓝白碎花T恤。让进门来，在沙发上坐下，我为他们倒茶。两人异口同声地说完谢谢之后，女警察说：“蒋先生是个讲究人，专门备了好茶招待我们，让我二人觉得很是不好意思。”

我说：“待客之道嘛，于我来说，你们是无比尊贵的客人，这一生和警察打交道的时候并不多。”

两人都抿了一口茶后，男警察说：“打扰蒋先生，我们来的目的，是想了解了解赵泉森这个人。”

我说我是一个喜欢读书的人，偶尔会写点东西。我是通过吴政万介绍，今天才认识赵泉森的。我今天约赵泉森喝咖啡，是想和他聊聊读书的事情，殊不知，我们刚刚坐下，不到十五分钟，他接了一个电话，就走了。男警察说，赵泉森是被他们叫走的，他们认为赵泉森与一桩因捉奸引起的命案有关系。“我们怀疑他在中间通风报信。”女警察插了一句。

“捉奸！”我差点笑出声来。老实说，我认为赵泉森是一个本分的人，虽然我与他认识不到十五分钟。在我看来，无论是从穿着打扮、言谈举止甚至长相，赵泉森都不像一个喜欢找事的人。今天上午，我们在万斯咖啡馆相见，我问他喜欢喝什么，他说：“什么都行。”他一副对生活不挑剔的样子，让我觉得很是亲切。

说起那桩命案，南广大部分人都应该知晓。一周以前，南广各自媒体纷纷报道，在故意居小区四栋三单元八楼，一个赤身裸体的男子从窗子里跳了下来，摔成一滩肉泥。其后几天，各自媒体又对这件事情进行了追踪报道，街坊里都在议论这件事，有人说死去的男人是被捉奸后慌不择路，从窗子里一跃而下；有人说这是一桩强奸案，男主人回家看到自己的女人正在被强奸，把强奸犯追赶到窗子边……但无论是哪种情况，似乎都可以与一个叫赵泉森的男人扯上关系。比如，有自媒体说，赵泉森听到隔壁邻居家有厮打的声音，出于邻里之间互帮互助的意识，他给男主人打了一个电话；有自媒体说，赵泉森看见有通奸嫌疑的死者进了邻居家的门，出于看热闹不嫌事大的目的，给男主人打了一个电话；更有一些自媒体认为，赵泉森和死者是一路人，他们最初的目的并不是针对邻居家的女人去的……人们都说，如果是第一种情况，赵泉森做得对，说不定还会获得一个“见义勇为”的殊荣；如果是第二种情况，就有两种可能，要么赵泉森是没事找事做，要么他就是男主人的“眼线”。当然，基本没有几个人相信赵泉森和死者是一路人，因为无论从哪个方面都说不通。

我在想，要是南广的自媒体们这些天来开展的所谓追踪报道提及一个叫赵泉森的人，而不是以“隔壁邻居”来代替他的话，肯定就不会发生我和一个满身麻烦的人去咖啡馆谈论读书这件事情。现在，警察抓住赵泉森不放，估计他们主要是认为赵泉森是邻居男主人安排的眼线。

“你们已经查实赵泉森的确给隔壁邻居男主人打过电话吗？”我问两个警察。两人都很友好地笑着看了我一眼，然后男警察说：“这个问题我们不便于回答你，我们想知道的是，赵泉森有没有和你讲过他最近在读什么书。”

“我们在一起的时间真的很短暂。”我说，“不过，他倒是提起过一本书，叫做《想飞的人》，但是他说，他刚刚开始准备读这本书，却不知道他想要阅读的那部分跑哪里去了。”

“他是撕下来读的吗？”女警察问我。

“听吴政万说，他读书就是这个习惯，但我没见过。今天早上我们在一起喝茶，没见到他拿出过什么书。”我说。

两个警察相视一笑，旋即转头面向我。女警察问：“蒋先生，赵泉森有没有对你说过那本书写的是什么内容？”

我说没有。我和赵泉森今天上午刚在咖啡馆坐下来时，我们用了大约两分钟的时间互相介绍自己。我说我喜欢读的书是外国文学，我的写作主要以中短篇小说为主。赵泉森说他什么书都喜欢读，包括诗歌，只要合胃口。赵泉森说他几乎不写东西。“如果这辈子非要写点什么，也得五十岁以后吧！”

“为什么非要等到那时候？”我问。

“第一，现在要上班，要照顾老婆孩子，太累；第二，积淀不够，对生活没有充分的思考。”他说完，用勺子往面前的咖啡杯里搅了一阵子，但没喝。

男警察说我的问题回答得很好，我说的这些对于他们来说都很有用。我在心里想，对于赵泉森，我还有什么可说的吗？我们才认识十几分钟，我们之间的所有对话我都几乎全记得，所以我就和盘托出了。

“他有没有对你说过，那本《想飞的人》去了哪里？”女警察问我。

“没说过。”我说，“他只是说，他正准备读这本书，不料找不到了。”

“不是全找不到了，是撕下来的部分找不到了。”女警察说，“赵泉森说他是昨天晚上才撕下来的，他明显说了谎，这本书的扉页和十五页之前早就出现了。”

我不知道赵泉森撕下来的那本书的扉页和十五页之前的内容

与这个案件有什么关系，但我又不好问。我认为，即便我问了，两个笑眯眯的警察也不可能会告诉我。但我没想到的是，我还没问，女警察就先开了口，她说：“案发当天，我们在他邻居家房里捡到了这部分内容，这是一本诗集。”

“那又能说明什么呢？”我问了这句话，感觉到自己像个嫌疑人，于是补充说，“我的意思是，也许是赵泉森不小心弄丢在家门前的，案发当天人多，你踢一脚，我踢一脚，就把它踢到邻居家房里去了。”

“但他说这本书是昨天晚上才开始撕的。”男警察说。

“这我就不明白了。”我说，“我和赵泉森才刚刚认识，这件事情吴政万可以作证，我还是从他那里知道赵泉森的电话号码的。”

女警察又冲着我笑笑，说：“我们找你没有别的意思，就想知道你有没有听到他讲过这本书的内容，这对我们真的很重要。”

男警察补充道：“他撕下来的页码，包括这本书的书名，对我们破案都有很大的帮助。”

“就十几分钟而已，他真的没有讲什么。”我说。

其实，我也大致知道警察的主要意图了，他们是想知道这到底是一桩强奸案还是一桩蓄谋杀人案。坊间有这样的传闻，女当事人和他的丈夫一口咬定是那个叫陈楚威的男人以送快递为由敲门实施强奸，两人在屋里僵持一番，女人反抗不过，为了保命，只得屈从，后被从上班途中折回来取东西的男主人遇上，死者赤条条无法逃走，只得横下心来夺窗而遁，一命呜呼。当然，另一个版本就不一样了，说的是死者和女人关系暧昧，是长期鬼混在一起的情夫情妇。那天下午，男主人出门上班，刚下楼，女人就把早就等在上一层楼梯间的死者让进门来，两人正行鱼水之欢，不巧丈夫半路折了回来，拿个正着，把死者逼到窗口，跳了下去。为了保全名节，女人只得听从丈夫事先的叮嘱，声称是被强奸。当然，坊间的传闻也来自那些自媒体的所谓追踪报道。

两个警察小声耳语了几句之后，向我道谢。女警察说："多谢蒋先生配合，让我们掌握了很多对办案有用的东西，我们这就走了，如果还有什么需要向蒋先生了解的，我们会再次打扰。"我说不客气，如果我能帮助你们做点什么，肯定是我的荣幸。两人与我握手，再次说了声谢谢，就走了。我拿出手机给吴政万打电话，把刚才的事情对他说了。吴政万对我说，如果真是这样，赵泉森可能会真的遇上麻烦。他说据他了解，赵泉森是一个十分热情的人，不管这个案件是不是强奸，都有可能是赵泉森在中间通风报信。

出于与赵泉森刚刚建立的一丝友情和更多的好奇，我找到南广最权威的自媒体"南广微生活"的老板何禄石，向他了解这桩案件的情况。何禄石告诉我，他基本可以确定这不是一桩强奸案，因为案发当天，他们亲自到现场采访，并没有发现女人身上有厮打或拉扯的痕迹。"连她的衣服都是完好无损的。"何禄石说。

"她的男人回家开门时，门有没有被反锁？"我觉得这很重要，如果门反锁了，说明两个人是通奸。"这很重要吗？"何禄石反问："强奸犯要反锁门，也就是伸伸手的事情。"

我觉得也是。于是又说："作为媒体人，你们知道案审的情况吗？"

"知道一些。"何禄石拍了拍我的肩膀，接着说，"按理不该说，但这几乎已经是公开的秘密了。公安部门找到了一个在中间通风报信的人。”

“是赵泉森吗？”我问。

“其实你早就知道了。”何禄石说。

据有关自媒体的“了解”，案发当天，死者早早就潜伏在故意居小区四栋三单元八楼和九楼之间的楼道里，听到男人出来关门的声音，便悄悄溜下来，按照约定的暗号敲了门，进到情妇的家里。此举刚好被对面出门上班的赵泉森看到，于是他便给邻居男人秦佑旭打了个电话。但我始终弄不懂的是，既然赵泉森是通过打电话告诉秦佑旭的，那被撕下来的诗集的十几页书与本案还有什么关系呢？我就此事向何禄石求证，他说：“当然有关系，至少可以证明他与隔壁男人关系不一般，否则他也不可能把书借给秦佑旭看。”

“是借的吗？”我问。

“是借的。秦佑旭已经向警察说明了。”

通过了解，我已经断定赵泉森与这个案件脱不掉干系了。两个警察曾经告诉过我，赵泉森称书是昨晚上才撕下来的，说明他想开脱罪责，向警察说了谎。

我唯一感到遗憾的是，作为习惯把书撕下来阅读的赵泉森，在我快要和他成为好朋友之际，居然先让我认识到他的另一面。当然，我会首先告诉自己，这没什么大不了的，这世界上根本就找不到一个一点也不人格分裂的人，赵泉森这样做，也完全是为朋友着想。但我又这样想，也许赵泉森和对面的女人很熟，他早就发现女人与其他男人有私情，一直心生嫉妒，眼下被他碰个正着，让他很气愤，于是向秦佑旭通风报信。一个在读书这件事情上与别人有所不同的男人，肯定还有其他与众不同之处，他能残忍地撕书，说明他有暴力倾向，他的行为直接酿成了一桩命案，说不定他还会为此感到惬意。这样想的时候，我发觉自己无论如何也不会原谅赵泉森了，因为他是杀人者的帮凶，是挑起事端的人……我从下午一直想到晚上，想得睡觉都在梦里发问赵泉森到底是一个什么样的人，想得头皮发痛，口干舌燥，第二天起床，居然感到双腿打颤，心神不宁。

中午吃了饭，我正准备午睡，电话响了，拿起一看，居然是赵泉森。

“你好，老兄。”他在那头说。

“你没事了？”我问。

“没事了。”他说，“托您的福，我只是在里面待了一个晚上，今天早上就回家了。”

“要不，你对我讲讲你的见闻吧！”我一边表示祝贺，一边开玩笑。

“当然可以啊，反正今天是周末，你愿意的话，咱们又喝咖啡去。”

“还是万斯吗？”

“老地方，不见不散。”

看样子他不但心情不错，还有一股子想对我倾诉的强烈愿望。我们再次来到万斯，刚点好咖啡，他就打开了话匣子。

“我差点被隔壁这狗日的害了。”他爆了粗口。

“你和他不是好朋友吗？”我问。

“谁和他是好朋友！我们见了面充其量也就是点点头，连话都懒得说，我只是知道他的名字叫秦佑旭，这还是有一次去交物业费的时候听物管人员说的。这孙子拖欠物业费好几年，年年被物管在小区里通报。”赵泉森很气愤。

“这么说，你没有给他打电话通风报信喽？”我说完，哈哈哈笑了几声。

“我根本就不知道他们家这等烂事，况且就算我知道，也不会有兴趣。”赵泉森说，“我连他的电话号码都没有，要怪就怪那天我不小心把从那本诗集里撕下来的十几页书弄丢在楼道里，被这狗日的捡到了，拿回家去。”

“那又有什么关系呢？”我此时很像一个自媒体记者。我的意思是，诗集和这个案子是怎么扯到一起的。

“有个鬼的关系。”赵泉森抿了一口咖啡，说，“他老婆被抓进去后，神志不清，估计是被吓傻了，无论警察问她什么，她都只是回答四个字：想飞的人。”

“她为什么要说这四个字？”我问。

“我又不是警察，我怎么知道？”他反问。

“但这本书是你丢的。”我说。

“也许，她被带走的时候，最后看见的是这本书扉页上的书名，估计这是她清醒时最后的记忆了。”我想，赵泉森一定是因为接受了一天的询问，才有了这样的推理能力。但他说得是否准确，谁也不知道。

“对了，昨天那两个警察对我说，你不承认书是一周以前丢的。”我说。

“哪有这样的事！我只是说记不得什么时候丢的了，但我后来做了补充。”

在咖啡馆里，我们谈了些关于读书和写作的话题，也顺便讨论了一些时风现象，末了，他邀我和他一起去金钟路吃牛肉米线。

他说，金钟路牛记牛肉米线是整个南广最好吃的米线。他兴奋的样子，像是刚撕完一本书。

我买了单，和赵泉森往楼下走，刚出大门，就看见一个熟悉的身影从我面前晃了一下。对，是昨天去我家里的那个男警察。

我顺着他行走的方向看过去，刚好他也转过头来看我。我们相视一笑，他用右手弹了一个响指。看样子，他是想告诉我，不要让赵泉森知道警察还在跟踪他。

我对警察点了点头，往大街的方向走。赵泉森在我身后，他边走边说："这阵子已经不早了，要不，我们打一辆的士过去。"

"好吧。"我说。我们在路边拦车，拦了大约十分钟，才看见有一辆闪着空车标识灯的的士开过来，到了跟前，发现后座上坐着一个年轻男人，定睛看，是刚才在万斯咖啡馆门口一晃而过的警察小陈。他在里面伸出右手的食指，飞快地做了一个往后勾的动作，意思是让我和他一起坐在后座。

司机停下车，问："去哪里？拼车可以吗？"

我说可以，并示意赵泉森坐到副驾上。上了车，小陈掐了掐我的大腿，暗示我不要和他说话。我便装作不认识他的样子，一直到了目的地，我和赵泉森先下车，他和司机继续往前走。

吃完米线，各自回家。从此，我和赵泉森彼此都没有再联系，直到三个月后。

那天，我正在一个叫"友声"的小书店翻书，肩膀上忽然被人轻轻捶了一下，转过头来一看，是赵泉森。

"好久不见。"我笑。

他也笑，也说："好久不见。"

"你在找什么书？"我问他。

他说："只是看看，发现有可以读的，就带回家去读。"

我突然想起那本叫《想飞的人》的诗集来，便问他是不是在这里买的，他告诉我说不是，是他有一次去凤城出差时在书摊上买的，诗集的作者并不怎么出名。"准确地说，那是一本附赠品，根本就没有书号，属于自费印刷的那种。"他说。

"你的意思是，你不是很喜欢那本书？"我问。

"说不上喜欢不喜欢，有时间的时候，读读看，万一真的读不下去，就丢掉。"

"你还记得作者叫什么名字吗？"

"记得，是一个女人，她叫金小陶。"

我认识金小陶。此人就住在我们隔壁的凤城县，年龄和我差不多，写诗好多年了，在一些文学刊物上发表过作品。老实说，我觉得金小陶的诗写得不错，多年前我读过几首，句子很干净，有思想。我拿出手机，搜索金小陶的名字，查了她的作品，果真有一首诗叫《想飞的人》。

想飞的人住在玻璃瓶子里
她的翅膀比天空还空，她的身子
比流水还软。
……

我把手机凑到赵泉森的眼前，问他是不是这个金小陶。他看了一眼照片，又读了两句诗，随即就作了确认。他说："我把前十五页撕下来，其实是为了好好读一读这首诗。"他的意思是，那首《想飞的人》是在整本诗集的前十五页。

那天我和赵泉森一起吃晚饭，吃的是油渣火锅，很辣。我们每人要了一瓶小郎酒，慢慢喝着。我对赵泉森说我想起了三个月以前的那桩案件。我说，我始终搞不懂，警察为什么非要把那本书与这个案子联系在一起。

“如果我是办案人员，也得这样做，你想想，是不是有些蹊跷呢？”赵泉森说，“首先，他们把嫌疑人带走的时候，在他家里发现了这本书，这都不算奇怪，奇怪的是，那女人一直在念叨着书名。”

我说：“说实话，我曾经认为你逃不掉了，没想到这纯粹是个巧合。”

“也许是故意陷害。”赵泉森说，“三个月以来，我随时都在接受刑侦人员的询问，他们要么是在晚上十二点之后给我打电话，要么是在天亮之前敲我家的门，弄得我老婆都怀疑我真的与这个案件有什么牵连。”

“没事吧？”我问的是近段时间他们的夫妻关系。

他把酒杯放在桌子上，看了我一眼，说：“什么叫没事？我们都分床睡了。”

我故意问：“如果你是警察，你会用什么思维把这本书与这个案件联系起来？”

他想了想，说：“如果我是警察，我也无法破案。当然，就凭那女人口中反复念叨书名之举，我这个邻居也是脱不了干系的。这个世界上那么多冤假错案，就是这么来的。”

“看来，我们的警察还算英明，没有把你抓进去，直接定案。”我说完，和他碰杯。

“谁说得清呢？”他苦笑了一阵，接着说，“我感觉我还会继续被他们骚扰。”

刚说完，他的手机铃声响了起来，掏出来一看，是一个座机号码。

“看看吧，又来了。”他起身到外面去接电话，示意我一个人先待一会儿。

我感觉到百无聊赖，无意吃喝，便拿出手机翻了起来，订阅号消息里弹出一条新闻来，标题是《破案了，色诱债主拿证据，威胁过失酿惨案》，打开链接，读到这么一段话：

犯罪嫌疑人秦某旭、袁某颖夫妇二人因欠债主陈某威三十万，多年不还，被催债，遂起歹心，合谋色诱陈某威，企图拿证据威逼债主撕毁欠条，无奈行动过失，伤及人命……

还没读完，赵泉森已经回到了座位，我看见他满面红光，很兴奋的样子，便问：“有好事？”

“大大的好事。”他拿起杯子，说，“该好好喝一杯了。”

“电话是公安局打来的吗？”我问。

“是的。”他吞下酒，说，“他们告诉我案件已经破了，和我没有任何关系。”

“祝贺。”我说，“不过我还得劝告你，作为一个读书人，千万不要再撕书了。”

他不解地看着我，良久，说：“我还是弄不懂为什么。”

转天，我找到“南广微生活”的何禄石，询问案件详情。他说，“所有人都知道了，你为什么还问呢？”

“我想知道那本被撕下来的书与案件有什么关系。”我说。

他沉默了好一会儿，对我说：“这是一个连警察都弄不明白的问题，我们肯定也弄不明白。”

我说：“你们就不打算再追踪报道一下？”

“报道个球。”他说，“我们是互联网企业，又不是媒体。再说，就算我们是媒体，也干不了连警察都干不了的事。”

他使劲地喝水。

他好像很渴，一口气喝掉了大半杯。